Dreaming of You

by Lisa Kleypas

あなたを 夢みて

リサ・クレイパス
古川奈々子［訳］

ライムブックス

DREAMING OF YOU
by Lisa Kleypas

あなたを夢みて

主要登場人物

サラ・フィールディング……………………………小説家
デレク・クレーヴン……………………………賭博クラブ、クレーヴンズのオーナー
レディ・レイフォード（リリー）………………デレクの昔からの友人
レイフォード卿（アレックス）…………………リリーの夫
レディ・アシュビー（ジョイス）………………有力な貴族アシュビー卿の妻
ワーシー……………………………………………クレーヴンズの支配人
ギル…………………………………………………クレーヴンズの従業員
タビサ………………………………………………クレーヴンズの住み込み娼婦
アイヴォウ・ジェナー……………………………賭博クラブのオーナー
ペリー・キングズウッド…………………………サラの恋人
マーサ・キングズウッド…………………………ペリーの母親
アイザック・フィールディング…………………サラの父親
ケイティー・フィールディング…………………サラの母親

1

影の中にひとりで立つ女の姿があった。下宿屋の崩れかけた壁に寄りかかり、具合でも悪いのか背中を丸めている。賭博クラブの裏通りから出てきたデレク・クレーヴンは、鋭い視線を女にちらりと投げかけた。ロンドンの街角でそのような光景を目にすることはめずらしくない。このあたりのような貧民街であればなおのこと、さまざまな人間の苦しみにお目にかかれる。華やかなセントジェームズ通りからほんのわずか入っただけだが、その隔りはとても大きく、建物は朽ち果てて崩れ落ちる寸前だった。この地区には物乞いや娼婦、さらには詐欺師や盗人もうじゃうじゃと徘徊していた。デレクの側の人間たちだ。

まともな女がこのあたりにいるはずがない。とりわけ日が落ちたあとには。しかし、この女が娼婦だとしたら、妙なかっこうをしているものだ。前が開いた灰色のマントの下には黒っぽい布地で仕立てられたハイネックのドレス。フードからはみ出ている髪の色は地味な茶色だった。おそらく、放蕩者の夫を待っている妻か、道に迷った売り子なのだろう。

人々は胡散臭そうな目で女を見ていたが、歩みをゆるめることなく通りすぎて行く。こんなところにいつまでも突っ立っていたら、強姦されるか、強盗に遭うのが落ちだ。殴り殺されて死体となり、道端に置き去りにされるかもしれない。紳士なら、近づいて「大丈夫ですか」と尋ね、こんなところにいては危険ですよと声をかけるだろう。

しかし、彼は紳士ではなかった。デレクはくるりと背を向けて、でこぼこの敷石の道を歩いて行った。彼はこの貧民街で育った。道端に産み捨てられ、ごく幼いころはぼろをまとった娼婦たちに育てられ、少し大きくなってからは、ごろつきやならず者に教育を受けた。無用心な者を餌食にする企みや、隙を狙ってさっと首を締め、サイフを盗み取るやり口は彼にとっておなじみだった。女はおとりや見張りとして、よくそうした犯罪に加担していた。ときには女自身が襲いかかることもあった。か弱い女の手でも、鉄の棍棒を握っていれば、あるいは一キロ程度の重りを入れた靴下をつかんで殴りかかれば、相手に大怪我をさせることなどたやすい。

背後に人の気配を感じた。足音が近づいてくる。いやな予感が背筋を走った。相手はふたり。わざと歩く速度を変えてみると、足音もそれに合わせる。あとをつけられている。おそらく、ちょっと悪さでもしようと、宿敵アイヴォウ・ジェナーが送り込んできた者たちだろう。ちくしょうと心の中で悪態をつき、デレクは角を曲がった。

思ったとおり、男たちは行動に出た。デレクは素早く体を回転させて、腰を沈め、飛んできた拳骨をかわした。本能と長年の経験を頼りに、片足に体重をかけて、ブーツを履いたもう一方の足で、暴漢の腹を蹴りつけた。男は不意をつかれてうめき、後ろによろめいた。デレクはさっと体の向きを変えてもうひとりに突進していこうとしたが、間に合わなかった……背中を金属製の物で殴られ、頭にも一撃をくらって目の前が真っ暗になり、地面に倒れ込む。ふたりの男たちは痙攣しながら倒れている彼の体を押さえつけた。
「早くやれ」ひとりがくぐもった声で言った。デレクは必死に暴れたが、後ろから頭をつかまれ顔を上げさせられた。殴りかかりたくとも、腕を地面に押さえつけられていてそれもかなわない。ナイフの刃が顔を斜めに走った。鈍いうめき声が耳に届き、生温かいものが目や口に流れ込んだ……おれの血だ。うなり声をあげて、焼けつくような痛みから逃れようともがいた。あっという間の出来事だったため、どうすることもできなかった。デレクはいつも死を恐れていた。いつかはきっとこんなふうに死が訪れるだろうと思っていたからだ。安らかな眠りにつくのではなく、痛みと暴力と闇に包まれてこの世を去るのだと。

サラはこれまで集めた情報を書き留めたメモを読もうと立ち止まった。眼鏡越しに、今夜聞き覚えた新しい言い回しに目を通す。街で使われる流行り言葉は、毎年のようにめまぐるしく変わる。そうした言葉の変化にサラは魅了されていた。人目を避けて壁に寄りかかり、熱心にメモを読みながら、鉛筆で間違いを直していった。ギャンブラーはトランプのゲームをすることを「フラッツ」と言うし、「おまわり」が来ると仲間に知らせるときには「クラッシャーに気をつけろ」と警告する。けれども、サラには「ランプスマン」と「ドラッグズマン」の区別がつかなかった。どちらも強盗を意味するようなのだが。答をなんとか見つけなければならない……適切な言葉を使うことは作家の使命なのだから。処女作『マチルダ』

と、二作目の『物乞い』は、微に入り細にわたる描写が高く評価されていた。だから、まだタイトルが決まっていない三作目も正確さを追求したいと考えていた。

賭博場に出入りする男たちなら、答を教えてくれるだろうか。でも、そういう男たちのほとんどはとてもいかがわしい感じで、髭も剃らず不潔だった。ああいう人たちにものを尋ねるのは賢明とは言えないだろう。夜のお楽しみを邪魔されて迷惑がるかもしれない。だが、本のためにはそうした人たちから話を聞く必要があった。それにサラは外見で人を判断しないよう、いつも心がけてきたのだ。

そのとき突然、曲がり角の付近で不穏な騒ぎがはじまった。何事が起こったのかたしかめようと思ったが、道は闇に包まれていて何も見えない。糸で綴って冊子の体裁にした紙を折りたたんで手提げ鞄に滑り込ませてから、好奇心にかられて前に進み出た。下品な言葉が聞こえてきて、サラの頬は赤く染まった。グリーンウッド・コーナーズではそんな言葉を使う人はいなかった。村で催されるクリスマスのお祭りで、強めのパンチを飲みすぎたドーソン老人が暴言を吐くとき以外には。

もめごとにからんでいるのは三人の男たちだった。どうやらふたりが、もうひとりの男を地面に組み伏せて殴りつけているようだ。こぶしで生身の体を殴りつける音が聞こえてきた。サラはどうしたらいいのかわからず眉根を寄せて、手提げ鞄をかき抱きながらようすを見守った。ウサギの心臓のように鼓動が速まる。わたしはただこの場に居合わせただけで、関係のない人間なんだ、と自分に言い聞かせようとしたが、被害者は苦しそうにうめいている……とそのとき、恐れおののくサラの目は、ギラリと光るナイフの刃をとらえた。

男たちはあの人を殺そうとしている。

サラはあわてて鞄の中をさぐり、街に調査に出かけるときにはいつも持ち歩いているピストルを取り出した。人に向けて撃ったことは一度もなかったが、グリーンウッド・コーナーズの南東の野原で、的に向かって射撃練習をしたことはあった。小さな銃を握って打金を起こし、少しためらってから彼女は叫んだ。

「あなたたち！」サラは太い、威厳のある声を出そうと努めた。「やめなさい！」

暴漢のひとりはこちらを見たが、もうひとりは声を無視してふたたびナイフを振り上げた。男たちはサラのことなど毛ほども警戒していないようだった。サラは唇を噛み、震える手でピストルを構えると、男たちの左側を狙った。人を撃つ気はまったくなかった――そんなことは良心が許さない。けれども、ピストルの音に男たちはおじけづくかもしれない。サラは手の震えを抑えながら、引き金を引いた。

銃声のこだまが消えてから、射撃の結果を見定めようとサラは恐る恐る目を開けた。驚いたことに、図らずも弾は暴漢のひとりに当っていた。まあ、どうしましょう、当たってしまったわ！　男はひざをつき、血液が噴き出すのどの傷口を両手で押さえた。そしていきなり、うごっというめき声を発しながらひっくり返った。もうひとりは凍りついている。サラからは、陰になっている男の顔は見えなかった。

「行きなさい！」サラは、狼狽と恐怖のせいで震えている自分の声を聞いた。「でないと……でないと、あなたも撃つわよ！」

　男は幽霊のように闇に溶け込んで消えた。サラは地面に倒れているふたりの男のそばにおそるおそる近づき、あまりの恐ろしさにあんぐりと開けた口をぶるぶる震える手で覆った。一方の男は確実に死んでいた。人を殺してしまったのだ。死体を避けるようにぐるりとまわって、襲われていた男に近づいた。

　男の顔は血まみれだった。黒髪から血がしたたり落ちて、夜会用の盛装をぐっしょり濡らしていた。手遅れだったんだと思うと気分が悪くなった。サラはピストルを手提げ鞄の中に滑り込ませた。体が冷えきって、がたがた震えだす。ひっそりと暮らしてきた二五年間に、こんな大事件は一度も起きたことはなかった。サラはふたつの亡骸を交互に見つめた。夜回りでも通りかかってくれたら、あるいは、非常に有能だという評判のロンドンの警官が来てくれたらいいのだけど。とにかく何かが起こるのを待った。きっといまに、だれかがあらわれるだろう。ショックに罪の意識が重なった。ああ、神様。こんな大それたことをしてしまって、これから先どうやって生きていったらいいのでしょうか。

　サラは暴漢に襲われた男を、好奇心と憐れみの混ざった目で見下ろした。顔が血まみれなのではっきりしたことは言えないが、どうやら若い男のようだった。仕立てのよい服を着ている。そう、ボンド通りで見かけるような服だ。突然、男の胸が動いた。サラは驚いて目をぱちくりさせた。「大丈夫ですか？」サラは男のほうに身を乗り出してきいた。

　男がいきなり起き上がったので、サラは肝をつぶして、ひいっと叫んだ。大きな手がドレスの胴部をつかんだ。がっちりとつかまれてしまい、後ろに体を引こうにも動くことができない。もう一方の手が顔のほうに伸びてきて、手のひらが頰にかかった。震える指先がサラの眼鏡に血の痕を残した。サラは必死に男の手から逃れようとしたがうまくいかず、その場で震えながらうずくまった。

「強盗を追い払ってあげたのです」サラは服をつかんでいる男の指を懸命にはずそうとしたが、まるで鉄でできているかのようにびくともしない。「命を救ってあげたのですよ。だから、手を離して……お願いします……」

男はなかなか返事をしなかった。やがて顔から手を離すと、腕の上に滑らせていってサラの手首をつかんだ。「起こしてくれ」としわがれた声が言った。そのロンドン訛りにサラは驚いた。こんな上等な服を着ている男の口からロンドンの下町言葉が出るとはまったく意外だった。

「だれか助けを呼んだほうが――」

「このあたりじゃ、無理だ」男はあえぐような声で言った。「……あっという間に身ぐるみはがれる」

サラは男のがさつさにかちんときて、ありがとうのひとことくらい言えないのですか、と口から出かかった。しかし、きっとひどく痛むのだろうと思い直した。「あの」サラはためらいがちにきいた。「顔の傷……よろしければ、手提げ鞄からハンカチを出して――」

「おまえが撃ったのか?」

「どうやら」サラは手提げ鞄にそっと手を入れ、ピストルを奥に押しのけてハンカチをさがした。手を鞄から出そうとすると、男はサラの手首をつかんでいる手の力を強めた。「手当てをさせてください」とサラは静かに言った。

男が手を離したので、サラは清潔で実用的な四角いリネンのハンカチを取り出した。たたんだハンカチを男の顔にそっとあてて血を吸い取り、片眉から反対側の頰のまん中に走っているおぞましい深傷を押さえた。これでは容貌が崩れてしまうだろう。目がやられていないといいのだけれど。痛みのせいで男の口から声がもれ、血しぶきがサラにかかった。サラはひるんで男の手をとり、自分の顔にあてさせた。「押さえられますよね。それでいいわ。さて、ここで待っていてください。だれか助けを――」

「だめだ」男はまだサラのドレスをつかんだままだ。こぶしが柔らかな乳房の丸みに食い込んでいる。「おれは大丈夫だ。セントジェームズ通りのクレーヴンズまで連れて行ってくれ」

「でも、わたしひとりじゃ支えきれませんし、街のこともよく知らないし――」

「たいした距離じゃねえ」

「わたしが撃ってしまった人は？　置き去りにはできませんわ」

男は小ばかにするように鼻を鳴らした。「つべこべ言わずに、セントジェームズに行くんだ」

断わったらこの人はどうするつもりかしら、とサラは思った。どうやらかっとしやすいたちらしい。怪我はしていても、女ひとりを傷つけるくらいの力は十分に残っている。服をつかんでいる手は大きくて、力強かった。

サラはゆっくりと眼鏡をはずして手提げ鞄の中にしまった。片腕を男の上着の下に滑りこませ、ほっそりしたウエストにまわした。動揺して顔が真っ赤になる。父親と、婚約寸前のペリー・キングズウッドのほかには、男の人を抱きしめた経験はなかった。そのどちらも、この見知らぬ男の体とは感触がまったく違った。ペリーもすらりとした体つきだったが、この背の高い、痩せた男ほどひきしまってはいなかった。サラはなんとか立ち上がり、よろめきながら自分の体を支えにして男を立ち上がらせた。男は予想をはるかに超えるほど長身だった。男は顔にハンカチをあてたまま、片腕をサラの小さな肩にかけ、かすかにうめいた。

「大丈夫ですか？　ええと、自分で歩けます？」

息を詰まらせたような笑い声が聞こえた。「あんたはいったいだれだ？」

サラはセントジェームズ通りに向かってようやく一歩足を踏み出した。男はよろめきながらサラといっしょに進んだ。「ミス・サラ・フィールディングです」サラはそう言ってから、もうひとことつけ加えた。「グリーンウッド・コーナーズの」

男は咳をして、血の混じった唾をぺっと吐き出した。「なぜわたしを助けた」

サラは男の訛りがほとんど消えていることに気づいた。紳士のようなしゃべり方になっていたが、まだ子音や母音の発音にかすかに労働者階級の響きが残っていた。「しかたなかったんです」とサラは答えた。彼の体重を支えるのに必死だ。男は片腕で彼女に寄りかかり、反対の手であばら骨を押さえていた。「あの人たちがあなたを襲っているところを見てしまったので——」

「他にも道はあった」男は辛辣に言った。「知らんぷりして逃げればよかったんだ」

「困っている人に背を向けて？　そんなことできません」

「だれもがやっていることだ」

「わたしの生まれ育ったところではそうではありません」道のまん中にふらふらとさまよい出ていることに気づき、サラは暗がりになっている道の脇のほうに男を導いた。こんな奇妙な夜は生まれて初めてだった。怪我をした男を連れてロンドンの貧民街を歩くことになろうとは予想だにしていなかった。男は顔からハンカチをはがした。出血が少なくなっているのを見てサラはほっとした。「傷にあてておいたほうがいいですよ。お医者さまをさがさなくちゃ」男がどのくらいの傷なのかきかないので、サラは驚いていた。「わたしの見たところ、顔を斜めに長く切りつけられたみたいですわ。でも、それほど深くないようです。きちんと治せば、容貌がひどく崩れるということはないでしょう」

「そんなことはどうでもいい」

男の返事はサラの好奇心をかきたてた。「クレーヴンズにお知り合いの方がいらっしゃるの？　だからあそこへ？」

「そうだ」

「もしかして、ミスター・クレーヴンをご存知とか？」

「わたしがデレク・クレーヴンだ」

「あのミスター・クレーヴン？」サラは興奮して目を見開いた。「下層階級からのしあがって、あの有名な賭博クラブを築き上げたという……あなたは下水溝の中に産み落とされたという伝説がありますけど、それは真実なんですか？　あなたは本当に――」

「声が大きいぞ」

サラは自分の幸運が信じられなかった。「なんという偶然でしょう。ミスター・クレーヴン、わたし、賭博を題材とした小説を書くためにいま、いろいろと調べている最中なんです。それで今夜、ここにいたというわけ。グリーンウッド・コーナーズは田舎ですから、ロンドンに来ないとだめだと思ったのです。わたしの物語には、賭博に関係する人々や場所についての描写がたくさん含まれるので――」

「くそっ」男はうなった。「頼むから、クラブに着くまで口を閉じていろ」

「こっちへ――」サラは、男がつまずかないように、小さな瓦礫の山をよけた。痛みがひどいのだろうと思いやって、無礼な言い方には目をつぶることにした。肩をつかんでいる男の手が震えていた。「あと少しで貧民街を出られますわ、ミスター・クレーヴン。もうじきですからがんばってください」

デレクの頭はくらくらしていて、バランスを保つのがやっとだった。どうやら頭にくらった一撃のせいらしい。自分の横を歩く小さな体をつかむ手に力をこめて、足を引きずりながら女の歩調に合わせた。さらに体重をかけて寄りかかると、彼女のフードの布地が耳をこすった。なんとなく胸がざわめいた。デレクはこのおしゃべりな見知らぬ女にすべてをまかせて導かれていった。真違った方向に向かっていないことを願いながら。それは捧げたことのない祈りにすら近い気持ちだった。

女が何か問いかけていた。女の言葉に意識を集中させる。「……正面の階段を上りますか。それとも別の――」

「横の扉から」デレクは目を細めてハンカチの隙間からあたりを見た。「あそこだ」

「まあ。なんて大きな建物でしょう」サラは畏怖の念をもってクラブを見上げた。巨大な建物の前には、コリント式の柱が八本、ペディメントが七つ、そして両側に翼《よく》がついていた。建物全体を大理石の欄干がぐるりと取り囲んでいる。正面の階段を上って、ステンドグラスや青いベルベットやシャンデリアで飾られた、有名な玄関広間を見てみたいものだとサラは思った。でも、もちろん、ミスター・クレーヴンはこんな姿をクラブのメンバーの前にさらしたくはないだろう。サラは建物の横手にまわって、数段の階段を下り、重い木の扉の前に立った。

デレクはノブを握って、扉を押し開けた。すぐに若い従業員のギルが駆け寄ってきた。

「ミスター・クレーヴン?」ギルは叫ぶと、デレクの顔に押しあてられている血まみれのハンカチから、心配そうなサラの目へと鋭く視線を移した。「これは、いったい――」

「ワーシーを呼んでこい」デレクは低い声で命じると、ギルの横をすり抜けて自力で小さな板張りの小部屋を通り抜けた。らせん階段を上ればデレクの個人用の居住区画《アパートメント》に行けるが、ひとつづきの階段を六つ分上らなければならない。デレクは急に振り向き、サラを手招きで呼び寄せた。

デレクに助けを求められていることに驚いて、サラはためらった。若い従業員のほうをちらりと見ると、彼はすでに背中を向けて歩きだし、広い絨毯敷きの廊下に消えていこうとしていた。

「来い」デレクはぶっきらぼうに言うと、ふたたび手招きした。「ここで一晩中すごせというのか？」

サラは即座にデレクのそばに行った。デレクは重い腕をサラの肩にかけた。ふたりはいっしょに階段を上りはじめた。「ワーシーってだれです？」サラは硬いウエストに腕をかけてデレクがよろけないように支えた。

「支配人だ」なまくらなナイフのようにあばら骨が内臓を圧迫する。痛みで顔がかっと燃えあがった。何年も教師について訛りを矯正したにもかかわらず、昔ながらのロンドン訛りで自分がしゃべっているのをデレクは聞いた。「ワーシーは……何でもやる……おれを助けて、クラブをとりしきっている……あいつだけはぜったいに……信じられる」デレクはつまずきそうになり、悲痛な声で呪いの言葉を吐いた。

サラは彼のウエストにまわしている腕に力をこめた。「待ってください。あなたが転落したら、わたしでは止められません。ここで待って、だれかもっと力のある人にあとはお願いしましょう」

「おまえで十分だ」デレクはサラの肩をぎゅっとつかんで、次の段を上りはじめた。

「ミスター・クレーヴン」サラは反対したがデレクは聞かない。ふたりはなんとかよろけながら階段ふたつ分を上った。サラはデレクが気を失って、階段から落ちてしまうのではないかと気が気ではなかった。そこで励ます言葉をかけはじめた。なんとか動きを止めないように、思いつくことをどんどんしゃべった。「ほら、もうすぐですよ……あなたくらい頑固なら、あとちょっとがんばれるでしょう……しっかり足を踏みしめて……」

最後の段を上りきり、デレクのアパートメントの前に着いたときには、サラは肩で息をしていた。入口の広間を抜けて、深紫色のベルベットや重厚な錦織りで飾りたてられた応接間に入った。壁には金箔を型押しした革が張られ、いくつものフランス窓が堂々と並び、そこからはロンドンのすばらしい景色が望める。部屋をながめてサラは目を丸くした。デレクがぼそぼそとつぶやく指示に従って、サラは彼を寝室へ連れて行った。部屋の壁にはグリーンのダマスク織りの布が張られ、意匠を凝らした鏡が何枚も掛かっている。部屋の中には見たこともないほど大きなベッドが置かれていた。サラは真っ赤になりながら、男性の寝室を見るのは初めてだわと思ったが、デレクがブーツも脱がずにベッドに這いのぼったのを見ると心配になって、恥じらいは消し飛んだ。デレクは仰向けに寝そべり、動かなくなった。あばら骨を押さえていた腕から力が抜けている。

「ミスター・クレーヴン？　ミスター・クレーヴン——」サラは上からのぞきこんで、どうしたものかと考えた。彼は気を失っていた。長い体はぴくりとも動かず、大きな両手は半分握りしめた形のままだ。のどに手を差し延べて、血がついたスカーフ状のネクタイ《クラヴァット》の結び目をほどいた。注意深くクラヴァットをとり、顔からハンカチをはがした。

傷は右のこめかみから鼻梁を通って、左の頬骨まで達していた。顔の造作は粗削りな感じだったが、力強く均整がとれていた。半開きの唇から驚くほど白い歯がのぞいている。浅黒い肌に銅色の血のしみがつき、太い眉や長いまつげに固まった血がこびりついていた。

部屋を見まわして、部屋の隅に洗面台があるのを見つけたサラは小走りで近づき、水差しから冷たい水を洗面器に少しくみ、ベッドサイドのテーブルまで運んだ。布を水で濡らして顔にあて、血液と泥を拭い取った。目や頬を拭いてやると、デレクはしわがれた声をもらした。水の冷たさで目を覚ましたのだろう。濃いまつげが上がった。サラは手を止めて、はっとするほど鮮やかなデレクの瞳をのぞき込んだ。冷ややかな春の朝の草原の色だ。サラの胸は奇妙にうずいた。その眼光に射抜かれたように、動くことも話すこともできなかった。

デレクは手を上げて、ピンで結い上げた髪からほつれて落ちていた髪の一筋に触れ、しわがれた声で言った。

「名前を……もう一度」

「サラです」と彼女はささやいた。

ちょうどそのとき、ふたりの男が部屋に入ってきた。ひとりは小柄で眼鏡をかけ、もうひとりは年配で背が高かった。「ミスター・クレーヴン」小柄な男が生真面目に言った。「ヒンドリー先生をお連れしました」

「ウィスキーだ」デレクはかすれた声で言った。「酒がすっかり抜けちまった」

「喧嘩をなさったのですか?」体をかがめてデレクの顔をのぞき込んだワーシーの顔が驚きでゆがんだ。「おお、なんということだ、顔に」ワーシーは、手をもみ絞りながら横に立っていたサラを非難がましくにらみつけた。「このお嬢さんにそれだけの価値があるといいんですがね、ミスター・クレーヴン」

「この女のせいじゃない」サラが口をはさむ前にデレクが答えた。「たぶん、ジェナーズの連中だろう。ナイフを持った野郎がふたり、道で襲いかかってきやがった。この子ネズミが……ピストルを出して、うすのろのひとりを撃ったんだ」

「そうでしたか」ワーシーは表情を和らげてサラを見つめた。「お嬢さん、お礼を申し上げます。あなたは勇敢なお方だ」

「勇敢だなんて」サラは正直に言った。「考える暇もなかったんです。あっという間の出来事でしたわ」

「いずれにせよ、心から感謝いたします」ワーシーは少しためらってからつけ加えた。「わたしはミスター・クレーヴンの使用人で、賭博場のごたごたを鎮める役目でございましてね、それから」クレーヴンの血まみれの体をちらりと見てから気まずそうに言葉を結んだ。「そのほかあらゆることにたずさわっております」

サラはワーシーにほほえみかけた。とても感じのよい風貌の、小柄ですっきりとした体つきの男で、頭のてっぺんが薄くなりかけていた。とがった鼻にちょこんとのっている眼鏡がきらりと光った。彼からは辛抱強さが感じられ、その忍耐力は容易には揺るがないのだろうとサラは思った。ワーシーと医師はベッドの上にかがみこんで、デレクの靴や衣服を脱がせはじめた。サラは背中を向けて視線をそらした。部屋を出て行こうと歩きかけると、デレクが何ごとかぼそぼそと言うのが聞こえ、ワーシーにひきとめられた。「まだ、ここにいてくださると助かるのですが、ミス――」

「フィールディング」サラは視線を床に落としたまま答えた。「サラ・フィールディング」

その名前にワーシーは興味を引かれたようだった。「もしかして、小説家のS・R・フィールディングのご親戚ですか？」

「サラ・ローズといいます。本人だとわからないように、イニシャルを使っているのです」

医師は驚いてベッドから顔を上げた。「あなたがS・R・フィールディング？」

「はい、そうです」

それを聞いて医師は顔を輝かせた。「おお、なんという光栄。『マチルダ』はお気に入りの小説のひとつです」

「あれはわたしの本の中で一番よく売れています」サラは謙遜気味に言った。

「わたしと妻は、あの結末のあと、いったいマチルダはどうなったのだろうかと幾晩も話し合いました。橋から身を投げて、みじめな人生を終わらせたのか、それとも罪を償うことを選んだのか――」

「すまんが」ベッドから冷やかな声が聞こえてきた。「おれは出血で死にかけてるんだ。マチルダのことなんかほっておけ」

サラは申しわけなさそうに眉根を寄せた。「すみません。ヒンドリー先生、ミスター・クレーヴンをすぐに診てあげてください」サラはワーシーに視線を向けた。「どこで待っていればいいでしょうか？」

「よろしければ、隣の部屋で。ベルを鳴らして、召使にお茶か何か持ってくるように言いつけてください」

「ありがとうございます」応接間のほうに歩きながら、サラはどうして『マチルダ』はいつもこれほど人の興味をかきたてるのだろうと思った。あの本がなぜあれほど人気があるのか、サラには計りかねた。つい先日も、脚色されて芝居として上演されたばかりだった。人々は、主人公のマチルダが実在の人物であるかのように、彼女のことをあれこれ話すのが好きだったし、小説の結末について議論するのを楽しんでいるようだった。田舎町から逃げ出して娼婦に身を落とした娘の物語は、わざと結末をぼかしてあった。最後のページでマチルダはロンドン橋の上にたたずみ、堕落した人生を自ら終わらせるか、あるいは私利私欲を捨てて他人に尽くす人間に生まれ変わるか思案する場面で終わる。読者はマチルダの運命を自分の好きに決められるわけだ。サラ自身は、マチルダが死のうが生きようが、さして重要ではないと考えていた……自分が犯した過ちに気づき、彼女がそこから学んだということが大切なのだ。

手提げ鞄を手にぶらさげたままでいたことに気づき、サラは中から眼鏡を取り出した。袖でレンズをこすってぴかぴかに磨き、それを鼻にのせると、今度は帳面をさがした。サラは先ほどデレクがつぶやいた、耳慣れない表現を思い出しながら書き留めた。あとでだれかに意味をきかなくちゃ。

のろのろとマントを脱いで椅子の背にかけた。主のいないライオンの巣穴に捕えられているような気分だった。窓に近づき、深紫色の重いカーテンを開けて通りの景色をながめた。細長い窓ガラスの外にロンドンがある。生活に追われて忙しく動きまわる人々がひしめく世界。壁に掛かっている金色の鏡や、模様の描かれた白いベルベット張りの豪華な家具に視線を移す。準貴石がはめ込まれたテーブルの上には温室栽培の花がふんだんに飾られていた。美しい部屋だったが、贅沢すぎる感じがした。

サラは年老いた両親とともに住む故郷の小さな田舎家のほうが好きだった。裏庭には家庭菜園があり、父が丹精している果樹園もあった。狭い庭と放牧地もあって、エピーという名の灰色の老馬がいた。色のあせた家具が置かれている小さな客間にはいつも来客があった。両親にはたくさんの友人がいて、グリーンウッド・コーナーズの住人のほとんど全員が、サラの家を折に触れて訪ねてきた。

それにひきかえ、ここは豪奢だが寂しい城だった。サラは、なにやら退廃的な祝いの儀式を執り行っているローマの神々を描いた鮮やかな油絵の前に立った。隣の部屋からうなり声や悪態が聞こえてきて、気になってしかたがない。ミスター・クレーヴンの傷を縫っているのだろう。声を聞かないように努めたが、しばらくすると好奇心に負けて、のぞいてみることにした。

戸口に近づくと、ワーシーとドクター・ヒンドリーがデレクの顔の上に覆いかぶさるように体をかがめていた。デレクの下半身は白いシーツに覆われて動かない。しかし、体の横に置かれた手はひくひく動いていた。まるで医師を突き飛ばしたいとでもいうかのように。

「これ以上アヘン剤は飲ませられませんよ、ミスター・クレーヴン」と医師は言ってもう一針縫った。

「ちくしょう……少しも効きやがらない。もっとウィスキーをよこせ」

「ちょっと辛抱してくだされば、数分で終わりますよ、ミスター・クレーヴン」

ふたたび悲痛なうなり声があがった。「このくそったれめ、どいつもこいつも人でなしの、こんちくしょうだ――」

「ミスター・クレーヴン」ワーシーがあわてて口をはさんだ。「ドクター・ヒンドリーは、顔の傷の手当てに最善を尽くしてくださっているのですよ。あなたを助けようとしているのです。どうか、そんな口をきくのはおやめください」

「かまいませんよ」と医師は冷静に言った。「もう慣れっこになっていますから」医師は皮膚の端を合わせ、慎重に細かく縫合していく。

しばらく静かになったが、またしてもデレクがくぐもった声であえいだ。「もうたくさんだ。顔なんかどうなってもかまやしない。放っておいてくれ――」デレクはベッドから起き上がろうとした。

即座にサラは部屋に足を踏み入れた。クレーヴンがかっとしやすいたちだというのは明らかだったが、とにかくなだめすかしてベッドに横たわらせておかなければならない。せっかく医師が顔の傷を治そうとしてくれているのに、それを拒否したら後悔することになるだろう。

「ミスター・クレーヴン」サラはきびきびした口調で言った。「痛みがあるのはわかりますが、最後まで先生にやっていただかなければなりません。いまは顔などどうでもいいとお思いかもしれませんけど、あとでやっぱり治しておけばよかったと悔やみますよ。それに……」サラは一瞬言葉を止めてから、痛いところを突いた。「あなたのような、大きくて強い男の方がちょっとした痛みを我慢できないなんて。女性の産みの苦しみに比べたら、何でもないはずですわ、きっと」

デレクはゆっくりとマットレスに背中をつけ、「どうしてわかる?」と冷笑するように言った。

「グリーンウッド・コーナーズで一度お産に立ち会ったことがあるんです。何時間もつづきましたわ。でも、わたしの友人は声ひとつあげず、激痛に耐えました」

ワーシーは懇願するような目でサラを見た。「ミス・フィールディング、隣の部屋にいらしたほうがいいのでは――」

「わたしは、話しかけてミスター・クレーヴンの気をそらそうとしているのです。そうすれば少しは痛みを忘れることができますから。そのほうがいいでしょう、ミスター・クレーヴン? それとも、あちらの部屋に下がりましょうか」

「選択の余地があるか？　ここにいて、しゃべっていろ」

「グリーンウッド・コーナーズの話をしましょうか？」

「いや」デレクは歯を食いしばってうめきをこらえた。「自分の話をしろ」

「いいですわ」サラはベッドに近づいたが、慎み深くある程度の距離をおいた。「わたしは二五歳で、田舎で両親といっしょに暮らしています――」デレクがはあはあと苦しげにあえぐのを聞いてサラは言葉を切った。縫合はかなりこたえるらしい。

「つづけろ」とデレクは厳しい声で言った。

サラはもっと何か話すことはないかと必死に知恵を絞った。「む、村に住んでいる若い男の方とおつきあいしています。ふたりとも読書が大好きですが、彼はわたしよりももっと高尚な書物を好みます。わたしが書く小説は感心しないのだそうです」サラはこっそり近づいて、デレクのようすをうかがった。顔は見えなかったが、胸はよく見えた。黒い胸毛にびっしり覆われている。それを見てサラはびっくり仰天してしまった。いままで見たことがあった男性の裸の胸は、ギリシャ彫刻のものだけで、それには毛は一本も生えていなかったのだ。ウエストと腹はひきしまっており、胸や肩にはがっしりと筋肉がついていたが、ところどころに青あざができていた。「ミスター・キングズウッドというのが彼の名前ですけど、かれこれ四年もおつきあいしているのです。もうすぐプロポーズしてくれると思います」

「四年だと？」

デレクのあざけるような言い方に、サラはちょっとむっとした。「いくつか問題があるのです。彼といっしょに暮らしている母親は未亡人で、息子にべったりなんです。ミセス・キングズウッドはどうやらわたしのことがお気に召さないようで」

「なぜ？」

「つまり……息子には、どんな娘でもふさわしくないと思っているんじゃないかしら。それに、わたしの小説の題材が気に食わないみたいです。売春とか、貧困とか……」サラは肩をすくめた。「でも、そういう問題を扱うべきだとわたしは思うんです」

「それで金が稼げるんだからな」

「わたしと両親がつつがなく暮らせる程度にですけど」とサラはほほえみながら認めた。

「皮肉屋さんなのね、ミスター・クレーヴン」

皮膚に針がささると、デレクの歯のあいだからしゅっと息がもれた。「おまえだってそうなるさ。そのいまいましい村以外の世界のことを知ったらな」

「グリーンウッド・コーナーズはとてもすてきなところです」サラはむきになって言った。「それにわたし、外の世界のことだってかなり知ってますわ」

デレクは一瞬息を止めてから、ふーっと吐き出した。「ちくしょう、いったいあとどれくらい――」

「あと数針です」と医師がつぶやいた。

デレクはなんとかサラとの会話に意識を集中させようとした。「娼婦のことを本に書く……おまえはぜったい……」

デレクが何か耳慣れない言葉を吐くと、ドクター・ヒンドリーとワーシーは、そんなことは言ってはなりませんよ、とデレクをいさめた。サラは困惑してほほえんだだけだった。

「それは、聞いたことがない表現だわ」

「貧民街での経験が浅いからな」

「そうなんですよ」とサラは真剣に言った。「もっと何度も足を運ばないと調査は終わらないわ」

「あそこへは二度と行ってはならない」デレクはサラに言った。「これまで襲われなかったのが不思議なくらいだ。夜、あんな場所をうろつくなんて、あきれたばかだ——」

「最後の一針ですぞ」とドクター・ヒンドリーは言って、慎重に糸を結んだ。デレクはほっとため息をつき、静かになった。

ワーシーはベッドから離れてサラに近づき、わびるようにほほえんだ。「ミスター・クレーヴンのこと、どうぞお許しください。気に入った相手には、ひどいことを言う癖があるもので」

「あの方、大丈夫なんでしょうか?」サラは小声できいた。

「大丈夫ですとも。とても強い人ですから。こんなことくらいでまいったりはしませんよ」ワーシーはサラをまじまじと見つめ、気づかうように表情を和らげた。「震えていますね、ミス・フィールディング」

サラはうなずいて、深く息を吸い込んだ。「こんなどきどきするような出来事には慣れていませんの」このときまで、サラは自分がひどく動揺していたことに気づいていなかった。

「すべてがあれよあれよという間に起こってしまって」

「少しお休みなさい」ワーシーはうながした。「ブランデーでも飲んで気持ちを落ち着かせるといい」

「はい……じゃあ、ちょっぴり紅茶にでももたらしていただきます」サラは指をからめ合わせた。「両親の友人で、グッドマンさんという方の家に滞在しているんです。ずいぶん遅くなってしまって……きっと心配しているわ……」

「では、落ち着かれたら、すぐにうちの馬車でどこへなりともお送りしましょう」

「ワーシー！」デレクの不機嫌な声で会話が中断された。「ひそひそ話はやめろ。その田舎娘にいくらか金を渡して、家まで送ってやれ」

ワーシーがそれに答えようとすると、サラが軽く腕に触れて制した。サラは背筋を伸ばして小さな肩をいからせ、ベッドに近づいた。「ミスター・クレーヴン」サラは静かに話しはじめた。「報酬のことまで考えてくださって、ありがとうございます。でも、わたしお金なら十分間に合っています。でも、もし、この賭博クラブの中を見学させていただけるなら、そしてここの従業員の方々にいくつか質問させていただけるなら、とても嬉しいのですが。先ほど申しましたように、わたしは小説を書いていまして、もしもご協力いただけるなら――」

「だめだ」

「ミスター・クレーヴン、わたしが今夜あなたの命を救ったことを考えれば、無茶なお願いだとは思いませんけれど」

「ふん、ちゃんちゃらおかしい」

サラはあっけにとられた。「でも、あのふたりの男たちはあなたを殺そうとしていたのですよ！」

「本当に殺そうとしていたなら、おれはもうとっくにあの世にいるさ」

「では……あの人たちの目的は……あなたの顔を傷つけること？」サラは恐ろしくなってひるんだ。「でも、どうしてそんなことを？」

「ミスター・クレーヴンには敵がたくさんいますから」ワーシーは丸い顔を曇らせて言った。「とくに、同じようなクラブを経営しているアイヴォウ・ジェナーという輩はミスター・クレーヴンをねたんでいます。だが、まさかここまでやるとは」

「あいつではないかもな」デレクは目を閉じてつぶやいた。「ほかのやつかも。ワーシー……その女をここから追い出せ」

「でも、ミスター・クレーヴン」サラは抗議しようとした。

「こちらへ」とワーシーはサラをやさしく制して、ベッドのそばから離れさせた。サラはしぶしぶワーシーについて隣の部屋へ行った。

ひとりになると、デレクは苦さをちりばめた軽い笑いをもらした。「ジョイスのやつめ」とつぶやき、縫合された顔の傷に触れた。

ドクター・ヒンドリーが帰ったあと、ワーシーは召使を呼んでお茶を用意させ、暖炉の火をかきたてた。「さて、これでやっと」と彼はサラのそばの椅子に腰掛け、感じよく言った。「邪魔されずに話ができます」

「ミスター・ワーシー、なんとかミスター・クレーヴンを説得していただけませんか。わたし、迷惑をおかけするつもりはありませんし、ミスター・クレーヴンを煩わせるようなことにはなりません。ただ、クラブの中のようすを見せていただきたいだけなんです。それから、いくつか質問させていただいて――」

「ミスター・クレーヴンに話してみましょう」ワーシーは約束した。「それから、明日、クラブにいらしてもかまいませんよ。ミスター・クレーヴンは床についていますからね」サラがぱっと顔を輝かせたので、ワーシーはほほえんだ。「女の方にここを訪れる特権をさしあげることはめったにないのですよ。舞踏会のときをのぞいては。ここの敷居をまたぐことを許された女性は、あなたのほかにはたったひとりしかいません」

「ええ、聞いたことがありますわ。おてんばリリーと呼ばれていた方でしょう。何年もミスター・クレーヴンの愛人だったんですよね？」

「風聞がつねに正しいとは限らないのですよ、ミス・フィールディング」

そこへ、メイドがお茶とおいしそうなサンドイッチがのったトレイを持ってあらわれたので話は中断した。ワーシーは手際よくサラにお茶を注ぎ、たっぷりブランデーを加えた。ひざにカップと受け皿をのせて、サラはサンドイッチをかじった。なんだかだんだんと悪夢から覚めていくような感じだった。くるぶしが見えないように気づかいながら、暖かい暖炉の火のほうに足を伸ばした。

「ただし、ひとつ条件があります」椅子の背にもたれてワーシーが言った。「ミスター・クレーヴンに近づいたり、質問したりしてはなりません。というか、なるべくあの方の目に触れないようになさるのがよろしい。クラブで働いている者なら、だれに声をかけてもかまいません。われわれはできるかぎりあなたのお仕事に協力できるようにしますよ」

サラはがっかりして眉をひそめた。「でも、ミスター・クレーヴンのお話が一番役に立つと思いますの。お尋ねしてみたいことがいろいろあって――」

「あの方はたいへんな秘密主義者です。過去を捨てるために人生をすごしてきたのですからね。自分のことはけっして語ろうとはしないでしょう」

「では、あなたがミスター・クレーヴンについて知っていらっしゃることをお聞きしたいわ」サラはお茶を少し飲み、期待をこめて支配人を見つめた。

「あの方についてお話しするのは難しいですね。デレク・クレーヴンは、わたしがこれまで会った人の中でもっとも複雑な人物です。心の広いところもあるのですがね……」ワーシーはブランデーを飲み、グラスの中の深みのある琥珀色の液体をじっと見つめた。「しょっちゅう破滅的な面を見せるのです。ミスター・クレーヴンはあなたにはとても想像できないほど粗野な環境で育ったのですよ、ミス・フィールディング。あの方が自分の母親について知っていることは、タイガーベイの娼婦だったということくらいです。タイガーベイというのは、さびれた波止場の通りで、船乗りやならず者が女を買いに行くところです。彼女はミスター・クレーヴンを下水溝の中に産み落として、そこに置き去りにしました。仲間の売春婦たちが、赤ん坊を哀れに思って拾ってやった。ミスター・クレーヴンは子ども時代をそうしたうらぶれた売春宿ですごしたのです」

「まあ、ミスター・ワーシー」サラは声を詰まらせて言った。「そんな場所で育てられるなんて、ひどすぎますわ」

「五歳か六歳になると、煙突に上って掃除をする仕事をはじめました。体が大きくなりすぎて煙突に上れなくなると、物乞いや盗みをするようになり、波止場でも働きました……ただ、あの方がぜったいに話したがらない期間が何年かあるのです。まるで、その時間が存在しなかったかのように。そのあいだ、彼が何をしていたのか、わたしは知りませんし……知りたくもありません。とにかく、そうした中で、読み書きや算術の知識を少し身につけたようです。二〇歳になる前に、ニューマーケットの競馬場でノミ屋をはじめていました。ミスター・クレーヴンの話によると、そのころに賭博クラブを開く構想を立てはじめたんだそうです」

「そんな生い立ちの少年にしては、驚くべき野心ですわね」

ワーシーはうなずいた。「ロンドンに小さな家を持つことだって、そうした子どもにとっては桁はずれの偉業だったはずです。ところが、ミスター・クレーヴンは、権力者たちですらこぞって会員になりたがるような豪華なクラブをつくるという夢を抱いたのです」

「そして、まさしくその夢を実現させたんだわ」サラは感嘆の声をもらした。

「そうです。無一文でこの世に生を受け……」ワーシーは少し間をおいた。「実際、名前すらなかったのです。ところがいまでは、このクラブに出入りするほとんどの紳士よりもずっと金持ちだ。ミスター・クレーヴンがどのくらいの財産を所有しているのか、本当のところはだれも知らないのです。広大な領地、たくさんの屋敷、賃貸している店や家がひしめく通り、美術品のコレクション、ヨット、競馬馬……目の飛び出るような額ですよ。しかも、あの方は財産に関しては、一シリングの端数まできちんと知っている」

「目標は何なんでしょう。最終的に、ミスター・クレーヴンは何を求めているのでしょうか？」

ワーシーはかすかにほほえんだ。「ひとことでお答えできます。もっと、です。何ごとにもけっして満足はしないのです」サラがお茶を飲み干したのを見て、ワーシーはおかわりはいかかですかと尋ねた。

サラは首を横に振った。ブランデーと暖炉の火の暖かさとワーシーの物柔らかな声が合わさって、眠気に襲われていた。「もう帰らなくては」

「馬車をまわしましょう」

「いえ、いいんです。グッドマン家は目と鼻の先ですわ。歩いて帰れます」

「とんでもない」支配人はきっぱりと言った。「レディはけっして徒歩で出歩いてはなりません。とくに、こんな夜更けには。今夜ミスター・クレーヴンが遭ったような災難が、あなたにも降りかかるかもしれないのですよ」ふたりは立ち上がった。ワーシーは何か言おうとしたが、その言葉を途中で飲み込んで、不可解な目つきでじっとサラを見つめた。結い上げてピンで留めてあった髪はほとんどがほつれて肩にかかっており、暖炉からの赤い光が、栗色のウェーブの上で躍っていた。彼女の風変わりで古風な美しさには、妙に心惹かれるものがあった。こうした美しさは、エキゾチックな美貌がもてはやされる昨今では見逃されやすいのだが。

「あなたには、どこか俗世間を超越したものが感じられる……」ワーシーは、我を忘れてぼそっとつぶやいた。「女性の顔にこのような無垢なものを最後に見たのはいったいいつのことだっただろう」

「無垢？」サラは頭を振って笑いだした。「あら、いやですわ、ミスター・ワーシー。わたし、悪徳や罪についてみんな知ってますのよ――」

「だが、そうしたものに毒されていない」

サラは打ち沈んだようすで唇を噛んだ。「グリーンウッド・コーナーズでは事件なんかまったく起こらないんです」と素直に認めた。「わたしがいつも書いているのは、ほかの人々に起こること。ときどき、思いっきり好きなように生きてみたくてたまらなくなりますの。冒険をしたり、いろんなことを感じたり、そして――」突然言葉を切って、顔をしかめた。「あら、何をしゃべっているのかしら。わたしのことどう思われます？」

「そうですね」ワーシーはほほえみながら答えた。「冒険がしたくてたまらないというなら、ミス・フィールディング、今夜はまさにそのとっかかりをつかんだのではないですか」

サラはそう考えると嬉しくなった。「本当ですわ」しかし、すぐに現実に引き戻された。「でも、人を撃ってしまいました――傷つけるつもりはまったくなかったのに――」

「あなたは、ミスター・クレーヴンの顔がずたずたにされるのを救ったのです。命を救ったとは言えないまでも」ワーシーはやさしく言った。「罪の意識を感じたら、そうお考えになったらいい」

その助言はサラの気持ちを楽にした。「明日、またここに来てもいいのですか?」

「ぜひおいでください」

サラはにっこり魅力的な笑顔をつくった。「そういうことならば……」サラは差し出されたワーシーの腕をとり、彼に導かれて階段を下りていった。


デレクは手足を伸ばしてベッドに横たわっていた。アヘン剤が効いているせいで、だるく、頭がぼんやりしている。それなのに薬は、痛みにも、自己嫌悪にもほとんど効き目がない。唇を引いて苦笑いを浮かべた。つまらんこんなかすり傷を負うくらいなら、むしろ暴漢にざっくりとやられてしまったほうがよかった。これでは怪物というより、むしろ薄のろに見える。

ジョイスのことを考えた。裏切られたくやしさや、腹立たしさが湧いてくるのを待ったが、心は冷やかなままで、彼女のことがうらやましいとすら思えてくるのだった。少なくともあの女は、こうした行動に出るほど切迫した情熱をもっているのだ。たとえそれが、傷つけられた誇りのせいにせよ。しかし自分はどうだ。どんなことにも必死になることはない。欲しいものはすべて手に入れてしまった……富、女、そして、上流階級の男たちが自分のクラブの入口でブーツの泥をこすり落とすのさえ見た。しかし、この二年というもの、貪欲な欲求は干上がっていた。彼には何もなかった。あるのは空っぽの魂だけだった。

ジョイスのベッドに誘い込まれたのは、そうした空虚感のせいだったのだろう。そしてそれが結局、今夜の事件を引き起こしたのだ。しなやかな体、金髪、猫のような目をもつジョイスは、長いこと忘れていた女に対する興味を呼び覚ました。それほど強い気持ちがあったわけではなかったが、それでもとにかく彼女を求めた。楽しい夜が何度もあったことは否定できない。しゃれたゲームにみだらな悪行……ちょっとやそっとのことでは、デレクには悪行とは感じられないのだが。だがついに、ジョイスにも自分自身にもうんざりして、関係を終わらせたのだった。薬のせいで夢うつつの頭に記憶がよみがえってきて、あのときの場面が再現された。

「冗談でしょう」ジョイスは、最初は面白がって艶やかな声で言った。「わたしと別れるなんて」裸身をしわくちゃになったリネンのシーツにくるんで、彼女はベッドの上で体を伸ばした。「教えて、わたしの次はだれ？　鈍重な田舎娘？　脱色した髪に赤いストッキングをはいた、つまらない女優？　もうそんな生活には戻れないわよ。極上のものを味わうことに慣れてしまったのだから」

デレクはジョイスの自信たっぷりな言い方ににやりとした。「これだから貴族の女は困る。金メッキで飾りたてた、つまらん女たち。あんたたちと寝ることを、わたしが光栄に感じていると思っているのだからな、まったく」デレクはからかうようにグリーンの目でジョイスをながめまわした。「わたしがほかの貴族の女と寝たことがないと思っているのか？　冗談じゃない。わたしは昔、あんたたちのような上流のあばずれから金を取って寝てやっていたんだ。あんたはただでやれたんだから感謝すべきだな」

細い貴族的な鼻とくっきりとした頬骨をもつジョイスの美しい顔が、突然、怒りでゆがんだ。「嘘よ、そんなこと」

「クラブをはじめる資金をどうやって集めたと思っていたんだ？　貴族の奥方連中は、自分たちのことを後援者と呼んでいたっけ」デレクはジョイスににやりと冷たく笑いかけて、ズボンをはいた。

ジョイスは赤い口元にあざけるような笑みを浮かべた。「じゃあ、あなたはただの男娼だったってこと？」これに彼女は興奮したらしい。

「ほかにもいろいろとやっていたが」デレクはシャツのボタンをはめて、鏡をのぞきこみながら襟を直した。

ジョイスはベッドから滑り下りてデレクの近くまで歩いていき、一瞬立ち止まって鏡に映る自分の美しい裸身に見ほれた。若いときに年老いたやもめの伯爵と結婚したジョイスは、たくさんの愛人をもつことで肉体の欲求を満足させてきた。妊娠した場合は即座に処理された。子どもを産んで体の線を崩したくなかったし、伯爵にはすでに先妻とのあいだにできた跡継ぎが何人もいた。ジョイスは狡猾さと美貌を駆使して社交界では人気を得ていた。この見目麗しい肉食獣は、自分の地位を脅かすと見た女たちをことごとく陥れた。慎重に選ばれた言葉と、巧妙に仕組まれた「偶然」によって、罪のない女たちの名誉を汚し、堕落した女の烙印を押させてきたのだった。

デレクも鏡を見つめた。ジョイスの意図はわかっていた。服を身につけた彼と、白い自分の裸身とのエロティックな対比を見せつけようとしていたのだ。ジョイスは天使のように清純に見えることもあったが、デレクは彼女がその金色の髪を振り乱した魔女に変身するのを知っていた。恍惚に達して、顔をゆがめながら金切り声をあげ、長い爪を男の肌に食い込ませる激しい女に。これほど奔放な女には会ったことがなかった。快楽のためならどんな淫らなことでも平気でした。まったくお似合いのふたりだ、とデレクは苦々しく思った。お互い、自分の要求を満たすためだけに存在しているような人間だった。

表情のないデレクの顔を薄いブルーの瞳で見つめたまま、ジョイスは平らな彼の腹に手を滑らせていき、股間をさぐった。「ほら、まだわたしを欲しがっているわ」彼女は猫のようにのどを鳴らした。「どのくらい欲しがっているか、感触でわかる。あなたはこれまでの愛人の中で最高だわ。大きくて硬くて――」

デレクに乱暴に突き飛ばされて、ジョイスはベッドに倒れ込んだ。誘うように脚を広げ、彼を待つ。ところがデレクが喜びもしないことに気づいて、ジョイスの目に驚きの色が浮かんだ。

「終わったんだ」デレクはそっけなく言った。「ボンド通りのつけはすべて払う。あんたが大好きな、あのチビのフランス野郎の店で宝石でも買うといい。支払いはわたしにつけておいてくれ」デレクは黒い絹のクラヴァットを結ばずに首にかけたまま、体をよじって上着を着た。

「どうしてこんなことをするの？　わたしにひれ伏してほしいの？」ジョイスは挑発的にほほえんだ。「あなたの前でひざまずくわ。それでどう？」ジョイスが床にひざをついて、ズボンの前に顔を近づけてきたので、デレクは彼女を立たせ、両肩をつかんだ。

「聞けよ、ジョイス――」

「痛いじゃないの」

「わたしはあんたに嘘はついていない。何の約束もしなかった。これがいつまでつづくと思っていたんだ？　わたしたちはどちらも、欲しいものは手に入れた。だからもう終わりなんだよ」

ジョイスはデレクをにらみつけた。「いつ終わりにするか決めるのはわたしよ、あなたではなく！」

デレクの表情が変わった。「なるほど、そういうことか」と言うと笑いだした。「プライドが傷ついたってわけだ。いいか、ジョイス、友だちには好きなように話してくれ。そっちがわたしを捨てたと言えばいい。あんたが何を言おうと異論は唱えない」

「なんなのその上から見下ろすような言い方は。無知な虫けらのくせに！　ここまでのしあがるのに、いったいどれくらいの人の靴を磨いてきたかわたしは知っているのよ。他の人たちもみんな知っているわ！　紳士たちはあなたのクラブを訪れるけれど、あなたを自分の家に招待することはぜったいにないし、舞踏会にも呼ばない。同じテーブルでは食事をさせないし、自分の娘に近づくことは許さない。なぜだかわかる？　彼らはあなたを軽んじているからよ——靴にこびりついた泥くらいにしか考えてないの。あなたが生まれた貧民街の連中と変わりがないと思っているのよ！　あなたのことなんて、くずのくずだと——」

「もういいだろう」デレクは乾いた笑みを浮かべて言った。「そんなことは十分承知している。いくら言っても無駄だ」

ジョイスはデレクをじっと見つめ、どうやら自分の侮辱に彼がまったく動じていないことがわかったようだった。「感情ってものがないのね。だからだれもあなたを傷つけることができない——だって、あなたの心は死んでいるから」

「そういうことだ」彼はさらりと言った。

「そして、だれのことも気にかけていない。わたしのことさえも」

きらきら輝くグリーンの目が、彼女の目と合った。デレクは何も言わなかったが、答は明らかだった。ジョイスは腕を後ろに引き、思い切り彼をひっぱたいた。銃声のような、ぱんと鋭い音がした。デレクはさっと動いて殴り返そうとしたが、彼女の顔の手前でこぶしを止めると、ゆっくりその手を下ろした。表情は暗く冷静だった。

「もっと楽しませてあげるわ」ジョイスはかすれた声で言った。「まだ試してないことがいろいろとあるのよ——新しいゲームを教えてあげる——」

「お別れだ、ジョイス」そう言うとデレクはくるりと背を向けて部屋を出た。

まるで夕食の席でおかわりはいかがときかれて「いや、けっこうです」と答えるかのように、あまりにもあっさりと自分の体を拒否されたことはジョイスにとって屈辱的ですらあった。顔が深紅に燃え上がった。「だめ」彼女は絶叫した。「わたしを捨てるなんて許さない！だれか別の女がいるなら、爪で目をえぐり出してやるわ」

「別の女のせいじゃない」冷笑するような答が返ってきた。「退屈になっただけだ」突然、デレクのしゃべり方に強いロンドン訛りがあらわれた。「あんたら上流の連中が好きな言い方をすりゃあ、アンニュイってことさ」

ジョイスは裸のまま寝室を飛び出し、階段を下りていくデレクに向かって叫んだ。「いますぐ戻ってくるのよ……でないと、あとで痛い目を見ることになるわよ！　あなたをわたしのものにできないなら、だれにも渡さないから！　いいこと。このままですむと思ったら大間違いよ、デレク・クレーヴン！」

デレクはその脅しを真面目に受け取っていなかった——というか、どうでもよかったのだ。すでに自分の人生で計画していたことはすべて成し遂げてしまっていた。だが、成功へ向かう長い波乱に満ちた道の果てに、こんな落胆が待ち受けていようとは思ってもいなかった。

欲しいものをすべて手に入れたいま、楽しみにすることは何ひとつ残っていなかった。くそったれアンニュイめ。退屈で頭が腐りそうだ。数年前は、アンニュイという言葉の意味すら知らなかった。金持ちの病気だ、とデレクは思った。皮肉な思いにかられて、彼は苦笑いを浮かべた。

2

サラは細心の注意を払って、賭博クラブを訪問するための着替えをした。持っている中で一番上等なドレスを選んだ。灰青の薄い紗織りの生地でできていて、縁には三段の深いタックがとってあり、ハイネックの襟にレース飾りがついている。手持ちのドレスの数は少なかったが、そのどれもが上質で丈夫な布地で仕立てられていた。サラはあまり流行に関係がない無難なスタイルが好きだった。昨夜着ていたドレスについた血のしみがとれるといいけれど、とサラは思った。血のしみを点々とつけて、夜遅くに帰宅したときにはちょっとした騒ぎになった。あわてふためいて質問してくるミセス・グッドマンには、外出先でちょっとしたトラブルがあったのですとやんわり説明した。「心配するほどのことではありませんわ。ただ、足を止めて、見知らぬ方をお助けしただけです」

「でも、あの血は——」

「わたしの血は一滴も混じっていませんわ」サラは笑顔でミセス・グッドマンを安心させた。

それから、どうしたら血のしみがとれるでしょうかと、上手にミセス・グッドマンの注意をそらした。ふたりはデンプンの粉をペースト状に練ったものを上着とドレスに塗りつけた。

今朝、服はジンと蜂蜜と軟石鹸を水に溶かした液に浸けてある。

顔にかかっていた髪を上げてすっかりピンでとめてから、その栗色の髪を小枝模様のレースの帽子で隠した。できばえに満足して、今度はトランクの中から軽いケープをさがし出した。小さな窓ガラスからちらりと外を見ると、秋らしい寒い日のようだった。

「サラ！」階段を下りていくと、ミセス・グッドマンの困惑した声が聞こえてきた。「豪華な馬車が家の前に停まっているの！　何か心当たりがある？」

サラは興味をそそられて、質素な家の正面玄関に行き、かちゃりと扉を開けて外をのぞいた。黒いラッカー塗りの馬車、真っ黒な馬、騎馬従者たち、そして御者と従僕がひとりずつ。従僕は鹿革のズボンにフロックコート、そして三角帽子をかぶっていた。ミセス・グッドマンもそばにやってきた。通りに面した家々の窓のカーテンは開かれ、興味津々の人々の顔がのぞいている。「この通りに、こんな馬車が来たことはいままでいっぺんもないわ」とミセス・グッドマンが言った。「アデレイン・ウィザーベインの顔をごらんなさいな。いまにも目の玉が飛び出しそうよ！　サラ、いったい何ごとかしら？」

「わかりませんわ」

信じられないといった目つきで、ふたりは従僕がグッドマン家の階段を上ってくるのを見つめた。従僕の身長は軽く一八〇センチを超えていた。「ミス・フィールディングでいらっしゃいますか？」と従僕はうやうやしく尋ねた。

サラは大きくドアを開けて答えた。「そうですが？」

「あなた様のご都合のよい時間に馬車でクレーヴンズにお連れするようにと、ミスター・ワーシーに命じられて参りました」

ミセス・グッドマンはいぶかしげな視線を従僕からサラに向けた。「ミスター・ワーシーとはどなたです？　サラ、これは、昨晩のあなたの不審な行動に関係があるのですか？」

サラはあいまいに肩をすくめた。ミセス・グッドマンは昨晩から取り乱していた。サラが遅く帰宅し、髪はぼさぼさで、身なりが乱れ、服には血のしみがついていたのだから。ミセス・グッドマンがあれこれ質問してくるので、サラは穏やかに、ご心配にはおよびません、ただ小説の題材について調べていただけですと答えた。ついにミセス・グッドマンもあきらめて、「わかったわ」と陰気な声で言った。「あなたのお母様が手紙に書いてきたことは本当だったのね。その静かな外見の下には、頑固さと秘密主義が隠されていたんだわ！」

「母がそんなことを？」サラは驚いてきき返した。

「書いてあることを全部合わせるとそういうことになるんです！　お母様はね、あなたは、どんなに奇妙なことでもこうと決めたらぜったいにやりとおすとお書きになっていたの。それからあなたは、どこで、とか、なぜといった言葉ではじまる問いにはめったに答えないとも」

サラはそれを聞いてにっこりした。「ずいぶん昔に、人にはあまり詳しい話はしないほうがいいと学びましたの。そんなことをしたら、みんな、わたしのすることなすこと全部知らないと気がすまなくなりますから」

気持ちを現在に引き戻し、サラは手提げ鞄と手袋を持って、従僕とともに歩きはじめた。ミセス・グッドマンはサラの腕に触れてひきとめた。「サラ、わたしが付き添って行ったほうがいいと思うわ、あなたの安全のために」

ミセス・グッドマンは好奇心が騒いでしかたがないのだわ、とサラは思ったが必死に笑いをこらえた。「ご親切にありがとうございます。でもその必要はありませんわ。どうぞご心配なく」サラは馬車の前で立ち止まり、背の高い従僕を見上げた。「こんなこと、してくださらなくてもよかったんですよ」と小声で言った。「お昼になる前に、歩いてクレーヴンズに行くつもりだったんですから」

「御者とわたくしになんなりとお申しつけください、ミス・フィールディング。ミスター・ワーシーから金輪際、あなた様がロンドンの街を歩きまわることがないようにと命じられております」

「武装した騎馬従者は大げさすぎるわ」サラはこの派手なやり方に困惑していた。こんな豪勢な馬車は、小さな田舎の村から出てきた小説家よりも公爵夫人に似つかわしい。

「騎馬従者はとくに重要でございます。ミスター・ワーシーは、あなた様が頻繁に危険な場所に近づく癖がおありになると申しておりました」従者は派手な身ぶりで馬車の扉を開け、サラの手をとって、絨毯敷きの小さな段を上らせた。サラは困ったような表情で座席に腰掛け、ベルベットのクッションに背をもたせかけてスカートを直した。

賭博クラブに到着すると、執事がとびきりの礼儀正しさで、サラを玄関広間に招き入れた。

すぐに人あたりのよい笑みを浮かべてワーシーがあらわれ、旧友に再会したかのようにサラを歓迎した。「ミス・フィールディング、ようこそクレーヴンズへ！」

サラは差し出された腕に手をかけ、ミスター・ワーシーに案内されてクラブに入った。

「ミスター・クレーヴンのおかげんはいかがですか？」

「食欲が出ないようです。縫合のあとは痛々しいですが、そのほかは問題ありません」ワーシーは、壮麗な玄関広間の中央でサラがくるりとまわるのを見つめた。驚きでサラの表情が変わっていた。

「まあ」彼女の口から出たのはそれだけだった。「なんてことでしょう」これほど贅沢なものを見たことがなかった。天井にはステンドグラスがはめ込まれ、輝くシャンデリアが下がり、毛足の長い濃紺のベルベットを張った壁には金箔を被《き》せた柱が並んでいる。華麗な装飾に目を釘づけにしたまま、サラは手さぐりで手提げ鞄から帳面を取り出した。

一心不乱にメモをとっているサラに向かってワーシーは言った。「ミス・フィールディング、従業員にはあなたのことを話してあります。みんな喜んで、あなたのお役に立ちそうな話をお聞かせするでしょう」

「ありがとうございます」とサラは気もそぞろに礼を言い、眼鏡を直して柱頭の彫刻を見つめた。「これはイオニア様式ですね？」

「人造大理石と、建築家は呼んでおりました」

サラはうなずいて、帳面に書きつづけた。「だれの建築ですか。たとえばナッシュとか？」

「いいえ、ミスター・クレーヴンは、ナッシュの建築には創造性が足りないとお考えでした。それに、ミスター・ナッシュはかなりなお年のうえに、国王陛下に命ぜられた仕事で忙しくて。代わりに、ミスター・クレーヴンはグラハム・グラノウという若い建築家を選び、とにかくバッキンガム宮殿が見劣りするくらい豪華な建物をと注文したのです」

サラは笑った。「ミスター・クレーヴンは何ごとも中途半端というのがお嫌いなのね」

「いかにも」ワーシーは困った表情で答えた。そして中央のハザード（サイコロ賭博の一種）ルームを指し示した。「ではクラブの中をご案内しましょう」

サラは戸惑った。「ぜひそうさせていただきたいところですが、ほかのお客様に見られたら――」

「ご心配なく、ミス・フィールディング。まだ早い時間ですから。道楽好きのロンドン人は、午後になるまで寝床から出ませんよ」

「わたしは夜明けとともに起きるのが好きですわ」とサラは朗らかにしゃべりながら、ワーシーのあとについて中央の部屋に向かった。「朝は一番頭が働きますの、それに――」八角形の部屋につづく戸口のひとつを通り抜けたとたん、感嘆の声をあげて言葉を飲み込んだ。目をまん丸くして、有名なドーム形の天井を見上げる。天井はふんだんな漆喰細工と見事な絵画に覆われ、見たことのないほど巨大なシャンデリアが吊り下げられていた。中央のハザードテーブルはドーム中央部の真下に置かれていた。サラは静かに部屋の雰囲気を心の中に吸い込んだ。ここで繰り広げられてきた何千ものドラマを感じ取れる気がした。身代を揺るがすほどの大金が動き、興奮と怒りと恐れ、そして熱狂がこの部屋に渦巻いていたのだ。小説のアイデアがいくつかいっぺんに浮かび、サラはできるだけ急いでそれを書き留めた。その間、ワーシーは辛抱強く待っていた。

突然、サラは奇妙な感覚に襲われた。首の後ろにむずがゆいような感触が走ったのだ。鉛筆の動きが遅くなった。なんとなく気になって、文章を書き終えてからだれもいない戸口を見やった。それから本能的に、メインフロアを見下ろすバルコニーを見上げる。何か影のようなものがさっと動いた……だれかに監視されていたのだ。「ミスター・クレーヴン」とサラは支配人にも聞き取れないほどかすかな声でつぶやいた。

サラがメモを書き終えたのを見てとって、ワーシーは部屋の反対側の出口を身ぶりで示した。「では、先へ参りましょうか?」

ダイニングルームやビュッフェルーム、それから入念に装飾がほどこされたトランプルームがいくつもつづく長い廊下を通って、喫煙室、ビリヤードルーム、そして警察の手入れがあったときにクラブのメンバーを避難させるための隠し部屋などを見てまわった。サラの熱心な質問にうながされて、ワーシーは賭博に関するこみいった話や、建物の構造、そしてクラブで出される食事や酒の原産地の話まで、詳しく語った。

見学中ずっと、サラはあとをつけられている気がしてならなかった。しょっちゅう肩越しに振り返っては、だれかが戸口や柱の陰に潜んでいないかさがした。時が経つにつれて、あちこちで働く召使の数が増えてきた。たくさんの家女中《ハウスメイド》が、モップやバケツやぞうきんを手に、廊下を横切っていく。扉は磨かれ、絨毯は掃かれ、炉棚は拭かれ、家具にははたきがかけらる。

「管理がゆき届いていますのね」黄金の欄干がついた中央大階段を上りながら、サラが感心して言った。

ワーシーは誇らしげにほほえんだ。「ミスター・クレーヴンは厳しい基準を設けていますから。クラブが精密な時計さながらに運営されるように、一〇〇人近い従業員を雇っているのです」

階段はそれぞれの階で枝分かれする長い廊下につづいていた。これらの部屋は何に使われるのですか、とサラが尋ねると、ワーシーの顔が少し赤らんだ。「従業員たちの部屋――」と言いよどむ。「それからいくつかは、一晩お泊まりになるお客様用です。それから、多くはその……つまり……住み込みの娼婦たちの部屋です」

サラは、なるほどという顔でうなずいた。住み込みの娼婦がどういうものかは知っていた。『マチルダ』を書くときにいろいろと調べて以来、売春には強く反発を感じていて、そのような仕組みの奴隷になっている女性たちに同情を寄せていた。いったんその道に踏み込んでしまうと、ぜったい不可能とは言えないまでも、なかなか普通の生活に戻るのは難しかった。売春に対して同情的な文章を書くようになった理由のひとつは、一般に考えられているように娼婦たちが不道徳な人間ではないと訴えたかったからだ。ミスター・クレーヴンが売春幹旋でも利益を得ていることに嫌悪を覚えた。賭博よりもずっと悪いことに思われた。「ミスター・クレーヴンは売春でどれくらい儲けているのですか？」

「娼婦たちからは一銭も取り上げておりませんよ、ミス・フィールディング。女たちを置いておけばクラブの雰囲気づくりになりますし、お客様をひきつける魅力にもなります。上がりはすべて、娼婦たちの懐に入るのです。さらにミスター・クレーヴンは、彼女たちを守ってやり、部屋をただで貸しています。それに街頭で客をとるよりも、ずっといい常連がつきますからね」

サラは苦笑した。「ずっといいですって？　そうでしょうか、ミスター・ワーシー。わたしの聞いたところでは、貴族も、女性を虐待したり、病気をまき散らすことにかけては貧乏人に負けないそうですけど」

「うちの女たちと話をしてみたらいかがですか。クラブで働くことの長所も短所も聞けると思いますよ。彼女たちもあなたになら、きっと正直に話すと思います。どうやらあなたのことを一種のヒロインと考えているようですから」

サラはそれを聞いて目を丸くした。「わたしを？」

「あなたが『マチルダ』の作者だと話すと、みんな顔を輝かせました。休みの日にタビサが仲間にあの小説を読んで聞かせたのですよ。このあいだも、脚色されて舞台化されたものを全員で見に行きました」

「いま、どなたかとお話しさせていただくことはできますか？」

「まだ、眠っているでしょうから、あとで――」

ハスキーな女の声があいだに入った。「ワーシー！　ワーシーったら。この怠け者の支配人、いったいどこにいたのよ。クラブ中をさがしまわっていたんだからね！」少し透ける白い布地でできたしわくちゃの部屋着だけをまとった女が、廊下を小走りにやってきた。魅力的な女性だったが、長年の厳しい暮らしのせいでその小さな顔はやつれ、サラと同じ栗色の巻き毛が肩や背中にかかっていた。女はちらりとしかサラのほうを見なかった。

サラは二言三言、あいさつくらい交わしたいところだったが、これまでの経験から、娼婦たちはこの人なら親しくしても大丈夫と確信するまで、なかなか打ち解けてくれないことがわかっていた。敬意からか、軽蔑からか、あるいは恥ずかしさからか、娼婦たちは普通「善良な女性」とは目を合わせたがらない。

「タビサ」ワーシーは静かに言った。「いったい何ごとだね？」

「またF卿が」タビサは怒り狂って言った。「あのけちな老いぼれめ！　昨夜、あいつったら、一晩分の料金をやると言ってモリーとやるだけやっておいて、今朝になったら払わないで帰ろうとするのよ！」

「わたしにまかせなさい」ワーシーは穏やかに言った。帳面に書きつけているサラにちらりと目をやる。「ミス・フィールディング、ほんの数分、お待ちいただいてもかまいませんか？　右手のギャラリーには美しい絵がたくさん飾ってあります。ミスター・クレーヴンの個人的なコレクションですよ」

「どうぞ行ってあげてください」とサラはうながした。

突然、タビサの顔が輝いた。「じゃあ、この人なんだね？」とワーシーにきく。「マチルダなんだね？」

「いいえ、違います」サラは言った。「わたしは『マチルダ』という題の小説を書いただけですわ」

「じゃあ、彼女の知り合いなのかい？　友だちなんだろう？」

サラは平静に言った。「というわけではないのです。マチルダは架空の人物なんですよ。実在しないのです」

タビサは非難するような目でサラを見た。「実在しないだって？　あたしは全部読んだんだよ。それにマチルダに会ったことがあるっていう娘も知っているさ。アヴァース卿にめろめろになる前まで、通りでいっしょに客をとっていたんだよ」

「つまりですね――」サラは説明しかけたが、ワーシーはいくら言っても無駄だと言わんばかりに頭を振って、タビサを連れて行ってしまった。

笑みを浮かべて考え込みながら、サラはギャラリーをぶらぶらと歩いた。ゲーンズボロの作品が数枚、スタッブズの馬と騎手の絵、ルーベンスの華やかな作品が二枚、そして格調高きヴァンダイクの作品。サラは一枚の見事な肖像画に近づいて、興味深くながめた。ひとりの女が椅子に座っていて、その近くに小さな娘が立ち、小さな手を母親の腕にかけている。ふたりともびっくりするほど美しかった。白い肌、カールした黒髪、表情豊かな目。そのやさしい光景に感動して、サラは声に出してひとりごとを言った。「なんてきれいなんでしょう……いったいだれかしら？」

肖像画の女性のきらめくような美貌と自分の月並みな容姿の違いを意識せずにはいられなかった。ミスター・クレーヴンはとびきりの美女を見慣れているのだろう。でも自分にはエキゾチックなところも、人目を引くようなところもないのだ、といまさらながらサラは思った。男たちをとりこにするような美貌を持って生まれたらどんな気分なのだろう？

背後には物音ひとつしなかったが、第六感が働いて背中がぞくっとした。サラはさっと振り向いた。だれもいない。用心深く眼鏡を直し、ばかみたい、とひとりごちた。さらにギャラリーの奥へと歩を進め、高価な絵の数々をじっくりと鑑賞した。クラブ中のすべての品々と同じく、こうした絵は人に見せつけるために選ばれたかに見えた。ミスター・クレーヴンのような男は、生涯をかけて、こうした価値のある美術品や、手の込んだ装飾をほどこした部屋や、美しい女を収集するのだろう……自分の成功の証として。

帳面を手提げ鞄にしまって、サラはギャラリーの外にぶらぶらと歩いて行った。クラブをどのように描写しようか、そして小説に登場する架空のオーナーをどのような人物に仕立て上げようかと考えはじめた。少しロマンチックな要素を入れたほうがいいかも。そう、こんなふうに書いたらどうだろう。彼は上品さも美徳も身につけていないと一般に思われていたが、実はひそかに美を愛する人物だった、そしてあらゆる形で美を所有しようとし、まるで――。

いきなり腕をぎゅっとつかまれ、目の前で壁がぽんやりと開いたように思われた。足が宙に浮いた感じがしたとたん、さっと横に引っ張られた。すべてが一瞬の出来事のようだった。あえぐ以外何もできず、相手がだれともわからぬまま、息苦しい暗い場所に引き込まれた……秘密の扉だ……隠し通路があったのだ。サラの体は両手でつかまれていた。一方は手首を握り、もう一方は肩をつかんでいる。暗闇の中で目をぱちくりさせながら、サラは必死にしゃべろうとしたが、あまりに恐ろしくて、かすれてうわずった声がもれるだけだった。

「だれ……だれ……」

すり切れたベルベットのように柔らかな男の声がした。というより、声を感じたといったほうがいいだろう。男の熱い息がひたいにかかった。サラは激しく震えはじめた。

「なぜ来た?」

「ミスター・クレーヴン」サラは震える声で言った。「こ、ここはとても暗いですわ」

「わたしは暗いところが好きなんだ」

サラはなんとか息を落ち着かせようとした。「こんなふうにわたしを、お、おどかす必要があったんですか?」

「驚かすつもりはなかった。だが、あんたがちょうど目の前を通りかかったもので、つい」

サラの恐怖は怒りに変わった。この人はこんなにわたしを怯えさせても、ぜんぜん悪いとは思っていない……わざとやったのだ。「つけていたんですね」と非難するように言った。

「ずっと、見張っていたんだわ」

「昨晩言ったはずだ。ここには来るなと」

「ミスター・ワーシーがかまわないとおっしゃったので――」

「ここはわたしのクラブだ。ワーシーのものではない」

昨夜あんなに世話になっておきながら、そんな言い方はないでしょうと口から出かかったが、ここに閉じ込められているあいだは、言い争うのは利口ではないと思い直した。サラは少しずつ、隙間からかすかに光がもれている隠し扉のほうに近づいていった。「そうですわね」と抑えた声で言う。「まったくそのとおりです。わ、わたし、もう行かないと」

しかし手を離してくれないので、サラは立ち止まらざるをえなかった。「賭博についてどんなことを書くつもりなのか、話してみろ」

暗闇の中でまばたきしながら、サラは知恵を絞った。「ええと……わたしの村にひとりの青年がいました。とても感じのいい、頭のいい青年でしたわ。彼はちょっとした財産を相続したのです。それだけあれば、数年間は楽に暮らしていけたはずです。ところが彼はその富をなんとか増やしてやろうと考えたのです。正直なやり方ではなく、賭け事で。そして一晩ですべてを失ってしまいました。ミスター・クレーヴン、あなたのクラブで」

デレクは興味なさそうに肩をすくめた。「よくあることだ」

「けれど、それでもまだ懲りなかったんです。彼は賭け事をつづけました。サイコロを投げるたびに、いままでの負けはすべて取り返せると信じて。家も、馬も、すべての持ち物も、そして有り金も一切合財失い……グリーンウッド・コーナーズの恥さらしと後ろ指を指されるようになりました。それでわたしは考えました。何が彼をそんな行動に走らせたのかと。

彼に尋ねると、自分自身を止めることができなかったのだと涙ながらに話してくれました。クレーヴンズですべてを失ったあと、彼は道行く人に自分のブーツを売って、その金を持って裸足で小さな場末の賭博場に行ったそうです。当然のように、わたしはトランプやサイコロで破滅したほかの人たちの人生についても考えました。ハザードテーブルで一晩のうちに失われる財産は、あなたの懐を温めるよりももっと崇高な使い道があるはずです」

デレクが皮肉な笑いを浮かべたのがわかった。「まったくだ、ミス・フィールディング。だがな、くだらん本を一冊書いたところで、だれも賭け事をやめたりしない。もっとやるようになるのが落ちさ」

「そんなことありません」サラは頑なに言った。

「『マチルダ』が出たからって、女を買う客が減ったか？」

「でも、一般大衆がいままでよりも娼婦に同情を寄せるようになったとわたしは信じていま――」

「娼婦ってのはな、金さえ見せればいつでも脚を開く」デレクはそっけなく言った。「そして、人はいつも賭け事に金を使う。賭博について本を書いて出版しろ。そして、どれほどそれがいい影響を与えるか自分の目で見てみるがいい。それでまっとうな生活に戻るやつがいるかどうかたしかめてみろ。死人が屁をこくほうがまだありえそうだ」

サラは汚い言葉づかいに真っ赤になった。「破産した人々があなたのクラブから出て行くのを見て、心が痛むことはないのですか。お金も、希望も、未来も失って。自分にもなんらかの責任があるとは思いませんか？」

「拳銃で脅されて連れてこられたわけじゃあるまいし。やつらはクレーヴンズに博打を打ちにやってくる。わたしはやつらが欲しがっているものを与えているだけだ。それで大金を儲けちゃいるが。わたしがやらなければ、だれかほかのやつがやるのさ」

「こんなに利己的で、思いやりのかけらもない言葉は聞いたことがありません――」

「いいかい、ミス・フィールディング、わたしは貧民街で生まれたんだ。通りに捨てられていたところを、娼婦たちに拾われて、ミルクとジンで育てられた。あんたも見ただろう、瘦せこけたちびの小悪党どもを。すりに物乞い、いかさま師……わたしもあいつらのひとりだったんだよ。りっぱな馬車がかたかたと車輪を鳴らしながら通りをやってくるのをながめた。居酒屋の窓の隙間から、太った紳士野郎どもが、腹がぱんぱんになるまでたらふく飲んだり食ったりするのをのぞいたもんだった。それで気づいたんだ。この貧民街の外には別の世界がある。どんなことをしてでも、ぜったいに、おれはその世界に入って自分の分け前をもらってやると誓った。以来、わたしが気にかけているのはそのことだけだ」デレクは静かに笑った。「それなのにあんたは、サテンのしゃれたズボンをはいたお坊ちゃんがわたしのクラブで金を捨てるのを見て、心を痛めろって言うのか」

サラの心臓は激しく鳴っていた。こんな暗がりに、男の人とふたりきりでいたことはなかった。逃げ出したかった――全本能が危険にさらされていると警告を発していた。しかし、心の奥のどこかに――信じられないことだけれど――この場面にうっとりと魅了されている部分があるのだった……禁じられた世界の入口で、動けずにいるかのように。「わたしが思いますに」とサラは言った。「あなたは貧しい出自を都合のいい言い訳に使って……ほかの人々が生きるよすがとしている道徳をすべて捨て去ろうとしていらっしゃるんですわ」

「道徳か」デレクは鼻を鳴らした。「道徳なんて代物はな、わたしの知るかぎりでは、金持ちだろうと貧乏人だろうと、適切な値をつけられればだれだって簡単に売り渡すものなんだよ」

「わたしは売り渡したりしません」サラはたじろがずに言った。

デレクは黙り込んだ。小柄な女がすぐそばにいることを強く意識する。ひだ飾りがついたハイネックの生真面目な服のボタンをきちんと留めた女。糊と石鹼のにおいがした。たまたま運悪く出くわしたことがあるオールドミスたちと同じにおい……クラブの客である貴族の息子の家庭教師や、深窓の令嬢に付き添っている未婚のおばや、男をベッドに引っ張り込むより読書のほうが好きという文学趣味の女たちだ。いわゆる「売れ残り」というやつで、新鮮さはすっかり失われ、何か便利な用途が見つかるまで棚の奥にしまわれている。

しかし、この女は、普通のオールドミスとは違う。この女は昨晩、人を撃ったのだ。おれを救うために。デレクは傷が痛みだすほど眉を寄せた。

「もう行ってもいいですか?」サラがきいた。

「だめだ」

「ミスター・ワーシーがさがしていますわ」

「まだ話が終わっていない」

「ここでなくてもいいでしょう」

「わたしが決めた場所で話す。わたしはあんたが欲しがっているものを持っている。このクラブへの出入り許可だ。さあ、あんたは見返りに何をくれる？」

「思いつきません」

「わたしはぜったいにただでは人にものはやらない」

「わたしからどんなものをご所望ですか？」

「あんたは物書きだ。頭を使えよ」デレクはからかった。

サラは唇を噛んで、慎重に状況を考えた。「先ほどおっしゃったことを、本当に信じていらっしゃるなら」とサラはゆっくり言いはじめた。「わたしの小説が出版されれば、あなたの儲けは増えるでしょう……ということは、クラブを見学することを許可してくだされば、あなたの利益になりますわ。あなたの理論が正しいなら、わたしの本で儲けられるはず」

にやりと笑ったのでデレクの真っ白い歯がきらりと光った。「それはなかなかいい」

「では……クラブに来る許可をいただけますね？」

かなり長い時間が経ってからデレクは答えた。「よろしい」

サラは心からほっとした。「ありがとうございます。参考資料として、あなたやこのクラブ以上のものはありませんわ。お邪魔にならないよう気をつけるとお約束します」

「せいぜいそうすることだ。でなければ、即刻追い出すからな」

隠し扉がいきなり開いたので、ふたりともびっくりした。戸口にワーシーが立っていて、通路をのぞきこんでいる。「ミスター・クレーヴン？　こんなに早く起きられるとは思っていませんでした」

「そのようだな」デレクは陰険に答えると、サラの手を放した。「わたしの許しも得ずに、クラブを案内するとは。このごろちょっと図に乗っているんじゃないのか、ワーシー」

「わたしのせいです」サラは支配人をかばおうと割って入った。「わ、わたしがどうしても、とわがままを言ったのです。悪いのはすべてわたしです」

デレクは口をねじ曲げた。「ワーシーは自分がやりたくないことはけっしてやらん。わたしが命じた場合以外は、な」

サラの声を聞きつけて、ワーシーは心配そうに彼女のほうに視線を向けた。「ミス・フィールディング？　大丈夫ですか？」

デレクはサラを引っ張って、前に押し出した。サラは急に光にさらされて目をしばたたいた。「ほら、おまえのかわいい小説家はここだ。わたしたちはちょっと話をしていただけだ」

サラは眼鏡越しに、自分を捕えていた相手を見た。昨夜見たときよりも大きくてもっと堂々としているように思われた。チャコールグレーのズボンに、浅黒い肌を際立たせる雪のように白いシャツという洗練された服装だった。ポケットなしの黄褐色のベストはほっそりした体にぴったりと合って、しわひとつない。村では、これほどエレガントな服装をしている人を見たことがなかった。グリーンウッド・コーナーズの誇りである、ペリー・キングズウッドですらかなわない。

しかし、高価な衣服を身につけていても、デレク・クレーヴンを紳士と思う人はいないだろう。顔の傷の縫いあとは彼を荒くれた粗野な男に見せた。鋭いグリーンの瞳に見つめられると射抜かれてしまいそうな気分になる。彼は世馴れた尊大さと絶対的な自信を身につけた強い男であり、太陽が東から昇るのを止められないように、もっと上をめざす貪欲さを隠すことができない野心家なのだった。

「ミス・フィールディングに隠し通路を見せるつもりはなかったのですが」とワーシーは眉を髪の生え際に届きそうなほど吊り上げて言った。それからサラのほうを向いた。「とはいえすでに隠し通路があることを知ってしまわれたのですから申しますが、クラブは、こんな秘密の通路やのぞき穴だらけなのです。のぞき穴から賭博場のようすを監視するわけなのですよ」

サラは問いかけるようにデレクをちらりと見た。すると彼は彼女の考えを簡単に読み取った。

「クラブで起こっていることで、わたしが知らないことは何ひとつない。そのほうが安全なのだ――クラブのメンバーにとっても、わたしにとっても」

「そうでしょうとも」とサラはつぶやいた。彼女の声には人には気づかれないほどかすかな疑いが混じっていた。しかしデレクはそれを聞き逃さなかった。

「あんたもこうした通路が便利だと思うだろう」デレクは滑らかに言った。「客に直接近づくことは許さないからな」

「でも、ミスター・クレーヴン――」

「ここに来たいなら、わたしの決まりを守ることだ。客とは口をきいてはならない。テーブルで行われている賭博の邪魔をしてはならない」デレクはいやに膨らんでいる手提げ鞄に目をやり、「まだ拳銃を持っているのか？」と面白がるように尋ねた。

「あらゆる事態にそなえて、用心しているのです」

「そうか」デレクはからかうように言った。「今度、このあたりで物騒なことが起こったら、だれに助けを求めたらいいかわかったぞ」

サラは黙り込んで、顔をそむけた。無意識に、デレクにつかまれていたところに手をあてた。そしてゆっくりと、いやな思い出を消し去ろうとするかのように腕をなでた。なるほど、おれに触られたのがそんなにいやだったのか、とデレクは苦笑した。おれがどんな罪を犯してきたかを知ったら、二度とその汚れを拭い去ることができないように感じることだろう。

ワーシーが咳払いして、支配人らしい真面目くさった声で言った。「では、ミス・フィールディング、見学をつづけましょうか？」

サラはうなずいて、暗い通路を振り返った。「この通路がどこにつづいているのか知りたいですわ」

デレクは薄笑いを浮かべてふたりが通路の奥に入っていくのを見つめながら、支配人に声をかけた。「彼女をよく見張っておくんだぞ。人を撃ち殺さないようにな」

支配人のかすかな声が聞こえた。「かしこまりました、ミスター・クレーヴン」

デレクは板張りの扉を閉めた。すると扉はぴたりと壁にはまりこんで、継ぎ目もわからなくなった。立ち止まって、軽いめまいと戦いながら体のバランスをとる。傷めたあばら骨が痛みだした。ゆっくりと自分の個室へ向かい、贅沢な寝室に入った。ベッドのヘッドボードや柱には、トランペットを持った智天使と、波間から飛び上がるイルカが彫刻されていた。すべてが厚い金箔で覆われ、刺繍をほどこしたベルベットのベッドカバーに映えて燦然と輝いている。このベッドが悪趣味だとわかっていたが、そんなことはどうでもよかった。家具職人は「王様にぴったりのベッドでございます」と言っていた。そして、その高価なデザインが気に入ったのだった。少年時代、数えきれないくらいたくさんの夜を他人の家の戸口や貧民街の木の階段の下ですごした。いつか自分のベッドで眠れるようになる日を夢見ながら。しかし、自分の宮殿を建てて、何千夜もベルベットと金箔に囲まれて眠っても、この激しい喪失感は消えないのだということがわかっただけだった。いまも、名前のわからない何かを渇望していた。それは上等な寝具や贅沢とは関係のないものだった。

目を閉じて浅い眠りに落ち、不快な夢の中を漂う。ジョイス・アシュビーの顔、輝く金髪、そして血の川でぴしゃぴしゃとしぶきを上げる彼女の白い足……。

突然、自分がひとりではないことに気づいた。軽いうめき声をあげて、デレクは跳ね起きた。警戒で全身の神経が高ぶっている。ベッドのそばに女が立っていた。グリーンの瞳の焦点が彼女に定まると、デレクはふたたび頭を枕に落とした。「なんだ、きみか」

リリーこと、レディ・レイフォードは椅子から立ち上がって、上からデレクをのぞき込んだ。その黒い瞳を見れば真剣に心配しているのがわかる。「怪我をしたって聞いたわ。どうして知らせてくれなかったの？」

「たいした怪我ではない」鬱陶しそうな表情は浮かべていたものの、リリーに心配されて悪い気はしないようだった。彼女が顔を近づけてきて、傷口に指で触れても拒絶はしなかった。彼らはざっくばらんに話ができる友人どうしだったが、ふたりきりで会うことはめったにない。リリーの夫、レイフォード伯爵が、かなりのやきもち焼きだからだ。「レイフォードに知られる前に帰ったほうがいいぞ」デレクはぶつぶつ言った。「今日は決闘したい気分じゃないからな」

リリーは歯を見せて笑い、また椅子に座った。「アレックスはわたしを信用しているわ」と得意げに言う。「それに、子育てで忙しくて、浮気なんかする暇がないことを彼は承知しているの」リリーはにこっとしたが、そのほほえみはすぐに消えた。「ワーシーが今朝、手紙をくれたの。あなたが怪我をしたと。あの人って、何でも控えめに言うたちじゃない。だからわたし、心配で頭がおかしくなりそうだったわ。かすり傷かもしれないし、致命傷かもしれない。その中間ってこともある。それで自分の目でたしかめに来なくちゃならなくなったのよ。ああ、顔がこんなになってしまって」リリーは表情をこわばらせた。たぐいまれな美貌が、一瞬、激しい怒りの形相に変わった。「いったいだれにやられたの？」

デレクは腕に置かれていたリリーの手を振り払った。「おそらくジョイスだと思う」

「レディ・アシュビー？」リリーは黒い目を大きく見開き、興奮してまくしたてた。「いったいどうして？……デレク、あなたまさか、あの女と関係していたなんて言わないわよね！ あなたもばか面さげた哀れな男たちと同じく、偽物の金髪とおちょぼ口と揺れる豊満な胸にめろめろになって、あの女狐の毒牙にかかってしまったっていうの？ いいえ、答えなくていい。そう、あなたも喜んで彼女の餌食になったのね」リリーは顔をしかめて、苦々しく言い放った。「顔にちゃんとそう書いてある」

リリーがデレクにこれほど生意気な口をきけるのは、ふたりのあいだに長い親密な友情があるからだ。それでも、ここが限界ぎりぎりの線だった。デレクは、きょうだい喧嘩をしているかのように、枕をリリーに投げつけた。「帰れ、この冷血女――」

リリーは枕を受け止めた。「わたしがあの女のことをすごく嫌っているのを知ってて、どうして彼女とつきあったりできたの？」

デレクはあざけるように口元をゆがめて笑った。「妬いているんだな」

リリーは腹立たしげにため息をついた。「わたしたち、そんな間柄じゃないでしょ。わかっているくせに。わたしは夫を崇拝しているの。わたしは完全に彼のものだし、それにあなたにとっても彼は友人と言ってもいい人なんじゃないかしら。うちのふたりの子どもたちはあなたのことを『おじ様』と呼んでいるし——」

「都合のいい話だ」

「わたしたちのあいだには何もなかったわ。数年前に、あなたに助けを求めたとき、あなたはわたしをアレックスに押しつけた。ま、そのことには、心から感謝しているけど」

「あたりまえだ」とデレクは言った。

急に緊張がほどけ、ふたりは笑みを交わし合った。「あなたの女の趣味は最低だわ」リリーは静かに言った。投げ捨てられた枕を拾って、デレクの頭の後ろに入れてやる。

デレクは枕にもたれかかり、糸のように細めた目で彼女をながめた。「きみに看病されたら男は命を落としかねないな」デレクは、ひきつれはじめた縫い目にそっと触れた。口では言わなかったが、デレクもリリーが正しいことは認めていた。リリーは、デレクがつきあったことのある女の中で、たったひとりのまともな女性だった。彼なりにリリーを愛してはいたが、危険を冒してまで手に入れたいと思うほど深く愛してはいなかった。生涯をかけてそうした危険を冒す心の準備はできそうになかった。夫や父親になれるとはとても思えなかったし、「家族」という言葉の意味もよくわからなかった。永続、責任、約束——リリーが必要としているものは、デレクの生きている世界には存在しなかった。彼にとって、確信できるものは自分がつくりあげてきた莫大な富だけだった。金で天国に居場所を買えるなら、デレクは永久の生を買い占めることだろう。

デレクは表情を抑えて、リリーをじっと見つめた。黒い巻き毛は複雑に編まれ、ほっそりした体にエレガントなドレスをまとっている。彼女がかつてはデレクと同じく、社会からはじかれた者だったと気づく人はいないだろう。それがふたりの絆だった。共通の秘密と記憶を持っていることが友情の土台だった。レイフォード卿との結婚によって、リリーはここを巣立って上流社会の仲間入りをした。デレクに許されているのは、そうした社会を脇からのぞくことだけだ。貴族の男たちはめったに自分の屋敷にデレクを招こうとしないが、奥方たちは喜んで彼をベッドに招き入れた。デレクにとってそれは一種の愉快な復讐ともいえた。リリーをひどく怒らせることにはなるのだが。

「レディ・アシュビーといったい何があったの？」とリリーは迫った。

「一週間ほど前に、彼女と別れた」ジョイスの獰猛な怒りを思い出しながら、デレクは苦笑いした。「それがお気に召さなかったらしい。男をふたり雇って、わたしを襲わせたんだろう。顔に傷をつけておあいこにするために」

「ほかの人が黒幕だってこともあるでしょう？　たとえば、アイヴォウ・ジェナーとか。あの人はいつも汚い手を使って――」

「違う。昨夜襲ってきたやつらは、迷わず顔を狙ってきた」デレクは大儀そうに上半身を起こし、連なる縫合のあとに触れた。「女がやりそうな復讐の仕方だ」

「つまり、レディ・アシュビーはあなたを手に入れられないなら、ほかのだれにも渡したくなかったということ？」リリーはひどく悲しげな顔になった。「吐き気がするほど、ひどいしうち――でもあの女ならやりそうなことね。なぜあんな人とかかわったの？ 人生があまりにも陳腐で退屈に感じられ、あの人の貴族的な魅力にあらがえなくなってしまったってこと？」

「そうだ」デレクは冷笑した。

「何年間も、あなたが次々と女を変えるのを見てきたわ。階級が高くて、お高くとまっていればいるほど、あなたは欲しがった……それはなぜ？ 世間の連中に、自分はみんなが欲しがる最高の女を手に入れることができると見せびらかしたかったから。あなたみたいな男は女を戦利品としか見ていない。そこが頭にくるのよ！」

「これからは、地味でもてない女を追いかけることにする。それで満足か？」

リリーは小さな両手でデレクの片手をつかんだ。デレクはその手を振りほどこうとしたが、リリーは放さなかった。「どうすればわたしが満足するか教えてあげる」リリーは真面目に言った。「あなたがそんなふうに世をすねた皮肉屋になっていくのを見ると胸がはりさけそうになるわ。だれかいい人を見つけてほしいの、デレク。善良で、独身の女性。あなたがいつもつきあっているような、世馴れた有閑夫人じゃなくて。結婚しろとまでは言わないわ。だって、結婚なんてぜったいしたくないと思っているのを知っているから。でもせめて、毎日の生活にささやかな平和をもたらしてくれるような愛人を持ってちょうだい！」

デレクはばかにするように笑った。「男はそんな理由で女を囲ったりしない」

「違うかしら？　奥さんよりもずっと平凡で家庭的な雰囲気の愛人がいる人を何人か知っているわ。愛人っていうのはね、いっしょにいてくつろげる女性でなくちゃだめなのよ。下品なベッドテクニックを知っているからいいってものじゃないの」

「なんでそんなことに詳しいんだ？」

リリーは肩をすくめた。「狩りの最中やクラブで、それから晩餐後のポートワインを飲みながら、男の人たちが話しているのを聞いたことがあるの。わたしがそばにいるのをうっかり忘れて、本音をしゃべってしまうのよ」

「レイフォードはもっと前に、きみが狩りに同行するのを禁止しておくべきだった」

「アレックスはわたしが狩りに行くのを誇りに思っているわ」リリーは小生意気に言った。「話題を変えようとしてもそうはさせないわよ。あなたに必要なのは愛人なの、デレク」

デレクは笑って、努力して消そうとしてきたロンドン訛りをわざと出して答えた。「おれはな、女にはまったく不自由してねえんだ」

リリーはデレクをにらみつけた。「わたしは愛人の話をしているの。あなたがふだん相手にしている尻軽な女じゃなくて。いっしょに暮らせる相手をさがしなさいと言っているのよ。毎晩ひとりの女の人とすごすことを考えたことはない？　やめて、そんなしかめっ面をするのは！　田舎に住んでいる感じのいい若い未亡人を見つけたらいいと思うわ。でなければ、わたしがあなたの保護を心から感謝するかわいらしいオールドミスとか。あなたさえよければ、わたしが候補者を挙げて――」

「自分の女は自分で選ぶ」とデレクは冷たく言った。「きみにまかせたら、どんな婆さんを押しつけられるかわからない」

「わたしが選んだ人は、ぜったいにレディ・アシュビーよりはましよ！」リリーはデレクの手を放してため息をついた。「もう行かなくちゃ。あなたのアパートメントにこれ以上長くいたら、評判に傷がついてしまうわ。あなたのマダム好みを考えればなおさら」

「来てくれと頼んだ覚えはないぞ」デレクは言い返した。しかし、リリーが帰ろうとして立ち上がると、デレクはさっと彼女の手をとってその甲にキスをした。

「わたしがお願いしたとおりにしてくれる？」デレクの手を握りしめながら、リリーは懇願した。

「考えてみるよ」その言い方は丁寧すぎて、リリーはデレクが嘘をついているなと思った。

それでもリリーはほほえんで、デレクの黒髪をいとおしそうになでた。「そのほうがいいわ。あなたはいつか、わたしの思慮深い助言に感謝するから」リリーは部屋を出て行こうとしたが、ふと戸口で立ち止まり、問いかけるような顔で振り返った。「デレク……ここに上がってくる途中で、このクラブにまったく似つかわしくない小柄な女性が、従業員といっしょに裏の部屋にいるところをちらりと見かけたんだけど。彼女は質問をしまくって、一心に何やら帳面に書きつけていたわ」

デレクは枕にもたれて、投げやりに脚を組んだ。「小説家だ」

「そうなの。もう本が出ているの？」

『『マチルダ』って本を書いたらしい」

「あのS・R・フィールディング？」リリーはびっくりして笑いだし、部屋の中に戻ってきた。「あの有名な隠遁作家？　いったいどうやって彼女をここに連れてきたの？」

「昨夜、彼女がわたしをここに連れてきたんだ――暴漢からわたしを救って」

リリーはあんぐりと口を開けた。「ふざけているんでしょう？」

リリーの驚いた顔を見て、デレクはにやりと笑った。「拳銃を取り出して、ひとりを撃ったのさ」

一瞬、部屋はしんと静まり返ったが、すぐにリリーの大笑いが緊張した沈黙を破った。

「ぜひ紹介してちょうだいな。うちで催す夜会か、サロンの茶話会に出席してもらえないかしら。ねえ、なんとか彼女を説得して」

「きみがおてんばリリーだと聞きつければ、すぐにここへやってきて質問をはじめるさ」

「まあ、なんてすてき」リリーはせかせかと部屋を歩きまわりはじめた。「娼婦の物語を書く小説家、貧民街でならず者を撃ち、賭博クラブに頻繁に出入りして、暗い秘密を掘り起こすために全力を尽くす。きっと仲良しになれると思うわ。どんな人？　年配？　それとも若い？　社交的なタイプかしら、それとも内気？」

デレクは肩をすくめた。「きみより、一〇ばかり若い。いかにもオールドミスって感じだな……」デレクは、帽子のレースのフリルの下から、慎み深い目でこちらを見つめていたサラのことを思い出した。おれのすぐ近くに立っていることに気づいて、びくっとしていたっけ。「男に対しては内気だ」

　ずっと異性を手玉にとってきたリリーは、頭を左右に振った。「なんでかしら。男ってごまかしがなくて、単純な生き物なのに」

「ミス・フィールディングは田舎の村の出身だ。グリーンウッド・コーナーズとか言っていたな。だから、男のことも、都会のこともまったくわかっちゃいない。ロンドンで一番危険な貧民街をうろつきまわっていたんだぜ――『お願いします』とか『ありがとうございます』と言いさえすれば何でも問題は片づくと思っている。自分が強盗に遭ったり、強姦されたりするなんてありえないと思っている……なぜって、そういうことは礼儀に反するからだ。わたしがどうして彼女に、クラブに出入りしてあちこちつつきまわるのを許したかわかるか？　もしそうしなかったら、あの女はロンドン中の場末の賭博場を訪れて、賭博に興じる泥棒や、殺人を屁とも思わんごろつきどもに話しかけるに決まっているからだ！」デレクの声から普段のさりげない調子は消えて、いつになく熱くなっていた。「しかも、婚約間近だというじゃないか。恋人がロンドンの街をうろついていても平気でいられるとは、いったいどんな男だ。計画的に彼女の抹殺を企てているなら別だが！　考えられない大ばか者だぜ、まったくよう！――そいつに言ってやりてえ、手提げ鞄にくそ拳銃なんぞ入れて、街を歩きまわる女にどんな災難がふりかかるか――」

「デレク」リリーの顔に奇妙な笑みが浮かんだ。「ロンドン訛りが出てるわよ」

　デレクは急に口をつぐんだ。

「訛りが出るのは」リリーはぶつぶつ言った。「あなたがかなり興奮しているか、怒っているときよね」

「わたしはけっして怒らない」

「ええ、もちろん、そうでしょうとも」射抜くような冷静なまなざしでデレクを見つめながらリリーは答えた。

デレクはリリーの表情が気に入らなかった。愚かしい男どもには理解できないことを感じ取っているときに女たちがする、上から見下ろすような目つきだ。「帰るんじゃなかったのか」デレクはぶっきらぼうに言った。

「そのつもりだったけど、あなたが、われらがミス・フィールディングについて演説をぶちはじめたものだから。彼女、あなたのこと、どう思っているのかしら？　あなたのおぞましい過去を知って、肝をつぶしたんじゃないの？」

「話を聞いて有頂天になっていた」

「もちろん、精一杯嫌われるように話したんでしょうね？」

「その話がすっかり気に入ったようで、わたしのことを『参考資料』と呼んでいた」

「でも、もっとひどいことも言われてきたでしょう。とくにわたしに」リリーは心から残念そうに傷を負った彼の顔を見て言った。「あなたがハンサムだったときの顔を彼女に見せたかったわ。糸はいつとれるの？」

「彼女は好みのタイプじゃない」デレクはそっけなく言った。

「デレク、このへんではっきりさせておいたほうがいいと思うんだけど……わたし、あなたの好みのタイプには感心したことがないの」

デレクは唇をねじ曲げてにやりとした。「あの女とベッドに入ったらさぞかし楽しいだろう。ベッドに寝そべって、ずっと帳面に何か書きつけているはずだ。彼女は……」あるイメージが心に滑り込んできて、デレクは言いよどんだ……自分の下にあるサラ・フィールディングの青白い裸身。彼女の腕がそっと首に巻きつけられ、やさしい息が肌にかかる。そのイメージは、いらだたしいほどエロティックだった。デレクは顔をしかめて、リリーの話に心を集中させた。

「……レディ・アシュビーとの情事よりもはるかに安全だわ！　今回の事件で、顔の傷がこの程度ですんだのは、幸運だと思わなくちゃね。いいわ、わたしが必ずレディ・アシュビーに仕返しをしてあげる、必ず――」

「リリー」デレクの声に含まれている何かがリリーを止めた。「もうこの件はおしまいにしよう。ジョイスには手を出すな」

デレクの態度が突然冷やかになったので、リリーはたじろいだ。デレクの目つきは、決闘の相手を見据える男の目つきだった。トランプ賭博で、全財産をかけているプレーヤーどうしがにらみ合うときの目つき。決闘にしろ賭博しろ、勝つのはいつも勝敗にこだわっていないように見えるほうだ。リリーはそうした無情な神経を賞賛し、同時に恐れてもいた。「このまま彼女を見逃すわけにはいかないわ。報復を受けるべきなのよ――」

「わたしの言うとおりにしろ」デレクは自分の借りを他人に返してもらったことは一度もなかった。自分のやり方で、自分の選んだときに、ジョイスと対決するつもりだった。とりあえずいまは、何もしないことを自ら選んだのだ。

リリーは唇を嚙んでうなずいた。もっと言いたかったけれど、あまり刺激するのは危険だとわかっていた。デレクは、リリーが親しげに彼をからかったり、ちょっと威張ってみせたりしてもある時点までは許す。しかし、越えてはならない一線があるのをリリーは知っていた。「わかったわ」

しばし彼女を見つめたあと、デレクは表情を和らげた。「じゃあ、お別れのキスをしてくれ」

リリーは素直にデレクの頰にキスをして、控えめなほほえみを浮かべた。「近いうちに、家へ来てね。あなたの顔の縫い痕に子どもたちは夢中になるわ。とくにジェイミーは」

デレクは敬礼の真似をして、ひたいに手を触れた。「海賊にやられたと話すことにしよう」

「デレク」リリーは後悔をにおわせながら言った。「差し出がましい口をきいてごめんなさい。ただ、あなたのことが心配なの。あなたはすごくつらい人生を送ってきたから。わたしを含めて、ほとんどの人がぜったいに理解できないような恐怖をくぐり抜けて生き延びてきたんだもの」

「もう過去のことだ」デレクはにやりとして、いつもの高慢な調子で言った。「いまのわたしは、イギリスでは並ぶ者がいないほどの金持ちなのだから」

「ええ、あなたはひとりではとても使いきれないほどのお金を持っている。でも、お金ではあなたの期待していたものは買えなかったのではなくて？」

デレクのほほえみは消えた。正体不明の飢餓感に悩まされていることをリリーに話したことはなかった。何を渇望しているのかがわかりさえすれば、きっとこの空虚な気持ちを埋められるのだろうが、それが何なのかさっぱりわからない。リリーはどうして気づいたのだろう？　おれの目の中にある何かを読み取ったのか、おれの声に潜む何かを聞き取ったのか？

冷たい沈黙に出合ってリリーはため息をついた。デレクのひたいにかかっていた一筋の黒髪に触れ、「ああ、デレク」とつぶやいてから、彼女は静かに部屋を出て行った。その後ろ姿をデレクはじっと見つめていた。

それから数日間、サラはクレーヴンズの中を自由に歩きまわることを許された。ただし、客がいることが多いメインルームにだけは近づくことを禁じられていた。山のようにたまっていくメモにサラはすっかり満足していた。これがあれば、紳士のクラブを詳細に描写できるだろう。そのうち中心街から離れた場所にある小さな賭博場へも足を伸ばさなければならないかもしれないが、とりあえずは、もう少しここで見聞きする必要がある。

サラは毎朝、厨房に座った。クラブの中で一番広くて忙しい部屋だ。クレーヴンズの従業員はみんな厨房にやってきて、食事や雑談をする。賭博台の進行をまかされているクルピエや、長い夜の仕事を終えた住み込みの娼婦もやってきた。

厨房は備品や食料が十分にそろい、緻密に管理されていた。どっしりした中央の作業台の上には、いろいろな形の鍋や壺が三列に天井から吊り下げられている。壁際には小麦粉や砂糖などの樽が並び、長い黒のコンロの上ではさまざまなソースの鍋がぐつぐつ煮えていて、何やらおいしそうなにおいで厨房の空気を満たしていた。ここはシェフのムッシュー・ラバージのなわばりだった。数年前、デレクはラバージとその弟子たちをパリの高級レストランからそっくり引き抜き、ロンドンに連れてきた。目が飛び出るほど給料は高かったが、彼らの料理はロンドン一という評判だった。会員のために、絢爛豪華な冷たい料理がビュッフェスタイルでつねに用意されており、ダイニングルームでは高級料理が供された。

ムッシュー・ラバージは気分屋だったが、料理の腕は天下一品だった。サラが知るかぎりでは、ミスター・クレーヴンでさえシェフを怒らせないようにしていた。シェフはお世辞に弱いと踏んだサラは料理を褒めまくった。するとシェフの口髭の先が誇らしげに震えだすの。いまでは、シェフはサラに自分の特別な献立を試食させたがった。そうしたメニューの多くは『マチルダ』にちなんで名前が変えられていた。

厨房ではいつも人々が忙しく動きまわっていた。下働きの少年や洗い場女中は、皿を洗ったり、野菜を切ったり皮をむいたり、粉を練るのに忙しかった。召使は食べ物を盛り付けた皿を次々に食堂に運ぶ。従業員たちはすぐにサラを会話の仲間に入れてくれた。彼らは下品な話から、胸がはりさけそうに悲しい話まで、いろいろな物語を聞かせてくれた。みんな話し好きで、自分たちの話をサラが帳面に書きつけるのを見て喜んだ。ほどなく、彼らは先を争ってサラに自分の話を語りたがるようになった。中でも娼婦たちの話はとてもに役立った。クラブにやってくる男性客たちについて深いところまで知ることができたからだ……そしてとくにデレク・クレーヴンに関してはいろいろなことが聞けた。サラはタビサの生き生きとしたおしゃべりがとりわけ好きだった。ふたりは、性格はまったく異なっていたが、外見は驚くほど似ていた。背の高さも体型もそっくりで、髪は栗色で目は青かった。

「ここにやってくる立派な貴族たちの話を聞かしてあげるよ」とタビサは青い瞳を茶目っ気たっぷりに輝かせながら言った。「あの人たち、やる気満々なのはけっこうなんだけど、いざとなると最低さ。ふたこすりもすればもうおしまい」ほかの娼婦たちも、うなずきながら笑った。四人の娼婦が、木のテーブルに座っているサラを取り囲んでいた。厨房係の少年たちがオムレツ・ア・ラ・マチルダと皮の固いパンをのせた皿を運んできた。「それとおいしい食べ物……これに釣られてお客はやってくるんだ。でもさ、クラブに入り浸りにさせるのはやっぱトランプだね」

「お客は一晩に何人くらいとるんですか？」サラは帳面の上で鉛筆を止めて、事務的な調子で尋ねた。

「その日の気分しだいだね。ときどき、下のトランプルームでちょっとサービスすることもあるし、それから――」

「サービスって？」よくわからなくてサラが問いかけると、娼婦たちは噴き出した。

「ちょっと触らせてやったり、こっちが触ってやったりするのよ」とバイオレットが説明した。背の低いがっしりした金髪娘だ。「で、ほんとに一発やりたくなったら、案内係が上の階に連れてきて、お相手するというわけ」

「でも、ミスター・クレーヴンとはやったことがないよ」タビサが言った。「あの人は、あたしたちを自分のベッドに呼んだことはないんだ」

「上流の女しか相手にしないのさ」とバイオレットが分別くさく言った。「伯爵夫人とか、公爵夫人とか」

ミスター・クレーヴンの女性の趣味についての話が出ると、サラの顔はますますほてって深紅に染まった。彼のことを知れば知るほど、謎が深まるようだった。彼の内面はダイヤモンドのように固く滑らかな仮面の下に隠されている。彼は興行師だ——それも超一流の。巧妙に、エレガントな退廃的ムードをかもし出し、貴族の夫人たちのみならず、日陰の世界に住む放蕩者や高級娼婦たちをも魅了していた。上流の人々に対する彼の礼儀正しさにはそこはかとなく誇張された感じがあり、丁寧な態度というより、かすかなあざけりの色すら帯びていた。ミスター・クレーヴンが尊敬の念を抱いている人はほとんどいないのだろう、とサラは思っていた。なぜなら、クレーヴンは彼らの暗い秘密を全部知っていたからだ。彼はあらゆるところにスパイを配し、情報網を敷いていたので、顧客たちの愛人のことから遺言の内容、彼らの息子たちがイートン校やハロー校でどんな成績をとっているか、そして親が死んだあかつきにはどれほどの遺産を相続するかまで知っていた。

どうやら、クレーヴンの恐ろしげな顔の傷について、面と向かって気安く尋ねられる客はほとんどいないようだった。王室のメンバーも有名な将軍であるウェリントン公も、そしてハザードテーブルのまわりに集まるのが好きな外国の高官たちも、クレーヴンがそばにいると少々気後れしているように見える。クレーヴンが冗談を言えば大げさに笑うし、クレーヴンが何か提案をすれば、すぐにみんなはそれに従う。だれもがクレーヴンの不興を買わないよう注意を払っているようだった。

出会った最初の晩にクレーヴン自身が言ったように、彼はけっして怒らなかった。彼の気分が冷たい沈黙から辛辣な皮肉に変わるのは見たことがあったが、それでも怒鳴ったり、かんしゃくを起こすことはなかった。クレーヴンは謎の人物だった。傲慢でいながら自分をあざけっているようなところもあり、社交的だが個人の生活は明かさない秘密主義者だった。朗らかにほほえんでいるときでも、その裏には影のように辛辣さがつねにつきまとっていた。

サラは意識を現実の会話に戻した。タビサが、クレーヴンは貴族の女が好きだという話をしている。「男爵夫人より下の身分の女には手を出さないんだよ」タビサはサラが好奇心いっぱいの顔をしたので声を立てて笑った。「舞踏会の夜に見てみるといいよ。あのお高くとまったあばずれどもをさ。着飾った貴婦人たちがみーんな、ミスター・クレーヴンに色目を使うんだ。まあ、無理もないよ。ミスター・クレーヴンは、トランプと酒に溺れている軟弱で怠惰な旦那たちよりも、ずっと立派で男前だもの」それからタビサはいたずらっぽく声をひそめた。「それに雄牛のような精力絶倫の体。大事なのはそこんとこなのさ」

「なんでそんなこと知っているのよ」とバイオレットが疑り深くきいた。

「ベティって友だちがいてね、レディ・フェアハーストのメイドをしてるんだ」タビサは気取って答えた。「ベティは、フェアハースト卿がシュロップシャーに出かけているときに、奥様とミスター・クレーヴンがよろしくやっている部屋にうっかり入ってしまったことがあったんだって」

鉛筆を取り落としたのに気づき、サラはあわててテーブルの下に頭を突っ込んで鉛筆を拾い上げた。心臓が激しく打っている。知らない人の噂話を聞くのとはわけがちがう。今度ミスター・クレーヴンと顔を合わせるときには、どうふるまったらいいのだろう？　恥ずかしさと興味で胸をどきどきさせながら、サラはテーブルの下から頭を上げた。

「おやまあ！」女たちのひとりが叫んだ。「ふたりはどうしたの？」

「レディ・フェアハーストはかんかんに怒ったらしいけど、ミスター・クレーヴンはただ笑って、扉を閉めろと言ったんだって」

娼婦たちは朗らかに笑った。「それからね」とタビサはつづけた。「男のものは鼻の長さでわかるって言うけどさ——ミスター・クレーヴンのは、すっごく立派で長かったらしいよ」

「鼻じゃない」バイオレットがばかにするように言った。「足の大きさだよ」

サラをのぞいて、全員が陽気な魔女のようにげらげら笑った。みんながはしゃぐ中で、タビサは顎を手にのせてサラを見ていたが、何かひらめいたようだった。「いい考えがあるよ、ミス・フィールディング——明日、マチルダを連れてきてミスター・クレーヴンに会わせたら？　お似合いだと思うな」

ほかの女たちも同調した。「そうだよ、マチルダなら、ミスター・クレーヴンもいちころさ」

「そうだ、そうしようよ！」

「マチルダはその細い指で、ミスター・クレーヴンをしっかりつかんじまうよ」

会話をそれとなく聞いていたムッシュー・ラバージまで、飛び入り参加してきた。「マチルダ嬢のためなら、最高のお菓子をつくってやろう。あんまり軽くてふわふわ飛んでいってしまいそうなお菓子をね！」

サラは申しわけなさそうに笑うと、困って肩をすくめた。「できませんわ。ごめんなさい。だって、マチルダはいないんですもの。彼女は……架空の人物なんですよ」

テーブルはいきなりしんと静まり返った。全員がいぶかしげな顔でサラを見つめている。皿を集めていた下働きの少年ですら動きを止めていた。

サラはもっと詳しく説明しようとした。「あのね、綿密に調べたり、いろいろな人の話を聞いたりして、わたしがマチルダという人物をつくり出したの。実際には、出会ったたくさんの女の人たちを混ぜ合わせて――」

「マチルダは、いまじゃあ修道院に入っているって聞いたよ」とバイオレットがさえぎると、タビサが頭を左右に振った。

「いいや、金持ちのパトロンを見つけたのさ。ついこのあいだも、ボンド通りを歩いているマチルダの姿を見かけたって友だちが言ってたよ。マダム・ラフルールの店みたいな高級店でつけで買い物してたって」

「どんな服装だったの?」女たちのひとりが熱心にきいた。

タビサはマチルダの豪華な服や、彼女の後ろにはべっていた従僕のことをこと細かく話した。娼婦たちがおしゃべりに花を咲かせているあいだに、サラは先ほどタビサが言っていたミスター・クレーヴンとレディ・フェアハーストの情事の話を思い出していた。そういう関係にいくばくかの愛情はあるのだろうか。ミスター・クレーヴンは複雑な人だ。曲芸師のように上流社会の縁を歩いている。平民である彼を密かに軽蔑している貴族たちの奥方と関係して、ざまをみろとばかりに、溜飲を下げているのだろう。夜、クラブの上がりを数えるときには、思わず口元に嘲笑が浮かぶに違いない。なにしろ、彼を見下している若い貴族たちからまんまと財産を巻き上げているのだから。クレーヴンがつくりあげたのは実に奇妙な世界だった。彼は夜警やポン引きや、クラブでときどき使い走りをさせてやっている街の孤児とも、上流階級のパトロンとも、同じようにうまくつきあえるのだった。彼はどのようなタイプにもあてはまらない男だ。サラはクレーヴンのことを長い時間をかけて考えた。いったい彼はどんな人間なのだろう。疑問は膨れ上がっていくばかりだった。

サラは書き物を一時中断して、ムッシュー・ラバージが部屋に届けてくれた焼き菓子を一口ほおばった。繊細な生地の層とコーヒー風味のクリームが口の中で溶けていくようだった。砂糖の粒が磨き上げられたマホガニーの机の上に落ちたので、急いで袖口で拭い取った。サラはクレーヴンの個人用アパートメントの一室にある大きなマホガニーの机に向かって座っていた。数えきれないくらいの仕切りや小さな引出しがついたそのどっしりした机の上には、いろいろなものが雑多に置かれていた。紐のきれっぱし、小銭、サイコロ、クリベッジ用のピン、帳面、領収書、などなど。どうやら、毎日ポケットの中身をそこに出す癖があるらしい。自分の人生を入念な正確さで生きている人にしては、考えられないようなだらしなさだ。菓子の最後の一口を食べながら、サラは机の端に置かれている紙の束に目を留めた。興味を引かれて、その折りたたまれた紙に手を伸ばした。だが、はっとして手を止めた。そんなことをしたら、ミスター・クレーヴンのプライバシーを侵すことになる、と自分を戒めた。

サラはまた書き物をつづけた。象牙のハンドルがついたペンを慎重にインク壺につける。だが、どうしても集中することができない。ぼんやりと、その謎めいた紙にはいったい何が書かれているのだろうと考えた。ペンを置き、サラは物欲しそうにその紙を見つめた。心の中では好奇心と良心が戦っている。残念ながら好奇心に軍配が上がった。サラはさっと紙を取り上げた。

　最初のページは、ワーシーに宛てた、雑多な仕事のリストだった。

ワーシーへ

二と四の部屋　じゅたんの交換

ファックストンきょうとラプリーきょうには、しゃきん返済がおわるまで信用貸しなしギルにこんど届くブランデーのあじみさせること……

苦心して書いたと思われるメモだった。クレーヴンのなぐり書きのような筆跡はめちゃくちゃで、かろうじて意味がくみとれる程度だった。しかし、数字の計算に誤りはひとつもなかった。何度か、彼が暗算で掛け算や割り算をあっという間にしてしまうのを見たことがあった。ギャンブルで勝つ確率や、割合の計算などはお手のものだった。クレーヴンはトランプゲームの進行をじっと観察して、配られた札をひそかに読み、どの手が勝つかぴたりと言いあてられた。帳簿をさっとながめるだけで、ペンを持たなくても、素早く縦列を計算して合計を出すことができた。

クレーヴンはほかにも驚くべき才能をもっていた。どうやら人の心の内が読めるようなのだ。彼はうまく隠されている人の弱味を的確に感じ取り、さりげない言葉で急所を衝くことができた。人の表情に浮かんだどんなささやかなヒントも、声に潜んでいるどんなニュアンスも、クレーヴンの鋭い洞察から逃れることはできなかった。そして驚くことに、彼もサラ自身と同じく、傍観者なのだった。そう、クレーヴンも、自分自身と自分以外の世界との距離を感じている。少なくとも、そこだけはわたしたちは似ているわ、とサラは思った。

サラは二枚目の紙を取り上げた。今度のはこれみよがしにアルファベットを渦巻きや曲線で飾ったエレガントな女性の筆跡だった。それは奇妙で唐突なメッセージだった。サラの背筋に冷たいものが走った。

わたしがあなたにつけた印は、みんなの目に触れるようになったわね。
さあ、復讐しに来て。
いまでもあなたが欲しいの。

——J

「まあ、なんてことでしょう」サラはそうつぶやきながら、凝った筆跡で書かれたイニシャルを見つめた。ここに書いてある「印」が、クレーヴンの顔につけられた傷であることは疑う余地もない。人を雇って男の顔をめちゃくちゃにしてしまうなんて、いったいどんな女性なのだろう。ゆっくりとサラは手紙を元の場所に戻した。これ以上見たくはなかった。おそらく、この「J」という女性はクレーヴンにゆがんだ愛情を持っていて、それが憎悪と結びついているのだろう。クレーヴンも同じような気持ちを彼女に抱いているのかもしれない。

愛とは人の心をなごませるやさしい感情だとつねづね思ってきたサラには、愛を暗く強欲で生々しい情念ととらえる人がいることが理解しづらかった。「知らないことがありすぎるわ」とつぶやきながら、サラは眼鏡をはずして両目をこすった。ペリーは、彼女がこういう「気分」になると、いつもどうしていいかわからずまごついた……彼はグリーンウッド・コーナーズ以外の場所で起こることに興味を持つのはばかげていると思っていた。サラは、ペリーに対してときおり欲求不満を感じることがあったが、それを隠すこつを身につけていた。でないと、分別をもたなくてはだめだよとお得意の説教がはじまるからだ。

戸口から静かな声が聞こえてきて、サラの思考は中断された。「わたしの部屋で何をしている？」

サラは座ったまま振り返り、顔を赤らめた。日焼けした顔にはかり知れない表情を浮かべたデレク・クレーヴンが立っていた。「すみません」とサラは申しわけなさそうに謝った。「いつもはミスター・ワーシーの机をお借りしているのですけど、今日はあなたがいらっしゃらなかったし、ミスター・ワーシーはご自分の机を使う必要があって――」

「ほかの部屋を使えばいいだろう」

「ええ、でも、ひとりきりになれる場所ってないんです。まわりが気になると仕事に集中できなくって……いま、すぐ出て行きます」

「いや、その必要はない」デレクが近づいてきた。大柄で力強い体つきだったが、猫のように優雅に歩く。サラは視線を落として、吸い取り紙を一心に見つめた。視界の隅で、デレクが置きっ放しになっていた眼鏡に触れるのをとらえた。「いくつ持っているんだ」眼鏡を二センチばかり机の上で滑らせてデレクがきいた。

「ふたつだけです」

「あちこちに置き忘れている。本棚や机の上、絵の額の縁にも置かれているのを見た。はずすと、ところかまわず置く癖があるんだな」

サラは眼鏡を取ってかけると、顔にきちんと合わせた。「どうやら、どこへ置いたかすぐ忘れてしまうみたいなのです」とサラは認めた。「困った癖なのですが、何かに興味を引かれると眼鏡のことはすっかり頭から抜けてしまって」

デレクは視線をサラの前に置かれている紙に移した。きちんと並んだ文字で文章が綴られている。「これは何だ？」わざとデレクは彼女の上に体をかぶせて、てらてら光っているマホガニーの天板に両手をついた。サラは肝をつぶして、椅子の中で縮こまったが、彼の両腕の中にとらえられたようなかっこうになってしまった。

「貧民街について書いていたのです」

デレクは、サラがとってつけたようにくだけた調子を装っているのでにやりとした。自分が近くにいるとサラがどれほどどぎまぎするかを、デレクはちゃんと知っていた。もう少しいじめることにして、サラの上にのしかかるようにもっと前に体を倒し、ドレスに隠された、ぐっとそそられる豊満さと、襟のレースからのぞいているまぶしいほど白い肌をちらりとながめた。顎をサラのレースの帽子にくっつくくらい近づけて、デレクは声を出してサラの書いたメモを読みはじめた。「街のとおりは……ふ……ふき……」難しい単語に出合って、デレクは言葉を切った。

サラはごく自然に指先でその単語を示して「不吉な」と言った。「意味は、いまわしいとか、不気味な、とかそんな感じです」鼻の上を滑り落ちてきた眼鏡を直す。「貧民街の雰囲気を描写するのには適切な言葉のように思います」

「わたしなら違う言葉を使う」とデレクはそっけなく言った。「暗くて、臭い」

「まったくそのとおりですわ」サラは思い切って目を上げてみた。彼の顔はものすごく近くにあって、髭剃りあとの肌に伸びはじめた髭の小さな黒い点が見えるほどだった。極上の洋服や白檀の心地よいほのかな香りでさえも、皮膚の下にくすぶっている獣性を隠すことはできない。彼は荒々しく精悍な男だった。ペリー・キングズウッドが軽蔑するようなタイプの男性だ。「なんだ、ただのごろつきじゃないか!」とペリーなら言い放つだろう。「紳士の服を着た、無学なチンピラにすぎない!」

なぜか、デレクはサラの心を読んだようだった。「村にいるあんたの男……キングズフィールドだったか……」

「キングズウッドです」

「何でまた、恋人がひとりでロンドンに来ることに反対しなかったんだ?」

「わたしはひとりではありません。グッドマンさんの家にお世話になっています。とても立派なご一家で――」

「わたしの質問の意味はわかっているはずだ」とデレクはぶっきらぼうに言った。半分机の縁に腰掛け、サラの顔を見つめている。「あんたはここで、ギャンブラーや娼婦や犯罪者とすごしている。グリーンウッド・コーナーズの安全な家にいるほうが賢明だ」

「ミスター・キングズウッドは、こういう状況を好ましいとは考えていません」とサラは認めた。「口論までしたのです。でもわたしはとても頑固でしたから」

「そいつにロンドンでどんなことをするか話したことはあるのか」

「ミスター・キングズウッドは小説のためにいろいろと調査していることは知って――」

「調査の話じゃない」デレクは鋭い目つきで言った。「人を殺したことを打ち明けるつもりか？」

サラは罪の意識で蒼白になった。少し吐き気もした。あの夜のことを考えるたびにいつもそういう気分に襲われた。サラは射抜くようなデレクの視線から目をそらした。「そういうことを話しても、いいことはあまりないと思います」

「ふん、そうか。あんたがどんな女房になるか、わたしにはわかる。哀れな亭主の目を盗んで、亭主が賛成しないことをこっそりと――」

「そんなことはありません」

「まったくそのとおりになるさ」

「ペリーはわたしを信じてくれています」サラはぴしゃりと言った。

「わたしがやつの立場なら、あんたのことは信用しないね」デレクの口調は辛辣になった。「片時もそばから離さない――いや、鉄の玉と鎖をつけたほうがいいかもしれない――そうでもしないと、あんたは調査とやらのために、人殺しやポン引きがうようよしている近くの暗い路地に逃げ込んでしまうからな！」

サラは腕組みをし、唇を引き結んでデレクをにらみつけた。「わたしに怒鳴ることはないでしょう、ミスター・クレーヴン」

「いや、怒鳴ってなど……」デレクの声は小さくなって消えた。たしかに怒鳴っていた。そんなことはふだんはけっしてしないのだが。デレクは自分でも驚いて顎をさすりながらサラを見つめた。サラは詮索好きな小さいフクロウのような目で見つめ返してくる。その恐れを知らない態度が、なぜだかおれを怒らせたのだ。彼女の面倒を見る人間が必要だということにだれも気づいていないのか？ ひとりでロンドンをうろつくことなど許されてはならない。ここにおれとふたりきりでいることすら間違っている。これまでに、おれに一〇回も強姦されていたとしても不思議はないのだ。

じっとサラを見つめているうちに、雲のようなフリルと眼鏡の下には、魅力的な女が隠れていることにデレクは気づいた。そんなオールドミスみたいなかっこうをしていなければ十分魅力的だ。デレクは手を上げて、ふっくら膨らんだ帽子に手を伸ばし、指先でレースの縁をすっとなでた。「なんでいつもこれをかぶっているんだ？」

サラは驚いてはっと口を開いた。「髪が乱れないようにするためです」

デレクはまだレースの縁に触れていた。奇妙な緊張感が部屋に満ちた。「脱いでみせてくれ」

サラは一瞬、息をするのを忘れた。グリーンの瞳はまだじっと自分に注がれている。いままでだれかにこんなふうに見つめられたことはなかった。その視線は、彼女を熱く焦がし、また同時に冷え冷えと凍りつかせて、神経を高ぶらせる。サラは椅子からぴょんと立ち上がり、数歩後ろに下がった。「あなたの気まぐれにおつきあいしている時間はないようですわ、ミスター・クレーヴン。とりあえず、仕事は終わりましたから失礼いたします。ごきげんよう」

サラは何も持たずに部屋を飛び出していった。手提げ鞄すら忘れていった。デレクは巾着型の鞄をながめながら、サラが取りに戻るのを待った。一分ほど待ったが戻る気配がないので、自分と出くわさないときを狙って、あとで取りに来るつもりだろうと思った。鞄を手にとり、脚をぶらぶらさせながらもう少し深く机に腰掛けた。シルクの紐をゆるめて中をのぞき込んだ。ポンド紙幣が数枚……小さな帳面と鉛筆……そしてあの拳銃。デレクは苦笑いをして、もっと奥まで鞄をさぐった。硬貨がいくつか、そしてハンカチが一枚入っていた。きちんとアイロンをかけて四角くたたまれたハンカチを取り出し、顔にあててみた。香水か花のにおいがしないかと思ったが、何のにおいもついていなかった。

鞄の底にあったのは予備の眼鏡だった。デレクはそれを仔細に観察した。丸いレンズ、きゃしゃな金属製のフレーム、そして小さな湾曲したつる。目を細めて、眼鏡越しに彼女が書いた文字をながめてみた。眼鏡をたたんで、自分の上着のポケットに滑りこませ、鞄の紐を閉めた。眼鏡がなくなったことにサラが気づいても、いつものようにどこかに置き忘れたと思うだろう。一〇年前に泥棒稼業から足を洗って以来、初めての窃盗行為だった。だが、これはもらっておかなければならない。ほんのひとかけらでいいから、彼女の一部を所有しておきたかった。

サラが置いていったのと同じ場所に鞄を戻し、デレクはポケットに手を突っ込んでどこへ行くともなく歩きだした。昨日、ワーシーがサラ・フィールディングのことを褒めまくっていたことを思い出した。輝くばかりに美しくて魅力的だった、かつてのリリー・ローソンですら、支配人からこれほど手放しの賞賛を受けたことはなかった。

「あの方は、心の美しい立派なレディです」ワーシーは、デレクの辛辣なあざけりに対して、こう答えた。「ミス・フィールディングはどのような人間と出会っても、親切に礼儀正しく接します。夕方クラブを出る前には、字の書けない従業員のために、ただで手紙を代筆してやります。おかげで彼らも故郷に近況を知らせることができるようになりました。バイオレットのドレスの裾がほころんでいるのに気づくと、針と糸を貸してくれと言って、自ら床にひざまずいて直してやっていました。昨日、メイドのひとりが言っていたのですが、つまずいて抱えていたリネンの山を床に落としてしまったとき、ミス・フィールディングはわざわざ立ち止まってリネンを集め――」

「彼女を雇ったほうがよさそうだな」とデレクは皮肉な調子で口をはさんだ。

「ミス・フィールディングは、このクラブに足を踏み入れた女性の中で、もっともやさしく、寛容な方です。そうだ、この機会にお耳に入れておくほうがいいでしょう。従業員が文句を言っておりまして」

「文句ね」デレクは抑揚をつけずに繰り返した。

ワーシーは堅苦しくうなずいた。「あなたのミス・フィールディングに対する態度には、少々礼儀が足りないのではないかと」

デレクはあきれてものが言えなかった。「いったいだれがあいつらの給料を払っているんだ？」

「あなたです」

「では、みんなに言っておけ。おまえらの意見を聞くために、金を払っているわけじゃないとな！　それから、みんなのあこがれの聖女、ミス・フィールディングには、おれの好きなやり方で応対すると」

「かしこまりました」ほとんど聞き取れないくらい小さくふんと不満げに鼻を鳴らして、ワーシーはくるりと背中を向けて階段を下りていった。

くそっ、ワーシーのやつ、本当あの女にいかれちまってる。ここの連中みんなが、だ。自分の城がこれほどたやすく、しかも完璧に侵略されてしまうとは思ってもみなかった。あいつらがこんなに簡単に裏切るとは。サラ・フィールディングの不思議な魅力がクラブの従業員全員をとらえてしまっていた。だれもがこぞってちやほやし、便宜を図ってやった。サラがワーシーの机で仕事をしている時間には、仕事の邪魔をしてはたいへんとばかりに、従業員たちは抜き足差し足で廊下を歩いた。「書き物をしていなさるわ」とハウスメイドのひとりが、まるで神聖な儀式が執り行われているかのように、うやうやしく仲間のメイドにささやくのを聞いたことがあった。

デレクは歯を食いしばった。「ふん、心の美しい立派なレディね」と鼻を鳴らす。自分はもっと上流の女たちのベッドで快楽を得てきた。貴族や名門の家に生まれたレディたち、何代にもわたり特権と富をほしいままにしてきた女たちだ。

しかしワーシーは正しいとデレクはひそかに認めていた。サラ・フィールディングは、自分が会ったことのある中でたったひとりの本物のレディだ。ほかの女たちの場合、毒のある部分はすぐに見抜けるのだが、サラにはたったひとつの悪徳も見つからなかった。嫉妬、強欲、色情……そういった欠点を超越しているように見えた。一方、サラには無謀な面もあり、それがいつか破滅への道につながるかもしれないともデレクは感じていた。向こう見ずにトラブルに頭をつっこまないよう、だれかが抑えてやらなければならない。少なくとも、突っ込んだ頭を引き抜いてやる人間が必要だ。哀れな恋人キングズウッドにはちと荷が重過ぎるようだが。

キングズウッドはおそらく、バイロンのような細身の古典的なハンサムに違いない。教養の高い話し方で、もちろん髪はおれのような黒髪とは対照的な、明るい金髪だろう。面白みのない田舎の若い名士で、破天荒な生き方などぜったいに理解できない。やがて、晩餐ではワインを飲みすぎ、人の話の途中で必ず口をはさまずにはいられない恰幅のいい老紳士になることだろう。そして、彼の愛妻であるサラは、やさしい微笑で夫の無粋なふるまいを大目に見て、欲求不満はひとりきりの時間に解消する。何か問題が起こったら、夫を煩わせないように自分ひとりで解決しようとするだろう。彼女の下ろした髪や薄く白いナイトドレスを見るのは夫ただひとり……安心しきって眠る姿を見るのは、彼女に寄り添う伴侶だけだ。暗闇と何層にも重なった寝具に包まれて、ふたりは愛を交わし合うだろう。その動きは慎み深く抑えられている。サラ・フィールディングの情熱を呼び覚ます者はひとりもいない。彼女から抑制をはぎとり、いたぶり、からかう者は……。

デレクはいらいらと両手で頭をかきむしり、だれもいない廊下のまん中で立ち止まった。こんなふるまいは自分らしくない――こんなことを考えるとは。大災害に立ち向かう前のように体中が興奮していた。まわりの空気は電気を帯びてぴりぴりと震えている。神経がすり減っていくようだった。何かが起こりかけている……何かが……だが、自分にできるのは、ただ待つことだけのようだった。

「どうか、ここで降ろしてください」サラは馬車の屋根をこつこつとたたき、御者に声をかけた。朝八時。いつもサラがクラブに到着する時間だ。正面玄関に着く前に、建物の横に荷馬車が数台並んでいるのが見えたので、サラは興味を引かれた。厨房に生鮮食品を運んでくるいつもの配達の馬車とは違うもののようだった。

従僕はサラを馬車から降ろし、よろしければここでお待ちしましょうかと尋ねた。

「いいえ、けっこうですわ、ありがとう、シェルトン。厨房からクラブに入ります」サラは朗らかに御者に手を振った。淑女には似つかわしくないふるまいだとわかっていたが。御者は人に気づかれないほどかすかにうなずいたが、じつは昨日、使用人と親しくしているように見られてはいけませんと熱心にサラを諭したばかりだった。

「お高くとまって、人を見下すような態度でいなければならないのです」と御者は厳しくサラに言った。「わたしや従僕に笑いかけることはおやめください。召使にはもっと高飛車にふるまわなくてはだめです。でないと、お嬢様の評判が下がります」でもサラは、レディらしい傲慢な態度をとらなくても、どうということはないと思っていた。だって、もうじきロンドンからいなくなってしまうのだから。

裏道から男たちの話し声が聞こえてきた。冷たい朝の風が顔に吹きつけてきたので、サラはマントの襟を首のまわりに寄せた。荷馬車には酒の瓶を入れた木枠がたくさん積まれていた。背の低い丸々太った男が指を振りながら歩きまわり、クレーヴンズのふたりの使用人に早口で何ごとか話していた。男はワイン商人で、自分の商品の質が悪くないことをさかんにまくしたてているようだった。

「うちの貴重なビンテージを水で薄めるような真似をするくらいなら、わたしは自分ののどをかき切りますよ、そんなことわかっているでしょう!」と男は叫んだ。

ワーシーの片腕として働いている聡明な若者ギルが、いろいろな木枠からでたらめに三本の酒瓶を選んだ。栓を開けて、中身を慎重に味わう。「ミスター・クレーヴンは、このあいだ納品されたブランデーには満足しておられなかった。あれではお客に出せないと」

「あれはうちの最高級品だったんですぞ!」商人は大声で言った。

「港の居酒屋ならね。しかし、クレーヴンズでは通用しない」ギルは酒を少し口に含み、口の中でまわしてから、ぺっと吐き出した。それから、これならよしというようにうなずいた。

「これは合格だ」

「そいつはフランスの一番上等なブランデーだ」商人はかっかしながら言った。「あんた、それをまるで安物のくそエールか何かみたいに——」

「言葉に気をつけて」ギルはサラがいることに気づいて注意した。サラに向かってにっこりほほえむ。「レディがおられる」

商人は一向に頓着しない。「シバの女王が来たってかまうものか。瓶を開ける必要は——」

「ある。あんたが水で薄めていないことをわたしが確信しないうちは」

ふたりが言い争っているあいだ、サラは路地をまわって厨房の入口に向かった。活発な会話に気をとられていたせいで、自分が向かっている方向を見ていなかった。突然、大きな黒っぽい姿が視界の隅に入ったと思ったら、木枠を肩にかついでいる背の高い男にぶつかってしまい、サラははっと息を飲んだ。「まあ——」

とっさに男は空いているほうの腕でサラを支えた。筋肉質の腕にぎゅっとつかまれて、サラは体がつぶれるかと思った。さっと顔を上げて、頭上の浅黒い顔を見る。「すみません、気がつかなくって——」サラは言葉を切って、眉をひそめた。「ミスター……クレーヴン？」

デレクは体をかがめて木枠を地面に置いてから、もう一度サラを見下ろした。「大丈夫か？」

サラはぎこちなくうなずいた。一瞬、サラは男がデレクであることに気づかなかった。彼はいつも寸分の隙もない服装をしていて、さっぱりと髭を剃り、髪もきちんとなでつけている。しかし今朝は、頬に無精髭の影ができていた。セーターを着て、質素な上着をその肩幅の広い体に羽織っている。ウールのズボンとすり減ったブーツはひどく古びていた。「もうこんなふうに動いてもいいんですか？」眉根を寄せたままサラは尋ねた。「怪我は大丈夫なんですか？」

「平気だ」今朝デレクはいつもの仕事に集中できなかった。帳簿に目を通し、約束手形や小切手の束を調べるのはうんざりだった。もやもやした気分から抜け出せずにいたので、外の仕事を手伝おうと考えたのだ。デレクはワイン商人とやり合っているギルのほうをちらりと見てから、サラに視線を戻した。ぶつかったせいで白い帽子が脱げかかり、レースの紐が頬にだらしなくかかっている。デレクの口の片端がほほえむかのようにぴくりと動いた。「帽子が曲がっている」

「まあ、どうしましょう」サラは手を頭に伸ばしてフリルのついた帽子を前に引っ張った。デレクはいきなり笑いだした。「そうじゃない。ほら、わたしがやってやろう」

彼の白い歯は少し並びが悪く、笑うと牙をむき出している獣《けもの》みたいなちょっと愛嬌のある顔になった。そのとき初めて、サラはどうしてたくさんの女たちがデレクにころりとまいってしまうのか、わかった気がした。デレクの笑顔にはあらがいがたいワルの魅力があった。デレクがレースの紐を結び直して帽子の位置を整えてくれているあいだ、サラはじっと相手の胸元を見ていた。

「ありがとうございます」サラはもごもごと礼の言葉をつぶやき、帽子の紐を彼の手から抜こうとした。

しかしデレクは紐を放さず、サラの顎の先で、しっかり握った。困って見上げると、彼の顔からほほえみは消えていた。デレクはためらうことなくさっとレースの帽子を頭から取ると、そのまま地面に落とした。帽子はぬかるみの上に舞い降りてぐにゃりとつぶれた。

サラはあわてて、結い上げてあった三つ編みの髪に手をやった。ピンがはずれて、髷《まげ》がほどけそうになっている。燃えるような明るい赤の筋が入った栗色の髪の小房がほつれ落ちて、顔やのどのあたりにかかっている。「ミスター・クレーヴン」サラは息を荒らげて怒った。「あなたのふるまいは、不作法で、し、失礼です。それに――まあっ！」デレクが手を伸ばしてきてひったくるように眼鏡をはずしたので、サラは口ごもった。「ミスター・クレーヴン、な、なんてことをなさるの……」サラは眼鏡を必死に取り戻そうとした。「そ……それがないと……」

デレクはサラの手が届かないところに眼鏡を差し上げ、むきだしになった顔を見つめた。これが、オールドミスの装いの下に隠されていたものだったのだ。輝くばかりに白い肌、驚くほど官能的な唇、つんととがった鼻。鼻梁の両脇には眼鏡のあとが残っていった。純粋で魅力的なエンジェルブルーの瞳。その上にかかる黒い眉。彼女は美しかった。香りのよい赤い林檎のように、二口か三口で食べてしまえそうだった。彼女に触れてみたかった。どこかへ連れて行って、組み伏せてしまいたかった。そうしたらその甘くやさしい体の中で、これまでの罪や恥がいくぶん消えていくのではないか――そんな気がした。

筋肉の緊張をなんとか和らげ、デレクはかがんで泥だらけになったレースの帽子を拾い上げた。サラはむっつり押し黙って、彼を見つめている。デレクは泥を払い落とそうとしたが、かえって真っ白い布地に泥がこびりついてしまった。とうとうサラは勇気を出して帽子を奪い取り、「洗えば落ちると思います」と冷たく言った。

どうやらひどく怒らせてしまったようだ。デレクは自分の顔に悲しげな笑みが浮かぶのを感じた。眼鏡を返すときに、指が彼女の手袋をはめた手に触れた。なんてことのないふれあいだったが、デレクの心臓は思いがけずどきんと鳴った。機嫌を直させて、いつもの快活な彼女に戻そうとデレクは決心した。

「こんなに美しい髪を隠すのはもったいないな、ミス・フィールディング」

サラはその褒め言葉に、険悪なしかめっ面で答えた。「ミスター・クレーヴン、わたしの容姿に関して、意見をうかがいたいとは思いませんわ」サラはくしゃくしゃになったレースの帽子を、怪我をしたペットを抱くように抱え込んだ。「お気に入りの帽子をぬかるみに投げ入れるなんて――」

「落ちただけだ」デレクはあわてて言った。「投げたわけじゃない。新しいのを買って返す」

サラは艶やかな眉のあいだにしわを寄せたままだ。「自分の身につけるものを男の方に買っていただくわけにはいきません」

「すまなかった」とデレクはわびて、真剣に悔いているような顔をした。

ふたたび冷たい一陣の風が吹きつけてきた。嵐のにおいを含んでいる。サラは灰色の空を見上げ、頰に落ちた雨のひとしずくを拭い取った。「風邪をひいてしまうぞ」デレクは心から心配そうに言った。彼はマントのひだのあいだにあったひじに手をかけ、サラがさっと腕を引く前に、一番近い入口の階段に導き、扉を開けてやった。厨房から流れてくる暖かい空気と明かりがサラをふんわりと包んだ。

「今朝は何をする予定だ？」とデレクはきいた。

「ミスター・ワーシーと朝食をとって、今夜の舞踏会の計画をお立てになった女性後援者の方々のお話をうかがうつもりです」

デレクの目が危険な光を放った。「女の後援者たちの話をあんたにしていいとワーシーに許可した覚えはないが。どうして、ここで起こることを何でもかんでも知らなきゃ気がすまないんだ？　だれが何をした、その理由は？　ここの従業員のことも、わたしがいったいどれくらい金を持っているかも、わたしが朝どちら側から髭をそるかも――」デレクは途中でやめて、悩ましげにため息をつき、サラの肩からマントをとった。ぐしょ濡れの汚れた帽子を近くにいた厨房メイドにわたし、「なんとかしろ」とぞんざいに命じた。ふたたびサラのほうを向くと、また彼女の腕をとった。「いっしょに来い」

「どこへ行くのですか？」

「ハザードルームの飾りつけを見せてやろう」

「ありがとうございます。すばらしいわ」サラはためらうことなくデレクに従った。「今夜の仮面舞踏会を楽しみにしているんです。こんな催しはグリーンウッド・コーナーズではありえませんから」

「見学したいなら、二階のバルコニーの楽団の後ろにいればよく見える」

それじゃあつぶさに観察できないわ、とサラは思った。「広間の隅に立っていればだれにも気づかれないと――」

「だめだ」

「では、だれかにマスクを借ります。そうすれば一階で近くから見ることができますわ」

「舞踏会用のドレスを持っていないじゃないか、子ネズミ」

子ネズミ……ミスター・クレーヴンがわたしにつけたあだ名。そう呼ばれるのは本当にいやだ！　でも、彼の言ったことは正しかった。サラは重たい深紫色のドレスを見下ろして顔を赤らめた。「なんとかなります」と果敢に言った。

デレクはあざけるようにサラを見たが、あえて否定はしなかった。「今夜ここへ招かれるのは、高級娼婦ばかりだ。それから放蕩貴族に外国人、売春婦、女優――」

「でも、わたしはそういう人々のことを書きたいのです！」

「あんたには好色な男どもの相手はできない。みんな酔っぱらって、すぐに手を出してくる。そしてだれもが、あんたがここにいるのはやらせるためだと思っている。そうされてもいいという覚悟がないなら、安全な二階からながめるんだな」

「自分の身を守ることくらいできます」

「ミス・フィールディング、いいか、今夜の舞踏会に来てはならない」

サラは目を大きく見開いた。「あなたは舞踏会に出席することを禁じるのですか？」

「来るなと助言しているんだ」と彼は静かに言ったが、その口調はナポレオンさえもひるませる威圧感があった。

ふたりは中央のハザードルームに入った。サラはとりあえず、言い争いは脇に置くことにした。これほど豪勢に飾りつけられた部屋を見たことがなかった。光り輝く水中の宮殿さながらだ。子どものころ夢中になっていたアトランティスの物語を思い出す。壁には薄地のブルーとグリーンの絹布が掛かっており、キャンバスに描かれた貝殻の絵が、海の底の城をイメージさせた。サラはゆっくりと部屋の中を歩きまわり、石膏でできた魚や帆立貝や胸もあらわな人魚の彫像に見入った。中央のハザードテーブルの下には偽物の宝飾品が詰まったどきつい宝箱が押し込まれていた。隣の部屋に通じる戸口は、沈没船の船体の形に変わっていて、長いブルーのガーゼ布と銀の網が天井から吊り下げられ、見る者を水の中にいるような錯覚に陥らせる。

「なんてすばらしいのかしら」とサラはつぶやいた。「とても美しくて、想像力をかきたてられますわ……」ゆっくり体を回転させる。「そして、ここにすべてのお客様たちが集まる。輝くようなドレスをまとった女たち、みんながマスクをつけて……」うらやましさがこみあげてきた。サラは神経質なほほえみを浮かべ、絹布の一枚を手に取って、指のあいだを滑らせた。「舞踏会になんか出席したことがないわ。もちろんカントリーダンスやお祭りには行ったことがあるけれど……」急に指を閉じたので、はさまれた絹布の動きが止まった。サラは考えごとに夢中になり、自分を見つめている男の存在を忘れていた。

生まれてからずっと、サラは静かで生真面目な暮らしをしてきた。冒険といったら、他人の経験を通してしかできなかった。家族や友人、そして書くことで十分満足していた。しかしいま、やりのがしたことがたくさんあるのが残念でたまらなくなった。失敗といっても、借りていた本を返すのを忘れる程度。性的な体験はペリーとのキスだけ。胸の谷間が見えるほど深く襟ぐりが開いたドレスを着たこともなかったし、夜明けまでダンスしたこともなかった。酔っぱらった経験もなかった。ペリー以外の村の幼なじみの青年たちは、いつでも自分を妹か親友のように扱った。ほかの娘たちのように情熱や失恋を彼らにもたらすことはなかった。男たちがサラに感じるのは友情だった。

以前にも、いまと同じような気持ちに襲われたことがあった。そのときはペリーに身を投げ出そうとした。だれかを密接に感じたくてたまらず、どうかわたしを愛してと懇願した。しかしペリーは拒絶し、きみはそんなふしだらなことをする女性ではないと言った。「ぼくたちはいつか結婚するんだから」と愛情をこめてほほえんだ。「母の了解がとれたらすぐに。そんなに長くはかからないと思う。だがそれまでは、ぼくたちはじっと我慢するんだ。ぼくはきみを大切に思っているから、たった一、二時間の喜びのために関係を汚したくないんだよ」もちろん、ペリーは正しかった。正しい行いを守ろうとするペリーの思慮深さを賞賛しもした……でもだからといって、拒絶された痛みは癒されない。いやな思い出に顔をしかめて、サラは絹布を放し、デレクのほうを見た。いつも居心地の悪い気分にさせられる鋭いまなざしでデレクはこちらをじっと見ていた。

「どうした？」デレクは手を差し延べてサラの腕に触れ、指を軽く袖の上にかけた。「何を考えているんだ？」

サラはじっと動かずに、彼の手のぬくもりが、厚いドレスの布地を通して染み込んでくるのを感じていた。こんなに近くに立っていてはいけないわ……こんなふうにわたしを見つめてはだめ。これほど強く他人を意識したことはいままで一度もなかった。わたしを抱きしめようとしているのかしら、と突拍子もない考えが心をよぎった。つかの間、ペリー・キングズウッドのとがめる顔が浮かんだが、もし彼に抱きしめられても……だれにも知られることはない。もうすぐわたしは彼とは永久に別れるのだから。そして田舎で平凡な生活を送るのだ。

たった一度きり、何かが起こってもいいのではないかしら。一生の思い出になるような何かが。

「ミスター・クレーヴン」心臓がのどまでせりあがってくるような気がして、うまく声が出せない。「小説の参考にするために協力していただけないでしょうか。お願いしたいことがあるんです」大きく息を吸い込んで、急いで先をつづけた。「グリーンウッド・コーナーズのような場所で暮らしていると、どうしても経験の範囲が限られてしまいます。当然、あなたのような方に出会ったことはありませんし、これから先、二度と会うことはないでしょう」

「それはどうも」とデレクはそっけなく言った。

「ですから、純粋に参考のためだけに……わたしの経験の幅を広げるお手伝いをしていただきたいのです……つまり、あなたなら喜んで……ええと、そのう……」サラは両手を握りしめ、一気に言った。「キスしてくださるのではないかと」

誘惑が甘く手招きしていた。デレクは心に押し寄せてきたぎらぎらする欲望を抑えることができなかった。これほど自分の心をかきたてた女はいなかった。どん底の生活からしゃにむに這い上がる過程で、デレクは女を、快楽のために、そして利益のために利用してきた。その見返りに女たちに利用されてもきたのだった。しかし、デレクが得意とする男と女のゲームでは、つねに相手もルールを理解していた。サラ・フィールディングはおれがどんな人間なのかわかっていない。おれを恐れなければならないということも気づいていない。たったひとつだけでもまともな行いがしたいなら、彼女をおれ自身から守ってやらなければならない。

慎重にデレクはサラのほうに手を伸ばし、貴重な品物を扱うかのように長い指をそっとサラの顎にかけた。その肌は極上のシルクのように柔らかく繊細だった。「ミス・フィールディング」デレクの声はかすれていた。「キスくらいでは我慢できそうにない」サラがまつげを落とし、深いブルーの瞳が半分隠れるのをデレクは見つめた。「上の階のわたしのベッドに連れて行きたい。そして明日の朝までひとりじめにしたい。だが、あんたと……わたしは

「……」デレクは頭を振って、歯をむき出し、あのからかうような愛嬌のある笑みを浮かべた。「小説のための調査はキングズウッドとやれよ、子ネズミ」

拒絶された。恥ずかしさでサラの頬はバラ色に染まった。「わ、わたしは、べ、ベッドをともにしたいとは言っていません」とこわばった声で言う。「キスしてくださいとお願いしただけです。キスをたったひとつ。天地がひっくり返るような大げさなことではありません」

デレクはサラを放した。彼の指の熱はたちまちサラの肌から消えていった。「たった一度でもキスをしたら、それだけではすまなくなる」とデレクは言って、投げやりににやりとした。サラはほほえみを返さなかった。サラが腑に落ちないという顔をしたので、デレクはぷいと背中を向けて、きらきら輝く部屋にサラをひとり残し、歩いて行ってしまった。デレクの体は、サラが近くにいることに反応しはじめていた。股間が脈を打ちながら目覚めだした。あと一秒でもそばにいたら、彼女は自分が望んだこと以上のものを得ることになっただろう。

呆然とサラはデレクを見送った。なんだか大急ぎで逃げていったみたい。わたしの提案は考慮され、そして、たちどころに拒否されたのだ。いきなり恥ずかしさが不可解な怒りに変わった。どうしてわたしを拒んだのだろう？　わたしはそんなに魅力のない女なのだろうか？　いやがられるほど？　少なくともペリーは、名誉を重んじてわたしの誘いを拒絶したのだ。デレク・クレーヴンにはそんな言いわけはできない。

サラは華やかな部屋を見まわした。まぶしいばかりに着飾った洗練された女たちが今夜ここに集まるのだろう。クレーヴンはダンスを踊り、お世辞やセクシーな魅力で女たちを誘惑することだろう。一二時をすぎるとやがて会はお開きになる。酔っぱらい、色事、浮かれ騒ぎ、スキャンダル。サラは両腕で自らを抱きしめた。安全な距離からただながめるのはいやだった。今夜はここにいて、彼らの仲間入りがしたいと思った。別の女になりたかった。デレク・クレーヴンの注意を引くことができるくらい、厚かましい女になりたかった。

小説の中では、サラが描く人物はつねに大胆な行動をとった。とくにマチルダは恐れを知らない女だった。マチルダが舞踏会に出席したいと思えば、彼女は何が何でもそうするだろうし、あとでどういうことが起ころうと頓着しない。突然ある考えがひらめいて、呼吸が荒くなった。「ミスター・クレーヴン、今夜、あなたのキスをもらうわよ。しかもあなたは、相手がわたしだと気づきもしないの」おじけづく前に行動開始よとばかりにサラは部屋から飛び出した。だがそこで、はっと立ち止まった。取り乱しているように見えてはならない。落ち着くのよ。サラはクラブ中を歩きまわってワーシーをさがした。さんざんさがしてようやく自分の机で手紙や領収書の整理をしている彼を見つけた。

「ミス・フィールディング」ワーシーは紙の束を横に置いてにっこりほほえんだ。「ミスター・クレーヴンがあなたにハザードルームをお見せしているので、朝食の時間は遅くなると聞いていました……」サラの表情を見て言葉を切る。「ミス・フィールディング、何かあったのですか？　なんだか興奮しておられるようですな」

「そうなんです。ミスター・ワーシー、助けてください！」

一瞬にして支配人の顔が曇った。その暗い厳格な表情は彼を別人のように見せた。「ミスター・クレーヴンですね？　あの方があなたに何かご迷惑をおかけしたのですか？」

「いいえ、違うんです。そんなんじゃありません。わたし、どうしても今夜の舞踏会に出席したいのです！」

「舞踏会に？」支配人は拍子抜けしたように言うと、ほっとため息をついた。「よかった。わたしはてっきり……まあ、それはどうでもいい。わかりました。バルコニーの一番よく見える場所を用意させ――」

「遠くからながめるだけじゃいやなのです。その場にいたいの。どこかでマスクとドレスを手に入れなくては――そんなに凝ったものでなくてもいいのです、ただ場違いなドレスでさえなければ。今夜に間に合うようにドレスを用意してもらえるお店かドレスメーカーを紹介していただけないでしょうか？　料金を払ってドレスを借りるか、手持ちのドレスを直してもらうかして――」

「ミス・フィールディング、なんだか妙に神経を高ぶらせていらっしゃる」ワーシーはサラの手をとり、父親のようにやさしくぽんぽんとたたいて、落ち着かせようとした。「いつものあなたらしくない――」

「今夜が終わったら、一生わたしらしく生きていきますわ！」サラは熱くなって言った。「たった一晩だけ、わたしは別人になりたいのです」

ワーシーは気づかうような目で見つめながら、サラの手をやさしくたたきつづけていた。

その目には言葉に出さないたくさんの質問が浮かんでいた。どういう言い方をしようかあれこれ迷った末、ようやくワーシーは口を開いた。「ミス・フィールディング、クラブの舞踏会の雰囲気をあなたはご存知ないので——」

「わかっています」

「安全ではありませんよ。あなたが望まないのに手を出してくる男たちがおりますし——」

「大丈夫。無害な大虎の一匹や二匹、軽くあしらえますわ」

「大虎ですと？　どこでそんな言い方を覚えたんです？」

「どこでもいいじゃありませんか。とにかく、今夜の舞踏会に出たいのです。だれにもばれません。ミスター・クレーヴンにも。マスクをつけますから」

「ミス・フィールディング、マスクは身を守るどころか、かえって危険を招きかねません。革とリボンと紙でできたぺらぺらの代物にすぎませんが、マスクをかぶると人は理性を失うのです。そして……」ワーシーは話を途中でやめて眼鏡をはずし、レンズを袖口でごしごしこすった。きっとどうやって説得しようか考えているんだわ、とサラは思った。「なぜ急に決心なさったのか、理由を聞かせてもらえますか？　ミスター・クレーヴンと何か関係があるのですか？」

「いいえ、そんなことはありません」答が微妙に早すぎた。「執筆の参考にしたいだけです。わたし……舞踏会の場面を小説に入れようと考えているのですが、一度も出席したことがないのです。雰囲気を味わったり、出席者をきっちり観察したりできる機会はこれを逃したら二度とありませんし――」

「ミス・フィールディング」とワーシーが口をはさんだ。「あなたのご家族や――それから婚約者は――賛成なさらないと思いますよ」

「ミスター・キングズウッドとはまだ婚約していません。でも、あなたのおっしゃるとおり、彼は反対するでしょう。知り合いはみんな」サラはそれからぱっと顔を輝かせて言った。「だけど、だれにも知られることはないんですよ」

　ワーシーは長いことサラの顔を見つめ、決心が固いことを表情から読み取った。あきらめたようにため息をつく。「ギルとクルピエのひとりに、あなたを見張るように言いつけましょう。ですが、もしもミスター・クレーヴンが何か怪しいと気づいたら――」

「大丈夫です。ぜったいに、ぜったいに気づかせません。すごく目立たないようにしています。疫病のようにミスター・クレーヴンを避けて、そばには近づきません。それで、ドレスメーカーのことなんですが……評判のいいお店をご存知かしら？」

「もちろんですとも。しかしそれよりも、もっといい考えがあります。あなたをお手伝いしてくださる人物を知っております」

　デレクはいらいらしながら自分のアパートメントの中を歩きまわっていた。体にたまってくる熱をなんとかやりすごそうとする。女が欲しくてたまらなかった……彼女が。最初にサラがここにやって来た朝から、デレクは彼女に惹かれていた。美しい言葉づかい、淑女らしいふるまい、そしてかわいらしい頑固さ。彼女を抱きしめ、彼女の中に身を沈めたらどんなだろう？　むしゃくしゃして、あんな女にそもそも出会わなければよかったのだと思った。田舎の恋人と結婚して、手の届かない遠い場所で暮らしていればいいんだ。そういうまともな男が彼女にはお似合いなんだ。ペリー・キングズウッドに激しい嫉妬を感じて、デレクは顔をしかめた。

「ミスター・クレーヴン」執事の声が戸口から聞こえた。

執事は訪問カードをのせた銀のトレイを持って近づいてきた。カードのレイフォードの紋章がすぐにデレクの目に入った。「リリーか？」

「いいえ、おみえになっているのはレイフォード卿でございます」

「助かった。今日はもう女には会いたくない。お通ししろ」

イギリス中で、デレクとレイフォード卿アレックスほど異なる男たちはいない。アレックスの自信に満ちた態度は、貴族の家柄に生まれた人間ならではのものだった。彼は生まれつき公平な精神を持つ尊敬すべき人物だった。彼の人生にも葛藤や悲しみや喪失があったが、それを上手に克服してきた。スポーツマン精神とユーモアによって、アレックスは男たちから好かれていた。また、ハンサムであるうえに、ゆったりとした男らしい魅力も備えていたから、女性たちのあこがれでもあった。ふさふさとした金髪と手足の長い体つきのせいで、ライオンのような印象を人に与えた。望むならどんな女とでも関係を持てるだろうが、妻であるリリー以外の女には見向きもしなかった。洗練された貴族のあいだでは、彼の妻に対する熱愛はちょっとした嘲笑の対象になっていた。だが、表面では小ばかにしながらも、内心レイフォード夫妻のような愛と真実で結ばれた関係をうらやましいと思っている人々も多かった。ただ、家どうしの釣り合いで決まる結婚が多い昨今では、そういう夫婦関係は生まれがたいのが現実だった。

アレックスはしぶしぶながら、デレクと妻の友情を認めていた。それはひとえに、必要があればデレクが命をかけて妻を守ってくれることがわかっていたからだ。そうして月日が経つうちに、ふたりの男たちのあいだにも友情が育っていた。

「リリーがきみの傷を大げさに言っているのかどうかたしかめに来た」アレックスは書斎に入ってくるなりそう言うと、デレクの浅黒い顔を冷静に観察した。「改善されたとは言いがたいようだ」

デレクはにっと笑った。「とっとと失せろ、レイフォード」

ふたりはブランデーグラスを持って暖炉の前に座り、アレックスはデレクが差し出した葉巻を受け取った。端を切って火をつけてから、深々と煙を吸い込んだ。煙を通して見ると、灰色の目が銀色に見えた。アレックスは身ぶりで傷を示した。「理由は何だ？　たくさんの噂が飛び交っている――どれも、きみが喜ぶたぐいのものではないがね」

デレクは動じることなくアレックスを見つめた。「どうでもいいさ」

アレックスは椅子の背にもたれて、デレクをじっと見た。「たしかに。傷など重要ではないし、噂もそうだ。問題は、犯人がジョイスだということだ。ここまでやったとなると、これだけじゃすまない可能性がある」デレクが口をはさもうとしたので、アレックスは手で制した。「最後まで言わせろ。懸念する根拠がある。ジョイスは危険なほど予測がつかない女だ。わたしは昔から彼女のことは知っているから。運よく、関係を持つという過ちを避けてこられたがね。しかし、きみは——」

「もう終わったんだ」デレクはそっけなく言った。「ジョイスのことは自分でなんとかできる」

「それはどうかな。問題を無視すれば、彼女があきらめると思ったら大間違いだ。わたしの知るかぎりでは、彼女は愛人だった男たちをことごとくひどい目に遭わせている。とはいえ、実際にひどい怪我を負わせるような真似をしたのは初めてらしいが」アレックスは不快そうに口元をひきしめた。「ジョイスがいくら美しくても、わたしは彼女と寝たいとはけっして思わない。あの女には冷血な面がある。まるで美しい毒蛇だ。いったいどうしてまた、関係を持ったりしたんだ？　きみにだってわかっていたはずだ」

デレクは答をためらった。人に心を打ち明けることはめったになかった——しかしもし打ち明ける相手がいるとすれば、それはアレックスだった。「わかっていた。しかし、どうでもよかったんだ。ジョイスとは、アヴェランド卿の結婚式で出会って、おれたちはしばらく散歩した。つきあって面白い相手だと思ったんだ。だから……」デレクは肩をすくめた。

「その晩からはじまった」

アレックスは何かきこうとしたが、一瞬躊躇し、自分に腹を立てたような顔をした。「彼女はどんなだった？」男としての好奇心を抑えきれず、ついにきいた。

デレクは苦笑いをした。「風変わりというか。いろいろな仕掛けや、ゲームや、倒錯的な技巧が好きなんだ……どんなことも平気でやってのける。しばらくはそれもよかった。だが、おれがもうたくさんだと思ったせいで、問題が生じたんだ。彼女は終わりにしたがっていなかった」デレクは口をねじ曲げた。「いまでもまだ」

アレックスはブランデーを少し飲み、それからグラスの中で酒をまわし、不自然なほどそれをじっと見つめた。「デレク、父は亡くなる前、アシュビー卿と懇意にしていた。アシュビー卿は相当お年を召しているが、頭のほうはいまだにしっかりしておられる。内密に卿にお会いして、ジョイスの悪ふざけをやめさせるようお願いしてみようかと思うのだ。いまよりもさらに悪いことをしでかす前に」

「だめだ」デレクはふんと笑った。「老いぼれがだれかを雇って、おれにとどめを刺そうとしなければめっけものだぞ。貧民街で生まれた成り上がり者が女房とよろしくやったと聞いて、いい気持ちがするはずがない。でしゃばるなよ、レイフォード」

人の難儀を解決してやるのが大好きなアレックスは、拒絶されて気分を害した。「きみの許可を求めていると思ったら考え違いだぞ。きみにはさんざん人生をひっかきまわされたり、操られたりしてきたんだからな」

「助けはいらない」

「では、少なくとも助言くらいは聞け。人妻と関係を持つのはやめるんだ。自分の女をさがせ。いくつになった？　三〇か？」

「知らない」

アレックスはその答にちょっとたじろいだようだったが、気を取り直してじっと品定めするようにデレクを見つめた。「三〇歳くらいに見える。男が結婚して、跡継ぎをつくるにはちょうどいい年ごろだ」

デレクは眉毛を上げてわざと恐れおののいたような表情をつくった。「妻だと？　ちびどもが足元をちょこまかするだと？　かんべんしてくれ」

「では、とりあえず愛人くらい見つけろ。男の要求をよく心得ている女がいい。ヴィオラ・ミラーなんかはどうだ。フォントメア卿とは最近別れたらしい。ヴィオラには会ったことがあるだろう……優雅で、頭のいい女性だ。しかも尻軽じゃない。わたしがきみの立場なら、どんなことをしてでも、彼女の次のパトロンになるね。きみだって、彼女ならどんな代価を払っても惜しくない女だと認めるだろう」

デレクはいらだたしげに肩をすくめた。話題を変えたがっているらしい。「女は何の解決にもならない。もっと問題を引き起こすだけだ」

アレックスはにやりとした。「とにかく、他人の妻といるより、自分の妻といるほうが安全だぞ。それにわれわれ多くの男性と運命をともにしたからといって、損にはならないだろう」

「同病相憐れむってやつだな」

「そのとおり」

会話は別の方向に流れていき、デレクはアレックスに、きみたち夫婦は今夜の舞踏会に出席するつもりかときいた。

アレックスは笑って答えた。「いいや、わたしはやくざ者や高級娼婦の群れはあまり好きじゃないのでね。わが妻は、そういう集まりが好きなようだが」

「リリーはどこにいる？」

「ドレスメーカーのところだ。新しいドレスの試着だそうだ。最近、リリーはしょっちゅう屋敷のまわりで半ズボン《ブリーチ》をはいているものだから、息子がどうしてママはほかのお母さんみたいにドレスを着ないのときくんだ」アレックスは顔をしかめた。「リリーは今朝、なんだか急いで出かけて行った。理由を言おうとしないんだ。どこからか手紙が来たのだが、わたしには見せてくれなかった。まったく困った女だ――頭に来ることこのうえない！」

デレクは笑いをこらえた。アレックスが髪の一筋まで、いまのままの妻を愛しているのを知っていたからだ。

「S・R・フィールディング！」リリーは軽く笑いながら叫ぶと、サラの手を強く握った。黒い瞳が嬉しそうに輝いている。「あなたの作品をわたしがどれくらい愛しているか、ご存知ないでしょうね、ミス・フィールディング。わたし、マチルダに強い親近感を抱いているの。まるで、自分がモデルになっているような気がするわ」

「あなたは、あの肖像画の方でしたのね」サラはびっくりして言った。「ミスター・クレーヴンのギャラリーに飾ってある」あの絵は伯爵夫人を忠実に描き出していたが、キャンバスの彼女はもっと落ち着いた感じに見えた。どんな画家の腕をもってしても、リリーの燦然たる自信をとらえることは無理だし、生き生きとした目の輝きも伝えることはできない。

「絵に描かれている少女はわたしの娘のニコール」リリーは自慢げに言った。「かわいいでしょう？　数年前に完成した絵よ。画家は売りたがらなかったのだけれど、デレクはとても抵抗できない目の玉が飛び出るような値段をつけたの。あの人はどんなものでもお金で買えると豪語しているわ」リリーは口元をゆがめた。「ときどき、そうかもしれないと思うときもあるの」

サラは用心深くほほえんだ。「ミスター・クレーヴンは世の中をうがった目で見すぎますわ」

「あなたはまだ半分もわかっていないわ」リリーは眉をひそめて言うと、この話はもうやめましょうと手振りで示した。そしていきなり事務的な調子になった。「ワーシーから聞いたところによると、至急、舞踏会用のドレスを手に入れなくちゃならないのね」

「レディ・レイフォード、あなたのお手を煩わせるつもりはまったくなかったのです。助けてくださることに心から感謝いたします」

ワーシーはサラをロンドンで一番高級なドレスメーカーであるマダム・ラフルールの店に送るように馬車の手配をしてくれた。レディ・レイフォードとはそこで落ち合う約束になっていますと、ワーシーは言った。そしてサラに、すべてレディ・レイフォードにおまかせするようにと念を押した。「レディ・レイフォードはこういうことは何でも心得ておられます。あの方の判断におまかせするのですよ、ミス・フィールディング」ミスター・ワーシーはわたしのおしゃれのセンスを信用していないんだわとサラは思った。でも、これまで服装を決めてきたのは、好みではなく、予算だったのだ。

いまサラは、ボンド通りの有名なドレスメーカーの店にいた。部屋の壁には金色の縁取りがついた鏡がずらりと並び、エレガントなピンクグレーの錦織りの布が掛かっている。店内は威圧的なほど堂々とした雰囲気が漂っていた。アシスタントの感じのよい笑顔にさえ、びくついてしまう。自分の気まぐれにいったいいくらかかるのか考えるだけで気持ちがくじけそうになったが、サラは断固としてしつこく湧き上がってくる心配を無視することにした。この無駄遣いを嘆き、顔をしかめるのはあとにしよう。そして、またいままでのように、用心深く分別のある人間になろう。

「リリーと呼んでちょうだいな」とレディ・レイフォードは言った。「それに、わたしは煩わしいなんてこれっぽっちも思っていませんから。だって、あなたがわたしのためにしてくださったことを思えば」

「え？　わたしが何かあなたにしてさしあげたことがあるのでしょうか？」

「デレクを救ってくれたじゃない。自分の危険も顧みず……一生、恩に着るわ。デレクはわが家の親しい友人なの」と言ってリリーは朗らかに笑った。「かなり面白い人でしょう？」

サラが答える前に、リリーは振り向き、近くに立っていた人物と目を合わせた。「ねえ、モニク、ミス・フィールディングをため息が出るほど美しくするのにどれくらいかかりそう？」

ドレスメーカーは、如才なく控えていた戸口から部屋の中に入ってきて、ふたりに近づいた。モニクは温かくリリーの来店を歓迎した。そのようすからドレスメーカーとリリーが長いつきあいであるのがわかる。それからモニクはサラに視線を移した。モニク・ラフルールは長身で、そのうえ有名なドレスメーカーであるのだから、よそよそしく尊大な雰囲気をまとっていてもよさそうなものだが、実際には愛想がよくて親切な感じで、ふくよかな体によく似合う笑顔の持ち主だった。

「あなた《シェリ》」モニクはサラの両肩に手をかけて全身をじろじろながめまわし、「なるほど」とつぶやいた。「かなり手を加えなければなりませんね。でも、わたくし、挑戦が大好きですのよ！　レディ・レイフォードがあなたをわたくしのところに連れてきてくださってよかったわ。あなたをうっとりするような美女《アンシャントレス》にしてさしあげますよ」

「何か、シンプルなドレスを見つけてくだされば……」とサラは言いかけたが、その声はモニクがいきなりきびきびとアシスタントたちに手で合図をしはじめたためにとぎれてしまった。リリーはほほえみながらただ後ろのほうに立っていた。

「コーラ、マリー！」モニクは呼んだ。「ドレスを持ってきなさい、いますぐに《マントナン》！　急いで、ぐずぐずしている時間はないのよ！」

サラは、アシスタントたちが腕いっぱいに抱えてきた、華やかな色合いのシルクやベルベットのドレスを呆然と見つめた。「どこからこんなにたくさんのドレスを？」

モニクはサラを隣の部屋に引っ張っていった。こちらの部屋には繊細なロココ調の家具が置かれ、房つきのカーテンが掛かっており、主室よりももっと大きな鏡がたくさんあった。

「レディ・レイフォードのドレスでございますよ」モニクはてきぱきとサラを半回転させて、ドレスのボタンをはずしはじめた。「レディ・レイフォードのドレスはすべてわたくしがデザインしております。伯爵夫人が新しいデザインの服をお召しになると、ロンドン中が翌日にはそれを真似るんでございますよ」

「まあ、でも、レディ・レイフォードのドレスをお借りするわけにはまいりま――」

「外では一度も着たことがないものばかりよ」あとにつづいて部屋に入って来たリリーが言った。「どれか一着をあなたのサイズに直させるわ」それからモニクに向かって言った。「黒や紫は似合わないわ。それから、白とかそういう清純な感じのものもだめ。何かこう、大胆で印象的なものがいいの。群衆の中でひときわ目立つような」

サラは下に降ろされたスカートをまたいでドレスを脱いだ。鏡に映っている、シュミーズと白い分厚い靴下と重たい女性用下履き《ドロワーズ》を身につけた自分の姿から目をそらす。モニクは実用一点張りの下着をめずらしそうに一瞥し、頭を振った。どうやら何か思うところがあるらしい。モニクはドレスの中から一着選び、高く掲げていろいろな角度からながめた。「ピンクはどうかしら？」と言いながら、下着姿で立っているサラの前に、輝くローズ色のサテンのドレスをあてがった。サラは畏怖の念にかられて息を止めた。こんなに高価なものを身にまとったことはなかった。シルクでできた薔薇の花が、袖や裾に飾りつけられている。ハイウエストの身頃の部分には、金銀線細工の胸飾りと、サテンの蝶型リボンがずらりと並んで縫いつけられていた。

　リリーは考え込むように首を横に振った。「きれいだけど、ちょっとお嬢様風すぎるわ」

　サラは失望のため息をこらえた。ピンクのサテンよりも美しいものがあるとは想像できなかった。即座にモニクはそのドレスを脇にどけ、別の候補をさがし出した。「ピーチ色はいかがですか。これを着たら殿方の目は釘づけですわ。さあ、シェリ、これを試してごらんなさい」

　サラは腕を上げて、モニクとアシスタントのコーラに、ピーチ色の薄地のドレスを頭から通して着せてもらった。「直しがたくさん必要みたいです」サラは繊細な布の層の下からくぐもった声で言った。ドレスはリリーのしなやかでひきしまった体のラインに合わせて仕立てられていた。サラはもう少し肉付きがよく、胸はふくよかで、ヒップには豊かな丸みがあり、ウエストがきゅっとしまっていた……三〇年前なら、ファッショナブルな体型だったのだが、いま流行のハイウエストのギリシャ風ドレスは、彼女にとてもお似合いのデザインとはいえなかった。

　モニクはドレスの裾をサラの足元まで引き下げ、背中の空きを合わせはじめた。「ええ《ウィ》、レディ・レイフォードは流行にぴったり合った体型でいらっしゃいます」モニクはきつい身頃を力いっぱいぎゅっと引っ張り合あわせてフックを留めた。「でも、殿方は、あなたのような体型を好まれるのです。息を吸い込んで」

大きく開いたドレスの胸元からはちきれんばかりに胸を押し上げられ、サラは顔をしかめた。大きく膨らんだスカートの裾には三段にチューリップの葉の飾りがついていた。サラは鏡の中の女性が自分だとは信じられなかった。透けて見えるほど薄地のシルクが幾重にも重なり、胸元がびっくりするくらい大きく開いたピーチ色のドレスは、男の視線を集めるためにデザインされたものだった。ウエストのあたりはまったく締めつけられていなかったが、クリームのように滑らかで豊かな胸が丈の短い身頃の襟ぐりからのぞき、魅力的な谷間を見せていた。

リリーはにっこり笑った。「まあ、サラ、なんてすばらしいの」

モニクは悦に入ってサラをながめた。「少し直せば、完璧でございます。このドレスですわ。いかがです《ネスパ》？」

「どうかしら」リリーは部屋中を歩きまわって、サラをあらゆる角度からながめた。「わたしの好みの問題かもしれないけれど、もっとはっと目が覚めるような色のほうが……」リリーが立ち止まって、きっぱりと首を横に振ったので、サラの心はしぼんだ。「これでは目的が達成できないわ」

「目的？」サラは当惑して尋ねた。「わたしに合う衣装を見つけることのほかには目的はありませんわ。これで十分じゃありませんか？」

リリーが意味ありげな視線を送ると、モニクは即座に理由をこじつけて部屋を出て行った。静かにアシスタントたちもついていく。いきなり人々がいなくなってしまって面食らったサラは、神経質になっているのを見せまいとピーチ色のスカートをふわりとさせてみた。

「ちょっと話をしておいたほうがよさそうね、サラ」ほかのドレスの中から、リリーは藤色とスミレ色のドレスを選び出して目の前にかかげてから、顔をしかめた。「いやだわ、どうしてこんなドレスをつくる気になったのかしら」と言ってあっさりとドレスを投げ捨てた。「ワーシーは手紙で、あなたがどうしても今夜の舞踏会に出たいと言っていると書いてきたわ。それはいったいなぜかしら?」

「題材の調査のためです」サラは答えたが、まっすぐリリーの目を見ることができない。「小説でそういう場面を描きたいので」

「そうなの」リリーの口元に不可解な笑みが漂った。「わたしは小説のことはまったくわからないわ。でも、人間の習性についてなら、かなりわかっているつもり。間違っているのかもしれないけれど、今回のことは、だれかに自分を気づいてもらいたいという気持ちからはじまったのではないかしら」問いかけるように語尾がかすかに上がった。

サラはすぐに頭を振った。「いいえ、レディ――」

「リリーよ」

「リリー」とサラは素直に繰り返した。「そんなつもりは毛頭ありません。だれの興味も引きたくありません。わたしはもうじき、グリーンウッド・コーナーズのミスター・ペリー・

キングズウッドと婚約するのです」

「まあ」と伯爵夫人は肩をすくめ、やさしく親愛の情をこめてサラを見つめた。「では、わたしが誤解していたのね。実は……わたし、あなたがデレク・クレーヴンに興味をもっているのではないかと思ったの」

「いいえ。あの方はわたしとは住む世界が違う人です……」サラは言葉を切って、ぼんやりとリリーを見つめた。「わたしと合うわけがありません」

「もちろんよ。許してね。でしゃばりすぎたみたい」

サラは言いわけがましくつけ加えた。「ミスター・クレーヴンのことを悪く思っているわけではないのです。たいへん独特な個性をお持ちで――」

「まわりくどい言い方をしなくてもいいのよ。どうしようもない人なの。デレクのことはだれよりも知っているわ。利己的で、秘密主義で、孤独……五年前の、レイフォード卿と結婚する前のわたしとそっくり」リリーはサラの後ろに立ち、窮屈なドレスのボタンをはずしはじめた。「ブルーのベルベットを試してみましょう。あなたの肌の色にぴったりだと思うわ」デレク・クレーヴンの話はもうしないつもりらしく、リリーはシルクの小さなループからボタンを順番にはずしていった。

サラは眉をひそめて、腕を袖から抜き、雲のようなピーチ色の布の輪からまたぎ出た。沈黙が耐えがたくなってきた。「でも、どうしてミスター・クレーヴンは孤独なんですか?」我慢しきれずサラは質問を発した。「いつも大勢の人に囲まれています。望みさえすれば、どんな女性ともおつきあいできますわ！」

リリーはおどけたようにしかめっ面をつくった。「デレクはだれも信じないの。母親に捨てられ、貧民街で長いこと暮らしたから……女性のことをあまりよく思っていないんだと思うわ。というか人間一般をね」

「あなたのことは高く評価していますわ」デレクの個人ギャラリーに飾られていた見事な肖像画を思い出しながら言った。

「わたしたちは昔からの友だちだから」リリーは認めたが、はっきりとこうつけ加えた。「でも、それだけ。どんな噂が飛び交っているかは知っているわ――でも、わたしたちの関係はまったくプラトニックだったのよ。ま、あなたには関係ないことかもしれないけど。とにかく、真実を知っておいてもらいたかったの」

サラはそれを聞いて、なんだかとてもほっとした。リリーの見透かすような視線に気づき、サラはこの人に――この同情心あふれる第三者に――告白したいという衝動にかられた。これまでずっと、本当の思いは慎重に自分の中だけにしまってきたのだが。調査のために舞踏会に出席するのではないのです、とサラはぶちまけたかった。ミスター・クレーヴンに田舎の子ネズミと思われているのがいやだからなんです。自分でも、地味で目立たない女だとわかっているから……だから、急に、どうしても彼にそうじゃないってことを見せつけてやりたくてたまらなくなったから……そんなこと、どうでもいいことなんだけど。本当に、どうでもいいことなんだけど。

「ミスター・クレーヴンに、今夜はクラブに来てはならないと禁じられました」サラはそう言っている自分の声を聞いた。

「そうなの？」リリーは即座に答えた。「まあ、ありうることね」

「高級娼婦に交じるのは危険だというのです。でも、売春宿や場末の賭博場を訪ねたことがありますけど、一度も危ない目に遭ったことはないんですよ！　ひどいと思います。ミスター・クレーヴンをわたしが救ったことを考えれば！」

「わたしもそう思うわ」とリリーは同意した。

「クラブに出入りするようになって以来、ミスター・クレーヴンはずっとわたしをグリーンウッド・コーナーズに追い返したがっていました」

「ええ、知っているわ」リリーはブルーのドレスのホックを留めるために移動した。「デレクはあなたを追い払いたがっていた。サラ、それはね、デレクがあなたを脅威と見なしていたからなのよ」

　サラは信じられないといった顔で笑った。「わたしが？　脅威？　わたしのことをそんなふうに思う人は世の中にひとりもいないと断言できますわ」

「デレク・クレーヴンが恐れることはたったひとつ」とリリーははっきり言った。「あの人、自分の気持ちにはひどく臆病なの。たくさんの女とつきあってきたけど、その中のだれかに心惹かれそうになると、その人を捨てて、新しい人を見つけるの。初めて彼と知り合ったとき、なんて感情の乏しい人だろうと思った。愛とか信頼とかやさしさを感じられない人なんだと。でもいまは、そうした気持ちは彼の中にあると思っている。子どものころから、心の奥底にしまいこんできたのだわ。そして、そうした気持ちを隠しつづけることができなくなる日が近づいている気がしてならないの。このごろ、なんだかいつもの彼らしくないのよ。自分のまわりにつくりあげた壁にひびが入りはじめている徴候が見えるの」

サラは困惑して腰にかかっているベルベットを伸ばし、床を見下ろした。「レディ・レイフォード、あなたがわたしに何を期待していらっしゃるのかわかりません」サラは正直に言った。「わたしはミスター・キングズウッドを愛していますし、彼と結婚するつもりで――」

「サラ」リリーはやさしくさえぎった。「今夜デレクに、自分が思っているほど無敵な男でないということを思い知らせてくれるだけでいいの。あなたに、いえ、ほかのだれかでもいいんだけど、よろいの割れ目を見つけてもらいたい。それだけなの」リリーは温かい笑みを浮かべた。「そうしてあなたはミスター・キングズウッドの元にお帰りなさい。すばらしい人なんでしょう、きっと……あとはわたしがデレクにふさわしい人をさがすわ」リリーは笑った。「強くて、賢くて、聖人みたいに忍耐強い人でないと」一歩下がってサラを見つめ、にっこりする。「これよ」と力強く言った。「このドレスだわ」

レイフォード家の馬車に乗ったふたりは、リリーが取り出した金属製の携帯用酒瓶から仲良く酒を飲んでいた。サラは小さな房つきのカーテンの横から窓の外をのぞき、人々の群れがクラブの階段を上っていくのを見つめた。女たちは贅沢なドレスをまとい、羽根や宝石やリボンの飾りがついたマスクをしていた。同伴の紳士たちは黒いフォーマルな装いをし、シンプルな黒のマスクをつけていたので、追いはぎ《ハイウェイマン》の舞踏会のようだった。窓はまぶしく輝き、オーケストラの演奏の響きが冷たく暗い夜の空気に流れ込んでいた。

リリーはそのようすをながめながら唇をなめ、上等のブランデーを味わった。「あと数分待ちましょう。早く到着しすぎてもよくないわ」

サラは借り物のマントを引き寄せ、酒瓶に手を伸ばした。ブランデーは強かったが芳醇で、その心地よい炎が神経の高ぶりをほぐし、かたかた鳴る歯をなだめてくれた。

「夫は、わたしがどこへ行ってしまったのかと心配しているわね」とリリーが言った。

「どう話すおつもりなのですか？」

「さあ、どうしましょうか。ま、真実に近いことを話すでしょうね」リリーはにっこり明るい笑顔をつくった。「あからさまな嘘をつくと、すぐにアレックスに見破られてしまうから」

サラはほほえんだ。リリーは自分のかつての不品行なふるまいについて大胆に語るだけでなく、だれについても、何についても、自分の意見を率直に述べた。とくに男性には驚くほど遠慮がなかった。「男を操るのなんて簡単なの。あの人たちが考えていることはぜーんぶお見通しなんだから」と先ほどリリーは言っていた。「簡単に手に入れられるものには興味を示さない。ところがなかなか手に入らないとなると、むしょうに欲しがるのよ」

サラはリリーのアドバイスをじっくり考えた。そうだ、きっと少しじらすくらいのほうがいいのだろう。ペリー・キングズウッドは、自分がプロポーズさえすればすぐにわたしが受け入れると思って安心しきっている。そう確信していなかったら、婚約間際のところにこぎつけるのに四年もかからなかっただろう。そうだ、グリーンウッド・コーナーズに帰ったら、わたしはこれまでとは違う女になろう。リリーのように自信に満ちた独立心旺盛な女に。そうしたらペリーはきっと激しくわたしに恋するようになるわ。

その考えに満足して、サラは急いでもう一口ブランデーを飲んだ。

「あまり急いで飲まないほうがいいわ」リリーは助言した。

「なんだか元気が出てくるので」

「でもあとで酔いがまわってくるから。さあ——マスクをつけるときが来たわ。心配しなくて大丈夫よ」

「美しいマスクですわ」とサラは言って、黒のシルクの細いリボンをいじってからマスクを顔にあててリボンを結んだ。モニクは黒いシルクとレースで芸術的なマスクをつくりあげた。アクセントにドレスと同じブルーのサファイアが光っている。「心配はしていません」それは真実だった。向こう見ずな他人が、用心深い自分にのりうつったような気がしていた。ミッドナイトブルーのドレスは体にぴったり合っていて、小さな身頃の大胆に開いた襟元から胸がいまにも飛び出しそうだった。金色のバックルがついた広いサテンのサッシュベルトがウエストの細さを際立たせている。顔の上半分はマスクで隠されていたが、唇はあらわになっていて、モニクとリリーがどうしてもと言ってきかないので薄くルージュが塗られていた。薔髪はカールしてトップでまとめ、頰や首筋に、いく筋かくるんと巻いた髪がたれている。

薇の香りに深みのある森のようなにおいが混ざった香水が、胸とのどに控えめにふりかけられた。

「大成功ですわ」モニクは変身したサラの姿を満足そうにながめて言った。「美しくて、世馴れた感じがするけれど、それでもまだフレッシュな若さが残っている……ああ、シェリ、今宵はたくさんの殿方に言い寄られますことよ」

「見事だわ」とリリーも実に嬉しそうに言った。「一騒動起きるわね。明日の朝にはたくさんのゴシップが聞かれること間違いなしよ、モニク」

「もちろんですとも《ビアン・スュル》、あの方はだれかしらとみんなが聞きまわると思いますよ。やきもち焼きの雌鳥の集団が大騒ぎするみたいに」

リリーとモニクができばえに満足しているあいだ、サラは鏡の中の見慣れない姿を見つめていた。興奮で胃がひっくり返りそうだ。鏡に映る人物は、経験豊かな男女の駆け引きに精通した女に見えた。「今夜のわたしは子ネズミじゃない」驚きに彩られたほほえみを浮かべて、サラは小声で言った。「ミスター・クレーヴン、あなたはわたしであることすら気づかないでしょう」

リリーの案じるような声で、サラは現実に引き戻された。「もし何か問題が起こったら、すぐに大声でワーシーを呼ぶのよ」

「そんな必要はないだろうと思います」とサラは快活に答え、瓶を傾けてもう一口ブランデーをあおった。

「中に入ったら、ワーシーに声をかけたほうがいいわ。彼もあなただと気づかないでしょうから」

サラはそれを思うとにんまりしてしまう。「きっと、ミスター・クレーヴンも」

「なんだか、あなたのそんな目を見るとちょっと不安になってくるわ」リリーは心配そうに言った。「気をつけてね、サラ。こういう舞踏会では、おかしなことが起こるものなのよ。わたしなんか、きわめつけにおかしな事件が起こったあとで、結局、結婚することになったのだもの。さあ、酒瓶を返して。もう十分でしょう」

サラはしぶしぶ酒瓶をリリーに返した。リリーは最後にもう一度注意を与えた。「どんな賭け事にも応じちゃだめよ。知らないうちに好色な輩と危ないゲームをしてるなんてことになりかねないから。それから、ぜったいにだれとも、裏の部屋へ行ってはだめよ。ああいう部屋は、秘密のことをするのに便利な場所なの」

「ミスター・ワーシーはそんなこと教えてくれませんでした」

「気恥ずかしくて言えなかったんでしょうよ」リリーは暗い声で言った。「裏部屋は音が外に漏れない設計になっているの。それから妙な形の家具がいっぱいある。あらゆるみだらな行為ができるようになっているのよ」

「どうしてそんなにいろいろなことをご存知なのですか？」

「もちろん、噂で聞いたのよ」リリーは無邪気な声とは裏腹に、いたずらっぽくにやりとした。「さ、お嬢さん、馬車から降りて」

「ありがとうございました」サラは心から言った。「何もかも。感謝でいっぱいです。ドレスと、シルクの下着のお代金をとっていただけると嬉しいのですが――」

「そんなことはいいから」とリリーはさえぎった。「それより、いつか舞踏会のことを全部聞かせてちょうだい。お代はそれで十分よ」リリーは笑いながらサラに手を振った。

従僕に助けられてサラは馬車から降り、ひとりで階段を上っていった。おそらくブランデーのせいで少し頭がぼうっとしていたのだろう。とてもおかしな気分だった。思わずおじけづいてしまいそうになる、不思議で、きらびやかな晩だった。大理石の階段は、潮に流される砂のように不安定に感じられた。今晩、何かが起こる。明日の朝、幸福な気分でいられるのか、後悔にうちひしがれることになるのかはわからないが、少なくともこれから数時間だけは、ずっと夢見てきた向こう見ずな生き方ができるのだ。

「マダム？」サラが入口にすっと入ると、執事が落ち着いた声をかけてきた。招かれていない客をうまく追い返すのが彼の仕事だ。でなければ、人数が膨れあがって舞踏会がうまく運ばなくなる。

サラは軽くほほえみながら、黒いマントをさらりと脱いだ。ぴったりとしたブルーのドレスに包まれたまばゆい体の曲線があらわになった。「こんばんは」一オクターブほど声を低めて言う。「エリソンね。ミス・フィールディングからあなたのことはうかがっているわ」

エリソンは、自分の母親が最近病気になったことから、キドニーパイが好物であることまでサラに何もかも打ち明けていた。だが、彼はこの女性がサラだとは明らかに気づいていないようすだった。「ミス・フィールディングのお知り合いでいらっしゃいますか？」

「あの方とはとても親しくしていますの」とサラは言った。「今夜の舞踏会に来れば、歓迎されると彼女から聞きました」サラは絹のように滑らかな肩をすくめた。「でも、もしご迷惑なら――」

「お待ちください、マダム……」ふだんは感情を出さないエリソンの声に驚きがかすかに感じられた。「お名前をうかがってもよろしいでしょうか？」

サラは執事に身を寄せてささやいた。「それはあまりよいこととは思えませんの。わたしの評判のせいで、いろいろと不都合が起こることがあるものですから」

エリソンの顔がピンク色に染まった。彼の心にどんな考えが渦巻いたか容易に見て取れた。美しく、神秘的な女、しかもミス・フィールディングの知人でもある……。「マ、マダム」執事は興奮をうまく隠せず、言葉をつかえさせながら言った。「ひょ、ひょっとして、あなた様は……マ、マチルダ？　本物のマチルダでは？」

サラの赤い唇が思慮深く結ばれた。「そうかもしれませんわね」サラはマントを預けると、滑るようにクラブの中に入っていった。この策略にはまったく罪の意識を感じていなかった。だれかが勝手にわたしをマチルダだと思い込んだってかまわないでしょう。だって、わたしがマチルダをつくりあげたのだから。

玄関で後ろに立っていた三人の若い放蕩者たちが、サラの後ろ姿をじっと見つめていた。「聞いたか？」ひとりがあえぐように言った。「あれはマチルダだぜ。首を賭けてもいい」

「仮装かもしれない」仲間のひとりが理にかなった発言をした。

「違う、違う、ぜったいに彼女だ」と最初の男は引き下がらない。

「ぼくの友だちが、六月にバースでマチルダと夜をすごしたんだが、あいつが言っていたとおりの女だ」

「あとをつけようぜ」

「マチルダが六月にバースにいただって？ ありえないね」三人目が口をはさんだ。「バークリー家のひとりと大陸を旅していたと聞いている」

「そりゃあ、彼女が修道院に入る前か？ 入ったあとか？」

サラは三人の男たちが話しながら自分をつけていることに気づかなかった。ワーシーの姿を見つけて、中央のハザードルームを抜けていこうとした。ところが、突然たくさんの男たちからパンチのグラスを差し出されたり、ダンスを申し込まれたりして、なかなか前に進むことができなくなった。グラスを押しつけられて、サラはほほえんでそれを受け取った。立ち止まってぴりっと辛口のカクテルを少し飲んだ。心地よい温かさが体中の血管を駆けめぐる快感を味わう。黒い手袋をはめた手で優雅にひたいにかかった巻き毛をかきあげ、取り囲んでいる男たちにほほえみかけた。「みなさん」低いハスキーな声で言った。「さっそうとしたすてきな紳士の方々に囲まれて、たいへん光栄ですわ。でも、いっぺんにお話しになったらお答えできませんの。せめて三人か四人ずつでないと」

男たちはまたわれ先にとしゃべりはじめた。「お嬢さん、わたしがお連れしま――」

「ワインはいかがです？」

「砂糖菓子をお持ちしましょうか？」

「ワルツを踊っていただけませんか？」

サラは残念そうに口をすぼめてすべての誘いを断わった。「またのちほど。わたくし、昔からのお友だちと会わなければなりませんの。でないと、その方をがっかりさせてしまいますから」

「ぼくも傷心のために死んでしまいそうです」群衆のひとりがそう叫ぶと、一同はサラのあとをついて行こうとした。しかしサラはするりとワーシーが立っていた部屋の隅に体を滑り込ませた。

勝ち誇ったほほえみを浮かべて、サラはワーシーの前に立ち、小さくお辞儀をした。「どうです？」とサラは言った。

支配人はうやうやしく頭を下げた。「クレーヴンズへようこそ、マダム」

そうあいさつすると、またワーシーが先ほどのように室内への目配りをはじめたので、サラは軽く眉をひそめてワーシーに近づいた。「だれかをおさがし？」支配人の視線の先を追いながらいつもの声で尋ねた。「何か起こりましたの？」

ワーシーは、はっとしてサラのほうに目を向けた。眼鏡をはずして、レンズをあわてて磨き、またかけなおすと、驚愕の目で彼女をじっと見つめた。「ミス・フィールディングなのですか？」と驚きをこめてささやいた。「あなたなのですね？」

「もちろん、わたしですわ。おわかりになりませんか？」サラはにっこり笑いかけた。「この変身、お気に召して？　レディ・レイフォードが全部してくださったの」

ワーシーは息を詰まらせた。言葉がうまく出てこなくて、返答ができないようだった。官能的に肌を露出しているサラの姿をながめているうちに、ワーシーの顔は自分の娘を見るかのように曇っていった。サラは通りかかった給仕からもう一杯パンチのグラスを受け取り、のどの渇きを癒すようにぐっと飲み干した。「とてもおいしいわ」とサラは言った。「ここはすごく暑いですわね。音楽を聞いているとうきうきしてきて、じっとしていられない感じ。今夜は踊りますわ。カドリールやワルツを、それから——」

「ミス・フィールディング」ワーシーはやっと声を出した。「そのパンチは、あなたには強すぎます。ギルにアルコールの入っていない飲み物を持ってこさせましょう」

「いいえ、わたしはみんなが飲んでいるものを飲みたいの」サラは、フルーツの香りのする息でワーシーの眼鏡のレンズが曇るほど頭を近づけた。「それから、ミス・フィールディングとは呼ばないで。今夜、ここには、そんな人はいないんですから」

ワーシーはあせって言葉をつかえさせながら、もう一度眼鏡を拭いた。お客様がお帰りですと高らかに告げて、彼女を舞踏会から追い出そうかと考えた。サラ・フィールディングがこんな血が騒ぐような美女に変身するとは夢にも思っていなかった。すべてが違って見えた。声も、しぐさも、そして物腰のすべてが。顔の形すら違っているように思えた。ところが、眼鏡をかけ直したときには、サラの姿は消えていた。退廃的な雰囲気をかもしだしている、いかにも女好きそうなふたりの若者に連れ去られていた。ワーシーはあわててギルに合図を送った。なんとか自分とギルとで、来るべき大惨事を食い止めねばならない。もし、ミスター・クレーヴンが彼女を見たら……。

ワーシーの困りきった顔と激しいジェスチャーに気づいたギルが五角形の部屋を横切ってやってきた。「何か問題でも？」

「ミス・フィールディングが来ている！　すぐに見つけなくては」

ギルは肩をすくめた。まったく心配する必要はないと思っているようだ。「おそらく部屋の隅のあたりにいるでしょう。いつものように、人々を観察したり聞き耳を立てたりして」

「今夜のミス・フィールディングはいつもと違う。まったく別人だ」ワーシーはきびきびした口調で言った。「危険な状況なのだ、ギル」

「まるで、あの人が何か問題でも起こしそうだとでも言わんばかりですね」ギルは、ワーシーの心配を笑い飛ばすかのように言った。「あのやさしくて、おとなしいオールドミスが……」

「そのやさしくて、おとなしいオールドミスがこのクラブ全体をひっくり返すようなことをするかもしれないのだ」ワーシーは怒りを含む声で言った。「ギル、彼女をさがし出せ。ミスター・クレーヴンが見つけるよりも先に。ブルーのドレスに黒いマスクをつけている」

「そんな服装の女性はここに少なくとも二五人はいますよ。それに、眼鏡をかけていないとミス・フィールディングだとわかるかどうか」ギルはそう言いながらワーシーの腕をつかんだ。もっと重要なことに気をとられているらしい。「ところで、さっきわたしはあることを耳にしたんですが、ご存知でしたか？　マチルダがこの舞踏会に来ているらしいんですよ。マチルダ本人が！　もうこれでミス・フィールディングにマチルダは架空の人物だとは言わせませんよ」

「とにかく彼女をさがせ」ワーシーは押し殺した声で言った。

「マチルダを？」

「ミス・フィールディングだ」

「わかりました」ギルは半信半疑なようすでぶらぶらと歩み去った。

ワーシーは足をカツカツと踏み鳴らしながら、サラの青いドレスを見つけようと群衆を見まわした。もっとほかの従業員にも命じて、ミス・フィールディングをさがさせようかと考えていると、ゆったりと母音を長めに発音する静かな声が聞こえてきた。ワーシーの背筋に寒けが走った。

「だれかさがしているのか？」

ぐっと唾を飲み込んでから、ワーシーは体をまわして険しい顔つきのデレク・クレーヴンと向き合った。「何とおっしゃいました？」ワーシーはしわがれた声できいた。

「来ているんだろう」とデレクは言った。すっきりとした黒いマスクの下でグリーンの瞳が鋭く光っている。「一分ほど前に彼女を見かけた。わたしをさがしてこそこそ歩きながら、いろいろききまわっている。まったく、象の群れより目立つ。あのあばずれをこの手で絞め殺せたら気分がいいだろうな。いや、わたしのこの傷とおそろいになるような傷をつけてやるというのも悪くない」

安堵とも恐れともつかない気持ちだったが、クレーヴンが言っているのはレディ・アシュビーのことなのだとワーシーは気づいた。「レディ・アシュビーが、臆面もなく舞踏会にやってきていると?」一瞬サラのことは忘れてワーシーは言った。「お帰り願いましょうか?」「いや、まだいい」デレクは苦虫を嚙みつぶした顔で言った。「まずは、わたしからひとこと言ってやる」

ジョイスは巨大な柱の陰で、猫が獲物を狙うような目つきでざわめく群衆を見つめていた。ほっそりした体には、髪の色と同じ金色のシルクのドレスをまとっていた。細い完璧な顔に金と銀の羽根をあしらったマスクをつけている。

いきなり後頭部に締めつけられるような痛みを感じた。巨大な手でカールした髪をひっつかまれたのだ。顔の見えない背後の男が指をさらに強くねじったので後ろを振り向くこともできない。痛みにひっという声がもれた。ゆっくり体の力を抜く。「デレク」彼女はそうつぶやくと、じっと動かなくなった。

デレクの憎しみに満ちた声は低く響いた。「浅はかなあばずれめ」彼が指をさらにねじったので、その痛みにジョイスは鋭く息を吸い込み、引っ張られた髪を少しでもゆるめようと体を弓なりにそらせた。

「あなたの顔が見たかったの」と彼女はあえいだ。「だから来たのよ。そして説明したかっ

っ
た――」

「あんたが来た理由はわかっている」

「わたしが悪かったわ、デレク。傷つけるつもりはなかったの。でも、ほかに方法がなかったのよ」

「わたしは傷つけられてはいない」

「あなたを手ばなすわけにはいかないの」ジョイスは淡々と言った。「ぜったいに。わたしは頼りにしてきた男にいつも操られ、捨てられてきたわ。最初は父――」

「興味ないね」デレクはさえぎったが、ジョイスは髪をつかまれている痛みをものともせず、しつこくつづけた。

「わかってほしいの。一五で無理やり結婚させられたのよ。花婿はおじいさまと同じくらいの年。初めて見たときから、アシュビー卿がいやでたまらなかった。好色なすけべじじいだったもの。そんないまわしいものとベッドをともにすることを想像できる？」ジョイスの声がとげとげしくなった。「しわくちゃの肌、弱った歯、老いのせいでしぼんだ体……ああ、なかなか感動的な床入りだったわよ。父に、どうかわたしを老人に売り飛ばさないでと懇願したわ。でも父はアシュビー家の土地と財産に目がくらんでいた。わたしの家族はこの結婚でずいぶん利益を得たわ」

「あんただってそうさ」とデレクは言った。

「そのとき誓ったの。これからは手に入れられる楽しみは全部自分のものにしようと。金輪際、人に利用されるのはやめようと。わたしはほかの腰抜けの女たちとは違うのよ。男を喜ばすために彼らの思い通りの型にはめられた生き方はぜったいにしない。飽きたからと簡単にわたしを捨てるような真似をあなたに許したら、わたしの人生は台無しになるのよ、デレク。冷淡な男に服従するしかなかった一五のころに戻ってしまう。わたしを捨てるなんて許さないわよ、気取り屋のならず者のくせに」

デレクは髪を放してジョイスの体を自分のほうに向けた。ジョイスはほっと息をつき、陰になっている厳しいデレクの顔と向き合った。デレクはマスクをはずしていた。「これが復讐の結果だ」とデレクはうなるように言った。「これで満足か?」

ジョイスは凍りつき、デレクの顔の、縫い目も痛々しい傷を見つめた。「わたし、本当にあなたを傷つけたのね」ジョイスはつぶやいた。畏敬の念に打たれたような、悔いるような、そして同時に不気味な満足感のこもった声だった。

デレクはまたマスクを顔につけた。ふたたび話しはじめたとき、その声にはうんざりした調子があった。「ここから消えろ」

ジョイスは傷を見て力を得たようだった。「わたしはまだあなたをあきらめないわ」

「わたしはだれのあとも追わない」とデレクはぞんざいに言った。「とくにあんたのような使い古しのがま口みたいな女のあとは」

「戻ってきて」ジョイスは懇願した。「とってもいい思いをさせてあげる」威嚇の色がほのかに漂うほほえみ。「あなたはいまでもまだハンサムだわ、デレク。これ以上顔を切り刻まれるのはいやでしょう」

「脅しで男をベッドに誘い込もうとする女は、あんたが初めてだ」言葉のトゲはしっかり刺さったようだった。マスクの下の顔にさっと赤みがさした。「わたしと顔を合わせないようにすることだな、ジョイス」デレクは歯の隙間から言葉を吐いて、ぎゅっとジョイスの手首をねじった。彼女は痛みに顔をゆがめた。「でないと、死んだほうがましというくらいひどい目に遭わせてやる」

「無視されるより報復されるほうがましよ」

うんざりした声を発して、デレクは一メートルほど離れたところにいたクラブのテーブル係に合図した。係の者は異国風のドレスを着た女とひそひそ話をしていたが、すぐにやってきた。「お引き取り願え」とデレクはジョイスを前に突き出した。「この女の顔を今夜もう一度見るようなことになったら、おまえの首が飛ぶことになるぞ」

「かしこまりました」係の者は静かに早足でジョイスを出口に導いた。

汚れた気分がして、デレクは通りすぎる給仕のトレイから飲み物をとり、ぐっと一気にあおった。パンチの甘ったるい味が気に食わず、顔をしかめる。甘く強い酒がのどをスムーズに通りすぎると、胃に炎のような熱が宿った。アルコールがむかむかする気分をなだめてくれるのを待った。憤り、嫌悪感、そして最悪にもかすかな憐れみまで感じていた。人の無力さをののしったり、優越を必死に求める姿をあざ笑ったりする資格はないと、デレクにはよくわかっていた。自分だって、何度となく不当な扱いに対して報復を考えてきたのだ。レディ・アシュビーよりも自分がましな人間だと思うのはとんだ偽善だ。

ハザードテーブルを囲む人々の浮かれ騒ぎはすさまじく、その騒音で何も聞こえないくらいだった。デレクはそれまで、その騒々しい連中に気づいていなかった。ジョイスにかかりきりだったからだ。空になったグラスを置き、ハザードテーブルに近づいた。まず、従業員たちの働きぶりを確認した。クルピエはサイコロを集めている。「フラッシャー」は、貸し元の損を人前で嘆くふりをして、もっと賭け金を吊り上げる役目をしている。給仕たちは客のグラスにつねにパンチかワインが満たされているよう気を配っていた。仕事をしていないのは案内係のふたりだけで、クラブのメンバーが所望したときに、上の階の娼婦の部屋へ案内することになっていた。

しかし、上の階に上がろうという者はいなかった。あらゆる年齢、あらゆる階級の男たちの一団がひとりの女のまわりに集まって浮かれ騒いでいた。女はテーブルの横に立ち、カップの中からサイコロをグリーンのフェルトの上に転がし、少なくとも六人ばかりのプレーヤーといちゃついていた。

デレクは思わずにやりとした。苦い気持ちが少し晴れた。こんなに上手に崇拝者の群れをあしらう女を見たのは久しぶりだった。そう、リリーが賭博場に出入りしていたころ以来だ。興味をそそられ、いったいどこからやってきた女だろうと思った。ロンドンに新たにやってきた女はひとり残らず知っていたが、彼女のことは見たことがなかった。どこかの外交官の妻に違いない。でなければ、上流貴族だけを相手にする娼婦。赤い唇をとがらせ、ブルーのベルベットのドレスから青白い魅力的な肩が露出している。頭をのけぞらせてよく笑い、そのたびに栗色の巻き毛が躍る。その場にいたほかの男たちと同様、デレクも彼女の姿に魅了された。官能的なふっくらとした胸と細いウエストが、ぴったりしたドレスでさらに強調されている。ほかの女たちが着ているギリシャ風のハイウエストのドレスとはまったく違うデザインだった。

「ロンドンで一番美しい胸に乾杯！」粋な若者だが賭け事はからっきしだめなブロムリー卿が叫んだ。のぼせ上がった群衆が口々に乾杯と言いながら、グラスを揚げた。給仕が急いで酒のおかわりを運んできた。

「お嬢さん」男たちのひとりが懇願した。「どうかぼくの代わりにサイコロを投げてください」

「わたしの運はあなたのものよ」と女は言って、箱に入ったサイコロを勢いよく振った。そのしぐさに、大きく開いた襟ぐりから惜しげもなく露出している胸が震える。見事な光景に男たちの口から賞賛のため息がもれ、部屋の熱気はどんどん上昇していった。群衆のムードが高まりすぎる前に、あいだに入ってみんなの興奮を鎮めようとデレクは決めた。あの雌狐が意図して男たちの欲情をかきたてているにせよ、あるいはそうとは気づかずにやっているにせよ、とにかくあの女と知り合いたいと思った。

サイコロを振ると、三つの数がそろったので、サラは嬉しくなって笑い声をあげた。「三

○対一で胴元の負け」クルピエのコールに群衆はどっとわき、みんなは声をはりあげて「もう一度」と催促した。サラが何か言いかけたとき、力強い手が彼女を群衆の中からさっと引き抜いた。

抗議の声があがったが、デレク・クレーヴンだとわかると騒ぎはすっとおさまった。誘うようなほほえみをたたえて群衆の中に入ってきた色っぽいクラブの娼婦たちをデレクが手で指し示すと、男たちの殺気だった興奮はおさまっていった。

サラはゆっくりと自分を捕えている男のマスクをつけた顔を見上げた。「せっかくゲームを楽しんでいたのに、ひどいですわ」

「わたしのクラブで騒ぎを起こされたら困るのでね」

「あなたのクラブ？　では、あなたがミスター・クレーヴンですのね」赤い唇が挑発的にカーブを描いた。「わたし、騒ぎを起こそうなんて気はありませんでしたのよ。どうしたら許していただけるかしら」

デレクは彼女をじっくり観察した。「少しいっしょに歩こう」

「それだけでよろしいの？　もっとひどいことを要求されるかと思いましたわ」

「がっかりしたようだな」

サラは肩をすくめた。「だって、ミスター・クレーヴン、あなたのお噂はかねがねうかがっていますもの。不謹慎な要求をされると思っても当然だわ」

デレクは唇をねじ曲げて、やや軽薄な感じのする笑みを浮かべた……サラ・フィールディングにはけっして見せない表情だった。「そういうこともないわけではない」

サラはのどの奥からハスキーな笑い声をたてた。「お受けすることもないとは言えませんわ」

しまった、とサラは思った。正体がばれてしまったかもしれない。声色のどこかに、ぴんと来るものがあったようだ。デレクは異常なほどじっくりと彼女の顔を見ている。「きみはだれだ？」

サラはあててみてと言わんばかりに、顔を上向けて彼を見つめた。「おわかりにならない？」

デレクの顔から微笑のかけらは消えた。「思い出そうとしている」

現実が、いままでサラを包んでいた心地よい靄を突き刺しはじめた。サラは居心地が悪くなり、半歩下がってデレクから離れた。「連れがいるのかも」先ほどまでの大胆さがまたよみがえってくるのを必死に願う。もう一杯お酒がいるわ。

「きみはそいつとは帰らない」

「もし結婚していたら？」

「それでも、そいつとは帰らない」

サラは笑って警戒しているふりをした。「あなたのような男には気をつけろと言われていますの」

デレクは体を近づけて耳元でささやいた。「そんな警告には耳を貸さなかったことを願うね」デレクの唇が敏感な顎のカーブをなでた。サラは思わず目を閉じた。震えが全身に広がっていく。なんとか彼から離れなくちゃと気持ちを奮い立たせようとしたが、意志の力が消えてしまったかのように、従順に彼にもたれかかったまま動けなくなった。デレクはサラの耳たぶに軽く歯を立て、低い声でささやいた。「いっしょに来いよ」

サラは動けなかった。ひざががくがくしている。けれどもなんとか彼に導かれ、隣の部屋へ、円を描いて踊るカップルの群れの中へと向かった。デレクはサラの体に腕をまわして支え、手をしっかりと握った。男性にぴたりと体をつけて抱えられ、欲望に満ちた目で見つめられるというのはこういう気分なのね、とサラは思った。「ここへ来たのは初めてだろう?」とデレクが言った。

「はずれ」

デレクは頭を振った。「来たなら覚えているはずだ」

「実はね」サラはひそめた声で言った。「わたしはいまここにはいないの。これは現実の出来事ではないのよ。あなたはただわたしの夢を訪れているだけ」

「そうなのか?」デレクは首をかしげて顔を近づけた。ほほえんでいる彼の口が近づいてきて、唇に熱い息がかかった。「では、目覚めないことにしよう、エンジェル。しばらくこのままでいたいから」

5

デレクはサラの腰にしっかりと腕をまわし、ワルツの音楽に合わせて上手にリードして踊った。ほろ酔い加減のサラの陽気なふるまいを楽しんでいるようだった。臆面もなくいちゃつき、ほかの男たちがみんなうらやましそうに見ているぞ、きみが男たちの心をもてあそぶからいけないんだとからかってサラを笑わせた。ワルツが終わり、カドリールがはじまると、ふたりは部屋の隅に退き、通りかかった給仕から飲み物を受け取った。サラがデレクのそばに立って、ダンスのリズムに合わせて体を揺すっていると、ふたりの肩が軽くぶつかり合った。デレクはにっこり笑って彼女のウエストに手をまわして支えた。音楽に引き寄せられ、サラはうきうきと軽やかにステップを踏む人々のほうに漂っていこうとした。

デレクは素早く彼女を引き戻した。「カドリールは無理だ。足元がふらついているじゃないか、エンジェル」

「エンジェル？」サラはその言葉を繰り返し、デレクにまたもたれかかった。淑女らしくないふるまいだわ、ええ、たしかに。でも舞踏会の陽気な浮かれ騒ぎの中ではだれにも気づかれやしないし、見とがめられることもない。「あなたはどんな女にもあだ名をつけるの？」

「わたしには女はいない」

「そうかしら」サラはくすくす笑いながら、デレクのがっしりした胸にもっとしなだれかかった。デレクは軽く両手で彼女のひじを包み込むように持ち、よろけないように支えた。

「名前を教えてくれ」

サラは首を振った。「名前なんてどうでもいいでしょう」

デレクは、手袋をはめたサラのひじの内側に両手の親指をゆっくりと滑らせた。「今夜中に聞き出してやる」またワルツがはじまった。サラはデレクの腕の中でくるりと体を回転させ、懇願するように見つめた。「わかったよ」とデレクは笑い、サラをふたたびダンスフロアに導いた。「ワルツをもう一曲。それが終わったら、きみはマスクをとる」

その言葉にサラにどきんとした。そんなことをしたら、この夜の魔法は消えてしまう。だめと言おうと口を開きかけたが、思いとどまった。拒絶すれば、彼はむきになってどうしてもマスクをはずさせようとするだろう。そこで「どうして?」と挑発するような声で尋ねてみた。

「顔を見たいからだ」

「じゃあ、言葉で教えてあげる。目がふたつでしょう、鼻がひとつ、口もひとつ……」

「美しい口だ」ふわりと彼の指先が下唇に触れた。目をつぶっていたら、その軽い感触をキスだと勘違いしてしまったかもしれない。

賢くふるまえばデレクを翻弄できると高をくくっていたが、そんなおごりは吹っ飛んでしまった。体がかっと熱くなって溶けてしまいそうだった。酔っぱらっているんだわ。父はよく「一杯機嫌で」と言っていたけれど、そう、わたしは飲みすぎてしまったのだ。だからこんなに苦しい気持ちが湧き上がってくるんだ。今夜のことはゲームだったはず。そしてデレク・クレーヴンは名うての遊び人。なのにどうして、彼に触れられただけで、こんな渇望を覚えるのだろう。彼は、わたしがけっして経験することがない禁じられた快楽の象徴だ。でも、今夜がこのまま永久につづいたら……もしペリーがミスター・クレーヴンのようにわたしをときどき抱きしめてくれたら……もし……。

「わたし、ずっとずっと踊っていたいわ」と言っている自分の声が聞こえた。

デレクは両腕をまわして彼女を抱きしめ、じっと見下ろした。「きみの望むままに」

ワルツが終わったあと、自分はこの手を彼女から離すことができないだろうとデレクは思った。この女を行かせてしまうわけにはいかない。神が与えたもうたこのすばらしき贈り物を。いままでは、何もかもすべてを自分の力で勝ち取ってきた。苦しみや労働を通して。あるいは盗んだり、騙し取ったりして。しかし、この女は、まるで広げた両手の中に熟した果物が落ちてくるがごとく、ふってわいたようにあらわれたのだ。欲望でめまいがしそうだった。女も同じ気持ちに違いない。マスク越しにこちらを見つめている女の言葉は、だんだんと意味をなさないつぶやきに変わっていく。この女は美しく、経験豊富で、世馴れている。彼女ならおれが差し出すものを十分に理解し、受け入れるだろう。あの女とは違って。おれとは氷と炎ほど異なる、あのお上品で世間知らずのお嬢さんとは違って。

夜は更けていき、クラブは人であふれかえって息が詰まりそうだった。新しい客がどんどん到着して、陽気な乱痴気騒ぎは度を増すばかりだった。貴族も貴婦人も、放蕩者も娼婦もその夜の相手をさがして、次々にカップルができていった。いつもなら、飛び交うみだらな冗談にサラはショックを受けるところだが、今夜はかなり酒が入っているので、そうした光景も薔薇色の輝きがかぶさって見えた。聞こえてくる下品な冗談に笑い、意味がよくわからない猥褻な言葉ですら笑い飛ばした。室内が混み合って、しょっちゅうふたりの体がぶつかり合うので、デレクはサラを大理石の柱の陰に引き込んだ。サラにはダンスの申し込みが殺到したが、デレクはあざけるような笑いを浮かべて男たちをすべて撃退した。デレクは今夜は自分が彼女を独占すると宣言し、ちょっかいを出そうとする者にそれをはっきりとわからせた。

「わたし、あなたに独占権を与えたつもりはありませんけど」デレクの脇に抱え込まれ、サラは反論した。デレクの心臓の鼓動が胸に感じられ、驚くほど強靭な体を意識する。ブランデーと、クラヴァットについている糊の香り、そして日に焼けた男の肌のにおいにうっとりする。

デレクはにやりと笑いながらサラを見下ろした。「ほかの男のほうがいいのか？」

サラはしばらく考えてから答えた。「いいえ」少し声を詰まらせながらつづける。「あなた以外の人はいらないわ」それは本当だった。今夜だけだ……彼とすごせるのは、今夜だけなのだ。サラは問いかけるような彼の目に出合い、上着の襟に触れて必要もないのにしわをのばした。その瞬間の魔法を破ろうとするかのように、心の奥から、しかりつける声が聞こえてきた……あなたはいま、ならず者と罪の宮殿にいるのよ……。

ならず者がキスしようとしていた。

指が巻き毛の中に差し入れられ、結い上げられた髪を乱した。力強い手で後頭部をぐいっと握られた。シルクとベルベットでできたマスクがかさこそと音を立てて触れ合い、唇が重なった。最初、キスはひんやりとやさしかった。デレクは時間をかけて味わい、ゆっくりと唇をまわした。なんだ、ペリーのキスと変わらないじゃないとサラは驚かずにはいられなかった。

ところが、水銀が転がるように、キスは一瞬にして変貌した。デレクはさぐるように熱い唇をこすりつけてきて口を開かせた。いきなり侵入してきた舌に驚いて、サラの体は震えだした。これがほかの人たちがしているキスなの？　サラはうろたえて、デレクの胸を押しのけた。デレクは顔を離し、サラを見つめた。その瞳の奥には情熱の炎がちろちろと燃えている。

「こ、こんなに人が大勢いるところでは困りますわ」サラは震える手を群衆のほうに向けてひらひらさせた。まったく説得力のない説明だった。だれひとり、こちらを見ている者はいなかった。デレクは手袋をはめたサラの手首を握ると、その手を引いて中央の部屋を出た。ダイニングルームとトランプルームを抜け、音楽や話し声が静かなざわめきに変わる場所まで導いた。つまずきそうになりながら引っ張られていくうちに、サラのぼんやりしていた頭がだんだんすっきりしてきた。「どこへ……」廊下を歩くあいだ、なんとか口から出たのはそのひとことだけだった。

「裏の部屋へ」

「それは、あまりいい考えとは思えないわ」

デレクは歩みのスピードをゆるめない。「ふたりきりになりたい」

「ど、どうして?」

デレクは扉を開けてサラを中に入れた。そこは淡い光が灯された個室だった。サラは目を大きく見開いて、ダマスク織りのシルクが張られた壁と、スミレ色の影ができている複雑な漆喰細工を見つめた。家具がいくつか置かれていた。小さな円テーブルと、金色に塗られた椅子、絵が描かれたパネルがはまっている美しいブロンズの間仕切り、そして長椅子がひとつ。サラは狼狽してあとずさりしたが、すでにドアは閉じられ、腕が体にまわされていた。片手でうなじをつかまれ、温かい息が髪にかかった。

「力を抜くんだ。ただ抱きしめたいだけだから」

「でも、だめ――」

「抱きしめさせてくれ」デレクは首筋に口づけをして、ぐっと彼女を引き寄せた。

徐々にサラは緊張を解いていった。心地よい気だるさが頭の先からつま先まで伝わっていき、彼の腕の中以外の世界はすっかり頭から抜けてしまった。何層も重なった衣服を通して彼の熱が伝わってくる。感じられるのはその熱と、首や背中の柔らかな筋肉をさする手の動きだけだった。処女であるサラにはこんな経験はなかったけれど、この手の動きにみだらな目的があることはわかっていた。デレクは女の抱き方を知っていた。女の抑制をとりはらって誘惑するやり方を心得ていた。夢中で顔を上げると唇を奪われた。体から魂そのものが搾り取られてしまう気がした。

サラはしがみつくように両腕でデレクに抱きついて、苦しくうずく乳房の膨らみを彼の胸に押しあてた。デレクはサラの腰に手をあて、自分の下半身へ引き寄せた。いきりたった硬い高まりを感じて、サラはぎこちなく体を離した。「の、飲みすぎてしまいましたわ。もう行かないと……」

デレクは含み笑いをして自分のマスクをはずした。むさぼるようにか細い首筋にキスを浴びせ、柔らかく肌に歯を立てた。サラはあえいで、後ろに逃げようとしたが、デレクは滑らかな巻き毛を握りしめて逃がすまいとする。なだめるようにささやきかけながら、デレクはサラをそっとクッションのきいた長椅子に寝かせた。やめてと言いかけたその唇をふさがれ、言葉は飲み込まれてしまった。デレクはベルベットのドレスの身頃を押し下げて、金色の光の中に、まばゆいばかりの裸の胸を露出させた……豊満な丸みとシルクのように滑らかな先端があらわになった。薔薇色の乳首を口に含み、やさしくとろけるタッチで吸われるうちに、サラはすすり泣くような声をもらして指をデレクの髪にからめた。デレクは両手で乳房を抱えるように持って、唇と歯と舌で存分に味わった。まるでそのふくよかな肉体の甘さをむさぼり食おうとするかのように。

サラはうめきながら、体を弓なりにそらせ、乳首を彼の口に押しつけた。スカートがめくられ、デレクの力強い腿に腰がはさまれるのを感じた。彼は馬乗りになって、キスをしながら、手の中で転がすように胸をなでまわす。サラは無我夢中だった。かすかに正気が戻ったのは、デレクがマスクに手をかけようとしたときだった。

サラはあえぐように叫んで、顔をそむけた。「だめ!」

デレクは手を胸の膨らみの下に滑りこませ、自分の口が残した濡れた軌跡を親指でなぞった。「ならいい」と静かに言った。「マスクはつけたままでかまわない。きみがだれであろうとかまわない」

「こんなこと、できませんわ。あなたはわかっていらっしゃらな——」

「怖がることは何もない」デレクは唇を深い胸の谷間に這わせた。言葉のひとつひとつが熱い焼印をサラの肌に残す。「だれにも知られることはない。ふたりだけの秘密だ」デレクはシルクの下着をまさぐり、片ひざを脚のあいだにねじ込んだ。彼の体の重みがたまらなかった。サラはもっと欲しくなった。体が粉々に砕けるほど、強く、深く体を押しつけてほしかった。その喜びが破滅に変わる前に、彼を止めなければならない。けれど彼女は震える両腕で彼をしっかりと抱きしめた。口からもれるのはとぎれとぎれのあえぎ声だけだった。

降伏のサインを見て取ったデレクは、勝利と安堵が混ざった気持ちでキスをした。今夜、少なくとも空虚な時間はない。あの拷問にも似た欲求不満も。この女の体で欲求をなだめることができる。この女を使って忘れることが……けっしてサラ・フィールディングに与えることのできない喜びのすべてを彼女に与えよう……サラ……くそ、この期におよんで、まだおれの思考の中に忍び込んでくるとは。この女がなんとなくサラに似ているせいだ。しみひとつない肌、そして濃厚な香水の下に漂うデリケートな香りも似ている……背の高さも……体型も……。

デレクは凍りついた。胸に一発くらったような衝撃を覚えた。乱暴に彼女の唇から口をひきはがすと、上体を上げてひじをついた。荒い息を吐きながら、見下ろす。いくら激しく呼吸しても、心を落ち着かせることはできない。何をしたって無駄だ。

「まさか、そんなはずは」のどを絞められたような声で言った。「くそっ、まさか……」マスクをはずそうと、デレクの震える手が近づいてきたので、サラは思わず顔をそむけた。ぼんやりと青い目で見上げると、デレクの目には驚愕の色が浮かんでいた。浅黒い肌が青ざめ、くっきりと傷痕が浮かび上がっていた。

これ以上興奮することはありえないはずだった。しかし彼女を見下ろしているうちに、自身が痛みを感じるほど硬くなっていくのがわかった。体中にどくんどくんと激しく血液が駆けめぐり、デレクをたじろがせた。

サラは唇を湿らせた。「ミスター・クレーヴン――」

「なんてことだ。ああ、くそっ――」デレクは燃えるような目で、輝きながら上下に揺れる胸と、キスで腫れ上がった唇を見つめた。「来てはならないと言ったはずだ」乱れた朽葉色の髪に指を通す。「言ったはずだ……それなのに、なぜだ」

「ちょ、調査？」そのひとことですべて説明がつくとでも言うように、サラはたどたどしく答えた。

「ちくしょう」デレクの顔は恐ろしい形相に変わった。暗く残酷な激情――いまにもサラを殺しかねない顔だ。

いまさら弁解しても無駄だと思ったが、サラは「こんなことになるとは思っていなかったのです」と、くどくどしゃべりはじめた。「ごめんなさい。あんまり早くことが進んでしまったので。酔っぱらっていて、なんだか現実のこととは思えなくって。それに、あなたがとても……わたし……わたし、どうしてこんなことになってしまったのか、自分でもよくわからないんです。本当にごめんなさい、本当に――」あまりにもお粗末な言いわけだと気づき、サラは口ごもった。

デレクは黙っていた。彼の重みでサラは長椅子に釘づけにされている。硬くいきりたったものが衣服の層を焼き焦がしそうだ。居心地が悪そうにサラはもぞもぞと体を動かした。

「じっとしていろ！」デレクは、みずみずしいサラの胸に視線を泳がせた。「あんたとその……調査」デレクはそれがまるで忌まわしい言葉であるかのように言った。手を胸にかぶせ、ぴんと硬くとがるまで乳首をさする。離れようと思うのに、体が言うことをきかなかった。体中の神経が反抗していた。彼女が欲しい。彼女の中に自分をねじこませることができるなら、所有しているものすべてを投げ出してもいい。歯の隙間から激しく呼吸しながら、欲望を抑えようと闘った。

「わたし、自分以外の人間になりたかったんです」サラはみじめさを隠すために喧嘩腰で言った。「あなたがいっしょに踊りたいと思うような女に……そして欲しいと思うような女に。それに、いまとなっても……わたしは自分のしたことを後悔していません。あなたは、サラ・フィールディングにはまったく心惹かれていないかもしれませんけど、わたしの仮の姿には多少なりとも何かを感じたのですから。そして――」

「わたしがあんたを欲しがっていないと思っているのか?」デレクはかすれた声できいた。

「今朝、キスを拒まれたときにわかりました――」

「そういうことか? 仕返しがしたかったのか。わたしがキスをしなかったから……」デレクは言葉に詰まってしまったようだった。ふたたび話しだしたときには、ロンドン訛りが混ざっていた。「おまえがここに出入りするようになって以来、ひっぱがされた犬みてえに苦しんできたってのに、それだけじゃ満足しねえのか」

「ひっぱがされた犬?」サラは怪訝な顔できき返した。

「やろうとしているときに、雌犬から無理やり引き離されるさかりのついた犬のことさ」デレクは両手でサラの顔をはさんでにらみつけた。「おれは今朝もおまえが欲しかったんだ。初めて会ったときからやりたくてたまらなかった……動くな!」デレクが噛みつくように荒々しく最後の言葉を吐いたのでサラは縮み上がり、体をもぞもぞ動かすのをすぐさまやめた。ごくんと唾を飲み込み、デレクは先をづつけた。「動くんじゃない。でないと、自分を止められなくなる。いいか、よく聞け。おれはおまえを解放する……そしたら、おまえはすぐにクラブから出て行くんだ。永久に。二度とクラブに足を踏み入れるな」

「二度と？」

「そうだ。村に帰れ」

「でも、なぜ？」屈辱の涙が目からあふれそうになる。

「なぜなら、おれが――」デレクは言葉を切った。のどで息がぜいぜい鳴っている。「くそっ、泣くな！」

動くな、泣くな、二度と来るな。サラはきらきら輝くうるんだ目でデレクを見つめた。やぶれかぶれで、頭がぼうっとして、感情に飲み込まれそうだった。「帰りたくありません」と低いこもった声で言った。

デレクは筋肉を震わせて、じっと動かないでいるように努めた。彼女を汚したくなかった。傷つけたくなかった。もう少しで、あとほんのちょっとのところで、なけなしの誇りすら投げ捨ててしまいそうだった。「サラ、何が欲しいんだ？　これか？」デレクはあざけるようにいきりたった自分自身で彼女の体を強く突いた。「おれからもらうのはこれだ。いますぐすませて、汚れた女になったおまえを、キングズウッドのところに送り返してやろうか。それが望みか？　おれのような男にやられたいのか？」彼はふたたび突いた。サラが逃れようともがくのを待ちながら。ところが、サラはあえぎながらひざを立てて、自然に彼を抱え入れた。デレクはこぼれ落ちた涙の粒を指で拭い取った。しわがれた響きをのどからもらすと、唇をサラの顔につけて、塩辛い涙のあとをたどった。これは運命だ。止めることはできない。

手をスカートの中に差し入れ、ドロワーズのウエストをさぐりあてて中に手を滑り込ませた。貪欲に、青白い胸とのどに唇を這わせる。彼女はこれまで欲しがってきたもののすべてだ。美しく火のように熱い体が略奪者の手に押しつけられる。デレクの指は、滑らかな腹の肌を滑り、白い腿の付け根へとさまよっていった。サラは驚いてびくっとしたが、デレクは彼女を押さえつけて、繊細な巻き毛のあいだに指を滑りこませた。やがて柔らかな芯が腫れ上がってしっとりと濡れてきた。やさしく愛撫をつづけながら、デレクは彼女の口に何度もキスをした。熱い息がリズミカルにかかる。サラはせつなく身悶え、小さくみだらなうめき声をもらした。その声にデレクの体中の神経がかっと燃え上がった。

デレクがズボンの前を開けはじめたのを感じて、サラは彼の上着の厚い生地に指を食いこませた。くるくるまわるコマをさっと手でつかんで回転を止めたときのように、時間が静止した。喜びの波が大きく激しく広がっていき、サラは自分を奪おうとしている男に身をまかせた。いままさに、硬く重い彼のものが自分の中に突き進んでこようとしている。「サラ」何度も何度もデレクは彼女の名を呼んだ。彼の息で耳が焦げてしまいそうだ。「サラ――」

「ミスター・クレーヴン?」静かな男の声が魔法を解いた。

だれかが戸口にいることに気づいてサラは恐れおののいた。あわてて上体を起こそうとしたが、デレクは彼女を押さえつけ、自分の体で覆い隠した。デレクは必死に正気を取り戻そうとした。しばらくしてから、ようやく苦々しいうめき声がもれた。

「何だ？」

ワーシーは顔をそむけたまま、抑えた声で慎重に言った。「お邪魔するつもりはなかったのですが、アイヴォウ・ジェナーがクラブに来ているという噂を耳にいたしました。あの男はもめごとを起こすのが好きでございますから、お耳に入れておいたほうがよいかと」

デレクはほとんど三〇秒近く黙ったままだった。「出て行け。ジェナーのことはわたしがなんとかする……もし、本当に来ているならな」最後の言葉にはたっぷり皮肉がこめられていた。サラを救うために支配人が策略をめぐらしたのだろうと疑っていることをにおわせている。

「ミスター・クレーヴン、馬車を用意させましょうか。その方をお送りするために……」ワーシーはサラの名を口にしたくないようだった。

「ああ」とデレクはそっけなく言った。「出て行け、ワーシー」

支配人はドアを閉じた。

サラは震えを止めることができなかった。両腕でデレクの肩にしっかりとしがみつき、顔を汗ばんだのどに押しつけた。サラは、満たされない欲望の痛みを経験したことがなかった。つらかった。これまでこんな痛みを感じたことがないくらいつらかった。これを癒す手立てなどないように思われた。邪険に扱われるだろうという予想に反して、彼はやさしかった。しっかりとサラを抱きしめ、背中をさすってくれた。それから「引き離された犬だな」と茶目っ気たっぷりに笑った。「数分もすれば、落ち着くだろう」

サラは激しく身をよじってデレクから離れた。「い、息ができません」

デレクはサラの腰に腕をまわして、こめかみにキスした。「じっとしているんだ」とささやく。しかし、サラの震えがおさまると、デレクの態度は変わり、唐突に突き放した。「身支度をしろ」デレクは上半身を起こし、両手で頭を抱えた。「帰る用意ができたら、ワーシーが馬車まで送って行く」

サラはあたふたとドレスを直し、上身頃を引っ張り上げた。デレクはサラの乳房がドレスの中に隠されるのを視界の隅で見ていた。それから立ち上がって、上着とズボンを整えた。小さな大理石の暖炉の上に掛かっている鏡のところにすたすたと歩いて行き、クラヴァットを直して、手櫛で乱れた髪を整えた。この部屋に来る前のように完璧とはいえないが、人前に出ても恥ずかしくないかっこうに戻った。しかし、サラのほうは、自分でもわかっているとおり、しどけない姿だった。ドレスはしわくちゃで、結い上げた髪は崩れて、乱れた巻き毛の束が背中にかかっている。いまにも泣きだしそうだったが、なんとか涙を抑え、しっかりした声を出そうと努めた。「今夜のことは、お互い、忘れましょう」

「そうするつもりだ」とデレクは怖い顔で言った。「しかし、先ほどわたしが言ったことはまだ生きている。二度とここへは来るな。いいか、ミス・フィールディング」そう言うと大股でドアに向かった。部屋を出たところで一瞬立ち止まり、外で控えていたワーシーに陰険な言葉を投げつけた。「おまえじゃなければ、即刻クビだ。それも、こっぴどく痛めつけたあとでな」そしてデレクは振り返りもせず去っていった。

サラは手を伸ばしてマスクを拾い上げ、また顔につけた。ドアは閉まっていたが、ワーシーが外で自分を待っていることはわかっていた。ゆっくりと立ち上がり、ドレスの乱れを直す。手を口にあてて、やっとの思いでこみあげてくるすすり泣きをこらえた。自己憐憫にまみれてはいたが、それよりも自分を拒絶した男への憎しみのほうが強かった。「二度とここへは来るな」サラは顔を真っ赤にして、先ほどのデレクの言葉を繰り返した。これまでも怒りにかられたことはある。しかしこれほどの憤怒に襲われたことはなかった。数週間前なら、自分がこんなふうに憤慨できる人間だとは思いもしなかっただろう。

突然、レディ・レイフォードの言葉がよみがえってきた……「彼はたくさんの女とつきあってきたけど、その中のだれかに心惹かれそうになると、その人を捨てて、新しい人を見つけるの……」

おそらく、いまこの瞬間、デレクは別の女をさがしているのだろう。自分の好みにぴったり合う女を——その好みがどんなものであるにせよ。そう思うと、はらわたが煮えくり返りそうになる。「いいわ、ミスター・クレーヴン」とサラは声に出して言った。その声は震えていた。「あなたがわたしを求めないなら、わたしを求めてくれる人をさがします。あなたも、ペリー・キングズウッドも、だいっ嫌い！　わたしは聖人でも天使でもない……それにわたしは、『善良な女性』っていうのにもうあきあきしているの！　自分の好きなようにするし、わたしが何をしようと、人に口出しなんかさせないわ！」サラは反抗的な目でドアをにらみつけた。あのドアを開けたとたん、ワーシーはわたしを馬車に連れて行くだろう。どんなに説得しても、ここに残らせてはもらえない。

サラは眉をひそめて部屋の中を見まわした。縁が丸くなっている四枚のパネルに囲まれた部屋。この形には見覚えがあった。二階にもこれと同じような部屋があり、壁にはめ込まれた本棚が開いて、秘密の通路に出られる仕掛けになっていた。この部屋には本棚はないが、このパネルはちょうどいい形をしている……サラは急いで手袋を脱ぐと、壁に近づき、パネルの継ぎ目を手でさぐった。押したり、たたいてみたりして、隠し扉がないか調べる。あきらめかけたころ、小さな取っ手が見つかった。嬉しくなって扉を押し開けると、暗い通路があらわれた。小声でやっぱりあったわとつぶやきながら、通路に足を踏み入れ、隠し扉を閉じた。

手さぐりで狭い通路を数メートルほど進むと、皿や銀食器のぶつかり合う音が聞こえてきた。足を止めると、シェフのムッシュー・ラバージの威張りくさった声がかすかに聞こえてきた。板壁の反対側からだ。どうやらシェフは、間違ったソースを魚にかけてしまった哀れな助手をしかりつけているらしい。

厨房にいきなり姿をあらわすのははばかられたので、サラはその隠し扉を通りすぎてさらに先に進んだ。暗闇の中を長いことさまよった末に、板壁に囲まれた狭い場所にたどり着いた。おそらくここはめったに使われないトランプルームにつづいているのだろう。サラは扉の隙間に耳をあて、のぞき穴から中をうかがった。部屋にはだれもいないようだ。扉の横の隙間に爪を立ててこじ開けると、扉は耳ざわりな音を立てて開いた。敷居をまたぐと、スカートがきぬずれの音を立てる。ふたたび隠し扉を閉じて、継ぎ目をわからなくしてから、満足してほっとため息をついた。

　そのとき、思いがけず声が聞こえてきて、サラはびくっとした。「なんだかとびっきり面白そうなことになってきたな」

　振り返ると、部屋の中に見たことのない男がいた。男はがっしりとした体つきで背が高く、顎髭はさっぱりと剃られ、髪は金色に近い赤毛だった。マスクをとると、魅力的だがこれまでさんざん殴られ痛めつけられてきたような顔があらわれた。鼻はひん曲っていて、ねじれた笑みを浮かべている。ロンドン訛りのきつい話し方だった。デレク・クレーヴンがときおり訛りを出すときのように、vの音がwに近くなり、とびっきり《ヴェリー》がウェリーに聞こえた。男の薄いブルーの瞳には、どこか秘密めいた狡猾さが潜んでいたが、その笑顔には人を惹きつけるものがあって、サラはこの人を恐れる必要はないと思った。上等の服を着たロンドン訛りのにわか紳士がここにもひとり。

　サラは乱れた髪を手でなでつけ、ためらいがちにほほえみを浮かべた。「だれかから隠れているのですか?」とサラは閉じられた扉のほうに顎をしゃくった。

「まあな」と男はのんびり答えた。「あんたもかい?」

「図星ですわ」サラは顔にかかっていた巻き毛を後ろになでつけ、耳の後ろにかけた。

「男だな」

「あたりまえでしょ」サラは世間ずれしたしぐさで肩をすくめた。「あなたはどうして隠れていらっしゃるの？」

「おれはな、デレク・クレーヴンにあんまり好かれていねえんだよ」

サラは急に皮肉っぽい笑みを浮かべた。「わたしも」

男はにやりとして、トランプテーブルに置かれているワインの瓶を手ぶりで示した。「それじゃあ、それに乾杯といこうや」男はグラスにワインを満たしてサラに手渡した。そして自分は稀少なヴィンテージワインの瓶に口をつけて無造作にごくごくとラッパ飲みした。フランス人が見たら泣きたくなるだろう。「上等な酒なんだろうが」と男は言った。「おれにとっちゃ、どれもおんなじさ」

サラは頭を後ろに倒して目を閉じ、高級な味を口の中で転がした。「ミスター・クレーヴンは、最高級品以外は置かないの」

「気取った野郎だぜ、われらがクレーヴンはよ。だが、酒をごちそうになっているってのに、悪口を言うのはよくねえな」

「あら、かまいませんことよ。好きなだけおっしゃいな」

見知らぬ男は、あけすけにじろじろとサラをながめた。「あんたあ、なかなかの上玉だな。で、クレーヴンはあんたと手を切ったってわけか？」

サラのずたずたになった自尊心は、男の賞賛のまなざしで少々癒された。「手を切るところまでいっていないの」とサラは素直に認めて、口元にグラスを持っていった。「ミスター・クレーヴンはわたしになんて興味ないんです」

「あきれた野郎だ」見知らぬ男はそう叫ぶと、誘いかけるようにほほえんだ。「おれといっしょに来いよ、かわいいねえちゃん。あんなやつのことなんか忘れさせてやるぜ」

サラは笑って首を振った。「けっこうよ」

「この顔のせいだな」男は残念そうにたたきのめされてゆがんだ顔をなでた。「数えきれないくらい沈められてきたからよ、まあ、しかたがねえ」

自分の容姿のせいでふられたと男が思っていることに気づいたサラは、あわてて言った。「まあ、違うんです。あなたを魅力的と思う女性はたくさんいると思いますわ。ね、いま、沈められてって言いました？　それって拳闘用語じゃありません？　あなたは拳闘家だったの？」

自信たっぷりに、男は胸を数センチほど前に突き出した。「いまでもそうさ。どんな相手でもぼこぼこにしてやるぜ。おれの試合があるときにゃあ、観客席はいっぱいになったもんよ……サセックス、ニューマーケット、ランカシャー……」男は誇らしげに自分の鼻を指さした。「こいつは三度折れた。顔の骨で折れたことのない骨はひとつもねえ。脳みそまでふっとびそうになったこともある」

「なんてすごいんでしょう」サラは叫んだ。「わたし、いままで拳闘家には会ったことがありませんの。拳闘の懸賞試合はいっぺんも見たことがありませんわ」

「おれが連れて行ってやるよ」男は宙に向かって、二、三度ジャブを打つ真似をした。「いい試合ほどすげえものはない。とくに、クラレットが飛び散るときはよ」サラがクラレットの意味をつかんでいないのに気づいて、男はにやりとしてつけ足した。「血がどばーっと飛び散るってことよ」

サラはぞっとして体を震わせた。「血は見たくありません」

「だからこそ興奮するんじゃねえか。おれはな、試合のときはバケツを使ったぜ。鼻を逆手でこう抑えてな、ぶーっと」男は鼻から血を噴き出す真似をした。「血を流せば、お客はもっと金を払ってくれる。そうさ、おれは拳闘で金持ちになったんだ」

「いまはどんなお仕事を?」

男はひょうきんにウィンクした。「おれもな、ハザードの胴元をやってるのさ。ボルトンロウでな」

サラはこほんとひとつ咳をして、グラスを下ろした。「賭博クラブを経営なさっているの?」

男はサラの手をとって、その甲にキスをした。「アイヴォウ・ジェナーと申します、お見知りおきを」

6

サラはマスクをはずし、男をいぶかしげに見つめた。いたずらっぽく輝いていたジェナーの目が、サラの顔をとらえたとたん、大きく見開かれた。「あんた、すげえべっぴんじゃねえか」

いきなりサラはけらけらと笑いだした。「アイヴォウ・ジェナーですって？　いやだわ、想像とまったく違っていたわ。あなたって、実際はけっこうチャーミングなのね」

「そうさ、今夜あんたを誘惑してやるぜ。ま、チャンスは半々ってところか」ジェナーは近づいてきて、サラのグラスになみなみとワインを注ぎ足した。

「ならず者なのね、ミスター・ジェナー」

「そのとおり」すかさずジェナーは答えた。

サラは、ワインは無視して腕を組み、壁に背中をもたせかけた。「ここからできるだけ早く消えたほうが身のためよ。ミスター・クレーヴンがあなたのことをさがしているわ。どうして今夜やってきたの？　何か悪さをするつもりだった？」

「まさか！」とジェナーは傷ついた顔をした。

「クラブの従業員に聞いたんです。あなたはいつもここにスパイを送り込んで、一番忙しいときに警察を呼んで騒ぎを起こすと。それに、去年、あなたのせいで厨房から小火《ぼや》が出たという噂も聞きましたわ！」

「そんなのは嘘っぱちだ！」ジェナーの視線は、露出した胸の膨らみの上を泳いでいる。

「おれがやったという証拠はひとつもなかった」

サラは疑るように彼を見つめた。「あなたが人を雇ってミスター・クレーヴンを襲わせ、顔を切り裂いたという人もいますわ」

「違う」とジェナーは怒り声で言った。「あれはおれじゃない。クレーウンが貴族の女を好むことはみんなが知っている。やったのは女じゃねえのか？」と鼻を鳴らした。「猫のしっぽを引っ張りゃ、ひっかかれるのさ。あの顔の傷はそういうこった」ジェナーは無礼な態度で笑った。「犯人はあんたじゃないのかい？」

「わたしじゃありません」サラは憮然として言った。「第一、わたしには一滴も貴族の血は流れていませんの。だからミスター・クレーヴンは、わたしになどはなもひっかけませんわ」

「おれは、そっちのほうが好きだがな」

「それから」とサラはつんとすましてつづけた。「わたしは、いくら相手にされないからといって、男の人の顔に傷を負わせようなどとはけっして思いません。それに、振り向いてくれない相手を追いかけるような女でもありません。その程度のプライドはもっています」

「ああ、そのほうがいい」ジェナーはのどの奥で低く笑った。「あんたは、とびきりいい女だ。クレーヴンのことなんざ忘れちまいな。もっといいところに連れて行ってやるよ。おれのクラブだ。うちの客はここほど上等じゃねえが、でかい博打をやってるし、飲み放題だ。それに、デレク・クレーヴンもいねえ」

「あなたとどこかへ？」とサラはきき返し、ワインのグラスを手に取った。

「それともここにいたいか？」

サラはフルーティな酒をちびちび飲みながら、グラスの縁越しに、ジェナーをじっと見つめた。先ほどより気分がよくなって、むなしさが少し薄れていた。彼の言うことには一理ある。ここにとどまることはできない。ワーシーをはじめ、クレーヴンズの従業員がこぞってわたしを「家に送ろう」とするだろう。それに、別の賭博クラブを取材するいいチャンスだ。もちろん、アイヴォウ・ジェナーは信用できる男とは言えない。しかし、それを言うならデレク・クレーヴンだって同じだ。子どもじみたうっぷん晴らしとはわかっているけれど、クレーヴンの商売敵と仲良くするのだと思うとちょっといい気分になる。

ふたたびマスクをつけて、サラはきっぱりとうなずいた。「いいわ、ミスター・ジェナー。あなたのクラブを見せていただくわ」

「アイヴォウ。アイヴォウと呼んでくれ」ジェナーは歯を見せてにやりと笑い、自分もマスクをつけた。「だれにも見つからずに抜け出せるといいがな」

「正面の入口に寄らないと。マントを預けてあるんです」

「見とがめられるぞ」とジェナーは言った。

「大丈夫」サラは大胆不敵にジェナーに笑いかけた。「今夜はとてもついている気がするの」

ジェナーはふっと笑って、ひじをサラに差し出した。「おれもそんな気がするぜ」

ふたりは堂々とメインルームに入り、群衆の脇を通り抜けた。ジェナーは上機嫌の酔っぱらいたちから巧みにサラをかばいながら、笑顔と威嚇をうまく使い分けて人ごみをかき分けていった。腕を組んだふたりは、ようやくクラブ正面の入口に到達した。

執事のエリソンはサラを見て顔を輝かせた。「ミス・マチルダ！　まさか、もうお帰りですか？」

サラは執事に愛想よく笑いかけた。「もっと楽しそうなお誘いを受けてしまったの。実はね、これから別のクラブへ行きますのよ」

「そうですか」落胆したエリソンはうなだれて言った。「では、マントを取ってこなくてはなりませんね」

「ええ、お願い」

エリソンが急いで奥にマントを取りに行ってしまうと、ジェナーはサラから五〇センチばかり遠ざかった。「やつはあんたをマチルダと呼んだ」と彼はいぶかるように言った。

「そうね」

「あんたはマチルダなのか？　本に出てくるマチルダなのか？」

「まあ、そんなところかしら」サラは苦しまぎれにそう答えた。それは真実とは言えなかった。しかし、ジェナーに本名を明かすわけにはいかない。品行方正で上品なミス・サラ・フィールディングが舞踏会に出かけて酔っぱらい、評判の悪い男たちとつきあったということはだれにも知られてはならない。もしも、そんな噂がペリー・キングズウッドと彼の母親の耳に入ったら……それを考えると体が震えてくる。

サラの肩が震えているのを見たジェナーは、受け取ったマントをうやうやしく肩にかけた。ジェナーは、サラの波うつ髪を持ち上げて、ベルベットのマントの上に流してやった。「マチルダ」と彼はささやいた。「イギリス中の男が欲しがっている女」

「それはいかにも大げさですわ、ミスター・ジェナー……ええと……アイヴォウ」

「ジェナー？」会話の最後の部分を聞きつけて、エリソンは鋭い目つきでマスクの男を見た。「ああ、なんということだ。ミス・マチルダ。まさか、あなたはそんな危険なごろつきといっしょに――」

「ご心配なく」サラはエリソンの腕を軽くたたいて、彼をなだめた。「ミスター・ジェナーはとてもやさしいのよ」

エリソンは猛烈に引きとめようとしはじめた。「ミス・マチルダ。いけません――」

「彼女はおれの連れだ」ジェナーはぎろりと執事をにらみつけた。「だれにも文句は言わせねえぞ」慣れた手つきでサラをうながし、主の到着を待っている馬車の列に向かって正面階段を下りていった。

ジェナーと少々くたびれたお仕着せを身につけた従僕に助けられて、サラは黒とワイン色の馬車に乗り込んだ。内装はこぎれいで感じがよかったが、乗り慣れたクレーヴンの豪華な馬車と比べるとやはり見劣りがした。サラは、ほんの数日でずいぶん贅沢に慣れてしまったんだわとほろ苦い笑みを浮かべた。おいしい食べ物、フランスのワイン、手を尽くしたもてなし、そしてクレーヴンの絢爛豪華なクラブに……グリーンウッド・コーナーズとはまったく対照的な世界だった。

落ち着かない気持ちになって、サラはリリーのものだった衣装を見下ろした。ワーシーとレディ・レイフォードをこんなことに巻き込むなんて、自分はなんて浅はかでわがままで考えなしだったんだろう。わたしらしくないことだ。この数日でわたしは変わってしまった。しかもよくない方向へ。クレーヴンは正しかった──わたしは一刻も早く村へ帰ったほうがいい。こんなことをしでかしたと知ったら両親は娘を恥じるだろう。そしてペリーは……サラは愕然と唇を嚙んだ。ペリーはこのようなふるまいをしたわたしを非難するだろう。彼はきわめて保守的な人間だ。自然な感情や動物的な欲望は厳しく抑制されるべきもので、知性でそれを律しなければならないと考えている。

サラは力なく頭を平たいクッションにもたせかけた。ミスター・クレーヴンはいまごろわたしのことを軽蔑しているだろう。肌をまさぐられたときの喜びや熱い唇の烙印がいやでも思い出されてしまう。両肩に震えが走り、心臓がどきんと鳴った。罪深いことだけど、後悔していないわ。この記憶だけは、だれもわたしから奪うことはできない。田舎の村に安全にひきこもっても、思い出は一生わたしのものだ。いつか年老いて、居間の隅に置かれたロッキングチェアに静かに座り、孫娘たちがハンサムな恋人のことを笑いながら話すのを聞きながら、ひそかにほほえんで考えるだろう。わたしだって、ロンドンで一番危険な男にキスされたことがあったのだと。

サラの夢想はクラブの外に集まった人々の騒がしい声で断ち切られた。眉をひそめて外を見ると、たくさんの馬車が停車して、黒っぽい服を着た男たちがクラブを取り囲んでいた。

「どうしたんです？」走り去ろうとするジェナーの馬車の窓から外を見つめたまま、サラは尋ねた。「警察ですか？」

「かもな」

「クラブに手入れが？　舞踏会の真っ最中に？」

ジェナーの薄青い瞳が嬉しそうに輝いた。「そうらしいな」

「あなたが手引きしたのね！」サラは叫んだ。

「おれが？」ジェナーは心外だと言わんばかりに言った。「おれは、ただのハザードの胴元にすぎないんだぜ」しかし、その満足しきったつくり笑いで嘘がばれた。

「まあ、ミスター・ジェナー、ひどすぎますわ」サラは憤慨して言った。馬車はかたかた車輪を鳴らしながら通りを進んで行く。「いったいどうなってしまうのかしら！　気の毒なミスター・クレーヴンは、今夜はすでに手一杯だというのに――」

「気の毒なミスター・クレーヴンだと？」ジェナーはいきり立った。「ふん……女ってやつは！　あんたもあいつの味方かい？」

「わたしはだれの味方でもありません」サラはじっと非難がましい目でジェナーをにらみつ

けた。「わたしから見ると、おふたりとも似たりよったりですわ」

警官たちがどっと玄関からクラブの中になだれ込むと、だれかが「手入れだ！」と叫んだ。楽しい乱痴気騒ぎはいきなり大混乱に変わった。客たちは散り散りになって部屋から部屋へ逃げ惑い、従業員たちは手際よくテーブルに布を掛けてトランプやサイコロを覆い、クリベッジボードやチップの入った入れ物を隠した。警官たちは威張りくさった態度でクラブの中に群がり、肌もあらわな娼婦たちをちらちらながめている。見つからないようにこっそりごちそうや高級ワインの味見をしている者もいた。安月給のロンドン警察官にはめったにない機会だ。

デレクは眉間にしわを寄せて、メインルームの隅でなりゆきを見守っていた。「まったく、なんて夜だ」とつぶやく。

アイヴォウ・ジェナーは、悪ふざけのタイミングを上手に計っていた。すでにたがはずれきっていた今夜の舞踏会に最後の仕上げをしてくれたのだ。手入れなど、どうということはない。気に食わないのは、手入れよりも、その前に起きたあの出来事だった。デレクは威勢のいい街の娼婦を追いかけていた若いころから、途中で断念したことは一度もなかった。そういうのは当時も我慢ならなかったが、いまでももちろんそうだ。凍傷にかかったかのように肌がぴりぴりした。体中の筋肉がこわばっている。こんな状態におかれるのが男にとってよいことではないのはだれもが知っている。サラ・フィールディングの悪ふざけをこらしめる方法を何通りも頭の中で考えた。だが、やっと彼女を追い出すことができたのだ。やれやれだ。これで気持ちがそそられることもないし、あの霞がかかったような青い瞳とも、必死にメモをとる姿ともお別れだ。質問も「調査」もなし。あの女がおれの味気ない生活の隅々をつついてまわる口実もなくなる。上着のポケットをさぐって小さな眼鏡をさがし、それをぎゅっと握りしめた。

「ミスター・クレーヴン」支配人のワーシーがおずおずと近づいてきた。広いひたいには深いしわが刻まれている。「ジェナーのしわざです」とひとこと言って、しぐさで警察を指し示した。

デレクはうんざりしたような目でクラブに侵入してきた警官たちを見わたした。「こういうことが起こらないように、あいつらにはたっぷり袖の下を与えているはずだが」

「ジェナーのやつが、もっと金をつかませたんでしょうな」ワーシーは冷たい目でデレクににらまれ、そわそわと咳払いをした。「いまさっき、エリソンと話をしたのですが、すっかり取り乱しておりまして」

「うちの執事が取り乱すことなどありえない」

ワーシーは首をぐっと伸ばして、こちらを見下ろしている雇い主を見上げた。「それが、今夜はそうではないのです」

「手入れなど何度もあったじゃないか」

「手入れのせいではありません。エリソンが狼狽しているのは、マ、、、チルダとおぼしき女性がアイヴォウ・ジェナーとクラブを出て行ったからなのです」

「そうか、じゃあ、ジェナーは帰ったんだな。それはよかった。あのナメクジ野郎をぶちのめす手間が省けた」

「ミスター・クレーヴン、お言葉を返すようですが、大事な点を聞き逃していらっしゃるようで。彼は――」

「大事な点だと？　マチルダと名のる女といっしょだったというんだろう。そんなふりをする女はいくらでもいる。仮面舞踏会なんだぞ、ワーシー」デレクは歩きだし、肩越しにそっけなく言った。「悪いが、警官どもと話をつけなければならないから――」

「ミス・フィールディングなのです」ワーシーははっきり言った。

デレクは凍りついた。耳をすっきりさせようとするかのように頭を振った。ゆっくりと振り返り、自分より背の低い支配人と向き合った。「何と言った？」

「ミス・フィールディングに逃げられてしまったのです。トランプルームにつづく隠し通路を使ったに違いありません。ジェナーと立ち去ったマチルダは、青いドレスを着て、長い栗色の髪で、とても目立つ……その……」ワーシーは言いよどみ、手で胸のふくらみを示した。

「なんてことだ！」デレクは叫び、浅黒い顔がさらに黒ずんだ。「いかん、いかん、ジェナーとなど。彼女に指一本でも触れたらあいつを殺してやる。彼女も殺す……」汚いののしり言葉をつぶやきながら、デレクは両手で頭をかきむしった。

「ふたりはジェナーの馬車に乗っていったようです」支配人は数歩あとずさりしながら言っ

た。デレクと知り合ってから何年にもなるが、デレクがこれほど激昂したのを見たのは初めてだった。「エリソンが申しますには、ジェナーのクラブに行ったらしいと……お酒をお持ちしましょうか？」

デレクは怒り狂って、部屋の中を行ったり来たりしはじめた。「おれはグリーンウッド・コーナーズに帰れと言ったんだ。それなのに、アイヴォウ・ジェナーについていくとは。セントジャイルズを裸で歩いたほうがよっぽど安全だ！」デレクはワーシーをにらみつけて、うなるように言った。「おまえはここに残れ。くそったれ警官どもに金をくれてやって、ここから追い出すんだ」

「ジェナーズへ行かれるので？」と支配人はきいた。「警官がここを取り巻いていますから、無理で――」

「ふん、屁でもない」とデレクは冷たく言った。「ミス・フィールディングを見つけたら――」そこで立ち止まりワーシーをにらみつけた。怒りに燃えるグリーンの目に射すくめられ、支配人の顔は蒼白になった。「共犯者はおまえだな。おまえが加担しなければ彼女が今夜の舞踏会に来られたはずがない。彼女に何かあったら、おまえはクビだ。このクラブの従業員も全員まとめてだ」

「しかし、ミスター・クレーヴン」支配人は言い返した。「あの方があれほど大胆な行動に出るとはだれにも予想できませんでした」

「このぼけなす」デレクは手厳しく言った。「彼女がそもそもここへ来ることになったいきさつを考えればわかりそうなものだ。トラブルに巻き込まれたくてうずうずしているような女なんだぞ。それをおまえが手助けしたんだろう、え？」

「ミスター・クレーヴン――」

「もういい」デレクはそっけなく言った。「とにかく、わたしは彼女をさがしにいく。彼女の身に何も起こらないことを祈っておくんだな――でないと、おまえは地獄行きだ」


馬車で街を通り抜けるあいだ、サラは辛抱強くジェナーの自慢話を聞いていた。賭け試合のこと、勝利と敗北、そして危うく命を落としかけた大怪我――話は延々とつづく。デレク・クレーヴンと違い、ジェナーは単純な男で自分の属する場所をよく心得ていた。生まれ育った荒くれ男の世界や粗野な楽しみを好んでいた。自分のクラブで儲ける金が、絹のサイフから出ていようと、貧乏人の油染みたポケットから出ていようと気にしない。デレク・クレーヴンの気取った態度をあからさまにばかにしていた。「すました言葉を使いやがって、紳士にでもなったつもりかい。こざっぱりとダンディーぶっているが……クラブですかして歩く姿を見ると、こっちまで恥ずかしくなってくるさ！」

「嫉妬しているんだわ」とサラは言った。

「嫉妬だと？」ジェナーは不愉快そうに顔をしかめた。「おれはな、メイフェアとイーストエンドに片足ずつつっこんでいるような野郎をうらやんだりはしねえよ。くそくらえってんだ！　自分が何者かわかってねえんだよ」

「ではあなたは、ミスター・クレーヴンは上流階級の人々と交わるべきではないと思っているのですか？　そういうのって、ひねくれた俗物根性と言うんじゃないかしら」

「好きに呼べばいいさ」とジェナーはすねて言った。

　ああ、やっぱりジェナーはクレーヴンに嫉妬しているんだ、とサラは思った。ようやくふたりが犬猿の仲である理由がわかってきた。ジェナーは、クレーヴンが必死に逃げ出そうとしてきた世界そのものなのだ。ジェナーを見るたびに、クレーヴンは自分の過去にあざ笑われているような気持ちになるのだろう。そしてジェナーは、貧民街の孤児から、金と権力をほしいままにする男に成り上がったクレーヴンを見るとむかつくのだ。

「ミスター・クレーヴンが成功していることに全然関心がないと言うなら、あなたはなぜ――」と言いかけたが、馬車がいきなり止まったので口をつぐんだ。不吉な騒音が聞こえてきて、サラははっと口を開けた。怒鳴り声や叫び声、ガラスの割れる音、しかも爆発音まで混ざっている。「何が起こったのです？」

　ジェナーは自分の側のカーテンを開けて馬車の外の騒ぎをのぞいた。彼は哄笑とも応援の叫びともつかない妙な声を発した。サラは座席の隅に縮こまった。「暴徒だ！」ジェナーは叫び、扉を開けて、顔面蒼白になっている御者と従僕に声をかけた。「いまどのあたりだ？」とジェナーが問いかける声がして、それから少し会話が交わされた。最後に「じゃあ、迂回しろ」というジェナーの声。

　扉は閉じられ、ふたたび馬車は発進したが、急にカーブを切った。サラはおびえてごくりと唾を飲み込んだ。馬車の横板に石が投げつけられ、座ったまま縮み上がった。暴徒の甲高い声が、悪魔のコーラスのように響いた。「いったい何が起こっているのですか?」

ジェナーは窓から外をながめながらにやりと笑った。興奮の度合いがどんどん増していくようだった。「威勢のいい暴動ってのはたまらねえ。おれも若いころにゃあ、二、三度、暴徒を率いたことがある。いま、そのまっ最中なのさ」

「どうして暴動が起こったのですか?」

ジェナーは外を見据えたまま答えた。「レッド・ジャックと聞いたらぴんとくるかい?」

サラはうなずいた。レッド・ジャックは悪名高きハイウェイマンで、ロンドンからマールバラに向かう往来の激しい馬車道で一〇人以上を殺したことで有名になり、レッド・ジャックと呼ばれるようになったのだった。「聞いたことがありますわ。ニューゲートの刑務所に入っていて、絞首刑を待っているのではなかったかしら」

あっはっはとジェナーは笑った。「ところがどっこい、昨日、自殺しちまったのよ。死刑執行人から首吊り用の綱をくすねてな。血気盛んなやつらが暴動を起こすのも無理はない」

「この人たちは、レッド・ジャックが自殺したことで憤っているというのですか? そんなことどちらでもいいじゃないですか。いずれにせよ、レッド・ジャックは死んだのですから」

「わかってねえなあ。絞首刑ってのはな、楽しい見世物なんだよ。婆さんや子どもだって、やつらが小便もらして、のたうちまわりながら風に揺られる姿を見物しに来るのよ。すんばらしいショーになっただろうよ。ところがどっこい、そいつが中止になったってんで、やつらは血に餓えちまったってわけさ」ジェナーは肩をすくめて、同情するように暴徒をながめた。「やつらはレッド・ジャックの墓を掘り起こし、腹を裂いて内臓を引っ張りだそうとしてやがる。少しは楽しませてやったらいいのさ」

「こ、公衆の面前で、し、死体を八つ裂きにして、た、楽しむですって？」サラはあまりのことに声を詰まらせ、恐れおののきながらジェナーを見つめた。しかし、そんなサラの嫌悪感など何の効き目もなかった。ジェナーは、家の窓を壊し、火を放ち、略奪行為をはじめた酔漢たちをはやし立てた。何かがぶつかってきて、馬車はがくんがくんと揺れ、やがて止まってしまった。ジェナーがカーテンを開けると、窓ガラスにたくさんの顔や手が押しつけられていた。

「御者が逃げた。群衆は馬車を押したり突いたりして、ひっくり返そうとしていた。

「まあ、どうしましょう！」サラは隅に縮こまって、大きな目でジェナーを見つめた。「わたしたち、八つ裂きにされてしまいます！」

「心配すんな。こいつがあるかぎり、あんたは安全だ」ジェナーは危険な武器を捧げ上げるように、大きなこぶしを突き出した。

人々が馬車の屋根にのぼったので、天井が揺れて内側にへこんできた。サラはなんとか身を守ろうと激しくもがいた。手提げ鞄はどこへいったのだろう。拳銃がなければ、身を守るすべがない。雷のような音を立てて、扉ががばっと開いた。何十本もの腕が伸びてくる。悪夢のような光景にサラは悲鳴を上げた。

ジェナーは勢いよく外に飛び出し、まとめて三人を相手にした。リズミカルにパンチを繰り出し、大鎌で穀物をなぎ倒すようにつぎつぎに暴徒を倒していく。サラも彼のあとにつづいて飛び降りた。ジェナーの上着の背中をつかんで、頭を低くしてあとについていく。群衆に押されたり、ひじ打ちされるたびに、歯を食いしばって耐えた。奇跡的に、ふたりは乱闘から抜け出すことができた。サラはジェナーの頑丈な腕にしがみついた。

「ミスター・ジェナー、ここからわたしを連れ出してください」とサラは懇願した。

ジェナーは笑いながらサラを見下ろしている。その目は興奮でぎらぎら輝いていた。「喧嘩は苦手か？」

サラが後ろを振り向くと、馬車は破壊されようとしていた。「馬が」サラは心配そうにつぶやいた。暴徒は馬を解き放つと追い立てた。

ジェナーのにやにや笑いが少し翳った。「おれの馬を！　べらぼうな値段だったんだぞ！」ジェナーはサラを置き去りにして、盗賊たちのほうにすたすたと歩いて行った。「やめろ、このこそ泥ども。それはおれの馬だ！」

「ミスター・ジェナー」サラは引きとめようとしたが、彼は聞く耳を持たない。

どうやら、自分の身は自分で守らなければならないようだ。サラは用心しながら通りを歩いて行った。盗品を抱えた略奪者たちが横を走っていく。耳をかすめて酒瓶が飛んでいき、近くの舗道に落ちてぱりんと割れた。サラはたじろぎ、陰になっているほうに近づいた。夜警か警官の姿はないかとさがしたが、ひとりも見つからなかった。倒れそうなあばら家が燃えて赤い炎に包まれていた。どこに向かって歩いているのかさっぱりわからない。この道が盗人のアジトに通じていないことを祈るばかりだ。酒場と悪臭を放つ下水溝を通りすぎた。人々は通りから別の通りへと群れをなして移動している。取っ組み合いや言い争いをしながら、雄叫びをあげ、石や枝を投げつけている。サラはマントのフードを目深にかぶって顔を隠し、敷石で舗装された歩道に立っている木の柱の列をまわってよろめきながら歩いて行った。ワインの酔いやほてりはすっかり消え、正気を取り戻しておびえていた。

「ばか」一歩進むごとに小声で自分をののしった。「ばか、ばか、ばか」

「おやおや、こんなところにだれかと思えば」

サラはびくっとして足を止め、目の前に立っている肩幅の広い男のシルエットを見つめた。伊達男を気取って、上等な服をわざと着崩している。クレーヴンのクラブに頻繁にやってきて、コベントガーデンに血なまぐさいスポーツを見物に行き、ストランド通りの娼館にしけこむたぐいの若者だ。退屈をまぎらすために、博打を打って、酒を飲み、女の尻を追いかける。放蕩者、道楽者、そう、まさにそれだ……だが、生まれは紳士だ。サラは安堵に包まれた。この人なら、紳士としての誇りをもってわたしを安全な場所へ導いてくれるだろう。

「あの――」

男はその声をさえぎって、見えない仲間に向かって叫んだ。「おおい――こっちだ、いい女を見つけたぞ」

あっという間に、サラはべろべろに酔っぱらった陽気な若者三人に囲まれた。彼女のまわりに集まって、三人は新たな戦利品を好色な目つきでながめまわした。サラは危険を感じて最初の男に話しかけた。「すみません、わたし、道に迷ってしまいましたの。どうぞ安全な場所に連れて行ってください……とにかく、ここを通してくださるだけでもいいんです」

「よお、べっぴんさん、おまえにお似合いの場所に連れてってやるよ」男はいやらしく笑いながら、両手をサラの胸に滑らせた。サラはくぐもった悲鳴をあげて後ろに飛びのいたが、男の仲間に阻まれて逃げることができなかった。男たちはもがくサラを羽交い絞めにしてげらげら笑っている。

「どこへ連れて行く?」ひとりが言った。

「橋だ」すぐさま答えが帰ってきた。「いい場所がある。順番にやろう。自分の番が来るまでおとなしく待つんだぞ、紳士らしくな。騒ぐようなら、テームズ川に投げ込んじまおうぜ」

あとのふたりはげらげら笑いだした。

「放して! わたしは娼婦ではありません。わたしは――」

「そうとも、おりこうちゃん」男はなだめるように言った。「おまえはすけべな野郎どもといちゃつくのが好きなあばずれさ」

「ちが――」

「心配するな、たっぷり楽しませてやる。おれたちとやった女が文句をたれたことなど、いっぺんもないんだぜ。なあ、おい？」

「そうとも！」ふたり目の男がすかさずあいづちを打った。

「逆におまえから料金をいただかなきゃならないかもな！」ともうひとりが言うと、酔っぱらいたちは上機嫌で足元をふらつかせながら、サラを引きずっていった。サラは悲鳴をあげ、ひっかいたり嚙みついたりして、あらんかぎりの力で抵抗した。死に物狂いで爪を立ててくる女に閉口して、ひとりがサラの口を手で押さえつけた。「ばかな真似はやめろ。何も殺そうというんじゃない──ただ、一発やるだけさ」

サラは生まれてから一度も出したこともないような悲痛な叫び声をあげた。その狂おしい悲鳴は空をつんざいた。恐怖のせいで意外なほど力が湧いてきた。爪で男たちの皮膚をひっかき、自分を羽交い絞めにしている腕をこぶしで必死にたたいた……しかし、しょせん三人の男の力にはかなわない。サラは半分抱え上げられるようなかっこうで引きずられていった。震える胸にもう一度息を吸い込み、耳をつんざく悲鳴をあげようとした。するといきなり、どすんと道の上に投げ出され、尻を強く打った。きゃっと声をあげてから、呆然と地面の上に座り込んだ。

すらりとした黒い影が、猫のような優雅な動きで、目の前を通りすぎていった。重い棍棒が容赦なく弧を描いて宙を舞い、ずしんずしんと鈍い音が聞こえた。ふたりの男が低い声でうめきながら地面に倒れた。三人目は怒声を発して、さっと後ろに飛びのいた。「な、何だ、いったい？」と男は叫んだ。「どういうつもりだ、このブタ野郎……監獄にぶちこんでやるぞ」

サラは手で目をこすり、この思いがけない光景をぶるぶる震えながら驚愕の目で見つめた。最初は、ジェナーが助けにきてくれたのだろうと思った。しかし、目に映ったのは斜めに傷痕が走るデレク・クレーヴンの顔だった。燃えさかる赤い炎から光を受けて、古代の戦士が防護のためにかぶった面のような厳しい顔が浮び上がった。デレクは顎を引き、大きく足を開いて立っていた。片手には貧民街のならず者たちが好んで使う重い棍棒が握りしめられていた。サラのほうを見ようともせず、餓えたジャッカルのように、ひとり残った男をにらみつけている。

デレクは歯を食いしばったまま言った。「仲間を連れて、とっとと立ち去れ」

倒れていた不良紳士たちがよろよろと立ち上がった。ひとりは頭の傷を手で押さえ、もうひとりはわき腹を押さえている。三人目はデレクのロンドン訛りを聞き逃さなかった。「上等な服は着ているが、下層の生まれだな。そうか、きれいな羽根が好みか？　もっと金をくれてやる。イーストエンドの伊達男を気取れるぞ。さあ、女をよこせ」

「行け」

「先にやりたいと言うなら、かまわないぜ」

「おれの女だ」デレクはうなって、棍棒を少し上げた。

暗黙の了解でふたりの傷ついた男たちはよろめきながら遠くに離れた。三人目は、どうしたものかと決めかねて腹立ちまぎれにデレクをにらみつけた。「頭の固い下郎め！」男は少し間をおいてから叫んだ。「独り占めにするがいいさ」親指の先を嚙む侮辱のしぐさをしてから、男は仲間といっしょによろよろと闇に消えていった。

サラは立ち上がり、足をふらつかせながらデレクに近づこうとした。デレクはふわりと黒いマントをなびかせて三歩で彼女の前にやってきた。その表情はあまりに険しく、悪魔の化身かと見まごうほどだった。いきなり両肩をつかまれ、あれよと言う間に近くに待っていた馬のところまで連れて行かれた。真っ黒な馬の横腹は汗で光っていた。デレクはどさっと投げ下ろすように手荒くサラを鞍に乗せた。サラは黙ってされるがままになっていた。デレクは手綱を手に取り、しなやかな動きで馬にまたがると、後ろから左の腕でサラの体をがっちりと抱え込んだ。

馬が駆け足で走りだし、陰鬱なあばら家や、破壊された店、群衆でごった返す道が風のように通りすぎていった。突き刺すような冷たい風を避けるために目を閉じ、クラブへ戻るつもりなのかしらとサラは考えた。みじめな気分で、デレクの羊毛のマントに顔を押しつけた。馬の背中が上下するたびに、ふたりの体はさらに密着する。こんなふうに男の人に抱きすくめられたことはなかった。しっかりと硬い体に包まれているうちに、だんだんと息が苦しくなってきた。けれども、痛いほどきつくデレクの腕に締めつけられていながら、奇妙なことに心が安らぐのだった。こうしてたくましい腕に後ろから抱きかかえられていれば、だれも自分を傷つけることはできないと思えた。おれの女だ、と彼は言った……そして彼女の心臓の鼓動がそれに答えていた……そう、そのとおりなのだ、と。

謎めいた未知の男。かつて、愛する女をわざと別の男の手にゆだねたことがあったという。ワーシーが話してくれたっけ。デレク自身が、リリーをレイフォード卿のベッドに投げ込んだのだと。

「彼女に恋してしまうことを恐れたのですよ」とワーシーは言っていた。「それで、レイフォード卿に彼女を差し出してしまったのです。ふたりがうまくいくように、あらゆる手を使いました。ミスター・クレーヴンは愛し方を知らないのです。人を愛することは愚かしく、弱味につながると思っているのです。だからこそ女性にもてるんでしょうな。自分こそが彼の心を射止める女になれるのではないかとはかない希望を抱くのです。だが、それはありえないことです。あの方は、ぜったいにそんなことを許しません、ぜったいに……」

愚かさと弱さ……今夜サラはいやというほど、その両方を味わった。わびと感謝の言葉が口元まであふれてきたが、恥ずかしくてそれを口にすることができなかった。代わりに目を閉じて彼にしがみつき、時が消えて、このままいつまでも馬で駆けていくんだと思い込もうとした。地の果てへと、星々の海へと……。

だが、そんな空想はすぐに断ち切られた。しばらくすると静かな通りに囲まれた小さな公園に到着した。オイルランプの街灯が淡い楕円形の光を道に投げていた。手綱を引いて馬を止め、デレクは先に降りてサラに両手を差し出した。ウエストを支えられて、サラはぎこちないしぐさで馬から下りた。デレクはサラの足を地面に降ろすとすぐに手を離し、公園の縁のほうに歩いて行ってしまった。

サラはデレクに近づいたが、数歩分距離をおいて立ち止まった。唇が開き、のども動くのに、声が出てこない。

デレクは振り向いて、顎をさすりながらサラを見つめた。

サラは自責の念にかられ、厳しい言葉を浴びせられるのを覚悟してじっと待った。しかし、デレクはただ静かにこちらを見つめるばかりだった。その表情からは何も読み取れない。向こうがサラの合図を待っているようにも見える。気まずい沈黙が数秒つづいたが、ついにサラが泣きだしたために、膠着状態は破れた。サラは両手で流れ出る涙を拭った。「ごめんなさい」とあえぎながらわびる。

デレクはさっとサラに近づいて、肩と腕に触れたが、すぐに火傷でもしたかのように手を引っ込めた。「やめろ、泣くな。もう心配ない」それからおそるおそる手を伸ばし、背中をぽんぽんとたたいた。「泣くな。大丈夫だから。くそっ、泣くなったら」

サラが泣きやまないので、デレクは困り果ててただ彼女を見下ろしていた。女を誘惑したり、騙したり、陥落させるのには慣れていた……しかし、慰めるとなると話は別だ。いままで慰める必要に迫られたことは一度もなかったのだ。「よしよし」とデレクはつぶやいた。リリー・レイフォードがそう言って泣いている子どもたちをあやすのをなんべんも聞いたことがあったからだ。「よしよし」

いきなり、サラが小さな頭を胸にうずめてきた。長いもつれた巻き毛が、優美な赤い蜘蛛の巣のように体にかかった。デレクはまずいと思って、彼女を引き離そうと手を上げかけた。

しかし、彼の腕はするりと彼女の体を包み込み、ひしと抱き寄せた。「ミス・フィールディング」デレクはやっとの思いで声を出した。「サラ……」サラはもっと体をすり寄せてきた。すすり泣きがシャツを通して胸に響いてくる。

デレクはくそっとつぶやいて、サラの頭のてっぺんに唇を押しあてた。冷たい夜の空気に気持ちを集中させようとするが、股間が痛むほど脈動しはじめた。自分の体に寄り添っている彼女の体の感触に無関心でいられるはずがない。おれはペテン師だ……紳士でもなけりゃ、騎士道精神に富んだ慰め役でもない。色欲にまみれたろくでなしなんだ。手でサラの髪をなでつけ、息ができなくなるくらい強く彼女の頭を肩に押しつけた。「大丈夫だ」としわがれた声で言った。「何もかもすんだ。もう泣くな」

「ミ、ミスター・ジェナーと、い、いっしょに出かけるべきじゃありませんでした。でも、あなたにとても腹が立って、それで……それで……」

「わかったから、もういい」デレクは上着のポケットをさぐってハンカチを取り出した。不器用にそれで濡れたサラの顔を拭いてやる。「ほら、これを使え」

サラは顔にはりついていたハンカチをはがし、はなをかんだ。「あ、ありがとう」

「ジェナーに何かされたか？」

「いいえ、でも、わたしを置きざりにしたんです。暴徒の中に——」サラの顎の先がまたわなわなと震えだし、新たな涙が湧いてきたのを見て、デレクがさえぎった。

「大丈夫だ、もう大丈夫だから。おれがジェナーの首を絞めてやる。やつについていったあんたの首を締めてからだが」デレクはマントの下に手を滑りこませ、サラのこわばった背中の筋肉をベルベットのドレスの上からもみほぐしてやった。

サラはもう一度しゃっくりをして、震えながらデレクにもたれかかった。「今夜、あなたはわたしを助けてくださった。いくらお礼を言っても足りませんわ」

「礼はいらない。これでおあいこだ」

「わたしはとても感謝しています」サラは重ねて言った。

「やめてくれ。責任の一端はわたしにある。マスクの女の正体を見抜けなかったわたしがばかだった」涙の筋が輝いているサラの顔をデレクはまじまじとながめた。「だが、心のどこかでは気づいていたのかもしれない」

ふたりのマントが重なり合ってできたぬくもりに浸りながら、サラはじっと動かずにいた。彼の手のひらの付け根が胸の横に触れている。そしてもう一方の手は腰のくびれたあたりにあてがわれていた。「このドレスはどこで手に入れた?」デレクの息が白く見える。

「レディ・レイフォードにいただきました」

「やはりな」とデレクは皮肉っぽく言った。「彼女が着るようなドレスだ」デレクはマントの襟から中をのぞき込んだ。胸の谷間の影がぼんやりと見える。デレクは親指を胸の上に滑らせていき、襟元の素肌が露出するあたりで漂わせた。「膨らみ具合が違うようだが」

サラはそのかすかな愛撫に気づかないふりをつづけた。体中が脈打ち、ベルベットのドレスの中で乳首がきゅっと締まっていたけれど。「レディ・レイフォードはとても親切にしてください。どうか、あの方を責めないでください。今夜の舞踏会に出るというのはわたしが企んだことなんです。すべてわたしの責任です。どなたのせいでもありません」

「ワーシーとリリーは、嬉々として片棒を担いだのだろう」デレクの手の甲が胸の先から横のほうに滑っていき、サラの体に歓喜の震えが走った。デレクはサラの髪に向かって静かに語りかけている。「寒いか?」

「いいえ」とサラはささやいた。液化した炎が血管を駆けめぐる。ワインの一〇〇倍も強力な調合薬を飲んだかのように頭がくらくらしだした。

デレクはサラの顔を上に向かせて、瞳をのぞき込んだ。「今夜起こったことはすべて忘れてほしい」

「どうして?」

「なぜなら、あんたは明日村へ帰るからだ。そしてキングズフィールドと結婚する」

「キングズウッド」

「ウッド」デレクはじれったそうに繰り返した。

サラは乾いた唇をなめて湿らせた。「あなたも忘れるの、ミスター・クレーヴン?」

「そうだ」デレクは彼女の唇に目を走らせてから、そっと突き放した。

一瞬よろめいたが、サラはバランスを取り戻した。もう行かなくてはと言われると思ったのに、デレクは急いでいないようだった。近くの木の塀のほうにぶらぶらと歩いて行き、一番上の手すりにもたれかかった。

「クラブに戻らなくていいのですか？」サラはあとを追って尋ねた。

「何のために？　あんたの友だちのジェナーが手入れを仕掛けたおかげで、舞踏会はお開きになっているはずだ。もう客もいないし、博打もない……そして、あんたには幸運なことに、もうラムパンチも残ってやしない」

サラは真っ赤になり、「あれのせいでひどく酔っぱらってしまいましたわ」と素直に認めた。

デレクは笑って、サラの赤らんだ頰とよろめく足取りを見つめた。「まだ、ずいぶん酔っぱらっているようだな」

もう彼が怒っていないことにほっとして、サラは腕を組み、静かな通りをちらりと見た。遠くで騒いでいる暴徒の声を風が運んできたようだったが、ただそんな気がしただけかもしれない。彼らの残虐な目的は達せられ、ハイウェイマンの死体は八つ裂きにされたのだろうか。それを思うと、ぶるっと震えがきた。サラはジェナーから聞いた暴徒についての話を語った。デレクは平然と聞いている。「どうしてそんなことができるのでしょう？　絞首刑を見世物と思うなんて。わたしには理解できません」

「わたしにはわかる。子どものころはわたしもそうだった」

サラはぽかんと口を開けた。「そりゃあ、絞首刑や、鞭打ちの刑や、はらわたを引き出すところなどを見に行ったかもしれません……でも、でも、それを見物して楽しんだわけじゃないでしょう。そんなことありえません」

デレクはまばたきもせずにサラのまなざしを受け止めた。「いまは人の死に何の喜びも感じない。しかし、一時期、妙に心惹かれたことがあったんだ」

サラはその答に戸惑った。だがすぐに、デレクが犯罪の蔓延する裏社会で子ども時代をすごし、売春宿や貧民街の通りの片隅で暮らしていたことを思い出した。それでも、ロープで吊り下げられている男を、デレクがはやしたてる姿は想像できなかった。「絞首刑にされる人たちを見て、どんなことを思ったのですか？」

「自分は運がいいと思った。とりあえず、自分はあそこにぶらさがっていなかったから。腹はぺこぺこで、何ひとつ持っていなかったが……とにかく首のまわりにロープはまわされていなかった」

「それで、自分の境遇はまだましだと思ったのですね？」

「わたしには境遇なんてものはなかったのさ、ミス・フィールディング。わたしはただ、何もかもを、戦って、騙して、盗んで手に入れていた。食べるものも、酒も……ときには女も」

サラは軽く頬を赤らめた。「真面目に働いたことは？　肉体労働をしていたこともあったのでしょう？　ミスター・ワーシーから聞きましたわ」

「労働はしたさ。だが真面目にってのはどうかな」デレクは頭を振って、苦笑いしながらふんと鼻を鳴らした。「聞かないほうがいい」

サラはしばらく黙りこんでから、「いいえ」と唐突に言った。「聞きたいですわ」

「これも調査のうちか？」

「いいえ、調査なんかじゃありません」とっさにサラはデレクの腕に触れた。「お願いします。個人的な話を小説に書くような人間ではないと信じてください」

デレクはサラがふれた袖の部分を見つめた。とっくに彼女の手はそこから離れていたけれど。デレクは長い脚を交差させ、地面に視線を落とした。たっぷりした黒髪がひたいにかかった。「小さいころは煙突を上って掃除をする仕事をしていた。煉瓦二個か三個分くらいの幅しかない煙突もある。わたしは六歳にしては小柄だったが、ある日、どうしても煙突から抜け出せなくなった」かすかな笑みがデレクの顔をよぎった。「煙突に詰まっちまうほどひどいことはない」

「どうやって抜け出したのです？」サラは青ざめて尋ねた。

「下で干草を燃やしはじめたんだよ。全身の皮がほとんどすりむけそうになるのもかまわず、必死で這い上った」ふふんとデレクは短く笑った。「それからは波止場で働きだした。かごやら箱を船に積む仕事だ。ときには魚の皮をはいだり、さばく仕事もした。それから厩の堆肥をシャベルですくって、波止場まで運ぶなんてこともやった。風呂になど入ったこともなかった」サラに視線を滑らせ、その表情を見てにやりとする。「ハエも近寄らないくらい臭かった」

「まあ」サラは消え入りそうな声をもらした。

「どぶさらいをすることもあったし、盗んだ積荷をこっそり悪徳商人に闇で売ったりもした。

まあ、貧民街の餓鬼どもがやりそうなことばかりだ。わたしたちは生きるためにはなんでもした。しかし、ひとり毛色の違うやつがいた……ジェムって名前だったが……猿のような顔つきの痩せこけた野郎だった。ある日気づいたんだが、そいつはどうもほかの連中より羽振りがいい。分厚い上着を着て、腹いっぱい食っているし、ときどき女と腕組みなんかしていやがる。そこで、そいつのところへ行って、金をどこで稼いでいるのかきいてみた」デレクの表情が変わった。厳しく冷酷で、ふだんの美貌はすっかり影をひそめている。「ジェムは教えてくれた。そしてやつの助言に従って、わたしも死体の復活事業をはじめることにしたんだ」

「あなたは……キリスト教徒になることにしたのですか」サラは困惑顔できいた。

デレクは一瞬目を丸くしてから、むせそうになりながら笑いだした。サラがきょとんとした顔でいったいどうしたのです、ときいたときには、デレクは体をふたつに折って笑い転げていた。「違う、違う……」袖口で目を拭いて、ようやく笑いを抑え、デレクは言った。「墓掘りをはじめたのさ」

「意味がよくわかりませんわ――」

「墓場荒しだよ。墓をあばいて死体を掘り出し、医学生に売ったんだ」奇妙な笑いが唇に浮かんだ。「驚いたろうな。そばに寄るのも汚らわしいだろう?」

「わたし……」サラは何とか考えをまとめようとした。「ええと、と、とても気分のよくなる話とは言えませんわね」

「そうさ、胸くその悪くなる仕事だ。だが、ミス・フィールディング、わたしの盗みの腕は最高なのさ。ジェムがよく言ったもんだ。わたしなら悪魔の目から輝きを盗み出すことだってできるだろうと。墓場荒しでも腕利きだった。手際がよくて、確実。一晩に三つはやったな」

「三つって、何を？」

「死体さ。法律では、外科医や医学生が解剖できるのは、囚人の死体だけと決められている。だが、そんな死体はそうたくさんあるもんじゃない。そこでやつらはわたしに金を払って、病院や施設の近くの墓場から一番新鮮な死体を掘り出させたんだ。外科医の連中はいつも標本だなんてすかした言い方をしていやがった」

「どのくらいつづけたのですか？」

「二年近く――そのころには、わたし自身が、盗んでくる死体のようになりつつあった。青ざめて、痩せこけ、歩く死骸のようだった。昼間は寝ていて、出かけるのは夜になってからだ。満月の晩には仕事はしない。明るすぎるからな。墓場の管理人に拳銃で撃たれるんじゃないかといつもひやひやしていた。あいつらは墓場荒しに情けをかけたりしない。仕事に行かない日は、地元の酒場の隅で、自分のやっていることを忘れるためにたらふく酒を飲んだ。わたしは迷信を信じるたちで、永遠の眠りについているやつらをたくさん掘り起こしたせいで、悪霊にとりつかれているような気がしはじめていた」

だれか見知らぬ他人の話をしているかのように、デレクの口調は平坦だった。でもサラは彼の頬が紅潮していることに気づいていた。恥、自己嫌悪、怒り……心の中にどんな感情が渦巻いているかは、推し量る以外にはなかった。どうしてわたしに、人には聞かせたくない、こんな個人的な話をするのだろう？

「きっと心が死んでいたのだと思う。少なくとも、人間の心を半分失っていた。しかし金欲しさにまた墓場に戻っていった。だがやがて、悪夢にうなされるようになって仕事をやめた。それ以後、墓場には近づいたことはない」

「つらかったのでしょうね」とサラはやさしく言った。が、デレクは首を横に振った。

「墓場荒しから足を洗ったあと、別の儲け口を見つけた。どれもこれも、似たり寄ったりのいやしい仕事ばかりさ。だが、死体の盗掘に比べりゃ、悪いとはいえない。殺人だってそれよりはましだ」

デレクは黙り込んだ。月に薄い雲がかかり、空は灰色とスミレ色が混ざった沈んだ色調に染まっていた。きっとこんな晩に、彼は墓をあばきに出かけたのだろう。サラは隣に立つ男を見つめた。ランプの光を浴びてその髪は黒檀のように輝いていた。心臓がどきどき鳴って、手のひらがじっとり汗ばんでいる。冷たい汗が、背中と腕の裏側をつたい落ちていった。彼の言ったとおりだ——彼のしたことはぞっとするほど恐ろしい。それに、話してくれてはいないが、もっといろいろなことがあったのだろう。

サラはいちどきに押し寄せるたくさんの感情と戦いながら、なんとか彼を理解しようとした。とにかく、彼を恐れることだけはすまいと思った。わたしはなんて世間知らずだったんだろう。この人がそのような忌まわしいことのできる人だとは考えてみたこともなかった。彼に墓を掘り起こされた人々の家族は、どんなに苦しんだことか。わたしの家族や親戚であったかもしれないのだ。彼には多くの人々に苦しみを与えた罪がある。もしもだれかからそんな男の話を聞かされたら、救いがたい人間と決めつけたことだろう。

でも……彼は根っからの悪人ではない。今夜もわたしの身を案じて追いかけてきてくれた。クラブであの出来事があったとき、わたしを自由にすることができたのに、良心のかけらが彼を押しとどめた。ついさっきも、わたしが泣いているあいだ、やさしく慰めてくれた。サラはどう考えたらいいかわからずうろたえて、頭を振った。

デレクは顔をそむけていたが、体の線のあちこちに明らかな緊張が見て取れた。まるでサラに非難されるのを待っているかのようだった。サラは半ば無意識にデレクのうなじに軽くかかる黒い巻き毛に触れた。デレクの呼吸が止まったようだった。指先に筋肉の収縮が感じられた。静かな外見の下に秘めた感情がくすぶっている。感情をあらわすまいと必死に闘っているのだ。

一分ほど経ってから、デレクは燃えるようなグリーンの瞳をサラに向けた。「ばかだな、心配するな。あんたに憐れんでもらおうなんて思ってやしない。ただ、わたしが言おうとしているのは——」

「憐れんでなんかいません」あわててサラは手をひっこめた。

「わたしが言おうとしていたのは、たくさんの金がからめば、またああいうことをやりかねないってことだ」

「もうすでに使いきれないくらいお金をもっているでしょう」

「それでも十分じゃない」とデレクは荒々しく言った。「十分ってことはありえないんだ。あんたにはわからないだろうが、いつも何かが欠けている気がしてならない」

サラは眉をひそめた。胸がだんだん締めつけられてきて、とうとう彼に負けないくらいの怒りが爆発した。「わたしには、わかります！　あなたは生きようとする意志をお持ちなのよ、ミスター・クレーヴン。それを責める権利がわたしにありますか？　あなたがなさったことには嫌悪感を覚えますけれど、わたしは偽善者じゃありません。わたしがもし貧民街に生まれていたら、おそらく売春婦になっていたことでしょう。あなたにはそうする以外にほとんど選択肢がなかったのですわ。それくらいわたしにだってわかります。それどころか……わたし……どん底から這い上がったあなたを尊敬します。そんな意志と力がある人はめずらしいですわ」

「ほう？」デレクは陰気にほほえんだ。「あんたは、今朝、女の後援者について尋ねたな？　そういう貴婦人たちの夫はたいてい愛人を囲っていて、彼女たちは毎晩毎晩寂しくひとり寝をしている。わたしは昔、そういう貴婦人たちのベッドを温めて金をもらっていた。がっぽり稼いだぜ。わたしは盗みの腕も確かだが、男娼としてもぴか一だった」

サラの頬から血の気が引いた。

デレクはその反応を見て、軽くあざ笑った。「それでもわたしを尊敬すると？」

『マチルダ』を書くために娼婦たちに取材したときに聞いた話をぼんやりと思い出した。彼女たちはいまのデレクと同じ顔をしていた……希望のかけらもない、荒涼とした表情。「クラブをはじめるために、もっと金が要るようになると」デレクはつづけた。「そのうちの何人かをゆすった。まともな貴族なら、自分の妻がわたしのような下層の出のにせ紳士をベッドに引っ張り込んだと知ったらいい気はしない。だが妙なことに、そんなゆすりもわたしの人気を下げるほうには働かなかった。クラブが建つまでいい関係はつづいた。わたしと後援者のあいだには、非常に洗練された了解が成り立っているんだよ」

「レディ・レイフォードも——」サラはかすれた声で言った。

「いや、彼女は後援者じゃない。わたしと彼女は一度も……」デレクはじれったそうなしぐさをして急に話をやめ、ふたりのあいだを火が隔てているかのように、彼女のまわりをぐるぐる歩きまわりはじめた。

「レディ・レイフォードを大切に思っていたからですね」返事がないので、サラはさらにたたみかけた。「そして、あの方は、あなたのことを心から思っているたくさんの人たちのひとりなんだわ……ミスター・ワーシーやギルや、そしておそらくクラブの娼婦たちと同様に——」

「わたしがやつらに金を払っているからさ」

デレクの軽蔑的なせせら笑いを無視して、サラは彼をじっと見つめた。「ミスター・クレーヴン、どうしてわたしにこんな話をしてくださったのですか？　あなたはわたしの同情を受けつけない――それにわたしはあなたを軽蔑したりしません。わたしに何を望んでいるのですか?」

途中で足を止めて、デレクは見えない境界をまたぎ、サラの両腕をつかんだ。二の腕に彼の指が痛いほど食い込んだ。「ここからいなくなってほしい。ここにいては危険だ。ロンドンにいるかぎり、あんたはわたしという危険にさらされている」デレクは彼女の波うつ巻き毛や、繊細な顔や、大きく見開かれている目をながめた。そしていきなりうなり声をあげると、サラを引き寄せて抱きしめ、髪に顔をうずめた。サラは目を閉じた。心がぐるぐるまわっている。デレクの体はがっしりとして力強く、背丈の違いを埋めるかのように背中を丸めていた。激しい欲求のせいで体がぶるぶる震えているのが感じられた。耳の下のあたりから、苦しみと喜びが混ざり合った声が聞こえてきた。「村へ帰ってくれ、サラ……でないと、あんたの肌がわたしの中で溶けてしまうまでこうして抱きしめていたくなる。ベッドに連れて行って、あんたの香りをシーツに染み込ませ、その髪を枕の上に広げたくなる。あんたの純潔が欲しい。くそ! あんたをめちゃめちゃにしてしまいたい」

サラは無意識に手をデレクの頬にあて、伸びはじめた髭のざらつきを感じた。「もしもわたしも同じことを望んでいたら?」とささやく。

「だめだ」デレクは獰猛な声を出し、唇をサラの柔かな首の皮膚にあてた。「わたしのものになったら、あんたはまったく別人になってしまう。わたしは、あんたが夢にも思わないようなやり方であんたを傷つけるだろう。そんなことはぜったいにだめだ。だが、わたしがあんたを求めていないとだけは、けっして思わないでくれ」デレクがサラをさらに強く抱きしめると、ふたりの呼吸は激しく乱れはじめた。硬くいきりたった高まりの焦げるような感触をサラは腹部に感じた。「おまえだけだ」とデレクは言った。「欲しいのはおまえだけだ」デレクは手さぐりでサラの手首をつかみ、手のひらを自分の胸に押しあてた。下着とシャツと上着を通しても、心臓の鼓動ははっきりと感じられた。サラが体をすり寄せると、デレクは息を止めた。「男にとって、ここまできて我慢しなければならないというのはあまりにも酷だ」デレクはしわがれた声で言った。「だが、たとえ悪魔が耳元で奪ってしまえとささやいたとしても、わたしにはできない」

「お願い」とサラはあえぎながら言った。だが、彼に放してと頼んでいるのか、放さないでと頼んでいるのか、サラ自身にもよくわからなかった。

その言葉はデレクを正気と狂気の境に追いやった。やるせないうなりをあげて唇を重ね、舌を性急に押し入れる。サラは腕を彼の頭にまわし、永久に放さないとでもいうかのように指を黒い髪にからませた。ぴたりと押しあてられた胸から彼の鼓動がまだ感じられた。デレクの太腿がスカートのひだを強引にかきわけ、デリケートな場所を突き上げた。これがいつまでつづくのかサラにはわからなかった。デレクはときにやさしく、ときに残酷にキスをつづけ、マントの下に手を滑りこませて体をまさぐっている。脚の力が抜けてしまい、もしもデレクの腕に抱えられていなかったらとても立ってはいられなかっただろう。

「ミスター・クレーヴン」デレクの唇が口から離れ、熱い軌跡を残してのどへと滑りおりていくと、サラはうめくようにつぶやいた。

デレクはサラの髪を後ろになでつけ、自分のひたいを彼女のひたいに押しつけた。傷の縫い痕が肌に感じられた。「わたしの名前を呼んでくれ。一度だけでいいから」

「デレク」

しばらく彼は動かなかった。熱い息がサラの頰にかかった。それからデレクはサラのとじた両まぶたに順番に軽く口づけをした。デレクは震えるまつげの感触を唇で味わった。「サラ・フィールディング、わたしはあんたのことを忘れる」とデレクは荒々しく言った。「どんなことをしてでも」


その夜の出来事の中で、最後のひとときのことはいつまでもサラの記憶から消えなかった。デレクはサラを馬の鞍に横座りに乗せてグッドマン家まで送り届けた。サラは頭をデレクの胸にうずめ、しっかりと彼にしがみついていた。空気は痛いほど冷たかったが、デレクの体は、その中心で石炭がかっと燃えているみたいに熱かった。馬を道の脇に止め、デレクはサラの手をほどいた。

粉雪が降りはじめていた。小さな雪片がくるくるまわりながら舞い降りてきて、かすかな音を立てて地面に落ちる。デレクはサラを馬から下ろした。彼の髪にいくひらか雪が降りかかり、それが溶けてまるで黒い髪にレースがかかったようだった。顔の傷はいつもより浮き上がって見える。彼と最初に出会った晩の思い出に、その傷に唇を押しあてたかった。のどが詰まりそうで苦しかった。涙をこらえる目がちくちく痛む。

デレクは、サラがいつもロマンチックに夢想していたような、勇壮な騎士とは似ても似つかなかった……顔に傷を負った、完璧にはほど遠い汚点だらけの男。しかも彼は、サラが自分を偶像視しないように、わざと醜く恐ろしい過去を語り、ことごとく幻想を打ち砕いたのだ。その目的は彼女を追い払うことだった。ところが逆に、サラはデレクに親近感を覚えてしまった。まるで真実がふたりを新たな絆で結びつけたかのように。

デレクはグッドマン家の玄関前の石段までついてきてそこで立ち止まり、乱れた髪や頬髭でこすられて赤くなった頬や、腫れ上がった唇をながめて、かすかにほほえんだ。「いままさに出港しようとしている船乗りの一団にやられたみたいだな」

サラは鋭いグリーンの瞳を見つめた。わたしは一生この瞳を忘れることができないだろう。

「もうお会いすることはないのですね？」とぼんやりした頭で尋ねた。

デレクには答える必要はなかった。彼はサラの手を、値段のつけようのないほど貴重な品物のようにそっととり、軽く持ち上げて口元に近づけた。その動きがあまりに軽いので、サラは自分の腕が浮いてしまったのではないかと思ったほどだった。彼の温かい息が肌に染み入ってくる。デレクはサラの手のひらに声を出さずに言葉をささやきかけ、サラはその唇の動きを感じ取った。デレクはサラの手を放した。じっとこちらを見つめる彼のまなざしには、心の奥に隠された欲望とあこがれと苦さがあらわれているように思われた。「さようなら、ミス・フィールディング」デレクはかすれた声で言い、背中を向けると大股で歩き去った。

サラは体を凍りつかせたまま、デレクがひらりと鞍にまたがり遠ざかっていくのを、その姿が視界から消えるまで見つめつづけた。

7

グリーンウッド・コーナーズに戻った翌日、サラは凍った馬車道を通り、小さな森を抜けて、キングズウッド家の小さな屋敷までの一キロ半ほどの道のりを歩いて行った。途中、松と雪のにおいが混ざる、田舎のぱりっと澄んだ空気を胸に深く吸い込んだ。「ミス・フィールディング」背後から、少年の甲高い声が聞こえてきた。「ロンドンはどうでした?」

サラは笑顔で振り返った。製粉屋の息子のビリー・エヴァンズだ。「胸がときめく街だったわ」と答える。「学校はどうしたの? まだ授業中のはずよ」サラはわざと疑うような目つきをした。ビリーが学校をさぼっているところを見つかったのは今日が初めてというわけではない。

「牧師館で本を借りてくるように言いつけられたんだ」ビリーは朗らかに答えた。「小説のほうは進んでるの、ミス・フィールディング?」

「まだはじめたばかり」とサラは正直に言った。「夏ごろには完成すると思うけど」

「母さんにそう言っとくよ。母さんはあなたの本が大好きなんだ――といっても、父さんにはないしょだけど」

「どうして？」

「父さんは、母さんが本を読むのをいやがるんだ。マチルダみたいに家出したら困るって」

ふたりは声を出して笑い、サラは少年の赤い髪の毛をくしゃくしゃにした。「あなたのお母さんはそんなことしっこないわ、ビリー。それに、マチルダは最後には橋から飛び降りる寸前までいくのよ。家出したっていいことなんてないわ」

ビリーは出っ歯ぎみの歯をむき出して茶目っ気たっぷりに笑った。「ミス・フィールディングだってミスター・キングズウッドの元を離れたりしないでしょう？」

サラはビリーに体を寄せた。「ねえ、そうなったら、ミスター・キングズウッドはわたしを恋しがると思う？」と共犯者にささやきかけるように言う。ビリーが顔を赤らめ、赤毛の根元の皮膚まで真っ赤になったのを見て、サラはおかしくなった。

「自分できいてみてよ！」そう言うと、ビリーはあわてて走り去っていった。

「そうするわ」またのんびりと歩きだしながら、サラは喜びと悲しみが入り混じったため息をついた。ここが、わたしの暮らす場所なのだ。すべてがなじみのあるものばかり。小川や小道がどのように走り、草地がどこまで広がっているかをサラは熟知していた。村人全員と顔見知りだったし、それぞれの家族の歴史についても知っていた。グリーンウッド・コーナーズは美しい土地だ。しかし、今回の帰郷はいままでとは違っていた。いつもならほっとして喜びに包まれるのに、いまは、自分の中の生気に満ちた部分をロンドンに忘れてきてしまったかのように、うつろに感じられた。両親が愛情あふれる笑顔で娘の帰宅を喜んでくれたことですら、この落ち着かない気分を癒してはくれなかった。今朝はどうしてもペリーに会いたかった。彼に会えば、きっと心が晴れるだろう。

キングズウッド家に近づくと、心臓がどきどき鳴りはじめた。キングズウッド家の屋敷は古風なデザインの美しい家だった。家の前面の刻み入り化粧漆喰の外壁にはツタが這い、家の中の各部屋はシンプルな漆喰仕上げになっていて、上品な黄土色と黄緑で統一されていた。温暖な季節には、ペリーの母親のマーサは屋敷の裏手の家庭菜園でハーブや野菜の手入れをしていることが多い。冬季には、居間の明るく暖かな暖炉のそばで針仕事。そしてペリーはもちろん、書斎で愛読書の歴史や詩の本に読みふけるのだった。

サラは玄関のドアをノックし、靴の裏についた泥を階段の横にこすりつけて落とした。一、二分ほどすると、マーサ・キングズウッドが戸口に姿をあらわした。ブルーグレーの瞳の魅力的な女性で、かつては金髪だった髪は色あせて、淡いバニラ色に変わっていた。にこやかな歓迎の表情は、客がだれかを認めると消えていった。「遊びまわるのを終えて、ご帰還のようね」

年長の女性の鋭い視線から目をそらさず、サラは明るくほほえんだ。「遊びまわっていたわけではありません。次の本のためにいろいろ調べていたのです」サラは、母のケイティーが数年前に言った警告を思い出さずにはいられなかった。「あの人にものを言うときは、よくよく気をつけるのよ、サラ。わたしはマーサを子どものときから知っている。彼女はうまいこと誘導して人の秘密をさぐりだし、それをあとで利用しようとするの」

「でもわたし、ミセス・キングズウッドに嫌われるようなことをしていないわ」とサラは反論した。

「あなたはペリーに好かれている。それだけで、十分に嫌う理由になるのよ」

それ以来、サラは母が正しかったことを実感するようになった。ペリーがまだ小さいころに夫を亡くしたマーサにとって、生活の中心は息子だった。三人が同じ部屋にいるときは、マーサは息子のそばから離れず、あからさまに嫉妬の態度を示して、サラを居たたまれない気分にさせた。ペリーは母親の所有欲の強さをしかたなく受け入れており、自分が母以外の女性に目を向ければ、それがだれであれ母は相手を嫌うのだと承知していた。しかしペリーは、結婚してしまえば母もその支配の手綱をゆるめるだろうと言っていた。「ぼくらはわかり合えるようになる」ペリーは何度となくサラに言った。「母の言うことを、個人的な攻撃と受け取らないでほしい。ぼくがつきあうどんな女性に対しても、母は同じような態度に出ると思う」

マーサはサラを入れまいとするかのように、小枝のような指で戸口をふさいだ。「いつ戻ったの？」

「昨晩です」

「息子に会いに来たのですね」マーサの口調は滑らかだったが、敵意に満ちたトゲが含まれていて、サラは思わず顔をしかめたくなった。

「はいそうです、ミセス・キングズウッド」

「次にいらっしゃるときには、午前中の読書を妨げない時間をお選びなさいな」マーサの言い方には、こんな時間に訪ねてくるなんてずうずうしいにもほどがあるという含みが感じられた。サラが答える前に、マーサはドアを大きく開け放してサラを家に招き入れた。少なくともマーサがついてこないことを祈りながら、サラは速足で廊下を歩いて行った。少なくとも一分か二分は、ペリーとふたりきりになれたらいいのだけど、とむかむかしながら考えた。幸い、後ろからマーサの足音は聞こえてこないようだ。書斎に着いた。そこはピンクと赤と茶色の鳥が描かれた壁紙を張ったパネルで飾られた快適な部屋で、マホガニーの書棚がいくつも壁にはめ込まれていた。

窓際に置いた紫檀の机に座っていた青年が立ち上がり、サラにほほえみかけた。

「ペリー!」とサラは呼びかけて、彼に駆け寄った。

サラの衝動的な行動に笑いながら、ペリーはサラを抱きしめた。ペリーは平均的な身長で、すらりと痩せており、サラが知っている男性の中で一番優雅な手をしていた。しぐさのひとつひとつに上品さがあふれていた。サラはいつも、ペリーが書き物をしたり、ピアノを弾いたり、あるいは単に本のページをめくるしぐさを見て楽しんでいた。目を閉じてペリーのコロンの香りを胸に吸い込み、うっとりほほえんだ。「ああ、ペリー」ペリーの引き締まった体型はなじみがあって安心できた。ロンドンですごしたあの数日間がすべて夢だったような気がしてくる。

しかし、突然、記憶がまざまざとよみがえってきた……自分をきつく抱きしめるデレク・

クレーヴンの力強い腕、耳に残るソフトな低い声。「あんたの肌がわたしの中で溶けてしまうまでこうして抱きしめていたくなる……ベッドに連れて行って、あんたの香りをシーツに染み込ませ……」

サラはびくっとして、頭を後ろにのけぞらせた。

「ダーリン？」ペリーがささやいた。「どうしたんだい？」

サラは何度も激しくまばたきをした。震えが両肩に伝わっていく。「ちょっと……外が寒かったものだから」ペリーを見つめ、目に映る彼の顔で思い出を消し去ろうとした。「あなたはなんてハンサムなのかしら」とサラが真面目に言うと、ペリーは満足そうに笑った。

グリーンウッド・コーナーズでは、だれもがペリーを村一番の美男子と考えていた。いまは少々伸びすぎている髪は、赤みがかった金髪で、宝石のような濃いブルーの瞳は、サラ自身の瞳よりもずっと印象的だった。鼻は小ぶりで筋がまっすぐ通っており、形のいい唇といい、少し突き出た青白いひたいといい、まさにバイロンを思わせるロマンチックなヒーローそのものだった。

さっと周囲に目を走らせてだれもいないのを確認してから、ペリーはキスをしようと少し前かがみになって顔を近づけてきた。サラは喜んで顎を上げた。しかしいきなり、傷痕が斜めに走る顔のイメージが目の前にあらわれた。危険なグリーンの瞳の輝き、容赦なくさぐり、奪い取っていく激しい唇……ペリーのやさしい唇とは天と地ほどの差があった。サラは目を閉じて、ペリーのキスに応えようとした。

軽くちゅっと音を立ててペリーはキスを終え、頭を離してサラを見つめた。「帽子はどうしたんだい？　縁のレースが頬にかかってとてもかわいらしかったのに」

「今日はやめておこうと思って」ペリーがまわした腕をほどこうとしたのでサラは眉をひそめた。「待って……もうしばらくこのままでいたいわ」

「母が間もなくやってくる」ペリーは警告した。

「ええ、そうね」サラはため息をついて、しかたなくペリーから一歩下がった。「ただ、ずっとあなたに会いたかったから」

「ぼくもだよ」とペリーはやさしく答え、彩色したブナ材の長椅子を指し示した。「腰掛けて話をしよう、ダーリン。母がお茶を用意してくれているようだ――キッチンのほうから音が聞こえる」

「しばらくふたりきりになれないの？」マーサの地獄耳を警戒して、サラは小声でささやいた。「あなただけに話したいことがあるの」

「ぼくらがふたりきりになる時間は一生分もあるんだよ」ペリーは青い瞳を輝かせて請合った。「ときどき母と一時間ほどすごしたってかまわないだろう？」

「ええ、そうね」サラはしかたなく答えた。

「さすがはぼくの大切な人だ」

　おだてられてちょっといい気分になったサラは、ペリーにマントを脱がせてもらい、丹念に刺繍がほどこされた、長椅子のクッションに腰を下ろした。ペリーはサラの手を取って、指の節を親指でなで、「どうやら」と愛情をこめて言った。「ロンドンへ行っても、悪い影響は受けなかったようだね」ペリーは少し歯を見せてからかうようにほほえんだ。「母はきみのロンドン行きについてばかげたことを言っていた。『あの娘は売春婦やら泥棒やらのことをどうやって調べるのかしら』とぼくにきくんだ。きみが裏通りの酒場や売春宿をうろつくなんてありえないといくら説明してもなかなか聞いてくれなくて苦労したよ！　母はきみがどんなにすばらしい想像力の持ち主かをどうしても理解できないんだ」

「ありがとう」サラは後ろめたく思いながら言った。視線は向こう側の壁の黒と金の張り出し燭台に固定されたままだ。ロンドンでの調査についてペリーに嘘をついたことはなかったが、自分の危険な行動についてはうまくごまかし、とりたてて言う必要もないほどつまらない話だという印象を与えるようにしてきた。ペリーはいつもサラの話を素直に受け入れたが、母親のほうはもっと疑り深かった。

「つまり」ペリーは話しつづけている。「ぼくのかわいいサラはほとんどの時間を書物を調べたり、古い建物を見学してすごしていたわけだろう？」にっこりほほえみかけられて、サラは首筋から顔に熱が上がってくるのを感じた。

「ええ、まったくそのとおりよ。えーと……ペリー……話しておかなければならないことがあるの。ロンドンにいるあいだ、一晩か二晩、帰りがとても遅くなってしまったときがあってね、ミセス・グッドマンに、母やこの村の友人にあてて、わたしが向こう見ずなはねっかえりだと手紙に書くって脅されているの」

ペリーはそれを聞いて体を折って笑った。「サラ・フィールディングが向こう見ずなはね
っかえりだって！　きみのことを知っている人が聞いたらだれでも笑いだすよ」
サラはほっとしてほほえんだ。「安心したわ。あなたはミセス・グッドマンが何を言って
も気になさらないわね」
ペリーはサラの手を握りしめた。「おそらく、おしゃべり婆さんたちがきみのゴシップを
広めたがるかもしれない。なにせきみは、あのマチルダが主人公のばかげた小説を書いたん
だから。しかし、ぼくはだれよりもきみのことをわかっているよ、ダーリン。きみが心から
望んでいることは何なのかぼくは知っているし、それを実現させてみせる。夢見ることや、
つまらない文章を書くことなんか、そのうち忘れてしまうさ。きみにはぼくと、たくさんの
子どもたちがいて、その世話をするためにすべての時間を使わなければならなくなるんだか
ら。きみは女性が望むすべてを手に入れられるんだ」
サラは驚いてペリーを見た。「わたしに書くのをやめてほしいの？」
「お茶ですよ」戸口のほうからマーサの声が聞こえてきた。マーサは彫刻をほどこした銀の
トレイを持って部屋に入ってきた。その上にはキングズウッド家に三代にわたって受け継が
れてきたティーセットがのっている。
「お母様」ペリーは輝くばかりのほほえみを浮かべた。「ちょうどお茶でも飲みたいと思っ
ていたところでした。ぼくたちといっしょにいかがですか。サラが、あの悪しき都会の話を
聞かせてくれますよ」

マーサのとがめるような視線にうながされ、サラは腰を少しずらしてペリーから離れ、慎み深い距離をおいた。

マーサはブール象嵌をほどこした円テーブルにトレイを置いた。「注いでいただける、サラ?」気に入った客に茶を入れる名誉を与えたと言わんばかりの口調だったが、サラはなんとなく、試されているのではないかと思った。慎重に繊細な磁器のカップにお茶を注ぎ、ミルクと砂糖を入れた。それを見たマーサの意地の悪い満足そうな表情を見て、やはり試されていたのだと確信した。「ペリーの好みとは違いますね」とマーサは言った。

サラはいぶかしげな視線をペリーに送った。「ミルクも砂糖も入れますわよね?」

ペリーは軽く肩をすくめた。「ああ、だが――」

「あなたはミルクをあとに入れたでしょ」ペリーの言葉をさえぎってマーサが言った。「息子はミルクを先に入れて、そこに紅茶を注ぎ入れるのを好むのよ。味が格段に違うの」

きっと冗談を言っているのだと思ったサラは、ペリーを見た。彼は困ったようにほほえんでいる。サラはしかたなく、ただ肩をすくめた。「そういうことでしたら」笑いだしたくなるのをこらえた声で言う。「今度から気をつけるようにしますわ、ミセス・キングズウッド。何年ものあいだ、わたしがそれに気づかなかったなんて不思議ですわ」

「もっと息子の求めていることに気を配るようにすることね」マーサは、サラに教訓を与えられたことに満足してうなずいた。「わたくしも同じようなやり方を好みますが、お砂糖は入れないということを覚えておくとよろしいわ」

サラはおとなしく、言われたとおりのやり方でお茶を用意した。それから自分のカップを持って椅子に深く腰掛けた。自分の紅茶にはミルクを入れず、砂糖だけたっぷり入れた。一口飲んで目を上げると、マーサがさぐるような目つきでこちらを見ている。マーサは口のまわりにたくさんの縦じわが寄るほど口をすぼめていた。「ロンドン滞在中は教会に通っていたのでしょうね、サラ?」

嘘をつきたくてたまらなかったが、サラはもう一口紅茶をごくりと飲んでから、申しわけなさそうに首を横に振った。「時間がなかったので」

「時間がなかった」マーサは静かに繰り返した。「おやまあ。わたくしは主に心から感謝しますわ。主はわたくしたちが祈りを捧げているときに、時間がないからなんてことはけっしておっしゃいませんものね。主はどんなにお忙しくとも、わたくしたちのために時間をさいてくださいます。ですから、わたくしたちも主に対して同じことをしなければならないのですよ」

サラはすっかりしょげこんでうなずいた。そうだったわ、ミセス・キングズウッドはだれよりも熱心に教会に通っているのだった。いつも一五分早く教会にやってきて最前列に座り、教会から出るのもみんなより一五分あとだった。というのも、クロフォード牧師に、礼拝を改善する方法について意見を述べることが自分の特別な宿命であると感じているからだった。

「わたくしもペリーも、いかなる理由があろうと、日曜の礼拝を欠席したことはありません。もちろん、夫も、生きていたときにはそうしていました。『邪悪な者の天幕で暮らすよりも、わが神の家の門番になるほうを選びます』どこからの引用かご存じ、サラ？」

「ヨブ記でしたか？」サラはあてずっぽうに答えた。

「詩篇ですよ」マーサは眉間にしわを寄せて言った。「ペリーの妻になりたいと望む女性が、どうしても避けられない重大な理由でもないかぎり、礼拝を欠席するなどということはありえません」

「たとえば、だれかが死んだとか、天災とかいったことですか？」サラは無邪気にきいた。ペリーがひざをあてて、やめろと警告してきたのを感じた。

「まさしくそういうことです」とマーサは言った。

サラは黙り込んだ。ペリーとふたりきりでいたときのあふれんばかりの喜びはすっかり消えてしまった。ここへ来たのはペリーと会うためで、いくら悪気がないとはいえ、彼の母親にお説教されるためではない。なぜペリーはひとことも口をはさまずに傍観しているのだろう。ふたりの時間を母親に邪魔されても、一向に気にしていないようだ。少し腹が立ったがそれは無視して、サラは会話を別の方向に向けた。「わたしがいないあいだ、グリーンウッド・コーナーズで何があったか聞かせていただきたいわ。ミスター・ドーソンの痛風はいかがかしら」

「かなりいいようですよ」マーサが答えた。「先日、靴をはいて散歩に出かけたの」

「彼の姪のレイチェルが、ジョニー・チェスターソンとおととい婚約したんだ」とペリーが言った。

「まあ、よかったこと」サラは叫んだ。「チェスターソン家はあんなにすてきなお嬢さんを迎えることができてお幸せね」

マーサはつんとすましてうなずいた。「レイチェルは気高くて控えめなお嬢さんだわ。亡き夫はいつもああいう娘に、嫁にきてもらいたいものだと言っていました。あの娘は人の気を引こうなどとは夢にも思いませんからね……そういう若い娘がときどきいるようだけれど」

「わたしのことを言っているのですか？」サラは静かに尋ねた。

「わたくしはレイチェルの話をしているだけですよ」

サラはゆっくりとカップと受け皿をテーブルに置き、ペリーのほうを見た。ペリーは母の無礼な言い方に顔を赤らめていた。「そんな淑女の鑑にあなたが交際を申し込まなかったのはびっくりだわ」とサラは言った。ほほえみを浮かべていたが、心の中は怒りで煮えたぎっていた。

マーサが息子に代わって答えた。「ペリーは手一杯であの娘やほかの村人と交際する暇がなかったのですよ。だれかがいつもうるさくつきまとって、この子の時間を盗んでしまうものだから」

サラは顔が燃え上がるのを感じた。「そのだれかっていうのは、あなたのことですか、それともわたしかしら？」サラはいきなり立ち上がって、マントをひっつかんだ。「失礼します。帰らなければならないので」

背後でマーサが、まあ、と鋭く叫ぶのが聞こえた。「なんて失礼な態度でしょう。世間話をしていただけなのに!」

ペリーが腰をかがめて母親をなだめているのを尻目に、サラはずんずん歩いて外に出た。ペリーの面前で怒りを爆発させたのは初めてだった——これまではいつも、あの母親に忍耐と礼儀をもって接してきた。しかしなぜかはわからないが、とうとう限界に達したらしい。口の中で悪態をつきながら、わが家に向かって歩きだした。ペリーがあわてて追いかけてきたのを感じて、背中がこわばる。彼は上着もはおらず家を飛び出してきたのだった。

「きみがあんなふうに出て行くなんて、信じられない」とペリーは叫んだ。「サラ、待って。少しだけぼくの話を聞いてくれ!」

サラは歩調をゆるめることなく歩きつづけた。「話をする気分じゃないの」

「母に腹を立てないでくれ」

「あなたのお母様に腹を立てているんじゃありません。わたしをかばってくれなかったあなたに腹を立てているのです」

「サラ、母に口を慎めとはとても言えないよ。あそこは母の家なんだから! きみは大げさに受け取りすぎるんだ」

「あの人には我慢ならないわ!」

ペリーはいらだたしげにため息をつき、サラに歩調を合わせた。「母は今日は妙に虫の居所が悪かったんだ」とペリーは認めた。「どうしてあんなになってしまったのか、ぼくにもわからない」

「わたしのせいだと言っていいと思うわ。いつも、いつもわたしがいるとああなるのよ、ペリー。お母様がわたしをどれだけ嫌っているか気づいていなかったの？　わたしだけでなく、あなたとかかわりがあるどの娘に対してもだけど」

「いったいどうしてそんなに母のことが気に障るんだ？」ペリーは目を丸くしている。「そんなふうに人を攻撃するなんて、きみらしくない。そういうきみは魅力的とは言いがたいぞ、サラ、まったくもってね！」

バリケードをはずしてしまったいま、かえって気が楽になった。これで思ったことを素直に言える。「そう？　あなたのお母様が、わたしをチクチク針で刺すようにいたぶっているのに、それを傍観しているあなただってちっとも魅力的じゃないわ。しかも、もっと悪いことに、あなたはそれを笑顔で受け入れろと言うのだから」

ペリーはぶすっとした顔になった。「サラ、言い争いはしたくない。これまで一度も喧嘩などしたことはなかったじゃないか」

目がちくちく痛みだした。「それはね、わたしが理解を示して、長く十分に苦しめば、いつかあなたがそれに心を動かされてプロポーズしてくれると信じていたからなのよ。四年も待たされたわ、ペリー。あなたのお母様の賛成が得られるのを心待ちにしながら。でも、あの人はけっしてわたしとあなたの結婚を祝福しない」いらいらと、サラは怒りの涙を手で拭った。「あなたはずっと待ってほしいと言いつづけてきた。まるで時間は十分にあるかのように。でも、時間ってすごく貴重なものなのよ、ペリー。わたしたちはいっしょにいられたはずの時間を、何年も無駄にしてきたわ。愛し合っている者たちにとってたった一日でもどんなに大切か、あなたにはわからないの？　中にはどうしても超えることができないものによって隔てられている恋人たちもいる。その人たちは一生お互いを夢見ることしかできないし、ぜったいに一番求めているものを手に入れることができない。愛が手の届くところにあるのに、それを手に入れないなんて、あまりにもばかばかしくて、もったいなさすぎるわ！」サラは震える下唇を噛んで気持ちを落ち着かせた。「これだけは言っておきます。ペリー・キングズウッド、わたしが喜んで永久に待ちつづけると思ったら大間違いよ」

「どういう意味だ？」サラの長広舌に気圧されてペリーはきいた。

サラは立ち止まって、まっすぐ彼と向き合った。「あなたが心からわたしを求めているなら、こんな宙ぶらりんな状態に我慢できるはずがありません。だれにもわたしたちの邪魔をさせたりしないでしょう。そ、そして、きっといまごろはわたしを誘惑していたはずだわ！」

「サラ」と彼は大きな声を出し、信じられないという顔でサラを見つめた。「こんなきみを見たことがない。どこか変だよ。ロンドンでいったい何があったんだ？」

「何も。ただいままでたまっていたことを吐き出しただけ」かなり落ち着いてきて、決意と切望の混ざった目で彼をじっと見つめた。「わたし決めたわ、ペリー」

「ほう、そうかい」口元の皮肉なカーブが深まった。「ぼくは人の言いなりになんかならな

「それが本心ならいいのに。わたしは、結局あなたはお母様の望みに従うと思うの。あなただって十分わかっていると思うけれど、お母様は何が何でもわたしたちの仲を引き裂こうとしているわ。わたしはいままでずっと、あなたがわたしかお母様のどちらかを選ぶようなことにならないように心がけてきた。でも、もうそうする以外に解決の道はないわ」サラは深く息を吸い込んだ。「ペリー、わたしはあなたと結婚したい。あなたのお世話をして、愛情深い伴侶になりたい。でも、交際といっていいのかどうかわからないけれど、とにかく四年間もつづいてきたこの関係は、なんらかの形で終わりにしなければならないわ。もしあなたが近いうちに――それも、とても近いうちに――プロポーズしてくれないなら、あなたとは永久にお別れします」

ペリーの顔が青ざめた。ふたりは無言で見つめあい、どちらもこんな強い意志に満ちた言葉がサラの口から出たことに驚いていた。サラはペリーの瞳に怒りと傷つけられた痛みがしだいに浮かび上がってくるのを読み取ったが、それでも決然と凝視しつづけた。

冷たい風がペリーのシャツとベストを通り抜け、彼はぶるっと体を震わせた。「寒い」とひとことつぶやくとペリーはきびすを返し、母親の待つ屋敷へ急ぎ足で戻っていった。

いつものように自分の家が見えると心が癒された。サラの住む田舎家はなだらかな丘のてっぺんにちょこんと立っている。その小さな家には部屋が四つ、それに草ぶきの屋外便所と、厩と荷馬車置き場兼用の建物がひとつ。年老いた両親は、自分の親からその家を受け継いで以来四〇年近くそこに暮らしてきた。外の世界でふたりにどのような難儀がふりかかろうとも、家は安全と平和を彼らに与えた。

家に近づくと、小さな長方形の窓に明かりが灯っていた。いくつもの頭の影が見えた。お客様だわ。心がずしんと沈んだ。両親の年老いた友人たちはときには何時間も居座り、何杯も何杯もお茶をおかわりしてはおしゃべりに花を咲かせるのだった。いまはたくさんの人に会いたい気分ではなかったけれど、避ける道はない。口元につくり笑いを浮かべてドアを開け、家の中に入った。思ったとおり、古びた椅子はどれもこれも客に占領されていた……ヒューズ夫妻、ブラウン夫妻、そして最近妻を亡くしたアーチー・バロウズだ。

「サラ、早かったな」父のアイザックが声をあげた。背は低いが肩幅が広く、頭にはたっぷりの銀髪。人なつっこい笑顔で顔中に革のようなしわが寄っていた。アイザックは近くのクッションつきの足載せ台をぽんぽんとたたいて娘を誘った。「ミセス・ヒューズがもってきてくれたおいしいケーキをいただきなさい」

「またあとで」母親にマントを脱がせてもらいながらサラは答えた。「歩いてきて疲れたから、ちょっと休みます」

「まあ、ごらんなさいな」ミセス・ブラウンが大声で言った。「かわいそうに、寒さでほっぺたが真っ赤よ。今日は風が刺すように冷たかったでしょう?」

「ええ、本当に」とサラは適当にあいづちを打った。頬が紅潮しているのは寒さのせいではなく、気持ちが高ぶっているからだと説明するつもりはなかった。

「キングズウッドの息子さんはお元気だった？」と老女のひとりが尋ね、全員が興味津々の顔をこちらに向けた。「いつもながら男前だったことでしょうね？」

「ええ、そのとおりですわ」サラは大げさににっこりほほえんでから、自分の部屋に引っ込んだ。

狭いベッドにひざを抱えて座り、壁に掛かっている水彩画を見つめた。何年か前にメアリー・マーカムという友人が描いてくれたものだ。同い年だが、村の鍛冶屋と結婚し、いまは三人の子どもの母親になっている。自己憐憫の波が押し寄せてきた。これほど強く、自分がオールドミスだと意識したことはなかった。歯を食いしばって欲求不満をこらえながら、濡れたまぶたを袖でこすった。そのとき、母親のケイティーが部屋に入ってきて、ドアを閉めた。

「どうしたの？」ケイティーは静かに尋ねると、ふくよかな尻をベッドにのせてひざの上に手を置いた。皮膚には年相応のしわがたくさん寄っていたが、茶色の目は若々しく温かだった。ふわりと白髪のカールが顔を取り巻く髪型がよく似合っていた。

「お客様は――」とサラは言いかけた。

「ああ、お父さんの古い冗談でも聞かせておけば大丈夫よ。この年になると、古い冗談も初めて聞いたみたいに笑えるようになるものなのよ」

母娘はくすくす笑ったが、サラはすぐにしおれて頭を振った。「間違いを犯してしまったかもしれないの」サラはケイティーに、キングズウッド家での出来事と、そのあとペリーに最後通牒をつきつけたことを打ち明けた。

ケイティーは心配そうにひたいにしわを寄せて娘の手をやさしくとった。「それは間違いではないと思うわ、サラ。感じたままを行動に移してよかったのよ。心の声に耳を傾けたなら、過ちを犯すことはないわ」

「でも、わたしにはそう言いきれる自信がないの」とサラは悲しそうに言って、濡れた顔を袖で拭った。「数日前に聞いた心の声はとてもおかしなことを言ったのよ」

母は握っていた手を少しゆるめた。「ミスター・クレーヴンのことね」

サラはびっくりして母を見た。「どうして知っているの？」

「あなたがミスター・クレーヴンのことを話す口ぶりでわかったわ。あなたの声に、いままで聞いたことがなかった響きがまざっていたから」

賭博クラブとそのオーナーについてはあまり詳しい話はしていなかったのだが、母がそれとなく娘の気持ちを察していたことを、うかつにもサラは気づいていなかった。サラはうなだれた。「ミスター・クレーヴンは悪い人なのよ、お母さん」と小さな声で言った。「これまでいっぱいひどいことをしてきたの」

「でも、その人の中に、惹かれる部分を見つけたのね？」

サラのひざに涙がぽたぽたと落ちた。「だれかが善悪の区別を教えてあげていたら、だれかが子どもだった彼を愛し、慈しんでやったら、きっと立派な人間に成長していたと思うわ。

とても立派な人間に」もしグリーンウッド・コーナーズのどこかの家に生まれたのだとしたら、彼はいったいどんなふうに育っただろう。きっと無垢なグリーンの瞳の少年になって、栄養のゆきとどいたがっしりした体で、村の子どもたちと草地を駆けまわったことだろう。けれども、そのイメージはすぐに消えて、代わりに、痩せこけた煙突掃除の子どもが煤にむせながら、狭い煙突を上っていく姿が目の前にあらわれた。サラは気持ちを高ぶらせて指をからみ合わせた。「クラブの支配人から聞いた話では、ミスター・クレーヴンは破滅的な性格なのですって。まったくそのとおりだわ」

ケイティーは娘をまじまじと見つめた。「サラ、その人は、あなたへの気持ちを認めたの？」

「まさか」サラはあわてて言った。「少なくとも……お母さんやお父さんが認めるような気持ちはもっていません」

娘が赤面するかたわらで、母親は意外にも娘の言葉を面白がっているようだった。「もちろん、わたしはそういうたぐいの気持ちも認めるわよ」と笑いながらケイティーは言った。「夫婦のあいだでなら」

サラは結い上げた髪に指を通して髪型を崩し、頭皮をヒリヒリさせていたヘアピンを引き抜いた。「ミスター・クレーヴンの話をしてもしかたがないわ」と気だるげに言う。「わたしが求めているのはペリーだけだし、結婚できそうなのも彼だけ。でも、彼と結婚できるチャンスを自分で台無しにしてしまったのかも！」

「だれにも確かなことはわからない」ケイティーは考え込んだ。「でも、ペリーはちょっとつついてみる必要があるかもしれないわね。心の底では、あの人も永遠に母親とふたりきりでいたいとは思っていないでしょう。母親の元を離れて自分自身で決断を下すようにならないかぎり、一人前の男になれないわ。マーサがそれをしっかり邪魔しているんですもの。ある意味、マーサは息子を檻に閉じ込めているのよ。わたしが心配しているのはね、サラ、ペリーが檻から逃げ出そうとしないで、あなたをそこに引っ張りこもうとするかもしれないということなの」

「まあ、なんてこと」サラの顎の先がわなわなと震えた。「一生マーサ・キングズウッドに支配されるなんて、まっぴらだわ」

「それについてはよく考えてみたほうがいいわ」とケイティーはやさしく言った。「それ以外に、ペリーを手に入れる方法はないのかもしれない」サラの腕をきゅっと握って、温かくほほえんだ。「涙を拭いて、居間にいらっしゃいな。ミセス・ブラウンがまたマチルダのことを聞きたがっているわ。わたしじゃ、どう話したらいいかわからないし」

サラはうんざりした顔で母親を見つめ、それから素直に母のあとについて客間に向かった。

翌日は、洗濯をしたり、晩ご飯のための辛味の強いシチュー《ペッパーポット》をつくったりしてすごした。ニンジンやカブやタマネギを細かく切りながら、サラと母親はおおいにしゃべり、おおいに笑った。ふたりは村で人気のある悲恋を題材にしたバラードをたてつづけに歌った。しまいには、床に座って壊れた椅子の脚を直していたアイザックが文句を言った。「こら、ふたりとも、最後に人が死んだり、恋人を失ったりしない歌は知らんのか？　今日は楽しい気分で一日をはじめたというのに、こう悲しい歌ばかり聞かされたら涙を拭かずにはいられんじゃないか！」

「賛美歌でもいい？」煮立った鍋に野菜を入れながら、サラがきいた。このあと同量のマトンと魚を入れ、仕上げにカイエンペッパーで味つけする。

「いいとも、気分が明るくなるやつを頼む！」

母娘は元気のいい賛美歌を歌いはじめた。アイザックが調子っぱずれのバリトンで参加してくるのを聞いて、くすくす笑う。「お父さんにも欠点はあるわ」賛美歌を歌い終わったあと、ケイティーはサラにそっと言った。「いろいろ苦労させられたものよ、とくに若いころはね。あのころは短気だったし、気に病むたちだった」母の口元にかすかなほほえみが差した。「でもあの人は、ずっとわたしを愛しつづけてくれた。この四〇年間、一日たりともわたしを裏切ったことはなかった。しかも、こんなに長くいっしょに暮らしてきたのに、いまだにわたしを笑わせてくれる。お父さんみたいな人と結婚なさい、サラ……そしてそれが神の御意志にかなえば、あなたもわたしのように幸せになれるわ」

その晩、早めに床に入ったサラはじっとベッドに横たわり、氷のように冷たい足先が温まるのを待った。一日中ペリーのことを考えていた。どうか彼を永久に遠ざけてしまったのではありませんように、と必死に祈る。長いあいだペリーを愛しつづけてきた。彼はいつも生活の一部だった。ペリーがときおり少年に戻ったようにサラをからかったり、唇に軽くキスしてきたりすると、あまりに幸福で死んでしまうのではないかと思うことがあった。午後のピクニック、田舎道の長い散歩、肩に寄り添って朗読するペリーの声を聞く至福のとき……そうした黄金の時間のひとつひとつを思い出すたびに、サラは何時間も喜びに浸ることができた。もしも奇跡が起こってペリーの妻になれたら、毎朝彼の隣で目覚めることができる。彼の金髪は柔らかく乱れ、眠そうな青い瞳で笑いかけてくれるだろう。

強く願うあまりに神経が高ぶって、枕を両手でぎゅっと抱きしめた。「ペリー」顔を枕につけたまま声に出して言う。「ペリー、あなたを失うわけにはいかないの。そんなのいや」ペリーの名をつぶやきながら、サラは眠りに落ちた。しかし夢を見はじめたとき、そこにあらわれたのはデレク・クレーヴンだった。彼の暗い姿が幽霊のようにじわじわとサラの夢の中に侵入してきた。

サラはだれもいないクラブの中で、クレーヴンとかくれんぼをしていた。彼が近づいてくるのを感じて、サラは甲高い声で笑った。彼は執拗にあとを追ってきて、とうとう逃げ場がなくなった……あの場所のほかには。サラは隠し扉を開けて暗い迷路に逃げ込み、身を隠した。しかし突然、彼の息づかいが聞こえてきた。彼もこの暗闇の中にいる。そしていとも簡単に彼女をつかまえ、壁に押しつけた。はっと息を飲むと、彼は高らかに笑った。「おまえはわたしからけっして逃げられない」手でサラの体をまさぐりながら、ささやきかける。

「おまえは永久にわたしのものだ……わたしだけのものだ……」

ノックの音でサラははっと目覚めた。ぶすっとした父の眠そうな声が聞こえた。「サラ？　サラ、お客さんだ。服を着て居間に下りてきなさい」

サラはもう一度夢の中に戻りたいと願いながら、大儀そうに体を動かした。「はい、お父さん」とはっきりしない返事をすると、暖かいベッドからのろのろと起き出した。ハイネックのナイトドレスの上から厚手のガウンをはおり、紐を結んだ。「お父さん、いったいだれ……」客の姿を見て、サラの声は途中で消えた。反射的に頭に手をやり、乱れた髪を整えた。「ペリー！」

憔悴しきった不安そうな顔で、ペリーは帽子を手にして玄関のドアの近くに立っていた。サラに視線を固定したまま、低い声で父親と話をしている。「まったく不作法な訪問であることはよく心得ていますが、お嬢さんとほんの一分だけ話をさせていただいてもかまわないでしょうか――」

「一分だけだぞ」アイザックはしかたなくそう言うと、部屋を出る前にサラに目配せした。話は短く切り上げることという無言の指示に、サラはうなずいた。

心臓がどきどき鳴っていた。咳払いをして近くの椅子に歩いていき、端にちょこんと腰掛けた。「こんな遅い時間になぜいらしたの、ペリー？　とても不謹慎なふるまいだとわかっているでしょうに」

「この二日間、頭がおかしくなりそうだったんだ」彼の声は緊張していた。「昨夜は一睡もできなかった。きみが言ったことをすべてよく考えてみた。昨日の朝、きみはまるで別人だった。話し方もようすも。もっと前に、本当の気持ちをぼくに話してくれるべきだったんだよ、サラ。ほほえみの下に気持ちを隠していたなんて、ぼくにとってはひどいしうちだ」

「そうね」とサラは認めた。ペリーの目は睡眠不足のせいでどんよりしていた。

「きみはいくつか的を射たことを言った」ペリーが目の前でひざまずいたので、サラはびっくりした。彼はそっとサラの手をとった。「母は、ぼくたちの結婚に賛成しないだろう。少なくとも最初のうちは。しかし、しばらくすればしかたがないと思うようになる。いつか、きみと母が仲良くなれる日だってくるかもしれない」サラは口をはさもうとしたが、ペリーに待ってくれとしぐさで制された。「きみはもうひとつ正しいことを言っていた。届くところにある愛に手を伸ばさないのはもったいないことだ。ぼくはきみといっしょにいたい」ペリーはサラの手をきつく握って、紅潮した彼女の顔をのぞき込んだ。「サラ、きみを愛している。もしきみが受けてくれるなら、春に結婚したいと思う」

「ええ、ええ！」サラは椅子からさっと立ち上がって、彼の首に腕をまわした。あまりに勢いがよくて、ふたりはいっしょに倒れそうになった。

笑いながらキスをして、ペリーはサラの興奮を鎮めようとした。「静かに、ダーリン。ご両親を起こしてしまうよ」

「ふたりともたぶん、ドアに耳を押しあてていると思うわ」とサラは答えて、さらに強く彼の首にしがみついた。「ああ、ペリー、あなたはわたしをすごく幸せにしてくれたわ」

「きみはぼくをそれよりももっと幸せにしてくれた」ふたりはにこにこ笑って見つめあい、ペリーはサラのもじゃもじゃに乱れた巻き毛をなでつけた。

「明日の朝、もう一度来て、父に話をして」サラはせがんだ。「形式的なことだけど、父は喜ぶわ」

「わかった。そのあと、きみがぼくの家に来て、母にこのことを打ち明けよう」

「うーん」サラはうめかずにはいられなかった。

ペリーはとがめるようにちらっとサラを見た。「愛と善意に満ちた気持ちで接すれば、母も態度を和らげるだろう」

「わかったわ」サラはにっこりした。「あんまり幸せで、悪魔にだってキスしたくなってしまう――」

ペリーは彼女の声の奇妙なひっかかりに気づかないようだった。もちろん、その原因にも。それから一、二分ほど話をして、急いで何度かキスを交わしたあと、ペリーは帰っていった。サラの心にはあの夢のあとずっと、おかしな恐ろしい考えが渦巻いていたが、ペリーが去るまでサラはその動揺を隠しとおした……にやりと笑うデレク・クレーヴンの顔、近づいてくる黒い頭――そんなイメージが頭から離れない。なんだかとりつかれているような気がして、サラは息を吸い込んだ。彼のことは永久に心から追い出さなくてはならない。あんたのことは忘れると言った。どうやって彼はそうするつもりなのだろう。彼にとってそれは簡単なことなのか……ほかの女に目を向ければすむことなのだろうか。

あんな人のことをくよくよ考えるなんてばかだ。ふたりのあいだにあったことは、もう過去のことだ——しかも、それだってほんのつかの間の出来事で、実際、夢といってもいいくらいだ。ペリーこそが現実だ。そして、ここグリーンウッド・コーナーズでの生活が。家族と友人に囲まれていれば幸せになれる。そして愛する人との未来をはじめるのだ。

「わたしはいまだに信じられませんよ。あのキングズウッドの息子がついに腰を上げたってことが」とミセス・ホッジズは言った。ケイティーとサラはミセス・ホッジズの家に手伝いに来ていた。ケイティーが火格子を掃除し、サラがキッチンの炉にたきつけを積み上げている姿を、ミセス・ホッジズはほほえみを浮かべてながめながら頭を振った。ホッジズ夫妻は高齢で、夫のほうはリウマチを患っていたので、ときどき家事を人に助けてもらわなければならなかった。白目《しろめ》の食器や磁器が飾られている大切な食器棚にはたきをかけながら、ミセス・ホッジズは陽気に言った。「まったく、あの母親が承知したなんて驚きだわ」だが、ケイティーとサラの警戒するような表情を見て、ミセス・ホッジズの顔からは笑みが消え、うろたえて丸い頰がたるんで下がった。ふたりを笑わせようと思って言ったのだった。ところがどうやら、痛いところを突いてしまったらしい。

サラは肩をすくめて、張りつめた空気を和らげた。「ミセス・キングズウッドには、ほかに選択肢がなかったんです。そして、なんとか折り合いをつけようとしているみたい。だって、ペリーを愛しているからといって、わたしを責めることはできないでしょう」

「そのとおりよ」ミセス・ホッジズは間髪を入れずに同意した。「キングズウッド家の母親にとっても息子にとっても、ペリーが妻をめとるのは、たいへんいいことだと思うわ。マーサは甘やかしすぎて息子をだめにしそうだったもの」

心から賛同したいところをぐっとこらえ、サラは磨いたばかりの鍋ややかんを炉辺の棚に並べた。レースのフリルが眉にかかり、いらいらとそれを後ろに押しのけた。ペリーにせっつかれて、サラはまたレースの帽子をかぶることにしたが、なんだか昔のようにしっくりこないような気がしていた。汚れた手を洗うために、石敷きの流しまで歩いていき、ポンプで水を汲み上げた。氷のように冷たい水に触れてぶるっと震えた。

「あの子は仕事をいとわないね」ミセス・ホッジズがケイティーに言っている。「いまどきの軽薄な村の娘たちと違って。ああいう娘たちときたら、頭は空っぽのくせに、髪型はどうするとか、男の気をどうやって引くかとか、そんなことばかり考えているんだから」

「サラはよく働くし、頭の回転も速いわ」とケイティーが答えた。「ペリーのいいお嫁さんになるでしょう。マーサがふたりの結婚を許すつもりなら、マーサにとっても幸運なことよ」

ミセス・ホッジズはサラをまじまじと見た。「マーサはまだ、結婚後もあなたたちといっしょに住みたいと言っているの？」

サラの背中がこわばった。しつこく洗いつづけたので、しまいには手が白くなって感覚がなくなった。「そうなんです」と静かに答えた。「まだその問題は解決していなくって」

「おや、まあ」ミセス・ホッジズはケイティーとぼそぼそと言葉を交わした。

ふたりのやりとりは無視して、サラは氷のように冷たくなった手を拭き、過去一カ月のことを考えた。マーサ・キングズウッドは、婚約の知らせを驚くべき冷静さで受け止めた。サラとペリーはふたりでそれをマーサに告げたのだが、まったく反対しなかったので拍子抜けしたほどだった。「もしサラと結婚することがあなたに幸せを運ぶというのなら」とマーサは細い手でペリーの顔をはさんで言った。「わたしの祝福をあなたがたふたりに与えましょう」マーサは腰をかがめて、息子の唇に軽くキスをし、それから目を細めてサラをまっすぐに見た。

それ以来、マーサはふたりの決めたことにことごとく口出しをした。ペリーは母親の意地悪い干渉に気づかないようだったが、サラはだんだん憂うつになっていった。この結婚は、終わりのない戦場と化すのではないか。とくに先週は、忍耐の限界ぎりぎりのところまでいった。マーサは、息子に捨てられるという考えにとりつかれていて、結婚後も息子夫婦と暮らすつもりだと宣言したのだった。

「それほど異例な話ではないよ」とペリーはサラに言った。「多くの夫婦が両親や、ときには祖父母ともいっしょに暮らしている。別の家に暮らす理由はないと思うが」

サラは仰天した。「ペリー、お母様といっしょに暮らしたいと思っているんじゃないわよね？」

彼の少年っぽいハンサムな顔が曇った。「もしもきみのお母さんがひとりぼっちで、ぼくたち夫婦と暮らしたいと言ったらどうだい？」

「それとは話が違うわ。うちの母は支配的でもないし、何から何まで気に入らないなんて言わないもの」

ペリーは傷つき、不機嫌になったようだった。彼はサラに言い返されることに慣れていなかった。「母のことをそんなふうに言わないでくれるとありがたいね。それから覚えておいてほしいのだが、母はぼくを女手ひとつで育ててくれたのだよ」

「それはわかっているわ」サラはなんとか解決の手立てはないかと考えながら、悲しそうに答えた。「ペリー、あなたは自分自身のお金をいくらか持っているわよね？　少しは貯えがあるの？」

ペリーはその質問に憤慨した。金銭の問題は女の分際で尋ねるべきことではないと思っていたからだ。「きみが心配することではない」

考えに夢中になっていたサラは、彼の男としてのプライドが傷ついたことは無視した。「ねえ、わたしにもわずかながら貯えがあるの。それから次の本が売れればもっとお金が入るから、それでわたしたちの家を買えるわ。必要ならわたし、身を粉にして働くから、そうしたら、お母様の面倒を見てくれる人を雇うことができるわ」

「だめだ」とペリーは即座に言った。「ハウスメイドなんかじゃ、家族がするようには母の世話はできない」

自分がマーサ・キングズウッドの手足となってかしずき、永久に書き物をあきらめることになるという考えに、サラは激しい怒りを感じた。「ペリー、もしもお母様と同居したら、わたしがどんなにみじめな思いをするかわかっているでしょう。わたしがすることなすことに文句をつけるわ。料理の仕方、家事のきりもり、子どもの教育、すべてよ。あなたはわたしに多くを求めすぎるわ。お願い、ほかの方法を見つけましょう――」

「きみはいいことも悪いこともわかったうえで、ぼくとの結婚を決めたんだろう」とペリーはぴしゃりと言った。「その意味を理解していると思っていたのだが」

「あなたにとっていいことばかりで、わたしにとって悪いことばかりだとは気づいていなかったの！」

「もしも、母と暮らすのがきみにとって最悪なことだと言うなら――それについてははなはだ疑問だが――それを受け入れられないのはきみのぼくへの愛情が足りないからだ」

ふたりは仲直りせずに別れた。どちらも相手の言い分を聞こうとしなかったからだ。「きみは変わっていく」ペリーは不満を口にした。「日に日に別の人間になっていく。どうしてぼくが恋に落ちた、あのやさしくてかわいい娘でいてくれないんだ？」

サラは答えることができなかった。サラのほうが問題の本質を理解していた。彼は自分の決定にけっして疑問をはさまない妻を求めているのだ。自分を幸せにするために、サラがつらい犠牲を払うことを求めている。サラはもう何年も喜んでそうしてきた。愛情と伴侶を得るために。しかし、いま……ときどき……この愛は、彼が彼女に求める代償に見合わないのではないかと思うことがあった。

そう、ペリーは正しい、わたしは変わったのだ、とサラは憂うつな気分で考えた。悪いのはわたしで、彼ではない。少し前までは、わたしはペリーを幸福にできるタイプの女だった。何年も前に結婚していればよかったんだわ。村にとどまって、小説なんか書かずに、別の生活の糧を見つけていれば。なぜわたしはロンドンへなんか行ったりしたのだろう。

夜、机に向かって書き物をしていると、指が痛くなるほどペンの柄を強く握りしめているのに気づくことがあった。紙を見下ろして、点々とついているインクのしみを見る。いまとなっては、デレク・クレーヴンの顔をはっきり思い出すことはできないけれど、彼を思い出させるものがあらゆるところにあった。だれかの声色に、あるいはだれかの緑がかった目の色に、彼の面影を見つけて心を揺さぶられ、愕然とすることがあった。ペリーといっしょのときは、なんとかふたりを比べまいと努めた。なぜなら、どちらにとってもそれはフェアではないからだ。それに、ペリーはわたしを妻にしたいと思ってくれているけれど、デレク・クレーヴンはわたしを愛情の対象にするつもりはないと明言していた。「わたしはあんたのことは忘れる」と彼ははっきり言った。すでにわたしのことなどきれいさっぱり心から追い出しているだろう。でも、そう思うと心が痛む……わたしもそうできたらいいのに。

いやな考えはすべて押しやって、ペリーと暮らす家庭を思い描こうとした。暖炉の前で静かな夜をすごし、日曜には友人や家族とともに教会へ行く。日曜以外の日には市場に出かけて買い物をし、友人と噂話をしたり、結婚生活について軽い冗談を言い合ったりする。きっと楽しい毎日だろう。ペリーはいい夫としてのあらゆる資質を備えている。ふたりのあいだには愛情がるし、趣味は共通しているし、信念もだいたい同じというところも安心できる。うちの両親のような結婚生活が送れるかもしれない。

こう考えれば、ほっとできるはずだった。しかし、なぜだかよくわからないが、正直なところ、そうした将来にあまり魅力を感じられないのだった。

グリーンウッド・コーナーズのクリスマスがこれまでもずっとそうだったように、今年のクリスマスもほんわかと温かい雰囲気に包まれてすぎていった。サラは子どもたちが家々をまわりながら歌うクリスマスキャロルや古い友人たちとの再会、そしてプレゼントの交換など、昔から慣れ親しんできたクリスマスの行事を楽しんだ。リースづくりや、クリスマスのための料理や、子ども集会用の衣装を縫う手伝いなどにてんてこまいだった。ペリーと会う時間はあまりとれなかったが、それでも二、三時間いっしょにすごせる機会があったときには、お互い慎重に言い争いを避けた。クリスマスイブには、彼のイニシャルを刺繍した上等のハンカチを六枚プレゼントし、ペリーからは小さな鳥の模様が彫り込まれた優美な彫金のブローチをもらった。ふたりは暖炉の前に手をつないで座り、楽しかった思い出を語り合った。マーサの話も、サラの小説の話も出なかった。実際、ふたりとも将来のことすら口にしようとしなかった。まるでそれがとても危険な禁じられた話題であるかのように。あとから、サラはこんなことを考えた。婚約している男女が、将来の結婚生活について話せないというのはなんと奇妙なことだろう。

空気が乾燥して、地面が固く凍った一月のよく晴れた日、ケイティーとアイザックは荷馬車を出して、市場まで日用品の買出しに出かけた。買い物のあとはクロフォード牧師の家に立ち寄っておしゃべりをしてくる予定だった。ひとりで家事をするために家に残っていたサラは、鉛板張りの流しの前に立ち、白目の鍋を磨いていた。磨き粉を入れたモスリンの袋で、ごしごしこすっているうちに、鍋は新品のように輝きだした。玄関扉をだれかがノックする音がして、サラは仕事を中断した。

腰のまわりにエプロン代わりに巻いていた広い布の端で手を拭きながら、サラはドアを開けた。外に立っていた人物の顔を見ると目を丸くして、「タビサ！」と叫んだ。クレーヴンズの従業員が使っている、クラブの名前の入っていない馬車と御者が道の脇で待っていた。賭博クラブを思い出させるものを目にして、胸がきゅっと締めつけられた。

簡素な田舎のメイドのようなかっこうをしているタビサを見て、娼婦だと思う人はまずいないだろう。彼女はふだんクラブでは、裾にけばけばしいスパンコールを散らした胸の大きく開いたドレスを着ていたが、いまはサラが着そうな控えめなラベンダー色のドレスだった。いつもはコケティッシュに乱してある髪は、きれいにまとめて結い上げられて地味なボンネットで隠されている。こんな姿をしていると、ますますふたりはよく似ていた。ただし、タビサの顔はやつれていて、職業の疲れが見えていた。タビサは口をカーブさせてにっこりと笑ったけれど、どことなく遠慮がちだ。サラに門前払いを食わされるのではないかと心配しているかのようだ。「ミス・フィールディング、ちょっとあいさつしようかと思って寄ったんだよ。一週間ばかり、実家に泊まることになっていて、これから行くところなんだ。家族はハンプシャーに住んでいるからさ」

サラは、困惑をあらわすまいと元気よく歓迎した。「タビサ、まあ、会いに来てくださったなんて、びっくりよ。でもすごく嬉しいわ！　さあ、中に入ってちょうだい。お茶をいれるわ。御者さんもキッチンで休んでもらったらどうかしら」

「そんな時間はないんだ」とタビサは言った。サラの歓待に、嬉しさ半分恥ずかしさ半分といった顔をしている。「すぐに出発するよ。ただ、ちょっとだけ話がしたくて立ち寄ったんだ。一分とかからないよ」

サラは半ば強引に暖かい室内へとタビサを引き入れ、ドアを閉めて木枯らしを遮断した。

「クラブは変わりありません？」

「ええ、まあ」

「ミスター・ワーシーは？」

「元気だよ」

「ギルも？」

「いつものとおりさ」

デレク・クレーヴンのことがききたくてたまらない。しかし、サラはその言葉を押しとどめた。客間の長椅子に腰を下ろして、タビサにも隣に座るようにしぐさで示し、まばたきもせずにじっとタビサを見つめた。なぜクラブの娼婦がわざわざ訪ねてきたりしたのだろう。

タビサは仰々しくスカートのひだを整えてから、レディのようにすまして座った。ドレスのしわをのばしながらサラににっこり笑いかけた。「うちの母さんは、あたしがロンドンのどこぞの大貴族のお屋敷でメイドをしていると思っているんだ。石炭や水を運んだり、銀器を磨いたりしているとね。クレーウンズでああいう仕事をしているとわざわざ知らせることはないからさ」

サラは真面目にうなずいた。「わかるわ」

「あたしが今日、ここへ来たことがばれたら、ミスター・クレーウンとこじゃ永久に働けなくなっちまう」

「わたしはだれにも言わないわ」とサラは約束した。どきどきして、心臓がのどのほうまでせりあがってきそうだ。サラは、何かが出てくるのを辛抱強く待っているかのように、ちょっと肩をすくめて、家の中をきょろきょろ見回しているタビサをじっと見つめた。わたしが彼のことを尋ねるのを待っているんだ、とサラは気づいた。気持ちが動揺して、サラはエプロン代わりに腰に巻いている布に手をからませながらきいた。「タビサ……彼はどうしているの？」

それで十分だった。タビサは待ってましたとばかりに話しはじめた。「ミスター・クレーウンはこのごろすんごく気が短くなっててね。食べもしないし、眠りもしないで、いつもいらいらしているんだ。昨日なんか、厨房にやってきて、ムッシュー・ラバージに、おまえのスープは船底にたまっている汚水みたいだと文句をつけたんだよ。ラバージがでかい包丁でミスター・クレーウンを切り刻もうとするのを、ようやくギルとワーシーが止めたんだ」

「そ、それを言いたくて、あなたはここに立ち寄ったの？　とても大変なことだと思うけれど……」サラは困って黙り込み、頭をたれた。「ミスター・クレーヴンが不機嫌なのは、わたしとは関係ないわ」

「それがね、大ありなんだよ——しかも、それをあたしが一番よく知っているのさ」

サラはエプロンにくるんだ手をさらにぎゅっと握りしめた。「どういうこと？」

タビサは身を乗り出し、芝居がかったひそひそ声で言った。「ミスター・クレーウンがね、二日、いや三日前の晩、あたしのベッドにやってきたんだ。あんたも知っているとおり、いままでそういうことはいっぺんもなかった。クラブの娼婦とは寝ないんだよ」

急に胸が苦しくなって息ができなくなった。昔、こんなふうに苦しくなったことが一度あった。愛馬のエピーが草地でつまずきそうになり、地面に投げ出されたときだ。うつぶせに落下して胸を強く打ち、息ができなくなってぜいぜいあえいだ。ああ、デレク・クレーヴンのことで、あのときと同じくらい苦しくなるなんて、どうして？　あの人が女性の体に快楽を求めても関係ないじゃない。女を抱いて、女にキスしても——。

「すごく変な目つきだった」タビサは話しつづけている。「まるで地獄をのぞいているみたいな。そして『特別な頼みがある。だが、これをだれかに話したら、ひどい目に遭わせるからな』って言った。それであたしは、わかったって答えて——」

「やめて」これ以上聞いたら、体がばらばらになってしまいそうだった。「言わないで——

わたし、聞きたくない」

「あんたのことなんだよ、ミス・フィールディング」

「わたしの?」サラは消え入りそうな声できいた。

「ミスター・クレーヴンはあたしのベッドにやってきて、どんなことをされても、どんなことを自分が言っても、ぜったいに口をきくなと命令した。それから、ランプを消して、あたしを抱きしめて……」タビサは目をそらして先をつづけた。サラは凍りついたまま耳を傾けている。「『ミスター・クレーヴンは『おまえを抱かせてくれ、サラ』と言ったんだ。『おまえが必要なんだ、サラ』と。そして一晩中、あたしをあんたの代わりに抱きしめていた。あたしはあんたによく似ているからさ。だから、ミスター・クレーヴンはあたしのところにやってきたんだ」タビサはちょっと恥ずかしそうに肩をすくめた。「やさしくて、とっても大事にしてくれた。朝、何も言わずに出て行ったけど、あの恐ろしい目つきはそのままだった──」

「やめて」サラは鋭く制した。顔から血の気が引いていた。「あなたはここへ来るべきではなかったわ。そんなことをわたしに聞かせてはならなかったのよ」

サラの厳しい言葉に気を悪くすることなく、タビサは同情をこめた表情で言った。「あたしなりに考えたんだ……これをミス・フィールディングに話してもだれも傷つかないって。あんたには知らせなきゃならないと思った。ミスター・クレーヴンはあんたのことが好きなんだ。生まれてからいっぺんも人を愛したことがないのにさ。あの人は、あんたは自分にはもったいないと思っている――あんたを天使のように崇めているんだ。ま、それは本当のことだけど」タビサはサラを真剣な目で見つめた。「ミス・サラ……あの人はさ、世間で言われてるほど悪い人じゃないんだよ」

「わかっているわ」サラは声を詰まらせた。「でも、あなたにはわかってもらえないこともあるの。わたしは別の人と婚約しているし、それにもしそうでないとしても……」ここでサラはいきなり口ごもった。タビサに自分の気持ちを説明する必要なんてないし、彼女の前でデレク・クレーヴンの気持ちをあれこれ想像することもないのだ。そんなことをしても何の役にも立たないし、第一、苦しすぎる。

「じゃあ、あの人のところへは戻らないんだね？」

タビサが当惑しているようすを見て、とてもみじめな気分であったにもかかわらず、サラは思わず苦笑せずにはいられなかった。タビサもほかの娼婦たちと同様、クレーヴンに過分なほどの誇りを持っており、大好きなおじさんか親切な恩人でもあるかのように身内びいきが激しかった。だからもし彼が何かを欲しがったら、それを手に入れるのが当然と思っていたのだ。

サラはぎくしゃくと立ち上がり、ドアまで歩いて行った。「タビサ、あなたが善意でここに来てくれたことはよくわかっています。でも、もうお帰りになって。ざ……残念だけど」気持ちをあらわすのにそれ以外の言葉は思いつかなかった。そう、残念でたまらなかった。どう表現したらいいのかわからない思いが心にくすぶっているというのに、そうした思いの存在を認めることすらできないのだ。孤独に飲み込まれ、孤独に焼かれてしまいそうだった。サラはうちひしがれた。思い焦がれても、自分にはぜったいに手に入れることができないものがある。

「邪魔して悪かったね」タビサは、申しわけなさそうに顔を赤らめて言った。「もう二度と訪ねてきたりしないから。それは命にかけて誓うよ」タビサはそれ以上何も言わず、素早く立ち去った。

8

　サラはつまずきそうになりながら暖炉の前に歩いていき、硬い床の上に座りこむとひざに顔を埋めた。ペリーとともに見つけられるかもしれない幸せをなげうってしまうなんてばかよ、と必死に自分に言い聞かせようとする。一方で、デレク・クレーヴンのところへ行って話をする自分を想像する……話をするって、いったい何を言うつもり？　ふと意味もなく笑いがこみあげてきた。「あなたにもう一度会いたかったの」とそっとささやいてみる。たった数分間でいいから彼のそばにいたかった。彼も同じように感じているのだろう。でなければ、相手がわたしであるようなふりをして、別の女を抱いたりはしなかっただろう。

「サラ・フィールディング、わたしはあんたのことは忘れる。どんなことをしてでも……」

もし仮に、彼と短い貴重な時間をすごすことができたとして、それが何になるというのだ。彼はわたしに会いたがらないだろう。自分自身にすら説明できない気持ちを、いったい彼にどう伝えればいいのだろう？

　頭を前腕にのせて、もどかしさにうめいた。破滅との境界線上を自分はふらふらと歩いている。デレク・クレーヴンへの危険な恋心を忘れて、少女のころから愛してきた人に目を向けなければならない。突然、ペリーなら自分を救ってくれるかもしれない、という気がしてきた。サラは急いで暖炉の火に灰をかけて、マントとミトンをひっつかみ、外に飛び出した。できるかぎり早足でキングズウッド家の屋敷へと急いだ。長い道のりを歩くあいだ、冷たい空気が肺を満たし、骨まで凍りつくような気がした。胸のまん中がきゅっとつかまれたみたいに痛んだ。「ペリー、すべて忘れさせて」と哀願したかった。「わたしに安心と愛情を感じさせて。ふたりはいっしょになる運命なのだと言ってちょうだい」

頭がおかしくなったんじゃないかとペリーに思われてもかまわなかった。両腕でしっかり抱きしめて「愛しているよ」と言ってくれるだけでよかった。きっと彼はそうしてくれる、とサラは思った。彼に抱きしめられるイメージから力がもらえる。ペリーは穏やかにやさしく、恐れを消し去ってくれるだろう。

ちょうどキングズウッド邸に到着したとき、ペリーが馬を放牧場から裏の厩に連れていくのが見えたので、サラの心は浮き立った。「ペリー!」と叫んだけれど、風に消されてその声は届かなかった。サラは息を切らせながら家の横をまわり、放牧場に走って行った。放牧場は頑丈な塀に囲われて風がさえぎられていたので、暖かく干草や馬のにおいがした。

ペリーは分厚いウールの上着に手編みの帽子というかっこうで、干草が敷きつめられた馬房に馬を導き入れていた。サラに気づき、振り向いた。運動のせいで頬が紅潮し、目はサファイアのように輝いていた。「サラ?　いったいどうしたんだい?　何か問題でも?」

「どうしてもあなたに会いたかったの」サラは前に進み出てペリーにしがみつき、顔を首の付け根に押しあてた。「ペリー、ずっと悩んでいたの。どうしたらわたしたちの距離を埋められるだろうって。わたしの要求が強すぎたり、筋の通らないことを言ったりしていたのだったらごめんなさい。ふたりのあいだにひとつもわだかまりをつくりたくない。ねえ、愛していると言って。お願い……」

「いったいどうしたっていうんだ？」ペリーはサラの性急さにたじろいで、両腕で彼女を抱きしめた。

「なんでもないの。とくに何かあったわけじゃない……ただ……」心の高ぶりをどう処理していいかわからず、サラはしゃべるのをやめてペリーに強くしがみついた。

一分ばかりあっけにとられて黙っていたペリーは、抱いていた腕をゆるめて、やさしくたしなめるような口調で言った。「きみはこんな奇妙なふるまいをする人じゃなかったよね、ダーリン。髪をふり乱し、目を血走らせて田舎道を走りまわるなんてことはけっしてしなかった……そんな必要はないんだよ。もちろんぼくはきみを愛している。きみに疑いを持たせるようなことをぼくが何かしただろうか。小説を書くのをやめてくれたら嬉しいよ。書き物なんかしているときみは感情的になるし、子どもたちにとっても、ぼくにとってもよくないと——」

サラがいきなりミトンをはめた手でペリーの頬をはさみ口づけをしたので、彼の言葉はキスに飲み込まれてしまった。サラはペリーの体がこわばるのを感じた。おずおずとした反応があった。彼の唇がかすかに動いたのだ……しかし、すぐに顔を離して、ショックを隠せない、とがめるような顔でサラを見下ろした。「いったい何があったんだ？」とペリーは厳しく言った。「どうしてこんなふるまいをするんだ？」

「あなたのものになりたいの」サラは顔を真っ赤にして言った。「数カ月したら結婚するのに、そう考えるのは悪いこと？」

「そうだ、よくない。きみだって、わかっているだろう」ペリーの頬もサラの頬に負けずに真っ赤に染まった。「信仰心の厚い、慎み深い人々は、動物的な欲望を抑えることのできる道徳的な強さを持たなければ――」

「まるでお母様の言葉のようだわ、あなた自身の言葉でなく」サラは激しくペリーに体を押しつけた。「あなたが必要なの」とささやきながら、頬や顎に軽いキスを浴びせた。血液が血管を駆けめぐった。「あなたに愛してもらわなきゃだめなの、ペリー……ここで……いま」サラはペリーを干草の束の上にきちんとたたんで置かれていた毛布のほうに引っ張っていった。「わたしをあなたのものにして」そう言うと、少し開いた口を彼の口につけて、舌で彼の舌にそっと触れた。

不意にペリーは息を詰まらせ、サラを押しのけた。「だめだ！」ペリーは非難と欲望が混ざり合った目でサラを見つめている。「ぼくはいやだ。それに、フランスの娼婦のような真似をするきみとはキスしたくない！」

サラは一歩後ろに下がった。自分の顔がこわばるのが見えるような気がした。まるで第三者として遠くからこの場面をながめているみたいに。

「いったいきみは何を求めているんだ」ペリーは興奮して問いただした。「ぼくがきみを愛しているという証か?」

「そ、そうよ」サラは言葉をつかえさせながら答えた。「そ、そうだと……思うわ」

素直に認めても、ペリーからは同情も理解も得られなかった。むしろ、よけいに憤慨させたようだった。「なんとはしたない! つつましやかで無垢な乙女と思っていたのに……ああ、なんということだ。きみは自分らしさを捨てて、あのくだらない小説のマチルダのようにふるまっている! もしかして、ロンドンでどこかの悪漢の誘惑に身をまかせたのではないのか? なんだかそんな気がしてきたよ。でなければ、こんなふるまいをするはずがない」

かつてのサラなら、ペリーに許しを請うただろう。しかし、いまのサラは、非難されたことでかえって感情を燃え上がらせた。「それはおそらく、四年間ものあいだ、清らかにあなたを愛そうと努めてきたせいだと思うわ! ところでわたしの純潔を疑っていらっしゃるようだから言っておきますけど、わたしはまだ処女よ――そのおかげで何かいいことがあるというわけじゃないけど!」

「きみはロンドンへ行く前より、ずいぶん知識を仕入れたようだな」

「きっとそうね」サラは大胆に言ってのけた。「ほかの男性がわたしを求めているかもしれないと思うと、あなたもいい気持ちがしないかしら? あなた以外の人にキスされたのかもしれないと思うと?」

「もちろんだとも！」ペリーのハンサムな顔は激怒のあまり白と紫色のまだらになった。「きみへのプロポーズを撤回するべきだと考えるほどにね」ペリーはこの言葉を、ぴしっぴしっと革紐を打ちつけるごとく一語一語はっきりと発音したので、つばのしぶきが自分の顎先まで飛んだ。「サラ、ぼくはかつてのきみを愛していた。しかし、いまのきみはいやだ。キングズウッド夫人になりたいなら、ぼくが愛した以前の乙女に戻る道をさがさなければなるまい」

「そんなことできないわ。お母様に婚約は解消したと話してもけっこうよ。さぞお喜びになることでしょう」サラは肩越しに投げ捨てるように言うと、厩から駆けだそうとした。

「母は悲しみ、きみを憐れむだけだろう」

サラはその言葉を聞いて急に立ち止まり、振り返った。「あなた、本当にそう思っているの？」サラは信じられないという顔で頭を振った。「ペリー、そもそも、あなたは妻など必要としていないのではなくて？お母様にお世話してもらえばいいんですもの、結婚なんかしなくてもいいじゃない。村のほかの娘とつきあったら、あなたはすぐに気づくわ。あなたのお母様の高飛車な態度に我慢できる娘なんかほとんどいないんだということに。というより、あなたたちふたりを受け入れようとする人がたったひとりでもいたら驚きだわ！」

厩から走りだすときに、自分の名前を呼ぶペリーの声が聞こえたけれど、サラは速度をゆるめなかった。洪水のように義憤が心に押し寄せてくれたおかげで、自分をしゃんと保つことができた。帰途、何度も先ほどの場面が頭の中で再現され、怒りと不快感に交互に襲われた。家にたどり着くと、力まかせに玄関の扉をバシンと閉めた。「終わったのよ」と繰り返し自分に言い聞かせ、頭を振りながら椅子に沈み込んだ。自分がしでかしたことが信じられない気がした。「終わったのよ、とうとう終わったんだわ」

それから両親が帰ってくるまでどれくらいの時間が経ったのかはわからなかった。ふたりが帰宅すると、「クロフォード牧師様はお元気だった？」とぼんやり尋ねた。

「とても元気だったわ」ケイティーが答えた。「まだ胸は苦しいみたいだったけどね。咳は先週からちっともよくなっていないの。どうやら今週の礼拝も、気の抜けたものになりそうね」

サラはものうげにほほえんだ。そういえば、先週の日曜、牧師様の声はひどくかすれていたっけ。牧師様の声はほとんど聞き取れなかったし、とくに年老いた人々には聞きづらかっただろう。椅子から立ち上がろうとすると、アイザックがひざの上に一通の手紙を置いた。サラ宛の手紙だった。「村に昨日配達されたそうだ。上質の紙に、深紅の蠟で封がしてある……やんごとなき方からの手紙に違いない」

サラはゆっくりと手紙を裏返して、繊細な筆跡を見つめた。立派な紋章で封印がされていた。両親が興味津々の目で見つめているのを意識して、サラは封を破り、滑らかな手触りの羊皮紙を開いた。無言で最初の数行を読む。

ミス・フィールディングへ

お会いして以来、しばしばあなたのことを思い出しています。正直に告白すると、多大な好奇心をもって、ね。あなたの口から直接あの舞踏会のことをお聞きしたいし、もっとあなたと親しくなりたいとも思っています。そこで、この週末に……

サラはさらに読み進んでから、問いかけるようにこちらを見ている両親の顔を見上げた。

「レイフォード伯爵夫人からのお手紙よ」と驚きを隠せない顔で言った。「ロンドンにいたときにお会いする機会があったの」

「それで、手紙には何と？」ケイティーがきいた。

サラはまた手紙に目を落とした。「ハートフォードシャーにある伯爵家の領地のレイフォード・パークにこの週末招待してくださったの。舞踏会や大晩餐会や花火が催されるんですって……招待客は二〇〇名以上……伯爵夫人のお言葉によれば、会話を盛り上げるために、わたしみたいな『聡明で新鮮な』人が欲しいそうよ……」サラはお話にならないわという表情で笑った。「伯爵夫人が本気でわたしなんかを上流の人々の集まりに招待なさるはずがないわ」

ケイティーは手紙を手にとると、腕をぐっと伸ばして手紙を遠ざけ、目を細めてなんとか読もうとした。「まあ、なんて途方もない」

「こんなご招待、とてもお受けできないわ」とサラは言った。「着ていく服もないし、馬車もないし、知っている人だってひとりもいないし――」

「しかも、ペリーはきっと反対する」父親が言った。

父の言葉を聞き流し、サラは困惑して頭を振った。「どうして伯爵夫人は、このような行事にわたしを呼ぼうとお考えになったのかしら」恐ろしい考えが浮かんで、サラははっと息を飲んだ。おそらくリリーは、野暮ったい田舎娘を呼べば、上流階級の客たちへのいい余興になると考えたのだ。質素なドレスを着た内気な小説家をいたぶるのはさぞ面白いことだろう。心臓がどきどき鳴る音で耳が聞こえなくなりそうだった。しかし、リリーの輝くような笑顔が思い出されて、そんな疑惑を抱いた自分が恥ずかしくなった。招待を心からの親切と受け取るべきだし、事実そのとおりなのだろう。

「どんな立派な紳士淑女が出席することやら」手紙を見ていたケイティーが言った。「これをホッジズ夫妻に見せなくっちゃ。うちの娘が伯爵夫人と友だちだなんて聞いたら、あの人たち耳を疑うでしょうよ」

「伯爵夫人だろうと乳搾りだろうと、神様の目には同じに映るのだよ」とアイザックは釘を刺し、暖炉の石炭をかきたてた。

「レディ・レイフォードは並はずれたお方なの」サラは言った。「生き生きとしていて、親切で、とても気前がよくて」

「金持ちなら、気前よくなれるものさね」と父親は目をきらめかせて言った。

「きっと、あの方のお屋敷にはいろいろな人が招かれるんだと思うわ」サラはつづけた。

「もしかすると……」突然ある考えが浮かび、サラは唇を噛んで狼狽をあらわすまいとした。そうだ、デレク・クレーヴンも招かれている可能性がある。彼はレイフォード家と親しくしていた。それならなおのこと、招待を受けるわけにはいかないわ、とサラは思った……でも、心は異なるメッセージを発していた。

数時間後、両親が足を火にかざして温めながら聖書の一節を読んでいる横で、サラは一番上等な便箋を取り出して、ひざにのせて使う書き物机に向かった。慎重にペン先をインク壺に浸し、返事を書きはじめる。手が少し震えたが、なんとかきれいに一語一語書くことができた。

レイフォード伯爵夫人

この週末のレイフォード・パークへのご招待に心から感謝いたします……

賭博クラブの上にあるアパートメントには、つんと鼻につくジンのにおいがほのかに漂っていた。メイドたちが必死に掃除して、この場所をいつものように完璧に磨きあげようとしていたにもかかわらず、この数週間、デレクがめちゃくちゃに壊してしまったために、部屋の中はひどい状態だった。厚いベルベットのカーテンや、手の込んだ絨毯は、酒のしみや煙草の焦げ跡ですっかりだめになっていた。準貴石をはめ込んだテーブルは、無造作にブーツをはいたままの足をのせるものだから、もろい表面が傷だらけになっていた。ごみや脱ぎ捨てられた衣服が床の上にばらまかれている。窓にはカーテンが下ろされ、部屋には一筋の光も入らないようになっていた。

ワーシーはそろりそろりとアパートメントの奥へ歩を進めた。気が立っている野獣の巣穴に侵入していくような気分だった。デレクはくしゃくしゃのベッドの上に手足を広げてうつぶせに寝ていた。素足のままの長い脚がマットレスの縁からぶら下がっていた。ジンの瓶が床に転がっている。何時間も飲みつづけているため、中身は空だった。

部屋にだれかが入ってきたことに気づいたらしく、厚い黄土色のシルクのガウンの下で背中の筋肉がぴくりと動くのが見えた。「遅いぞ」顔も上げずに陰険に言う。「早くここへ持ってこい」

「いったい何をでございますか？」

乱れた黒髪が上がるのが見えた。デレクはどろんとした目つきで支配人をにらみつけた。口のまわりには深いしわが刻まれていた。肌が青ざめているせいで顔の傷がよけい目立った。

「ふざけるな。もう一本持ってこいと命じたのは知っているだろう」

「それよりも、厨房から何か料理を持ってこさせたほうがよろしいのでは？　昨日の朝から何も召し上がっていません……それに、ジンはお嫌いだったのでは？」

「おれにとっちゃ、母乳と同じなんだよ。言われたものを持ってこい。つべこべつまらねえことをしゃべりつづけるなら、ここからたたき出すぞ」

この一カ月というもの、毎日クビにするぞと脅されてきたので、ワーシーはまったく動じない。「ミスター・クレーヴン、あなたがこんなふるまいをなさるのを、わたしは見たことがありません。我を失っておられますぞ、あれ以来――」

「いつ以来だ?」デレクはすぐにつっかかってきた。顔つきがいきなり獲物を狙う豹に変わった。しかし、それも酔っぱらい特有のげっぷですぐさま消えて、またしても顔をしわくちゃのベッドカバーにつけた。

「何かがおかしいことはだれの目にも明らかです」ワーシーはしつこく食いさがった。「わたしはあなたを心から尊敬しておりますから、あえて苦言を呈します。そのためにクレーヴンズから追い出されてもかまいません」

デレクはベッドカバーに顔を押しつけたまま、こもった声で言った。「何を言っても無駄だ」

「あなたはご自分が思っているよりも立派な人間です。わたしは命を救っていただいたことをけっして忘れません。ええ、ええ、わかっておりますとも。それを口にすることはあなたに禁じられております。でも、たとえ口にしなくとも、それは変えようもない事実なのです。わたしはあなたにとって赤の他人でした。それなのに絞首刑から救ってくださった」

数年前、ワーシーはロンドンのある貴族の屋敷で副執事として働いていた。彼は客間女中《パーラーメイド》のひとりに恋をしていたが、そのメイドが奥方のルビーのネックレスを盗んでしまった。恋人がつかまって絞首刑にされるくらいならと、ワーシーは彼女の罪を自らかぶった。そしてニューゲートの監獄に入れられて、処刑の日を待っていた。クラブの従業員からワーシーの苦境を聞き知ったデレクは、治安判事と刑務所の役人に近づき、賄賂と説得によってワーシーを救ってやった。クレーヴンにかかれば、どんな相手でも説き伏せられてしまうとロンドン中の噂になった。ニューゲートから哀れな囚人を救い出してやれるのは、デレク・クレーヴンただひとりだったのだ。

ワーシーがデレクに初めて会ったのは、独房から解放されたときだった。デレクは面白がるような皮肉な笑いを浮かべて立っていた。「ふん、あんたが手癖の悪い性悪女の代わりに首をくくられようとした間抜けか？」

「は、はい、そうです」ワーシーは、デレクが看守に金をひとつかみ与えるのを見ながら、しどろもどろに答えた。

「分別より忠実を重んずる、か」デレクはにやりと笑った。「そういうやつが欲しかったんだよ。よし、おまえをわたしのクラブの支配人として雇ってやる。明日、首をくくられるほうがいいって言うんなら、話は別だが」

ワーシーはデレクの足にキスしかねないほどの喜びようだった。以来、忠実にデレクに仕えてきた。しかしいま、強靭な意志をもつ裕福な主人が自暴自棄になっている姿をまのあたりにし、どうしたら救えるのだろうかと途方に暮れているのだった。「ミスター・クレーヴン」とワーシーは試しに言ってみた。「どうしてこんなことをなさっているのか、わたしにはわかっております」痛みが彼の顔を横切った。「わたしもかつて、恋に落ちたことがありますので」

「覚えているぞ。相手は手癖の悪いパーラーメイドだったな」

愚弄されても気にせず、ワーシーは静かに誠意のこもった声でつづけた。「この一〇年間、彼女のことを思わない日は一日たりともありませんでした。いまでも鮮明に、思い出の中の彼女の顔を目の前に描き出すことができます」

「あきれたあほうだよ、おまえは」

「ええ、そのとおりです。理屈ではないんでございますね。ひとりの女に心臓をえぐり取られ、一生彼女にとらわれつづける。そんなばかげた話がありますか？　でも、あなたにとって、その彼女とは、ミス・フィールディングなのですよね？」

「出て行け」デレクは邪険に言った。しわくちゃのベッドカバーをわしづかみにしている。

「たとえあの方を失ったとしても、きちんとした生き方をして、あの方に対する気持ちを大切にしなければなりません。こんなあなたを見たら、あの方は悲しみますよ」

「失せろ！」

「かしこまりました」

「それから、もう一本、ジンを届けさせろ」

かしこまりましたと口の中でもごもご言いながら、支配人は部屋を出て行った。

ジンはいつまでたっても届けられないかもしれないなと思いながら、デレクは泥酔による忘却に吸い込まれていった。体をひきつらせたり、筋の通らない寝言をつぶやいたりしながら、意味不明な夢の中を漂う。

のたうつ影のような暗い夢をさまよっていると、女の体がぴたりと自分の体に寄り添っているのが感じられた。小さな手がガウンの下に滑り込み、合わせてあった前を開いた。彼のものは興奮で硬くなっていた。餓えたように彼は自身を女に押しつけ、その甘美な手の摩擦を求めた。女を引き寄せ、両手のひらに、滑らかな乳房の重みをのせた。

激しい欲望にかられて、デレクは体を転がして女の上にのり、ひざを割って中に入る姿勢をとった。口を女ののどに這わせ、自分の残した濡れた軌跡に熱い息を吐きかけた。熱く燃え上がってうめきながら、女は弓なりに体をそらし、両腕を肩にまわしてきた。「サラ」デレクは女の中に押し入りながら、その耳元でうめいた。「ああ、サラ――」

突然、ナイフのように鋭い爪がデレクの背中を切り裂き、復讐の深い傷痕を残した。デレクはあまりの痛みに驚愕して、うっと息を詰まらせた。とっさに体を離し、細い両手首をつかんで、女の頭の上に押さえつけた。そこに横たわっていたのは、ジェイスだった。ぎらぎらした目でこちらをにらみつけ、指をかぎ爪のように曲げている。その爪の先はデレクの血で赤く染まっていた。「このろくでなし」ジョイスはデレクに唾を吐きかけた。「二度とわたしを別の女の名前で呼ばないで!」

デレクは自分の声とは思えない低い咆哮を聞いた。両手で彼女の首を絞める。赤い濃密な靄に包まれているような気がした。指が彼女ののどに食いこみ、血液と空気の通路を遮断する。やがてジョイスの顔は紫色に変わっていった。彼女は絞め殺されるのを歓迎するかのように、勝利の色を帯びた苦悶の表情で見つめ返してくる。彼女が白眼をむきそうになった瞬間、デレクは野獣のようにうなって手を離し、ベッドから飛びのいた。

ジョイスはもみくちゃのベッドカバーに体をからみつかせて身悶えている。激しく咳き込む声が室内にこだました。

デレクは震える手で房のついた呼び鈴の紐を引いてワーシーを呼んだ。ぼうっと窓のほうに歩いていき、開いていたガウンの前を合わせた。髭の伸びはじめたあごをさすると、針金のように硬くざらついている。

「頭のネジがはずれている」とデレクはつぶやいた。ジョイスのことを言っているのか、自分自身を指しているのか定かではない。

ようやくジョイスは話ができるくらいまで回復した。「ど、どうして殺さなかったの？」

デレクは彼女のほうを見ようともしない。「あんたのために縛り首になるのはごめんだ」

「わたしは死にたいわ」とジョイスは苦しそうにあえぎながら言った。「そしてあなたを道連れにする」

デレクはこういう場面に嫌悪を感じていた。吐き気さえ覚えた。これは過去のこだまだった。とりついて離れない、堕落の淵にいた数年間の名残りだ。これがあるかぎり、まっとうな暮らしが送れるわけがない。敗北の苦い味が口を満たした。

ワーシーがあらわれ、デレクのベッドにいる全裸の女性と床に脱ぎ捨てられたドレスを見て啞然とした表情になった。

「レディ・アシュビーだ」デレクはそっけなくそう言い捨てて、ドアに向かって歩いていった。ひっかかれた傷のせいで、ガウンの背中に赤い血のしみがいくつもできていた。「どこから忍びこんだのか調べろ。招き入れた者はだれであれクビだ」デレクは細めた目をベッドの女から支配人に移した。「もしこの女がふたたびクレーヴンズに姿を見せることがあったら、わたしが殺す――まずおまえをきれいに始末してからだが」

ジョイスは金色の猫のように、四つんばいの姿勢をとった。顔にかかった輝く金髪のあいだからデレクをじっと見つめている。「あなたを愛しているの」と赤ん坊がぐずるような声で言った。

その声に潜む何かに、デレクはぞっとした……執拗で獰猛なその声色は、わたしはぜったいに敗北を認めないと警告していた。「くだらん」デレクはつぶやき、部屋を出て行った。

貸し馬車は、一五世紀に建てられた門番小屋の前を通り、青々とした庭園を抜けていった。一キロ半ほど進んで、ようやく壮麗なレイフォード邸が見えてきた。馬車の窓から邸宅を仰ぎ見たサラのひざはがくがく震えだした。「まあ」とため息混じりに感嘆の声をもらす。頭のてっぺんからつま先に震えが伝わっていった。ここは自分などが来るような場所ではない。輝く白亜の屋敷の正面には見上げるように高い柱が一〇本、アーチ形をしたパラディオ式窓が二〇対。そして彫刻をほどこした石の欄干が家のまわりをとり囲んでいた。高い煙突がずらりと並び、屋根がドーム型になっているせいで、屋敷全体が空に向かってそびえ立ってているような印象を受けた。圧倒されてぼんやりしているうちに、グリーンウッド・コーナーズに戻ってちょうだいと御者に命ずる機会を逸してしまい、馬車は屋敷の前に停車した。表情を上手に消している背の高いふたりの従僕が手を添えて、馬車からサラを助け降ろした。従僕に導かれて円を描く階段を上り、柱廊式《ポルチコ》玄関に至ると、やはり長身の、白髪混じりの顎髭をたくわえた執事が、玄関の扉を開けて迎えた。後ろには客室接待係が控えている。

執事は御影石から彫り出したような厳格な顔つきをしていた。サラは執事にほほえみかけ、手提げ鞄をさぐってリリーの手紙を取り出した。「レディ・レイフォードからの招待状をいただいているのです――」

執事はおそらくリリーから聞いていたのだろう、サラがだれであるかすぐにわかったようだった。「お待ち申しておりました、ミス・フィールディング」執事は、サラの地味なグレーのドレスや旅行用のボンネット、そして村の人が貸してくれたあざやかな刺繍のショールにさっと目を走らせた。すると彼の高ぶった態度が少し和らいだように思われた。「ようこそおいでくださいました」

その言葉に礼を述べようとした矢先、リリー・レイフォードの元気いっぱいの声が聞こえてきた。「やっと来てくださったのね！ バートン、ミス・フィールディングにくつろいでいただけるよう、手厚くおもてなしをしなくてはなりませんよ」レモン色のカシミアのドレスを着たリリーは、息を飲むほど美しかった。袖にはほとんど透明な薄いシルクが使われていた。ドレスメーカーはそうした布地をフランス風に蝶の肌《ポ・デ・パピヨン》と呼んでいる。

「まあ、どうかお気遣いなく――」サラはそう言いかけたが、リリーの洪水のようなおしゃべりにかき消されてしまった。

「ちょうどいい時間に到着したわ」リリーは大陸風にサラの両頬にキスをした。「みんなお部屋で冷笑的な意見を述べて、自分の賢さに酔っているところなの。あなたがいらしたら、新風を吹き込むことになるでしょう。バートン、ミス・フィールディングの荷物を彼女のお部屋に運んでちょうだい。わたしがこの方を案内するわ」

「わたし、着替えをしなくては」とサラは抵抗した。服は旅のせいでしわくちゃだし、髪も乱れている。ところがリリーはそんなことは意に介さず、サラを玄関広間に引っ張っていった。バートンはひそかにサラにウィンクを送り、次に到着した馬車を出迎えるために背中を向けた。

「今日はまったく堅苦しくない集まりなのよ」リリーは言った。「新しいお客が続々とやってくるわ。夜のダンスがはじまるまでは、とくに催し物は予定していないの。好きなように楽しんでちょうだい。馬も馬車も自由に使っていいし、書斎には本もあるし、音楽室もどうぞ。ほかに何かお望みならすぐに用意させるわ。用事があったら呼び鈴を鳴らして言いつけて」

「ありがとうございます」サラはドーム状の白い大理石の玄関広間を賞賛の目で見上げた。巨大な階段が雄大なカーブを描いて二股に分かれ、二階につづいている。見たこともないほど入念なつくりの金色のてすりがついていた。

リリーは大広間を抜け、奥まった洞穴のような部屋にサラを導いた。大聖堂さながらの厳粛な趣のある部屋だった。かまぼこ型の天井には凝った漆喰細工がほどこされていた。「殿方は、午前中は狩りに出かけ、午後からはビリヤードよ。女の人たちは、お茶を飲みながらゴシップに花を咲かせるか、お昼寝。毎晩みんなで集まって、ジェスチャーゲームかトランプをするの。ばかばかしいことこのうえなし。あなたは退屈で死にそうになるでしょうよ」

「まあ、そんなことはありません」サラはリリーの早足に追いつこうと必死だった。ふたりは屋敷の裏手にある長いギャラリーを歩いて行った。壁には鏡や絵画がずらりと掛かっていて、反対側にはフレンチドアが並んでいる。ガラス板がはまったドアから、格式のある広い庭園の縁が見えた。

リリーがサラをともなって、小さな客間をいくつも抜けていくと、集まっていた男女のグループが、好奇の目でふたりを見た。音楽室は若い娘たちの笑い声やおしゃべりに満ちていた。リリーは足を止めることなく、娘たちに手を振った。「このあたりに住む家族の娘たちが、初めてのシーズンを迎えて舞踏会でデビューするのよ。あの人たちにとって、ロンドンの息が詰まるような社交界よりは、ここのほうがずっと気楽なんでしょうね。あとで舞踏室をお見せするけど、その前に……」

ふたりはビリヤード室の前で立ち止まった。ワイン色のダマスク織りと革と濃色の木のパネルで装飾された、男性用の小部屋だ。さまざまな年齢の紳士たちが彫刻をほどこしたマホガニーのビリヤードテーブルを囲んでいた。葉巻の煙が、頭上の傘をかぶったランプのまわりに渦巻いていた。

「みなさん」リリーは部屋全体を見渡して言った。「わたし、ゲームを抜けますわ。到着したばかりのお客様に屋敷の中をお見せしなければなりませんの。ランズデール、あなた、代わりにプレーしてくださる？」

「まあ、ランズデールでもかまわないが、あなたの半分も魅力的じゃないな」とだれかが言った。部屋のあちこちで笑い声が起こった。

ランズデールは、中年の紳士で並はずれて背が低かったが、鉤鼻のなかなかのハンサムだった。彼は好奇心をむき出しにして、サラをじろじろ見ている。「レディ・レイフォード、あなたがゲームをおつづけになって、わたしが客人を案内するというのはいかがかな？」

サラはその提案に真っ赤になり、何人かの男が笑った。

くるりと目を回して、リリーはサラに忠告した。「この人には気をつけなきゃだめよ。というか、ここにいる殿方はだれも信用できないわ。わたしはこの人たちをよく知っているの。だからはっきり言っておくわ。スマートな外見に隠されているけど、みんな狼だって」

サラは、リリーの発言が男たちの自尊心をくすぐったのを見て取った。腹は出て、髪は薄くなりかけているけれど、自分たちのことを野獣と思いたいのだ。「少なくとも、簡単に紹介くらいしていただきたいものですな」ランズデールが前に進み出て言った。「あなたのご友人のミス・フィールディングは、今日お会いしたご婦人の中でもっとも美しい方でいらっしゃる」サラの手をとって、お辞儀をし、手の甲にうやうやしく口づけをした。

リリーはすぐさまそれに応じた。「ランズデール卿、オーバーストーン卿、アヴェランド卿、ストークハースト卿、ボルトン卿、そしてアンキャスター卿、ご紹介いたしますわ。こちらはミス・フィールディング、才能ある作家で、わたしのかわいい新しいお友だちですの」

サラは恥ずかしそうにほほえんで、それぞれの紳士たちとあいさつを交わした。この中の数人は、すでに賭博クラブで見かけたことがあった。そして思い違いでなければ、マチルダとして出席したあの舞踏会で、アンキャスター公爵とは顔を合わせていた。高貴な家柄で、堂々とふるまっているが、あのときはかなり羽目をはずしていて、酔いにまかせてサラをたぶらかそうとし、そのあとは娼婦のひとりを追いかけていった。口の端がぴくりと動いたものの、次にリリーの口から出たさりげない言葉に、愉快な気分は吹っ飛んだ。「それから、あそこで不機嫌な顔でグラスにブランデーを注いでいるのが、わたしの愛する夫、レイフォード卿よ。隣にいるのがミスター・クレーヴン。おわかりのように、暗い部屋の隅にいるのが好きなのよね」

サラは大柄で金髪のリリーの夫にはほとんど目がいかなかった。大きく見開いたブルーの瞳がとらえたのは、影の中にいてさえ目立つ、ほっそりと痩せた陰鬱な姿だった。デレクも他の男たちと同様に頭を下げた。これほど大柄な男には不釣り合いなほど完璧に優雅なしぐさだった。サラのことなどまるで知らないという態度だ。

頑固な雰囲気と生気あふれる男らしさは以前のままだった。クラヴァットの雪のような白さとは対照的に、その肌は海賊さながらに浅黒かった。顔の傷は薄くなり、その分、鋭いグリーンの目が際立っている。高貴な生まれの男たちとともに狭苦しい部屋に閉じ込められている姿は、飼い猫の群れとうまく折り合っていこうとしている豹のようだった。サラはひとことも発することができなかった。口の中がほこりでいっぱいになったようにざらついた。

部屋の中の人々が、この突然の緊張した沈黙に気づかぬはずはなかった。視線が行き交い、眉が数センチ吊り上げられた。サラが必死に動揺を抑えようとしているところにレイフォード卿が近づいてきた。堂々として背の高いリリーの夫をゆっくり見上げると、彼の幅広い肩で紳士たちの視線がうまい具合にさえぎられていた。

鷹のように鋭い風貌は、温かい灰色の目と、収穫を待つばかりの小麦のような金髪で和らげられている。レイフォードはほほえんでサラの手をとり、意外にも堅苦しい礼儀正しさを捨てて、両手でその手をはさんだ。「あなたのような方をわが家にお迎えできて光栄です、ミス・フィールディング」と言って、横目でリリーを軽くにらみつけた。「妻は到着されたばかりのあなたに休む暇も与えず、引きまわしているのではありませんか?」

「これからお部屋に連れて行くところよ」リリーは言い返し、男たちがゲームを再開したので声をひそめた。「でも、まずここに立ち寄らなければならなかったの。だって、ひとことも言わずに、ゲームを離れてはみなさんに申しわけないでしょう?」

アレックスはサラの手を放し、小柄な妻を引き寄せると、顎の下に抱いた。「きみの企みはお見通しだ」とほかの人には聞こえないように、やんわりと警告する。「美しいおせっかい焼きの妻よ、一度くらい、他人のことに首をつっこまずにおとなしくしていられないのかい?」

リリーはにやりと生意気に夫に笑いかけた。「だって、わたしが手を出したほうがよっぽどうまくいくんだもの、しかたないでしょう」

アレックスは親指でそっと妻の顎をなぞった。「クレーヴンはきみの意見には賛成しないと思うが」

リリーは夫に寄り添って、ほとんど聞き取れないくらいの声で何か答えた。ふたりが脇のほうへ移動してひそひそ声で話しはじめたので、サラは彼らから目をそらした。個人的な会話を盗み聞きするつもりはなかった。しかし、意味深長な会話の断片が耳に入ってきた。

「――デレクは自分に何が必要か気づいていないのよ」とリリーが言っている。

「――だが、ミス・フィールディングにとって何がいいのかを考えれば――」

「でも、あなたにはわかっていないの、どんなに――」

「――わかりすぎるくらいわかっている」とアレックスが結ぶと、ふたりは挑戦的な目でにらみあった。

サラは頬が赤らんでいくのを感じた。ふたりが心底惹かれあっているのは明らかだ。なんだか男女の親密な場面をのぞき見しているような気がしてくる。

レイフォード卿は言い足りないらしかったが、しぶしぶ妻を放し、警告するような目つきでにらんだ。「行動を慎むんだぞ」という無言のメッセージがこめられている。リリーはしかめっ面をして、夫の背後にいたランズデールとアヴェランドに手を振った。「みなさん、ゲームを楽しんでね」と声をかけると、男たちは朗らかに返事をした。デレク・クレーヴンだけは押し黙って、女たちが出て行くのを無視していた。

サラはしょんぼりと、リリーのあとから絨毯敷きの廊下を歩いていった。デレクの冷たい対応は思いがけなくショックだった。彼が再会を喜んでくれるかもしれないと思っていた自分を心の中でしかった。喜ぶどころか、この週末、ずっとわたしを無視しつづけるつもりだ。

ふたりは客用のスイートが並ぶ屋敷の東翼に着いた。おのおののスイートには化粧室と居間がついている。サラの部屋はラベンダーと黄色のパステルカラーで統一されていた。カーテンを脇に寄せた窓からは手入れのゆきとどいた庭園が見渡せた。縦溝が彫り込まれた柱の上にテント状の天蓋がのっているベッドに近づき、サラはベッドカバーのひだに触れた。カバーには壁紙と同じ、繊細な花の模様が刺繍されていた。

リリーは衣装簞笥を開いてサラの服をながめた。ほんの短時間のあいだに、メイドたちはてきぱきと少ないサラの荷物をほどいて片づけてくれていた。「このお部屋が気に入ってくださるといいのだけど」リリーはサラの表情を見て軽く眉をひそめた。「もし別の部屋がよければ――」

「美しいお部屋ですわ」サラはあわてて答えて、悲しそうな顔をした。「ただ……わたし、おいとましたほうがいいと思います。問題を起こしたくないのです。ミスター・クレーヴンはわたしがここに来たことを不快に思っています。それに、招いたあなたにも腹を立てています。あなたを見る彼の目つきは……」

「絞め殺したいって顔をしていたわね」とリリーは快活に認めた。「しかもゆっくりと。でも、あの人があなたを見る目ときたら……ああ、あれは最高の見ものだったわ！」リリーは声を立てて笑った。「イギリスで一番手に入れるのが難しい男が、足元にひれ伏しているのよ。どんな気分？」

サラは目を丸くした。「いいえ、そんな――」

「あなたの足元に、よ」リリーは繰り返した。「ああ、やっと、デレクにもこういうときがきたんだわ！　いつも傲慢で冷徹な態度でわたしを怒らせてきたけど、とうとう彼にも年貢の納めどきがきたのよ。どんなことにも動じず、まわりのものすべてを完全に支配してきたけど……」リリーはにっこり笑いながら首を振った。「どうか誤解しないで。わたしは、あの頑固な、ロンドンの下町育ちの大男が大好きなのよ。でも、高慢の鼻をへし折られるのがあの人にとって最良の薬になると思うの」

「高慢の鼻をへし折られる人がいるとすれば、それはわたしだわ」とサラはため息混じりにつぶやいたが、どうやらリリーには聞こえなかったらしい。

リリーがほかの客を出迎えるために行ってしまうと、サラはメイドを呼んで着替えの手伝いを頼んだ。サラよりもいくつか歳上に見えるフランス人のメイドがあらわれた。金髪で背が低く、頬はピンクで丸く、お茶目な顔でほほえんだ。「わたしはフランソワーズといいます」とフランス語で自己紹介すると、暖炉の火格子の近くに、カールごてを置いた。フランソワーズはせかせかと部屋の中を動きまわり、衣装箪笥から清潔なドレスを選び出し、前にかかげてサラの了解を求めた。

「ええ、それでいいわ」サラは言って、上着とボンネットを脱ぎ、しわくちゃになっている旅行用のドレスのボタンをはずしはじめた。小さなサテンウッドのドレッシングテーブルの前に座り、崩れた髪からピンを抜き取っていった。

朽葉色と金茶が混じった髪が背中に落ちた。感嘆の声が背後から聞こえた。「きれいなおぐしですね、マドモアゼル」とフランソワーズがフランス語で褒めてくれた。艶やかな輝きが出るまで、丁寧に長い髪にブラシをかける。

「フランソワーズ、英語はまったく話せないの?」とサラが尋ねると、フランソワーズは鏡に映るサラの目を見つめて、ほほえみながら首を横に振った。「そう、残念ね。フランスの女性は心の問題にとても詳しいって聞くから、相談に乗ってもらいたかったんだけど」

サラのやるせない声の調子に気づいたフランソワーズは、同情と励ましのこもった言葉をかけてくれた。

「ここへ来るべきじゃなかったの」サラはつづけた。「ペリーと別れることで、いままでずっと自分が欲しているると思っていたものを捨ててしまった。もう、自分のことがよくわからないのよ、フランソワーズ！ ほかの人に対する気持ちがあまりに強すぎて……たとえそれがほんの短い時間であっても、彼を手に入れるためなら、どんなことでもしてしまいそうで、自分が怖くなる。もしもほかの女の人からそんな告白を聞いたら、あなたは大ばか者よ、となじるに違いないわ。わたしはいままでずっと、自分を感情より理性で行動する分別のある人間だと思ってきた。いったいどうなってしまったのか、自分でもよくわからないの。ただ、彼に会った瞬間から――」サラは先をつづけることができず、口をつぐんだ。ため息をつきながら、痛むひたいをさする。「時間が解決してくれるとは思えない。いままでのところ、ぜんぜんだめだもの」

メイドが癒すようにやさしく髪にブラシをかけてくれているあいだ、長い沈黙があった。フランソワーズは、状況を読み取って考え込むような表情をしていた。言葉が通じ合わなくてもよかったのだ――心に傷を受けたことのある女どうしなら、容易にわかり合えるのだった。ようやくフランソワーズは髪をとかす手を休めて、サラの心臓を指さし、フランス語で言った。「心のままにおふるまいになるといいですよ、マドモアゼル」

「心に従えと?」サラは当惑して尋ねた。「そう言っているの?」

「ウイ、マドモアゼル」メイドは静かに細いブルーのリボンをとり、サラの髪に編み込みはじめた。

「それは危険なことだわ」とサラはつぶやいた。

数分後、サラはグレーのハイネックのドレスのボタンをはめ終え、鏡の前で仕上がりをたしかめた。メイドが結ってくれた髪はとても気に入った。太い三つ編みにした髪を頭のてっぺんできれいなおだんごにまとめ、こめかみには、カールした髪の小房が揺れていた。フランソワーズに礼を言い、サラは部屋を出て大階段のほうへ歩いていった。どきどきしながら、階下でお茶を飲んでいる女性たちのグループに入れてもらって、会話に加わろうかと考えた。感じよく迎え入れてくれればいいんだけど。少なくとも、仲間に入れることをいやがらずにいてくれれば。

廊下で立ち止まり、半円形の壁龕《へきがん》の中に立っている大理石の像を見つめながら、勇気を奮い起こそうとした。サラは階下の客たちに威圧されて、少々おじけづいていた。リリーの話では、客の中には大使や政治家や芸術家も含まれ、植民地の総督とその家族もいるということだった。そういう人たちと共通するものが自分には何もないことはよくわかっていた。彼らはわたしを気の利かない無教養な女と見なすだろう。きっとデレク・クレーヴンも、自分たちの高貴な生まれを鼻にかけている貴族たちと交流しながら、いまのわたしと同じように感じているのだろう。かわいそうなミスター・クレーヴン、とサラは同情した。するといきなり、首筋がひやりとして、全身の毛が逆立った。サラはゆっくりと振り返った。

デレクが背後に立っていた。だれの同情も寄せつけない表情。世の中にあきあきしたサルタンが新しく手に入れた女奴隷をながめるような目でこちらを見ていた。その暗い美貌は、異様なまでの冷静さにのみ似合うものだった。「フィアンセはどうした?」とやさしさのかけらもない声で彼はきいた。

サラはデレクの威嚇的な平静さにいらだった。「フィアンセなんていませ……つまり、彼は……わたしたち、結婚しないんです」

「プロポーズされなかったのか?」

「ええ……いえ、されたことはされたのですけど……」サラはとっさに後ずさりした。デレクは一歩前に出て、距離を縮めた。サラは話しながら少しずつ後退して離れようとしたが、デレクはあとをつけてくる猫のように、距離を開けまいとする。「ミスター・キングズウッドは、村に帰って数日後にプロポーズしてくれました」サラは息を切らせながら言った。

「わたしはそれを受けました。最初はとても幸せだったんです……まあ、厳密には幸せとは言えないかもしれないけれど、でも――」

「で、どうしたんだ？」

「いろいろと問題があって。彼はわたしが変わったと言うのです。きっと彼の言い分は正しいんだと思います、でも――」

「やつが婚約を破棄したのか？」

「ええと……この場合は、破談になったのは両方のせいだと考えたほうがいいと思います……」デレクがどんどん距離をつめてくるので、サラはいつの間にか近くの部屋に入っており、きゃしゃな金縁の椅子にぶつかってつまずきそうになった。「ミスター・クレーヴン、こんなふうにつけまわすのはやめてください！」

デレクのきついまなざしは非情だった。「わたしがこの週末、ここへ来ることを知っていたんだな」

「違います！」

「リリーとこれを企んだんだろう」

「ぜったいにそんなことはしていませ――」デレクに両肩をつかまれ、サラは驚いて小さな悲鳴をあげ、口をつぐんだ。

「どっちの首を先に絞めるか、決めかねているところだ――リリーかおまえか」

「わたしがここに来たので、怒っているのですね」サラは小さな声で言った。

「おまえと同じ屋根の下で一晩すごすくらいなら、石炭のバケツの中に立っているほうがましだ」

「そんなにわたしのことが嫌い？」

サラの小さな美しい顔を見つめるデレクの胸が大きく上下しだした。彼女のそばにいられる喜びで体中の血液が沸騰しそうだった。肌の感触を味わうかのように、柔らかい肩に何度も指を食い込ませた。「いや、嫌っているわけではない」デレクはほとんど聞き取れないほどの声で言った。

「ミスター・クレーヴン、痛いですわ」

それでもデレクは手の力をゆるめない。「あの晩……わたしが言ったことをおまえはひとつも理解していなかったんだな」

「理解しましたわ」

「それなのに、ここへ来たのか」

デレクの燃えるような目でにらみつけられていると気持ちがくじけそうになったが、サラはなんとか負けまいとした。「レディ・レイフォードのご招待をお受けして、どこが悪いんですか」と頑なに言い返す。「そ、それに、あなたに何を言われようと、わたしはここから立ち去ったりしませんから！」

「ならば、わたしが出て行く」

「どうぞご勝手に！」驚いたことに、彼をなじってやりたいという気持ちが勝って、サラはこう言い足した。「自分を制する自信がなくて、わたしから逃げ出す必要があるとお思いなら」

彼の顔からはきれいに表情が消し去られていたが、サラは彼の内部で怒りの炎が燃え上がったのを感じた。「神は、あほうと子どもをお守りになると言われているが――おまえのために、それが真実であることを願うよ」

「ミスター・クレーヴン、わたしたち、この週末くらい、友好的にすごせるのではありませんか？」

「どうしてそう思うんだ？」

「だってわたしたち、あの舞踏会の前までは、かなりうまくやっていたじゃないですか、それに……」サラはデレクの手が肩に食い込むのを意識して、口ごもりながら黙った。胸の先が彼の胸板をかすめ、スカートがふわりと彼の両脚を取り巻いた。

「いまはもうできない」デレクにがっしりとつかまれ、サラはお腹のあたりに、熱くいきりたったものが突きつけられているのを感じた。厳格な顔に、目だけがエメラルドの炎のように燃えている。「どんなことからでもおまえを守ってやれるが、わたし自身から守ることだけはできない」

デレクがわざと強く肩をつかんで痛みを与えているのだとサラにはわかっていた。けれどもサラはそれにあらがわず、体の力を抜いて彼にもたれた。抱きついて、白いクラヴァットが滑らかな茶色の肌に接しているあたりに唇を押しつけたくてたまらなかった。両手をゆっくりと彼の肩まで上げていき、何も言わずに彼を見つめた。

デレクはいまにもサラに襲いかかりそうな自分を恐れた。「なぜやつと結婚しなかったんだ？」としわがれた声できく。

「愛していないから」

デレクは腹立たしげに頭を振り、辛辣な言葉を返そうと口を開いた。だが考え直したとみえて急に口を閉じた、それからまた開いた。この瞬間がこれほど緊張に満ちたものでなかったら、サラは笑ってしまっただろう。だが笑うかわりにすがるように彼をじっと見上げた。

「彼を愛していないのに、結婚することなどできますか？」

「おまえはばかだ。そいつと結婚すれば安全だ。それで十分じゃないか？」

「いいえ。わたしはそれだけではいやなのです。欲しいものが手に入らないなら、何ももらえないほうがましです」

デレクは彼女の顔に覆いかぶさるように黒い頭を下げてきた。肩をつかんでいた片方の手を放し、こめかみに躍っていた細い巻き毛に触れた。つらい拷問に耐えるかのように口を真一文字に結んでいる。デレクの指の節が頰骨に触れるのを感じて、サラは言葉にならない声

れていて、好奇心にかられて眉をひそめた。

をもらした。彼の瞳の輝きはまぶしい日光さながらだ。燃えるグリーンの深みにはまって溺れているような気持ちになる。デレクは大きな手で頬と顎を包み、親指で柔らかさを試すようにサラの肌をなでた。「おまえの肌はこんなに柔かかったんだな」と彼はつぶやいた。

サラはプライドも作法もかなぐり捨てて、震えながら彼にもたれかかった。衝動的な言葉がいまにも口から出そうだ。ところが、彼の胸にあてていた手に妙な感触があり、気持ちがそらされた。上着のポケットに何か固い物が入っている。好奇心にかられて眉をひそめた。デレクが気づく前に、サラはポケットに手を入れて中をさぐっていた。

「やめろ」デレクはあわてて大きな手でその手首をつかみ、やめさせようとした。

しかしもう遅かった。指はすでにそれに触れていて、正体もさぐりあてていた。不思議そうな顔で、サラは小さな眼鏡を取り出した。それはクラブのどこかでなくしたと思っていた自分の眼鏡だった。「なぜ?」デレクが胸ポケットにそんなものを入れていたことに驚いて、サラはささやくように尋ねた。

デレクは歯を食いしばり、傲然とした顔でサラの視線を受け止めた。頬の筋肉がぴくぴく痙攣している。

サラは急に思いついたように言った。「そうだったのね、ミスター・クレーヴン。あなたは視力に問題があったのね」と静かにきく。「それとも、心の問題かしら?」

そのとき、廊下の先のほうから話し声が聞こえてきた。「だれか来る」デレクはそう言うとサラから離れた。

「待って——」

デレクはあっという間に姿を消していた。まるで地獄の犬にかかとをかじられたかのような素早さだった。眼鏡を握りしめたまま、サラは唇を嚙んだ。心の中にさまざまな感情が渦巻いていた——彼がまだ自分を求めていることに安心する一方、彼が去ってしまうのではないかという恐れもあった——そして何より、彼の心を癒してあげたいと思った。彼に、わたしへの愛はけっしてわたしを傷つけたりはしないのだと、わかってもらいたかった……彼が与えてくれる以上のものをけっして求めたりはしないと信じてほしかった。

細かな問題が次々に発生し、リリーは頭を抱えながら夫をさがして歩いた。アレックスはひとりで狩猟室にいた。空の葉巻入れを手にして、机に向かって座っている。妻の姿を認めるとほほえんだが、すぐにその表情は曇り、問いかけるように眉をひそめた。「どうしたんだい？」

リリーはふだんよりももっと早口で話しはじめた。いらだっている証拠だ。「まず、ミセス・バートレットが、窓からのながめが気に入らないので、部屋を替えてほしいと言い張っているの。オーバーストーン卿の隣の部屋に入りたいのよ。魂胆はみえみえだわ。どうやら、あちらとかなりお熱い関係らしくって——」

「では、そうしてやったらいいじゃないか」

「だって、もうストークハーストが入っているのよ！」

アレックスは真面目にそのジレンマについて考えているふりをした。「ストークハーストは、オーバーストーンを自分のベッドに招きたいとは思わないだろうね」と考えこむように言って、ふたりの年老いた好色漢が、色気たっぷりのミセス・バートレットの部屋をさがして夜中に屋敷内をさまよう姿を想像して忍び笑いをした。

「どうぞ、お笑いなさいな。でも、もっと困った問題があるの。料理人が病気になってしまったのよ。ありがたいことに、重病ってわけじゃないんだけど、とりあえず床についたの。だから、残りの厨房係が自分たちでなんとか料理しようとしているのだけど、今夜の夕食に、はたして食べられるものが出てくるかどうか保証できないわ」

アレックスは、そんなのはたいしたことではないと言わんばかりに、そっけないしぐさをした。彼は空の葉巻入れを高くかかげた。「葉巻がなくなっている。注文するのを忘れなかっただろうね？」

「忘れていたわ」とリリーは認めて、うちひしがれたようにため息をついた。

「くそっ」アレックスは顔をしかめた。「食後にポートワインを飲みながら、何を吸えばいいんだ？」

「わたしにきいたってしょうがないでしょう」リリーはぴしゃりと返した。「それから、子どもたちがまた、小犬がいなくなったって――家のどこかにいるはずだけど、とニコールは言うの」

葉巻のことで不機嫌になっていたアレックスだったが、それを聞いて笑いだした。「あのばか犬がまたわが家の家宝をだめにしたら――」

「椅子がひとつ壊されただけじゃない」とリリーは言い返した。

そのとき、デレク・クレーヴンがいきなりあらわれ、会話は中断された。勢いよく開かれたドアがばしんと壁にぶつかった。デレクはずかずかと部屋に入ってきて、凶暴な目つきでリリーをにらみつけた。「一番近くの井戸に突き落としてやる」

自己防衛本能が働いて、リリーは素早く夫の元に駆け寄るとひざの上に座った。「週末の舞踏会にどんなお客を招待しても、わたしの勝手でしょ」リリーは安全な夫の腕の中からデレクを見つめて言った。

デレクのグリーンの瞳がかっと燃え上がった。「わたしの生活によけいなちょっかいを出すなと言ったはずだ――」

「まあ、落ち着け、クレーヴン」とアレックスは穏やかに言い、リリーをぎゅっと抱きしめて黙らせた。「リリーがときどきおせっかいを焼きすぎることはぼくも認める。しかし、いつも善意からなんだ……それに、今回の場合、ひとりの小柄で内気な女性の存在が、なぜきみをそれほどいらだたせるのか、ぼくにはわからないな」アレックスは黄褐色の片眉を吊り上げた。人を茶化すときに使う、いかにも貴族らしい表情だった。「きみのように経験豊富な人間が、ミス・フィールディングを脅威と見なすことなんてありえないだろう?」

デレクの顔が赤黒く染まるのを見て、レイフォード夫妻は驚いた。「彼女がどんな問題を起こすか、まるっきりわかっちゃいないんだ」

その言葉に、アレックスは怪訝な顔をした。「この週末に彼女が問題を起こすことはないだろう」と冷静に答える。「ぼくらは、交流を深めたり、景色を楽しんだり、新鮮な空気を味わうためにここに集まっただけなんだからね」

ふたりをにらみつけ、デレクは何か言いたそうな顔をした。しかし、ただ口の中でもごもごと悪態をついただけで、両手で頭をかきむしりながら部屋を出て行った。

レイフォード夫妻は無言で見つめ合った。アレックスは、心底驚いたというふうに長くふうっと息を吐いた。「なんてことだ。彼があんなふうにふるまうのを見るのは初めてだ」

「ようやくあなたにも、わたしが言っていたことが正しいとわかったでしょう?」リリーは得意満面だ。「彼はサラに夢中なの。頭がおかしくなりそうなくらい」

アレックスは言い返すことなく、ただ肩をすくめた。「死んでも認めようとしないだろうが」

リリーは夫に体をすり寄せた。「味方をしてくれてありがとう。横面を張られるかと思ったわ!」

アレックスはにっこり笑って、妻のほっそりした体を愛撫した。「わかっているだろう。他人がきみに手を上げるのを許すわけがない。それはぼくの特権としてとっておくんだ」

「まあ、やれるものならやってごらんなさいな」とリリーは言ったが、アレックスが耳たぶの後ろの香水のかおりがする柔らかい場所にキスをするとほほえんだ。

「リリー、ぼくのためにも、そしてきみ自身のためにも、ふたりをそっとしておきなさい。

自分たちで問題を解決するだろう——きみの助けを借りなくとも」

「それって、あなたの願い？　それとも命令？」

「ぼくを試すのはやめてくれ」彼の口調は柔らかだったが、そこにはまぎれもなく警告が含まれていた。

夫がこのようなムードのときには、怒らせないのが一番と心得ているリリーは、彼のシャツの襟のとがった先端を甘えるようにいじりながら、「いつも思うんだけど、わたしは腰抜けと結婚したほうがよかったんじゃないかしら」とぼやいた。

アレックスは笑った。「きみにはぼくが一番似合っている」

「どうやらそうみたいね」彼女は答えて、愛情をこめて夫にキスをした。

突然、アレックスはキスを中断して頭を引いた。「リリー……アシュビー夫妻も来るということを、もうデレクに伝えたのか？」

リリーは渋面をつくって頭を振った。「言いだす勇気がなくて。わたしがしかたなく彼らを招待することに同意したと言ったって、デレクは信じないわよねえ」

「わたしの父とアシュビー卿は親しい友人だった。しかも、アシュビー卿は、議会ではわたしの力強い味方だ。招待を差し控えたために、ご老人を怒らせるようなことはできない。たとえ、彼の妻が毒婦のような女だとしても」

「あなたからデレクに説明してくださらない？　デレクとジョイスが同じ屋根の下にいるなんて、いつ大惨事が起こっても不思議じゃないわ！」

サラは午後の大部分を、若い既婚の婦人のグループとすごした。彼女たちが熱心に噂話に興じているようすを見ていると、「愛とスキャンダルは最良の誘惑である」という言葉を思い出さずにいられなかった。仲間はずれにされるのではと心配するのは取り越し苦労だったことがすぐにわかった。みんな明るくて親切で、サラの村の友人よりもはるかに遠慮なくずけずけとものを言った。ミセス・アデル・バートレットは豊満な体型とあざやかな赤毛の裕福な未亡人。甘い声のブルネット、レディ・マウントベインは、現実的なユーモアの持ち主だった。リリー・レイフォードの隣には、ふたりの元気いっぱいの若い女性、レディ・エリザベス・バーリーと、リリーの実妹のレディ・スタンフォードがいた。グループの面々は、ショッキングなほどあけすけに、自分の夫や恋人について語り、気の利いたことを言っては、静かにくすくす笑った。サラは、こうした貴族のレディたちの会話も、クレーヴンズの娼婦たちの会話と大差ないという印象を持った。

リリーはこうしたおしゃべりを楽しんでいるように見えたが、ときどき窓の外に目をやっていた。きっと狭い家の中にこもっているよりは、散歩したり乗馬したりするほうがお好きなんだわ、とサラは思った。リリーが会話にあまり加わらないのに気づいたレディのひとりが水を向けた。「リリー、あなたのご主人の話を聞かせてちょうだいな。もう結婚してからかなりの年月になるけれど、レイフォード卿はいったいどのくらいお盛んに夫の権利を行使なさるの？」

リリーが真っ赤になったので一同はびっくりした。「十分盛んに」と彼女はにっこり笑って答え、それ以上語ろうとしなかった。みんな笑いながらリリーをからかい、うらやましそうな目で彼女を見た。リリーが幸せな結婚生活を送っている女の顔をしていたからだ——貴族の婦人ではめずらしいことだった。

レディ・マウントベインはクッションのついた長椅子の隅に丸くなった。彼女は赤い唇を大きく左右に引いて、好奇心に満ちたほほえみを浮かべた。「夫たちの話はもうたくさん」とハスキーな声で言った。「結婚していない男性の話に興味があるわ——だって彼らの行動のほうがずっと面白いんですもの。たとえば、デレク・クレーヴン。彼にはどこかとても動物的なところがあるわね。あの人がそばにいると、彼から目が離せなくなってしまうの。おそらく、あの黒髪のせい……それとも、傷痕のせいかしら……」

「そう、傷痕よ」アデル・バートレットが夢見るように言い添えた。「あれのせいで、さらに野性味が増したわ」

「邪悪なほど放埓」だれかがうっとりした調子で言った。

アデルは熱心にうなずいた。「リリー、彼を招待してくれて、わたし、とても嬉しいの。危険な男がそばにいるなんて、ぞくぞくするわ。なんだか、何かが起こりそうな気がするじゃない？」

「ばかばかしい」とリリーは答えた。「デレクが危険だなんて……あそこの炉辺で寝そべっている猫ほども危険じゃないわよ！」

疑うようないくつかの視線が眠っている猫に注がれた。太った怠惰な雄猫で、ほかの猫を追いかけるよりは、夕飯を追いかけるほうがずっと好きという感じに見える。だれも信じようとしないので、リリーは如才なく話題を変えた。「男の話はもうやめにしましょうよ。しょせん、男なんて退屈な生き物ですもの。もっと話す価値のあることがあるわ」

「たとえば？」アデルは明らかに、男よりも重要なものなんてあるかしらといぶかっている。

「わたし、この中に小説家がひとり混ざっているってお話ししたかしら？」とリリーは朗らかに切りだした。「サラとお話しなさったらいかが？　みなさん『マチルダ』はお好きでしょう？」

みんなの注意を引きたくなかったので、サラは端のほうの目立たない椅子に腰掛けていた。ところがいきなり注目の的になってしまった。興奮した声でいっせいに質問が浴びせられた。

「あなたが『マチルダ』をお書きになったの？」

「まあ、彼女のことを聞かせていただきたいわ！　どうやってお知り合いになったの？」

「近ごろ、彼女はどうしているのかしら」

サラはほほえんで、一所懸命に質問に答えようとしたが、すぐに答える必要はないのだと気づいた。レディたちは自分の質問に自分で答えを出し、延々とおしゃべりをつづけているのだから。困った顔でリリーをちらりと見ると、リリーはにっと笑って、あきれた人たちでしょう、とでも言いたげに肩をすくめた。

夕食の二時間前になると、女たちは着替えや、長い夜の準備のために、三々五々部屋に引きあげていった。部屋を見まわすと、新しい客が到着していた。まだ紹介されていない金髪の女性だった。レディたちはおざなりに新参の客にあいさつをしていたが、親しげにふるまう者はひとりもいなかった。サラは座る向きを変えて、その女性を見た。

すらりとしたはっとするような美貌の女性だった。彫りの深い顔と先のとがった貴族的な細い鼻。毛を抜いて細く描いた眉。その下には青ともグレーともグリーンともつかない不思議な色をたたえた目。豊かなブロンドの前髪をひたいで切り下げ、残りの毛束は頭のてっぺんでまとめて豊かな巻き毛を流していた。その表情にわずかでも温かみがあったなら、息が止まるほどの美女と言えただろう。しかし、彼女の目は、石のかけらのように不気味なほど硬質で感情が欠如していた。その目がじっと自分に注がれているので、サラは居心地の悪い気分にさせられた。

「で、あなたはどなたかしら？」艶やかな声で彼女は尋ねた。

「サラ・フィールディングと申します」

「サラ」彼女はじろじろとサラをながめながらもう一度「サラ」と繰り返した。

どうにも落ち着かず、サラはティーカップを置いて、ドレスからありもしない塵をはたき落とした。ほかの女性たちが部屋から出ていきはじめたのに気づき、どうやったら自分も失礼にならないようにしてあとを追えるだろうと思案した。

「どこからいらしたの？」と彼女はやさしく質問をつづけた。

「グリーンウッド・コーナーズです。ここからあまり遠くないところにある小さな村です」

「まあ、なんてあなたはかわいらしいのかしら。グリーンウッド・コーナーズね。思ったとおり。乳搾りの娘のようなその清らかな肌を見れば、田舎からいらしたことがすぐわかるわ。それに、そのいかにも無垢な雰囲気といい……守ってあげたくなる。まだ結婚していないのね。ねえ、サラ、どなたかに愛を告白されたことはおあり？」

サラは黙り込んだ。この人の意図はいったい何だろう。

「もちろん、たくさんの殿方のハートを射止めることでしょうよ」と彼女は言った。「もっとも頑なな男のハートさえも。そうよね、あなたみたいなかわいらしい無垢な乙女にあらがえる男はいないわ。年寄りでも、あなたを見れば、青年に戻ったような気分になる。きっと、放蕩者だって改心して――」

「ジョイス」リリーの穏やかな声が聞こえてきた。サラとレディ・アシュビーは、ふだんは見られないような尊大な雰囲気をまとったリリーのほうを見た。サラは立ち上がり、心の中で救世主に感謝した。「わたくしのお友だちは、そんなふうに褒めていただいてとても喜んでいると思いますわ」リリーは冷静につづけた。「でも、この方はかなり内気ですの。どうか、わたくしのお客様を困らせるようなことはおっしゃらないで」

「まあまあ、すばらしい女主人ぶりですこと、リリー」ジョイスは猫なで声で言った。敵意に満ちた目でリリーをにらみつけている。「あなたが、あれほど多彩な人生を歩んでこられたなんてだれが想像するかしら。上手にお隠しになっていらっしゃるもの。でも、過去を完全に隠しとおすことはできないのではなくって？」

「どういう意味かしら？」リリーは目を細めて尋ねた。

「あなたのかわいらしいお嬢さんのニコール。あの子を見るたびに、あなたとデレク・クレーヴンの関係を思い出しますのよ」ジョイスはサラのほうを向いて、ぬけぬけとつけ加えた。

「まあ、驚いたようね。ニコールがデレク・クレーヴンの子だということを、知らない人がいるとは思わなかったわ」

9

　サラは、リリーが短気を起こすまいと心の中で闘っているのを感じ取った。一瞬、衝動に負けてしまいそうに見えたが、サラはリリーの味方であることを無言で示すために、リリーの腕にそっと触れた。レディ・アシュビーはそのしぐさを嘲笑するような目つきでながめていた。リリーは自分を抑えて、唇が白くなるほどきゅっと口を引き結び、サラをちらりと見て言った。「二階へ行きましょう」その声は心持ち震えていた。

　サラは即座にうなずき、計算高くほほえんでいるレディ・アシュビーを残して、リリーとともに部屋を出た。

　大階段を上がって二階に着くと、やっとリリーは話ができるようになった。「ニコールはたしかに結婚外にできた子よ。でも、父親はデレクではないの」

　サラはのどの奥で小さな慰めの声を発した。「リリー、いいんです、そんなことをわたしにおっしゃらなくても――」

「わ、わたしは数年前に過ちを犯したの。結婚する前のことよ。アレックスは、あの子を自分の娘だとしてもそれ以上愛せないくらい愛してくれているわ。他人にわたしのことを何と言われようとかまわない。でも、ニコールには何の罪もないし、とても大切な子どもなの。あの子がわたしの犯した罪のために罰を受けるなんて考えるだけでつらくてたまらないわ。幸い、うるさいことを言う人はさほど多くないから助かっているけれど。レディ・マウントベインなんて、たくさんの子どもを産んでいるけれどみんな父親が違うものだから、寄せ集め一家なんて陰口をたたかれている。それにレディ・アシュビー自身も、一連隊つくれるほどたくさんの情人をつくってきたわ。まったく頭にくる女！　言うつもりはなかったんだけど、こうなったら教えておくほうがいいわ。あの日、裏町でデレクを襲わせた張本人は彼女なのよ」

サラは驚きと恐れで息を飲んだ。怒りの矛先はレディ・アシュビーだけでなく、デレクにも向けられた。あんな人と関係するなんて！　まあ、ふたりは同類ということね！　つまりはこういうことが延々とつづくわけなんだわ、と心の声が意地悪くささやく……いつも彼の犯した罪に直面させられることになる……そして、毎回彼を弁護しなければならないんだわ。またしても、どうして自分はここへ来てしまったんだろうと後悔した。気持ちがどんと落ちこみ、グリーンウッド・コーナーズに帰りたいとリリーに告げようかと考えた。

「……レディ・アシュビーには近づかないようにするのよ」とリリーが言っている。「デレクがあなたに気があることに、もし彼女が気づいたら、たいへんなことになるわ」何か口の中でもごもご言いながら、リリーは早足で階段を上っていった。サラは息を切らせてあとを追いかけた。「来て――見せたいものがあるの」

ふたりは三階に上がり、ぶあつい絨毯を敷きつめた明るい一連の部屋に近づいた。学習室と子ども部屋、そして乳母とふたりの子守り女中《ナースメイド》の部屋だとリリーが教えてくれた。子ども部屋から、子どもらしいおしゃべりと笑い声が聞こえてきた。サラは戸口に立って、ふたりのかわいらしい黒髪の子どもたちをながめた。女の子のほうは八歳か九歳くらい、男の子は三歳といったところだろうか。子どもたちは、積み木やゲームや本の山に囲まれて、絨毯の上にじかに座りこんでいた。

「わたしのかわいい子どもたちよ」リリーは自慢げに言った。

母親の声を聞きつけて、子どもたちは同時に顔を上げ、こちらに走ってきた。「ママ!」

リリーは子どもたちを抱きしめてから、くるりと回してサラのほうを向かせた。「ニコール、ジェイミー、この方はミス・フィールディングよ。ママの大切なお友だちで、物語を書いているの」

ニコールは上手にお辞儀をして、興味深げにサラをじっと見た。「お話を読みたいわ」

「ぼくも!」ジェイミーも口をそろえ、姉のスカートの後ろに隠れた。

「ジェイミーはまだ読めないくせに」と姉は威張って言った。

「読めるもん!」ジェイミーはかっとなって言い返した。「見せてあげる」

「子どもたち」リリーが割って入り、本をとりに行こうとしたジェイミーを止めた。「とってもよい天気よ。外でいっしょに雪遊びしましょう」

乳母は賛成しかねるという顔で眉をひそめた。「奥様、お子様たちは風邪をひいて死んでしまいますわ」

「大丈夫よ、そんなに長くは外にいないから」リリーは快活に言った。

「舞踏会のお支度もなさいませんと――」

「着替えは早いの」リリーは子どもたちに笑いかけた。「それに、子どもたちと遊ぶほうが、堅苦しい舞踏会なんかより、ずうっと楽しいわ」

ふんと不満そうに鼻を鳴らして、乳母は子どもたちの上着をとりに行った。

「お人形をひとり連れて行ってもいい、ママ？」ニコールがきいた。

「もちろんよ」

サラはニコールの一風変わったかわいらしさにほほえまずにいられなかった。少女は塗装された玩具用簞笥の扉を開けて、ずらりと並んだ人形を吟味した。小さな貴婦人のような雰囲気をもつ子どもだった。「わたしは、好きなだけおてんばをしてかまわないわよと言っているんだけど、どうもそういうのは好きじゃないみたい。天使のような子よ。わたしとは正反対」とリリーは静かに笑った。「子どもができればわかるわ、サラ――きっとどうしようもないきかんぼうになるから」

「想像できません」サラは言って、自分が母親になる姿を思い描こうとした。悲しげなほほえみが口元をよぎった。「母親になれるかどうか、わかりませんわ。子どもを持てない女性もいますし」

「あなたはまさに母親になるべき人だわ」リリーはきっぱり言った。

「どうしてわかるのです？」

「だって辛抱強くて、やさしくて、ありったけの愛を注げる人だもの……世界一のお母さんになるでしょうよ！」

サラは力なく笑った。「もしそうなら、あとは父親となる人をさがさなくてはなりませんわね」

「今夜の舞踏会には、結婚相手にぴったりの独身男性がうようよいるわよ。晩餐では、あなたの両側の席に花婿候補としてもっとも好ましいと思われる人たちを座らせるようにするわね。あのブルーのドレスを持ってきた？　よかった。あなたがその気になりさえすれば、どんな男もなびかせることができると思うわ」

「わたしは結婚相手をさがしに来たのではありません――」

「だからといって、絶好の機会を無視することはないんじゃない？」

「ええ、まあ」サラはそうつぶやきながら、舞踏会に出ないで帰るという計画はやめようと思った。ここに来てしまったからには、滞在しても別に悪いことは起こらないだろう。

夜会用の盛装に身を包んで客間に集まっていた客たちは、長くこみいった手順を踏んで、天井の高さが一五メートルほどもあるきらびやかなダイニングホールへと案内された。カップルは階級や地位、年齢などの順に従って導かれ、レディたちは紳士の右腕に軽く手をかけてしずしずと歩いていった。ダイニングルームには、客が一〇〇人くらい座れる長いテーブルが二つ置かれていた。テーブルの上には数えきれないほどのクリスタルのグラスや銀器、そして細かな模様がついた磁器の皿が並んでいる。

魅力的な若者にはさまれて座ったサラは晩餐を心ゆくまで楽しんだ。テーブルでの会話はすばらしかった。というのも、客の中に詩人が何人かいて、自分たちの最新作を暗唱したり、また大使たちが海外での面白おかしい出来事を話したりしたからだった。数分に一度、一同はグラスを揚げて、すばらしい主人夫妻に、おいしい食事に、国王陛下の健康を祈って、などと陽気に乾杯を繰り返した。白い手袋をはめた召使たちが客たちのあいだを静かに歩きまわり、コースの合間の口直しに、味つけしたパイや小さなスフレ、ボンボンをのせたクリスタルの皿などを配った。ウミガメのスープが入った蓋つきの大型容器と、サーモンの皿がさげられたあとは、ローストビーフ、家禽や猟鳥の肉の料理などがつづいた。食事の最後はシャンペンのシャーベット、焼き菓子、色とりどりのフルーツの盛り合わせといったデザートが供された。

テーブルからクロスが取り払われると、紳士たちは椅子に深くもたれ、レイフォード卿自慢の酒蔵から出されたワインやシェリー酒を飲み、葉巻をくゆらせて、政治談義など、男の話題で盛り上がった。一方女性たちは、別の部屋に移ってお茶を飲みながらゴシップに花を咲かせた。あと一時間か二時間して、晩餐がすっかり終わったところで、ふたたびダンスがはじまることになっていた。

アレックスの左側に座っていたデレクは、ポートワインのグラスを片手に、ものうげなふりを装って会話に耳を傾けていた。感じのよい客ばかりであったとしても、食後の議論には加わらないというのがデレクの習慣だった。紳士たちのほうも、デレクを話し合いに引きこもうとはしなかった。デレクはもともと口数が少なかった。長くとうとうと弁ずるということが大嫌いだったのだ。しかし、吟味された短い言葉で話題の核心を突く発言をすることがよくあった。「それに」とひとりの紳士が隣の紳士に向かってつぶやいた。「財産をどれくらい持っているかを知られている相手と議論するほどわたしはばかではない」

「どうして彼がそんなことを知っているんだ」

「やつはあらゆる人の財産を調べあげているんだ。一シリングの端数まで数えているのさ」

杯を重ねるうちに、紳士たちの話題は最近議会で否決された法案のことに移っていった。その法案が通れば、煙突掃除に子どもを使うことは禁止されるはずだった。ところが、話が長いことで有名なローダーソン伯爵という恰幅のいい人物が――彼は機会をとらえては、どんな話題も冗談と笑い話に変えてしまう癖があった――議会でユーモアたっぷりに演説をぶち、その法案をつぶしてしまったのだった。そのときの伯爵の言葉が、紳士たちがくつろいでいるテーブルで再現され、男たちはまさに名言ですなと笑った。己の機知にすっかり満足して、ローダーソン卿は智天使のように顔をピンクに染めて晴れやかにほほえんだ。「あの日は、とくに口の滑りがよかったようだ」と彼は笑いながら言った。「人を楽しませるのは実に楽しい……いやあ、実に楽しいものだ」

デレクは、手に持っていたグラスを強く握りすぎて砕いてしまうのを恐れて、そっとテーブルに置いた。彼は金をばらまき、できるかぎりの根回しをして、法案を通そうと努めた。さらに、レイフォード卿の支援もあって、法案はぜったいに通るものと考えられていた。ローダーソンがそれを冗談の種にしてしまうまでは。突然、ローダーソンの自慢話にどうしても我慢ができなくなった。

「あなたのお話は実に面白い」とデレクは言った。彼の口調は妙に静かで、さかんに冗談が飛び交っていたその場の雰囲気を白けさせた。「しかし、煙突掃除をさせられている子どもたちが、あなたのウィットに富んだ冗談を、議員の方々ほど面白いと思うかどうかははなはだ疑問です」瞬時にテーブルは静まりかえった。多くの視線が無表情なデレクの顔に集まった。デレク・クレーヴンはいつも、どんなことにも肩入れしないという姿勢を見せてきた……しかし、この問題は彼にとって容易に看過できるたぐいのものではなかったようだ。少なからぬ数の客たちが、クレーヴン自身が昔、煙突掃除をしていたという噂を思い出した。彼らの笑顔は一気に消えていった。

「どうやら、きみは少年たちに同情を寄せているようだな」ローダーソンは言った。「わたし自身、ああいった哀れな子どもたちを気の毒だと思うが、ま、いわゆる必要悪というやつだ」

「子どもたちにわざわざさせなくとも、あの仕事は長い柄のついたブラシを使えば容易にすますことができます」デレクは冷静に言った。

「しかし、子どもにやらせたほうがずっと効率がよい。それに煙突が適切に清掃されていなければ、われわれの家が火事になってしまう恐れがある。貧乏人のせがれどものために、自分たちの命や財産を危険にさらせというのかね？」

デレクは輝くマホガニーのテーブルを見つめた。「あなたの面白おかしい演説のおかげで、何千人もの罪のない子どもたちが、この先何年にもわたり、死刑の宣告を受けることになるのです。いや、死よりもつらいことになるかもしれません」

「やつらは日雇い労働者の息子たちなのだぞ、ミスター・クレーヴン。紳士の子息ではない。虫けらのようなものなのだ。そんな連中を役立てることのどこが悪い？」

「クレーヴン」アレックス・レイフォードは、のっぴきならない事態になるのを恐れて声をかけた。

しかしデレクは目を上げて、冷静な、感じがいいといってもいいようなまなざしでローダーソンを見つめた。「閣下、わたしはあなたを同じ目に遭わせてさしあげたくなりましたよ」

「どういう意味かね？」ローダーソンは、せせら笑いながらきいた。

「つまり、今度あなたがその軽薄な演説で、わたしが支持している法案の成立を妨害なさったときには、あなたののどに煤とモルタルをいっぱい詰めこんで、その太ったケツを煙突に押し込んでさしあげるということです。途中でひっかかってしまった場合には、下で藁を燃やすか、足をピンでつつくかして、無理やりにでも這い上っていただきます。そして、もしも熱いとか息が詰まるとか文句をおっしゃるようなら、革紐で尻をたたいてさしあげましょう。煙突掃除の少年たちは毎日そうやってみじめにすごしているのですよ、閣下。あの法案が通れば防げたものを」氷のような視線でローダーソンを見てから、デレクは立ち上がり、ゆっくりとした足取りでダイニングホールを出て行った。

ローダーソンはその侮蔑的な言葉を、顔を深紅に染めて聞いていた。「クレーヴンの愚か者めが。あんなやつの言うことにだれが耳を貸すものか」その声は静まり返った部屋にこだました。「生まれも育ちも悪い、無教養で礼儀も知らない輩ではないか。たしかにイギリス一の金持ちかもしれんが、だからといって、このわたしに生意気な口をきく権利などない」ローダーソンは怒りを煮えたぎらせてアレックスを見た。「謝罪を要求しますぞ！　あの男を招いたあなたにも責任がある。代わりにあなたからの謝罪を受けましょう」

一同は凍りついた。椅子のきしる音さえ聞こえない、恐ろしいほどの沈黙に部屋は包まれていた。アレックスは大理石の彫像のような顔でローダーソンを見返した。「諸君、失礼する」ようやくアレックスが沈黙を破った。「なんだか急に空気がよどんできたようだ」不愉快きわまりないという顔でテーブルを離れたアレックスを、ローダーソンは飛び出さんばかりに目を見開いて見つめていた。

舞踏会がはじまるまで、デレクの姿はどこにも見あたらなかった。アレックスは舞踏室で足を止め、薔薇の巨大な茂みに隠されているオーケストラのようすを監督した。おのおの目方が一〇〇〇ポンドほどもあるフランス製のシャンデリアが、ぴかぴかの床と巨大な大理石の柱に光をまき散らしていた。リリーはいつもどおり温かく優雅に舞踏会を仕切っており、出席者全員が楽しめるようにさりげなく気を配っていた。

通りすぎる召使から、酒のグラスを受け取っていたデレクを見つけて、アレックスは近づいた。「クレーヴン、先ほどのダイニングルームの件だが——」

「上流の連中は嫌いだ」とデレクは言って、ごくりとワインを飲んだ。

「上流の者たち全員がローダーソンみたいだというわけじゃない」

「そうだな。もっとたちの悪いやつもいる」

デレクの視線の先をたどると、でっぷり太ったローダーソンが貴族のグループに混じり、さかんにアシュビー卿にごまをすっていた。アシュビー卿は傲慢でかんしゃく持ちの保守派の貴族で、いつもだれかに説教をたれていた。彼は自分のしゃべる言葉は、口からこぼれる真珠のように貴重だと信じていた。高い階級と富を持つアシュビーの言葉に、取り巻き連中が逆らうことはけっしてない。「レディ・アシュビーは声をかけてきたか？」

デレクは首を振った。「それはないだろう」

「どうしてそう確信できるんだ？」

「最後に会ったとき、もう少しで彼女を絞め殺すところだったからさ」

アレックスは驚いたようだったが、それから苦笑いを浮かべた。「だったとしても、きみを責める気にはならないな」

デレクはアシュビー卿に視線を据えたまま言った。「ジョイスは、あのご老体と結婚したとき一五だった。見ろよ、貴族の腰ぎんちゃくどもに囲まれている。ジョイスがあんなふうになったのもわかる気がする。一〇代であいつと結婚させられたら、臆病なウサギになるか怪物になるしかないだろう」

「彼女にいくばくかの同情を寄せているように聞こえるね」

「いや。ただ、理解できるんだ。人生が人間をつくるのさ」デレクは黒い眉のあいだに深いしわを刻み、部屋の隅のほうを指し示した。「ああした立派な男爵や子爵がもしも貧民街に生まれ落ちたとしたら、わたしと大差なかっただろう。高貴な血など無に等しい」

アレックスはデレクの視線の先を追った。サラ・フィールディングが紳士たちに囲まれている。小柄だが官能的な曲線を描く体は、彼女の瞳よりも少し濃いブルーのベルベットのドレスに包まれていた。栗色の巻き髪は後ろにまとめられている。今夜は格別美しかった。はにかんだところがまたかわいらしくて、どんな男性も惹きつけられてしまう。アレックスはデレクの無表情な顔を振り返った。「もしそうなら」とアレックスはゆったりとした口調で言った。「なぜ上流階級の男にミス・フィールディングを渡してしまうんだ？」

デレクはその質問を無視したが、アレックスは食いさがった。「彼らの中に、きみよりも彼女にやさしく接する男がいるというのか？　彼女の面倒をもっとよく見られる男が？　あの浮ついた若者たちの中に、きみほど彼女の価値をわかっている者がひとりでもいるというのか？」

グリーンの瞳が冷たく光った。「あんたはだれよりもわたしがどういう人間かわかっているはずだ」

「昔のきみのことなら知っている」アレックスは答えた。「五年前なら、自分は彼女のような人にはふさわしくないというきみの意見に同意しただろう。しかし、きみは変わったんだよ、クレーヴン。十分にね。そして、もし彼女がきみの中に、愛するのに値するところを見つけたのだとしたら……運命がくれた贈り物に文句をつけるのはやめたらどうだ」

「ふん、ずいぶん単純なんだな」デレクはあざけるように言った。「わたしがどこのだれの子ともわからない人間として生まれたことも関係ないというのか。偽物の名前に上等な服を着て、怪しげな上流階級の言葉を使う男が、彼女にはお似合いだと。わたしには家族もなく、信仰心もないということも重要ではないと。崇高な主義も持たないし、名誉などくそくらえだし、人のために何かしてやろうという気持ちもない。彼女には、わたしは汚れすぎている。そうでなくなることはありえない。わたしのような男とかかわらないほうがいいんだ」デレクは唇を引いて冷笑を浮かべた。「わたしと彼女が結ばれることは運命の贈り物などではない。そんなものは、ばかばかしい冗談にすぎないのさ」

アレックスはすぐに議論をやめた。「どうやらきみが一番よくわかっているようだ。すまんが、妻をさがさなくてはならん。崇拝者を撃退するのに苦労しているだろう。きみと違って、わたしはかなり嫉妬深いたちだからね」

「度を超した焼きもち焼き、と言ったほうがいいんじゃないか」友が歩み去っていくのをながめながら、デレクはつぶやいた。

デレクはまた視線をサラと彼女を囲んでいる若者たちに戻した。「焼きもち」といった生易しい言葉では、この感情を表現することはできなかった。デレクはサラの関心を引こうとしている男たちを嫌悪していた。怒鳴りつけて、彼らの肉に歯を立て、なれなれしく触ろうとする手やいやらしい目つきを、サラから引き離したかった。しかし、そのあと彼女をどうしたらいいのだ？　サラを愛人にするという考えは、結婚と同じくらい問題外だった。どちらにしても、サラを破滅させてしまうだろう。残るたったひとつの選択肢は彼女に近づかないことだが、それは息を止めるのと同じくらい困難に思われた。肉体的に彼女に強く惹かれていることはたしかだが、それ以上にあらがいがたいのは、サラのそばにいるときに感じるあの警戒すべき感情だった……そう、幸福というものに危険なほど近いあの感情だ。だが、この世界に、自分ほど幸福を感じる権利を持たない人間はいないのだ。

デレクの姿は見えなかったが、サラは彼に見つめられているような気がしてならなかった。先ほどまで、デレクはほかの客たちといっしょになって冗談を飛ばしたりしていた。女たちがいろいろなサインを彼に送っているのをサラは見のがさなかった。誘いかけるような目つきをしたり、扇で肩をいたずらっぽくたたいてみたり。中には、大胆にも薄い布地で覆われているだけの胸をわざと彼の腕にこすりつける女もいた。女たちはデレクの低俗と優雅が混じり合った魅力にまいっていた。氷の層の下にくすぶる暗い炎のようだとも言えた。どの女も自分こそがその氷を破る者になりたいと思っているようだった。

「ミス・フィールディング」タビシャム子爵に呼ばれて、サラの思考は断ち切られた。子爵は数センチばかり近すぎる位置に立ち、感情のこもった茶色の目でサラを見つめていた。

「次のワルツをわたしと踊っていただけますか？」

サラはうまく断わるにはどうしたらいいかしらと考えながら、ぼんやりと彼にほほえみかけた。すでにタビシャムとは二度も踊っており、三度目などありえなかった。ほかの客たちに気づかれて、あらぬ憶測をされかねない。この直情型の若い放蕩貴族がとくに嫌いというわけではなかったが、気を持たせるようなことはしたくなかった。「わたし、踊り疲れてしまいましたわ」と申しわけなさそうにほほえんだ。実際、本当に疲れてもいた。何曲かのワルツと激しいカドリールで、足の裏が痛くなっていた。

「では、静かに座れる場所をさがしておしゃべりでもいたしましょう」と子爵は言って、うやうやしく腕を差しだした。彼から逃れられないのは明らかだった。心の中でため息をつき、サラは子爵にともなわれて、ずらりとフレンチドアが並ぶ長いギャラリーへ歩いて行った。木の背もたれに彫刻をほどこした、ぴかぴかに磨かれた木のベンチに腰を下ろす。「パンチはいかがですか？」タビシャムがきいたので、サラはうなずいた。「どこにも行ってはいけませんよ。眉ひとつ動かしてはだめです。わたしはすぐに戻ってきますから。もしほかの男が近寄ってきたら、もう予約ずみだと断わってください」彼は念を押した。

サラは敬礼の真似をして、その場からぜったいに離れないというふりをした。タビシャムはにっこり笑ってから行ってしまった。何組かのカップルがギャラリーを行き交い、テラスからのながめや、雪に覆われた庭園の噴水の美しさを褒め称えた。きらきら輝くドレスのビーズ飾りをいじりながら、サラは以前にこれを着たときのことを考えた。笑みがふわりと唇に浮かんだ。

あの人はわたしの眼鏡を心臓のところに持っていてくれた。男の人はそんなことはふつうしないものだ……。

そう考えると、全身の神経がぴりぴりしだした。サラは足がうずくのもかまわず立ち上がった。霜がついた窓から庭園が見える。生垣には白く霜が降り、影は冷たく静かだった。青白く輝く月が、凍った噴水と植込みで縁取りされた歩道の上にかかっていた。音楽と喧騒に満たされた舞踏室と比べると、静まり返った庭は魅惑的な聖地に思われた。衝動にかられて、サラはフレンチドアに近づき、金色のノブを回した。冬の風にむきだしの肩をなでられてぶるっと身を震わせたが、ドアを閉めて外に出た。

庭園は雪の城のようだった。用心しながら舗装された道に沿って歩いた。肺に新鮮な空気が満たされる。考えごとをしながらぶらぶらと歩いていると、背後で物音がしたので、はっと我に返った。風の音か……あるいは、わたしの名前を呼ぶ低い声？　サラはスカートの裾についた雪を振りまきながらくるりと振り返った。やっぱり彼はわたしを見ていたのだ。数メートル離れたところに立っている男の姿を見て、サラの顔はぱっと明るく輝いた。

「なんとなく、あなたがついてきてくれるような気がしていたんです」サラは息を詰まらせながら言った。「というか、そうだったらいいのに、と願っていました」

デレクのいかめしい顔つきは、感情の奔流を押し隠していた。どうしてそんなふうにほほえみかけられるんだ？　デレクは寒さと情熱と欲望で震えていた。ああ、そんなふうに見つめないでくれ。おれの魂の一番暗い底を見透かしているようじゃないか。彼女がこちらに歩いてくる。デレクは思わず、三歩で近づき、両腕で彼女を抱きしめた。デレクに抱き上げられて足が宙に浮くと、サラは楽しそうに笑い声をたてた。その息がデレクの耳をくすぐる。性急にデレクは唇を彼女の顔に這わせ、頬に、顎先に、ひたいに、荒々しくキスを浴びせた。サラは両手でデレクのほっそりした顎をはさんで動かないようにした。見上げるサラの瞳に月の光が映っている。「あなたといっしょにいたい」サラはささやいた。「何が起ころうとも」

生まれてから一度も、だれかにそんなことを言われたことがなかった。デレクはばくばく鳴る心臓の音を無視して、なんとか冷静に考えようとしたが、サラの柔らかな唇が自分の唇に触れるのを感じた瞬間、すべての理性は吹き飛んだ。飢えたようにサラに覆いかぶさり、あまりの激しさで彼女を傷つけないように自分を抑えながら、唇をむさぼった。凶暴でやさしい感情に貫かれ、全身がぶるぶる震えた。

リリーはかたかた歯を鳴らしながら、足音を忍ばせて、凍りついた庭木の後ろにこっそりと隠れていた。情熱的に抱き合うデレクとサラの姿が遠くに見える。リリーはにやりと笑った。勝利のダンスをしたいところだったが、ここはじっと我慢しなければならない。手をこすり合わせて温めながら、どうやったらふたりを結びつけられるかしらと策を練った。

「リリー」

ひそめた低い声にリリーはびくっとしたが、すぐに夫の手が体にまわされた。「こんなところで何をしているんだ？」妻を抱き寄せてアレックスがささやいた。

「つけてきたのね！」リリーはむかっ腹を立てて、ひそひそ声で言った。

「そうだ――そしてきみは、デレクとミス・フィールディングをつけてきた」

「しかたないでしょ、ダーリン」無邪気にリリーは言った。「ふたりを助けているんですもの」

「そうかな」アレックスは皮肉っぽく言った。「ぼくには、こそこそふたりのようすを密かに探っているように見えたが」妻が抵抗するのを無視して、アレックスは彼女を屋敷のほうに引っ張っていった。「もう十分に助けたと思うぞ、奥様」

「野暮な人ね」とリリーは力強い夫の手を振りほどこうとする。「もうちょっと見ていたいの――」

「もう、放っておきなさい」

強情なリリーは縁石に足をひっかけて抵抗をつづけた。「まだ、だめ……アレックス……うわ！」ぐいっと引かれ、リリーはバランスを崩して夫に倒れかかった。

「足元に気をつけなさい」アレックスはまるでよろけたのはきみのせいだと言わんばかりに、穏やかに注意した。

リリーの黒い瞳と、アレックスのきらめくグレーの瞳がぶつかり合った。「この頑固で、

「横暴な威張りんぼ」とリリーは責めたてたが、しまいにはくすくす笑いだして、夫の胸をたたいた。

アレックスは笑いながら暴れる妻を黙らせて、官能的にキスをした。リリーが息を荒くしはじめたのでようやく唇を離した。「とりあえずいまは、デレクはきみの助けを必要としていない」アレックスは大胆に妻のチュールとサテンのドレスをなでまわした。「だが、わたしのほうは、緊急に対処してもらいたい問題を抱えている」

「あら、どんな問題？」

アレックスの唇がリリーの首筋をさまよう。「ふたりきりになったら教える」

「いま？」リリーはあきれたように言った。「いやだわ、アレックス、いくらなんでも――」

「いまだ」きっぱり言うと妻の手をとり、屋敷の裏手へと歩きはじめた。

リリーは指を夫の指にからませた。期待で胸がどきどきしている。意固地で威圧的なところはあるものの、リリーはアレックスを世界一すばらしい夫だと思っていた。そしてそう言おうと思った瞬間、目の前を横切ろうとしていた女性とぶつかりそうになった。

ジョイスはさっと体を回転させて、凶暴な猫のような目つきでふたりをにらんだ。リリーはその怒りに燃えた顔を見て、彼女もデレクのあとをつけてきて、彼がサラとキスしているところを見ていたんだわと思った。「レディ・アシュビー」リリーは猫なで声で言った。「散歩にはちょっと寒い晩ですわねえ」

「室内の猥雑さと比べて、ほっとしますわ」ジョイスは答えた。

室内装飾の趣味のよさでは定評があり、エレガンスの見本と世間では褒め称えられているリリーにしてみれば、わが家を「猥雑」と表現されて黙ってはいられない。「いいですこと――」と言いかけたが、アレックスにぎゅっとつかまれ、痛みに顔をしかめた。「まあまあ、ここは穏やかに」アレックスは貴族的なまなざしをジョイスに向けた。「妻とわたしが、喜んで舞踏室までごいっしょいたしますよ、レディ・アシュビー」

「けっこうよ――」とジョイスは断わったが、アレックスの決然とした腕が差し出された。にらみつけている妻を無視して「どうぞ」とアレックスは言った。自由にさせれば、ふたりはまた庭に戻って盗み見をつづけることだろう。アレックスはデレク・クレーヴンが気の毒になった。彼は首までどっぷりトラブルにつかっている。だが、それも結局のところ自身で蒔いた種だ。アレックスはかつて読んだ本の一節を思い出し、皮肉な笑いがもれそうになるのを抑えた。「この度し難い女どもめ！　どうしてわれわれにつきまとうのだ！」

飢えたような激しいキスに我を忘れていたデレクとサラは、まわりで起こっていることには気づきもせず、欲望の炎を燃え上がらせていった。デレクは足を開いてサラの体をもっと近くに抱き寄せ、唇をサラののどへと這わせた。「あ……」肌に舌が触れるのを感じて、サラはのどの奥で声をあげた。デレクはひざを折って、香水のにおいがする胸の谷間に顔をつけ、深く息を吸い込んだ。

と、いきなり、デレクは顔を上げて、唇を豊かな巻き毛にうずめた。「いけない」とくぐもった声で言う。大きな体は激しい呼吸以外の動きを止めた。信じたくてたまらない言葉をもう一度彼女の口からききたくて、待っているかのようだった。

正直こそがサラの持ち味だった。気持ちを隠しておくなどできない。破滅を招くかもしれないとわかっていたが、心をさらけださずにいられなかった。「わたしにはあなたが必要なのです」と言って指をデレクの黒髪に通した。

「おまえはわたしがどんな人間であるかすらわかっていないのだ」

サラは顔を上げて、太い眉のあいだを走る細い傷痕に唇をあてた。「あなたがわたしのことを思ってくださっているのはわかっています」

デレクは、傷を癒そうとするかのようなサラのやさしい唇から離れようとはしなかったが、言葉は残酷だった。「十分にとは言えない。本当におまえのことを思っていたら、ここにこうしていることはなかったはずだ。おまえに近づかないだけの節度をもっていたらと思う」

「わたしは、ずっとずっとひとりぼっちでした」とサラは熱をこめて言った。「わたしはだれも欲しくない。ペリーも、村のどの男性も、あの舞踏室の紳士たちも。ただあなただけが欲しいの」

「もっと世間を知っていれば、世の中には、ペリー・キングズウッドやわたしなどよりも自分にふさわしい男が山のようにいるのがわかる。平凡で高潔な男が世間にはごまんといるんだ。おまえのような女に、そういうやつらは喜んでひざまずくだろう」

「高潔な人なんかいやです。あなたがいいの」

デレクが思わずほほえんだのを、サラは耳で感じた。「かわいいエンジェル」とデレクはささやいた。「わたしよりもずっとおまえにあった男がいる」

「そんなことありません」デレクはサラの体を押しやろうとしたが、サラは彼の顎の下に顔をすり寄せた。

デレクは困ったようにサラを自分の温かい体で包み込んだ。「体が冷えてきた。家の中に入ろう」

「寒くありません」サラはどこへも行きたくなかった。この瞬間を、幾晩も幾晩も夢見てきたのだ。

デレクはサラの頭越しに舞踏室の光をちらりとながめた。「おまえはハリー・マーシャルと踊っているべきだ……あるいはバンクス卿と」

ふたりの青臭い若者の名前を聞いて、サラは眉をひそめた。「ああいう人たちがわたしにはふさわしいとおっしゃるの？　わたしと、浅薄でうぬぼれの強い伊達男をくっつけて、それでわたしがすばらしい相手を見つけたということになるの？　だんだんわかってきましたわ。もっとふさわしい相手がいるというのは、わたしから逃げるための都合のいい口実なのね！　本当はわたしには何かが足りないんだわ。わたしではあなたの要求を満たせないと――」

「違う」デレクは素早く否定した。

「あなたは、意味ありげにささやきかけてきたり、流し目を使ったり、扇でつついたりする、既婚のレディたちとおつきあいしているほうがいいんだわ――」

「サラ――」

「物書きっていうのは観察眼が鋭いのです。あなたがどの人とつきあったことがあるか、見ただけでわかる――」

デレクはサラのほとばしる非難の言葉を口づけで制した。彼女が鎮まると頭をあげ、「どの女も、わたしにとってはどうでもいい者たちだ」と荒々しく言った。「約束も義務もない。どちらの側にもだ。女に心を動かされたことはない」デレクは顔をそらして、くそっとつぶやいた。そんなことをサラに説明しても空しいだけだとわかっていた。だが、彼女にわからせておかなければならない。おれに幻想を抱かせないように。デレクは先をつづけた。「わたしのことを愛していると言った女もいた。そう言われたとたん、後ろを振り返ることなく女と別れた」

「なぜ？」

「わたしの人生には愛などというものが入り込む場所はないからだ。欲しくもないし、迷惑なだけだ」

サラはそむけられたデレクの顔を見つめた。感情を殺した言い方にもかかわらず、彼の心は騒いでいるのが感じとれた。彼は自分に嘘をついているんだわ。彼は、わたしがいままで会っただれよりも愛に飢えているのだ。「では、あなたは何が欲しいのですか？」とそっと尋ねる。

デレクはそれには答えず頭を振った。しかしサラにはわかっていた。彼は安心を求めている。富と権力があれば、傷つくことも、孤独になることも、棄てられることもないから。サラはデレクの髪をなでつづけ、濃い黒髪を軽く指先でもてあそんだ。「わたしに賭けてみて」とサラは詰め寄った。「たとえ負けても失うものはほとんどないでしょう?」

デレクは耳ざわりな声で笑うと、腕をほどいてサラを放した。「おまえにはわかっていない」

必死にしがみついて、サラは口をデレクの耳につけた。「聞いて」あとは最後の切り札を出すしかない。感情が高ぶって声が震えだす。「真実は変えることができません。あなたは耳も聞こえない、目も見えない人のようにふるまうことができるし、わたしから永久に去っていくこともできます。でも、真実は消えない。あなたにはそれを押しやることはできないのよ。わたしはあなたを愛しています」デレクの体に思わず震えが走るのをサラは感じた。「愛しています」と繰り返す。「どうかわたしのために別れるんだなんて言わないで。自分たちをごまかすのはやめましょう。あなたがしようとしていることは、ふたりが幸せになれるチャンスを否定することだわ。わたしは夜も昼もあなたを思いつづけるでしょう。でも少なくとも、わたしの良心はとがめない。だって、わたしは恐れやプライドや強情のせいで、あなたに対する本当の気持ちを隠したりはしなかったから」デレクの筋肉が、大理石から彫り出されたかのように、信じがたいほど硬直しているのが感じられた。「たった一度でいいから、立ち去らない強さをもってください」サラはささやいた。「わたしといっしょにいて。

あなたを愛させて、デレク」

デレクは打ちのめされて、凍りついたままたたずんでいた。腕の中にはサラのぬくもりと真心があった……だが、差し出されたものを受け取ることはできない。自分がまったく価値のない、ペテン師だとこれほど切実に感じたことはなかった。おそらく、一日、いや一週間くらいは、サラが望んでいるような男になれるだろう。しかし、それでおしまいだ。与えられた過酷な運命から逃げ出すために、おのれの誇りも、良心も、体も、とにかく使えるものはなんでも売ってきた。いまとなっては、巨万の富をはたいても、犠牲にしてきたものを買い戻すことはできない。涙を流すことができるなら、きっと流していただろう。しかし、泣くことができない男には、冷たく全身が麻痺していき、心があったはずの場所がその冷たさで満たされていくのを感じるしかない。

サラを置いて歩み去るのは難しくなかった。それは拍子抜けするくらい容易だった。

デレクが自分の腕をほどいて去っていくのを感じて、サラは言葉にならない声を発した。彼は、ほかの女にしてきたように、一度も振り返ることなく行ってしまった。

サラはどうにかひとりで舞踏室に戻ったが、頭がくらくらしていて、次に何が起こるのか考える余裕もなかった。デレクはいなかった。舞踏会の優雅な喧騒のおかげで、なんとか平静を装うことができた。うっすらと笑みを浮かべて、違う相手と何度かダンスを踊った。軽い調子でおしゃべりをする自分の声が、耳に奇妙に響いた。心の痛みはどうやら表にはあらわれていないようだ。何かあったのではないかと気づく人はひとりもいない。

リリーがやってきた。しかし近づくにつれ、彼女のほほえみはいぶかるような表情に変わった。「サラ?」と彼女は静かに尋ねた。「いったいどうしたの?」

パニックに襲われたが、サラは黙っていた。ほんのわずかでも同情されたら、この場で崩れてしまいそうだった。いますぐ舞踏室から立ち去らなければならない。でないとわっと泣きだしてしまう。「あら、とても楽しくすごしていましたわ」サラはあわてて答えた。「でも、ちょっと頭痛がしてきました。もう時間も遅いし——夜更かしには慣れていませんの。お部屋に下がってもいいでしょうか?」

リリーはサラに触れようと手を伸ばしかけたが、すぐに引っ込めた。柔和な濃い色の瞳には思いやりが宿っていた。「何かあったなら、言って」

サラは頭を振った。「ありがとうございます。ただとても疲れてしまって」

ふたりが話しているのを、部屋の向こう側からジョイスが観察していた。彼女はグランヴィル卿と部屋の隅に潜んでいた。グランヴィルはもう何年もジョイスを追いかけていたが、まだベッドに入ることは許されていなかった。それでもあきらめきれず、ふられてもふられても言い寄っていた。男としての能力は折り紙つきだったし、さっぱりとしたハンサムでもあったのだが、ジョイスは彼に食指が動かなかった。とりあえず、これまでのところは。

ジョイスはグランヴィル卿の細められた目にほほえみかけた。「グランヴィル、ねえ、リリー・レイフォードの隣に立っている女を見てちょうだいな」

気乗りしないようすで、グランヴィルはジョイスから視線をはずして、話をしているふたりの女のほうを見た。「ああ、魅力的なミス・フィールディングだね。うん、なかなかいい」サラの豊満な曲線をじっと見てから、厚い舌で唇をなめた。「かわいらしい小さな砂糖菓子だな」ジョイスに視線を戻し、薄地のラベンダー色のドレスに身を包んだ金髪の美女に見とれた。「しかし、世馴れた経験豊富な女性のほうがいい――わたしの多彩な趣味を満足させてくれるような」

「そうでしょうとも」ジョイスの美しい顔は能面のようだ。「グランヴィル、わたしたち知り合ってからずいぶんになるわね。そろそろこの友情を、もう少し親密なものにする潮時かしら」

生々しい欲情がグランヴィルののどから湧き上がってきた。「おそらく」と息を吸い込みながら、一歩ジョイスに近づいた。

ジョイスは彼の胸に扇をあてて、やんわりとその動きを制した。「でも、その前にお願いがあるのよ」

「お願い、ね」と彼はうんざりしたように繰り返した。

「でも、あなたにも楽しんでもらえると思うの」ジョイスの唇は邪悪な笑みでねじ曲がった。「あなたのおっしゃるところの、かわいらしい小さな砂糖菓子さんが部屋に下がったら、彼女の部屋に忍びこんで……」つま先立ちになり、ジョイスは計画を彼の耳にささやいた。グランヴィルの赤らんでいた顔はさらに赤みを増した。「あの娘を、前菜と思ったらいいのよ。

今夜のメインコースをいただく前の。まず、ミス・フィールディング……それから、わたし」

グランヴィルは即座に不興顔になって頭を振り、「しかし、噂によると、デレク・クレーヴンがあの娘にご執心ということだ」と言った。

「彼女はクレーヴンには黙っているわ。恥ずかしくて、だれにも言えやしないわよ」

しばらく考えてから、グランヴィルはその好色な企みに満足してうなずいた。「よろしい。ただし、どうしてきみがそれを望むのか理由を聞かせてほしい。クレーヴンときみが以前関係していたことに、かかわりがあるのか？」

ジョイスは顎をわずかに引いてうなずいた。「あの男が大切にしているものをすべて壊してやるの」と彼女はつぶやいた。「クレーヴンがあの娘の無垢なところに惹かれているのだとしたら、堕落させてやるわ。あの男を愚かにも愛する女がいたら、その女を破滅させてやる。わたしはクレーヴンから何もかも取り上げてやるの……あいつがひざまずいて、わたしに許しを請わないかぎり」

グランヴィルは魅入られたようにジョイスを見つめた。「きみはなんて途方もない女なんだ。女豹だ。きみが崇めるものすべてにかけて、今夜わたしのものになると誓うか？」

「わたしには崇めるものなどひとつもないの」とジョイスはうっすらと笑った。「でも今夜、あなたのものになるわ、グランヴィル……あなたがミス・フィールディングを食したあとでね」

リリーが話を聞きたがるのを穏やかに断わって、サラはおやすみなさいとあいさつをし、舞踏室からそっと抜けだした。ひとりで階段を上る。一歩進むごとに、舞踏室の音楽や笑い声が遠のいていき、ようやく静まり返った自分の部屋に着いた。呼び鈴でメイドを呼ぶのも煩わしかったので、サラはひとりでドレスを脱ぎ、床の上にこんもりと重なり合っているビーズ飾りのついたベルベットのドレスと白いローンの下着からまたぎ出た。服を持ち上げるのはひとりでは無理のようだった。ナイトドレスを着てベッドの縁に腰を下ろすと、ようやくものを考えることができるようになった。庭でデレクに置き去りにされて以来、すっかり思考が乱されていた。

「もともと彼はわたしのものではなかったのだから、失うというのは変ね」と声に出して言った。もっと別のやり方はなかっただろうか。言葉が足りなかったのではないかしら。いいえ……後悔する理由は思いつかなかった。彼を愛したことも、告白したことも間違ってはいなかった。洗練された女性ならもっとうまい手が打てたのかもしれないが、手練手管など何ひとつ知らなかった。心をさらけ出して、真心を差し出すことが自分に取れる唯一の手段だった……愛は報われなかったけれど、少なくとも臆病者にならずにすんだ。

ベッドの横にひざまずき、両手を組み合わせて固く目を閉じた。「主よ」声を殺して祈った。「しばらくは耐えることができます……でも、どうか永遠に苦しむことがありませんように」サラは長いあいだじっと動かずにいた。心はつらい思いにもみくちゃにされている。感情のうねりの中には、デレク・クレーヴンに対する憐れみもかすかながら含まれていた。

今夜、ほんの一瞬ではあったが、彼もだれかを愛するという危険を冒そうとした。彼がふたたびそんな気持ちになることはけっしてないだろう。

じゃあ、わたしは？　サラはぐったりとして考えこみながら、ランプを消し、ベッドにもぐり込んだ。わたしはきっとこれをなんとか乗り越えて、いままでどおり平凡に生きていくのだろう。そしていつか、神様のおぼしめしによって……だれかほかの人を愛する強さを身につけられるかもしれない。

デレクはしばらくブランデーのグラスを片手にビリヤード室をぶらぶらして、葉巻を吸いにやってきた紳士たちのものうい会話を聞くとはなしに聞いていた。気だるい息がつまるような雰囲気に、檻に入れられた虎になったような錯覚に陥った。グラスを持ったまま部屋を出て、一階をそぞろ歩いていると、大階段に何か白いものが動くのが見えた。舞踏室に戻るのはやめて、その白いものの正体をさぐろうとデレクは階段を上がっていった。半分ほど上ったところに、白いフリルのナイトドレスを着たニコールがうずくまっていた。見つからないように、手すりの下に隠れていたのだ。長いぼさぼさの髪が背中にかかっている。デレクに気がつくと、人差し指を唇にあて、しーっというしぐさをした。デレクはさりげなく段を上っていき、ニコールの隣に腰をおろし、腕をひざの上に置いた。「こんな時間にベッドから抜け出して、何をしているんだ？」

「下をのぞいて、きれいなドレスを見ているの」ひそひそ声でニコールは答えた。「ママにはないしょよ」

「きみが上の自分の部屋に戻ると約束すれば、黙っていよう」

「舞踏会のようすを見てからよ」

デレクはきっぱりと首を振った。「小さな淑女は、ナイトドレスで家の中をうろつきまわるものじゃない」

「どうして?」ニコールは自分の姿を見下ろし、素足をドレスの裾の中に引っ込めた。「ぜーんぶ隠れているわ」

「そういうのはお行儀が悪いんだ」デレクは、行儀について子どもをさとす自分に嫌気がさして、苦笑いしそうになるのを抑えた。

「ママはあんなかっこうで歩きまわってていいの?」

「きみも、年ごろになれば許される」

「でも、デレクおじ様……」ニコールはせがんだが、デレクがいかめしく眉をひそめるのを見てあきらめたらしい。「わかった。お部屋に戻るわ。でも、いつかわたしも金色と銀色の舞踏会用のドレスを着るわ……そして一晩中踊るの」

デレクはニコールの小さな顔を見下ろした。ニコールの顔は母親よりももう少しエキゾチックだった。そのきらめく黒い瞳とはっとするような黒い眉を見れば、絶世の美女になることが予想された。「そんな日も遠くはないさ。いつか、ロンドン中の男たちが、きみに結婚を申し込むだろう」

「あら、わたしだれとも結婚したくないわ」ニコールは真面目に言った。「わたしが欲しいのは馬がたくさんいる厩舎を持つことだけ」

デレクは軽くほほえんだ。「一八歳になったら、その言葉を思い出させてやろう」

「でも、おじ様となら結婚してあげてもいいかも」と子どもらしくきゃっきゃっと笑った。

「なんてやさしいんだ、お嬢さん」デレクはニコールの髪をくしゃくしゃにした。「だが、きみに似合った年の男と結婚したくなると思うよ。わたしのような老いぼれでなくね」

階段の下からだれかの声が聞こえてきた。「彼の言うとおりよ」ジョイスの滑らかな声だった。「わたしは年寄りと無理やり結婚させられた——そしてごらんなさい、わたしがどうなったか」

ニコールのほほえみが消えた。子どもの本能で、ジョイスの美しい外見の下に隠されている崩壊した人格を感じ取っていた。ジョイスが流れるような優美な足取りで階段を上ってくると、ニコールは用心深くデレクに身を寄せた。ふたりの前に立ち止まり、ジョイスは意地の悪い目つきで少女をにらみつけた。「お行きなさい。わたしは、ミスター・クレーヴンとふたりきりで話があるの」

ニコールはおずおずとデレクのほうを見た。デレクは背中を丸めてニコールの耳元でささやいた。「ベッドへお帰り、お嬢ちゃん」

子どもが行ってしまうと、デレクの顔からすべての温かみが消し去られた。グラスを口元に持っていき、残っていた琥珀色の液体を飲み干した。立ち上がろうともしない。レディに対する礼儀などおかまいなしだ。

「なぜそんなに憂うつそうな顔をしているのかしら?」ジョイスは満足げなようすで言った。

「サラ・フィールディングとの庭での逢瀬のことを考えているの?」デレクがにらみつけると ジョイスはにやりとした。「ええ、全部お見通しよ。あなたがあの地味な田舎のスミレに心を奪われていることも。ほかの人もみんな気づいていて、面白がっているわ。デレク・クレーヴンが小心な田舎娘に夢中だなんて。無垢な女とやるのが好きだって教えてくれればよかったのに——そうすればたっぷり楽しませてあげられたのよ」ジョイスは手すりにしなだれかかって、デレクに笑いかけた。

デレクは彼女を見つめた。階段から突き落とすか、地獄に落ちろと言ってやりたかった……しかし、何かがデレクを引き止めた。彼女の勝ち誇ったような表情が気に入らなかった。何か企んでいる。デレクは鋭いグリーンの瞳で凝視したまま、ジョイスが話しつづけるのをじっと黙って聞いていた。

「ねえ、ダーリン、ああいう娘とやるのはどんなかしらねえ。あなたみたいな精力絶倫の男には、もの足りないんじゃないかしら。あの娘が、あなたを喜ばせるやり方を知っているとはとうてい思えない」ジョイスは考え込むようにため息をついた。「男ってばかよね。あなたは彼女に恋していると思い込んでいるだけ。あなたは人を愛することなどできない男よ。偉大なる好色な野獣なんだから……あなたが飼いならされるなんて許せない」ジョイスは赤い唇を挑発的に結んだ。「センチメンタルやロマンチックなどというばかばかしい感情は、ほかの男にまかせておきなさいよ。あなたは心なんかよりずっと立派なものを持っている……大きくて立派なペニスを。あなたがあの田舎娘にあげられるものなんてそれしかないの。彼女はそれをありがたがることすらできないと思うわ……でも、いま……セックスのいろはを学んで、少なくともあなたとほかの人を比べることくらいはできるようになったんじゃないかしら」ジョイスは猫のような笑いを浮かべて、最後の言葉に対する彼の反応をじっと待った。

比べる? ゆっくりとデレクは立ち上がり、ジョイスをじっと見つめた。不安に襲われ、心臓がどきんと不快な音を立てた。声はかすれていた。「ジョイス、何をした?」

「親切心からしてあげたのよ。彼女がもっと男について学べるように、いい先生を紹介してさしあげたの。こうして話しているあいだに、自分の部屋でやっているわよ。あの脂ぎったグランヴィル卿とね。もう彼女は、清らかな乙女ではなくなったってこと」

デレクの手からグラスが落ちた。厚い絨毯が敷かれていたので割れることはなく、ころころと階段を転がり落ちていった。「ちくしょう」デレクは小声で毒づくと、くるりと背中を向けて二段飛ばしで階段を駆け上がった。その背中に向かってジョイスが叫んだ。

「彼女を助けようったって無駄よ、色男さん。手遅れよ」彼女はげらげら笑いだした。「もう、終わっているころだわ」

眠りと覚醒のはざまにいたサラは、最初、これは悪夢なのだと思った。これが現実のはず

ができるようになっていた。暗闇の中なので、見知らぬ男の赤らんだ傲慢な顔はほとんど見えなかった。ベッドに侵入してきた男の体重がのしかかってくる。恐怖に体をこわばらせ、悲鳴をあげようとするが、大きな手で口をふさがれているために声が出せない。男の重みに押しつぶされ、平らになるほど押しつけられた胸が痛み、息ができないほど苦しかった。

「静かに、静かにするんだ」男はうなるように言いながら、ナイトドレスをまさぐってめくりあげる。「かわいい娘。今夜、わたしはおまえを見ていた……この見事な胸がドレスからはみ出しそうだったな。じっとしていろ。ロンドン中の女がわたしのあれによだれをたらしているのだ。体の力を抜け。たっぷり楽しませてやる」

サラは半狂乱になって、噛みついたりひっかいたりしようとしたが、どんなに必死にもがいても、男の太い腿がひざを割ってくるのを止めることはできなかった。汗と香水が混ざった男の肌のにおいが鼻孔を満たし、いやらしい手が半裸の体をまさぐってくる。窒息しそうになって、意識が暗い真空の虚ろへ沈んでいきかけた。

突然、口に押しつけられていた手が顔から離れ、重い体が取り払われた。サラはあらんかぎりの声で悲鳴をあげた。あわててベッドから抜け出し、やみくもに走って、部屋の隅にうずくまった。恐ろしい野獣の咆哮にも似たうなり声が部屋に響いた。目をぱちぱちさせて、いったい何が起こったのか必死に見きわめようとする。手を口にあてて、ふたたび悲鳴をあげそうになるのをこらえた。

ふたりの男が床の上で上になり下になりしながら転げまわり、洗面台に激突した。磁器の水差しと洗面器が落ちて粉々に砕けた。殺意に満ちたうなり声とともに、デレクはグランヴィルの顔にこぶしをめり込ませた。グランヴィルは痛さのあまりうぉーと叫んでデレクを突き飛ばしたが、デレクは身軽に体を回転させて立ち上がった。

グランヴィルもなんとか立ち上がって、恐怖に満ちた目でデレクを凝視した。「おいおい、まあ、待てよ、野蛮な真似はやめて、話し合おうじゃないか」

悪魔のように冷笑するデレクの白い歯が、鈍い光の中でぎらりと輝いた。「おまえの首を切り落とし、のどから手をつっこんではらわたを引きずり出してからな」

ふたたび襲いかかられ、床にたたきつけられたグランヴィルは恐怖でめそめそ泣きはじめた。残忍なパンチを情け容赦なく浴びせられ、破れかぶれで反撃の一打を繰り出す。一瞬、相手の攻撃の手が止まった。顔に手をあててみると、べっとり血がついてきた。「鼻が折れてしまった！」あわてふためいて叫び、後ろ向きに這いずりながらドアに近づいた。デレクは容赦なくあとを追ってくる。

そのとき、グランヴィルにとっては幸いなことに、家令が部屋に踏み込んできた。家令は部屋の中のようすを見てうろたえた。「頼む」グランヴィルは家令の足首をつかんですすり泣いた。「やつを近づけないでくれ！　わたしを殺そうと——」

「ただ殺されるだけですむと思うな」デレクはその言葉をさえぎり、割れた磁器のかけらをひっつかむとグランヴィルに迫った。

勇敢にも家令がデレクと彼の獲物のあいだに割って入った。「ミスター・クレーヴン」憤怒にかられた大男を見上げながら、家令は声を震わせて言った。「どうかしばらくお待ちを――」

「どけ」

泣きじゃくっている貴族が助けを求めていることがわかっているので、家令は動かなかった。「いいえ」と狼狽した声で言う。

ほかの召使たちや何人かの客も集まりだし、いったい何の騒ぎかと部屋の前に群がった。デレクは血に飢えたまなざしで、グランヴィルを見据えた。「次におまえと、おまえをここに送り込んだあの冷血なあばずれに会ったときは、ふたりとも殺してやる。あの女にも言っておけ」

グランヴィルは恐怖で縮み上がった。「おまえがわたしを脅迫したことを証言する証人がたくさん――」

デレクはばたんとドアを閉め、サラとふたりきりになった。にぎっていた磁器の破片を床に落として彼女のほうを向き、目にかかっていた黒髪を振り払った。それで身を守れるとでもいうように、サラは薄いナイトドレスを体に巻きつけた。表情を失っていて、デレクのこともわからないようだ。サラの全身がぶるぶる震えだしたので、デレクは近づいて、その体をすくい上げた。

黙ってサラを運び、自分のひざにのせてベッドに腰を下ろした。サラはデレクの広い胸に張りついたまま、両腕で首にしがみつき、顔を肩にうずめた。どちらも激しく呼吸していた。サラは恐怖から、デレクは憤怒によって。怒りがだんだんおさまってくると、ドアの外にさまざまな声が集まっているのに気づいた。だが、あえて部屋に入ってこようとする者はいなかった。この部屋で何が起こっているのか、彼らがどんな想像をしているのかはわからない。きっと、サラをだれかの手にゆだねたほうがいいのだろう。

濡れた頰が首をこするまで、デレクはサラが泣いていることに気づかなかった。サラはまったく声を出さずに泣いていた。ただ静かに涙が顔を伝っていく。その姿はデレクの心に痛みを与えた。ゆっくりと握りしめていたこぶしをゆるめ、サラのおろした髪と背中をなでた。「あいつにひどい目に遭わされたのか?」しばらくしてようやくデレクは尋ねることができた。

サラはデレクの言っている意味を理解していた。「いいえ」涙声で答えた。「あなたが来てくれたので。どうしてわかったのです? どうして——」

「あとで話す」このとき、デレクは自分のせいでサラが陵辱されかけたのだと説明することができなかった。

サラはデレクにもたれて体の力を抜き、震えるため息をついた。涙は乾きつつあった。グランヴィル卿にあれほど野蛮に襲いかかった男が、こんなにやさしく自分を抱きしめてくれるのは信じがたいことだった。広い胸に抱かれ、髪にかかる彼の息を感じていると、これまでこんなに安心できたことはなかったと思えてくる。わき腹を支えているデレクの親指が胸の膨らみに触れていた。こんなふうに親密に抱きしめられるのはいけないことだと思ったが、拒絶できなかった。デレクは頭を下げて、サラの唇に軽くやさしいキスをした。サラは目を閉じて、彼の唇が薄いまぶたと濡れたまつげに触れるのを感じた。

とんとんとノックの音がして、リリーがドアを開けた。部屋の中に滑りこむと、戸口に集まっていた人々のほうを振り向いて、「さあ、みなさん舞踏室にお戻りになって」ときびびした口調で言った。「もう大丈夫ですわ。階下に行かれたら、あらぬ噂を広めないようにお願いいたします」ばたんとドアを閉め、リリーはベッドに座っているふたりを見つめた。「まあ、なんてことでしょう」とつぶやくと、そばにやってきてベッドサイドのランプを灯した。

誤解を招く状況にいることに気づき、サラはデレクのひざから下りようとした。デレクはサラをベッドカバーの下にもぐりこませ、丁寧にカバーで彼女の体を包んでから、ベッドサイドに腰掛けた。

リリーは視線をサラの取り乱した顔から、デレクの無表情な顔へと移した。「あの汚らわしい好色漢のグランヴィルめ」とリリーはつぶやいた。「ずっとあの男のことは、助平のろくでなしと思っていたけど、まさかわたしの家でお客に手を出そうとするとは……いま、アレックスがあいつを屋敷からたたき出しているところよ。これからは、グランヴィルはどの貴族からも招待を受けることはなくなるでしょう。ほら、これが役に立つんじゃないかと思って」リリーはウィスキーのグラスをデレクに手渡した。「あなたたちのどちらに必要なのかは、わたしには決めかねるんだけど」

デレクはグラスをサラに渡した。サラは用心深くにおいをかいでから、首を横に振った。

「けっこうです——」

「わたしのために飲んでくれ」デレクはやさしくうながした。

サラは少しだけ飲んだが、のどが焼けて思わず咳き込んだ。そのきつい味に「うっ」と顔をしかめる。それでももう一度恐る恐る口をつけ、さらにまたもう一口飲んだ。

サラがグラスを返そうとしても、デレクはサラにそれを押しつけて「少しずつ飲むんだ」と言い張った。

リリーはベッドのそばに椅子を引いてきて腰掛けた。ひたいに巻いていた宝石を縫いつけたリボンをはずし、ぼんやりとこめかみをさすった。サラが心配そうにこちらを見ているのに気づき、リリーは弱々しくほほえんだ。「これで、あなたも初めてスキャンダルを起こしたわけね。大丈夫、デレクとわたしはこういうことに対処するのには慣れているから。わたしたちにまかせておきなさい」

サラは本当に大丈夫なのか確信が持てなかったが、とにかくうなずいて、唇にグラスをつけた。飲み進むにつれて、だんだんのどを通りやすくなっていき、しまいには体が熱くなって意識が朦朧としてきた。まるで骨の芯から熱が放散しているようだ。最初は、けっして眠れないだろうと思っていたのに、すぐに乱れた思考は疲労に置き換わった。デレクとリリーがとりとめのない話をはじめた。舞踏会や客たちについて、さらには天気についてのどうでもいいような話だった。

デレクはウィスキーが効果を発揮しはじめるのを見ながら、声をしだいに和らげていった。だんだんまぶたが閉じていき、サラは小さなあくびをした。呼吸が深く一定になっていく。ベッドカバーの下にもぐりこんでいる姿はまるで子どものようだった。波打つ髪が枕の上に広がり、長いまつげの影が頬にかかっていた。寝入ったのを確認してから、デレクは指先でサラの手のひらをなで、その肌の柔らかさにあらためて驚くのだった。

リリーは信じられない気持ちでデレクのようすを見守っていた。「あなた、本当に彼女を愛しているのね。いま、この瞬間まで、そんなことがあなたに起こるとは本気で思っていなかったわ」

デレクは黙っていた。真実を認めることはできない。

リリーがふたたび口を開いた。「たいへんなことになっちゃったわね、デレク」

「いや、間に合ったんだ。未然に防げた」

リリーは声を低めていたが、語調の強さは変わらなかった。「いいこと、デレク。グランヴィルが実際に彼女をものにしたかどうかはこの際関係ないの。こうなった以上、彼女と結婚しようとする男はいなくなるわ。だって、純潔が奪われなかったと信じる人はいないもの。噂は彼女の村までつきまとっていく。人々はゴシップをまき散らして、これから先の彼女の人生をめちゃくちゃにするわ。母親たちは子どもを、彼女の『悪い影響』から遠ざけようとする――彼女はつまはじきにされる。わたしも田舎で育ったから、どういう社会なのかわかるの。たとえ、結婚しようという男があらわれても、その男は彼女を使い古しと考えるわ。彼女は一生、結婚してもらえたことに感謝して、夫にどのようなしうちをされても耐えぬかなければならない。ああ、ここに招きさえしなければ」

「まったくだ」とデレクは冷たく言った。

「でも、グランヴィルがこんなことをしでかすなんて、わかるわけがないでしょう?」

デレクはごくりと唾を飲んで、リリーを非難がましく見ていた視線を下ろし、横ですやすや眠る無邪気なサラの顔を見た。滑らかな髪に指を通す。「どうしたらいいか教えてくれ」

「サラの名誉を取り戻すってこと?」リリーは困ったように肩をすくめた。「結婚相手をさがしてあげるの。できるだけ早いほうがいいわ」リリーはからかうようにデレクを見た。

「候補者の心当たりはあって?」

サラは翌朝早くに目覚め、見慣れない天井をぼんやり見つめた。自分がどこにいるのか思い出すのに数分かかった。目をこすり、みじめな気分でうめいた。こめかみがぴりぴり痛む。かなり吐き気がした。用心深くベッドから抜け出し、グレーのドレスを手さぐりでさがした。しっかり身支度をすませ、髪をうなじのところでまとめてから呼び鈴を鳴らしてメイドを呼ぶと、フランソワーズがあらわれた。その同情に満ちた表情から、彼女が昨夜の出来事を知っているのがわかった。

動揺を隠した青ざめた顔で、サラは軽くほほえんだ。「フランソワーズ、荷物を詰めるのを手伝ってちょうだい」と洋服を指さした。「できるだけ早く家に帰るつもりなの」

メイドはなにやらしゃべりだし、ドアを指し示して、レディ・レイフォードの名前を言った。

「伯爵夫人がわたしにお会いになりたいと？」サラは怪訝な顔できいた。

フランソワーズは一所懸命英語で話そうと努めた。「あなた様がよろしければ、マドモアゼル……」

「もちろん」サラはそう言ったが、本音ではリリーにもほかのだれにも今朝は会いたくなかった。こっそり抜け出して、レイフォード・パークでの出来事を忘れてしまいたかった。

屋敷は静まりかえっていた。サラはフランソワーズのあとについて、レイフォード家の個人用スイートのある東翼に向かった。九時。ほとんどの客にとって、ベットから出るには早すぎる時間だ。起きているのは召使だけで、ほこりを払ったり、汚物を棄てたり、たきつけを運んだり、火格子を掃除したり、火をおこしたりと、忙しく立ち働いていた。

フランソワーズはサラを小さな居間に案内した。シェラトン式の優雅な家具が置かれた、白とパウダーブルーに統一された部屋だった。励ますようにほほえんでから、メイドは部屋を出て行った。サラはだれもいない部屋に入り、壁にくっつけて置かれている半月形のテーブルまで歩いていった。テーブルの上には、翡翠や象牙やラピスラズリから彫り出した動物の像が飾られていた。小さな翡翠の象を手にとり、じっくりながめた。背後でデレク・クレーヴンの声がしたので、サラはびくっとした。

ました」

「気分はどうだ？」

彫像を置いて、サラはゆっくりと振り返った。「リ、リリーとお会いするのだと思っていました」

デレクは一睡もしていないような顔をしていた。着替えもしていないのでは、とサラは思った。服は乱れて、しわくちゃになっていた。髪はぼさぼさだ。一晩中、手で髪をかきむしっていたように見える。「こういう状況ではリリーは大して役に立たない。ところがわたしなら力になれる」

サラは困惑した。「わたし、どなたの助けも要りません。すぐに、ここを発つつもりです。そして……何を持っていらっしゃるの？」サラはデレクが手に持っている紙を見つめた。びっしりと太いなぐり書きで覆われている。

「リストだ」いきなり事務的な口調になり、デレクはつかつかと歩み寄って、動物の像を押しやった。テーブルの上に紙を広げ、これを見ろとしぐさで示した。「イギリスでもっとも花婿候補として望ましいとされている二〇人の男の名前だ。好ましい順に並べてある。どいつも気に入らないというのなら、もっと範囲を広げてもいい。だが、この二〇人は年齢といい性格といい、妥当な選択だと――」

「どういうことです？」サラはびっくりしてデレクを見つめた。「あなたは、わたしをだれかと結婚させようとしているの？」気の抜けた笑いが口からもれた。「いったいぜんたい、この人たちがどうしてわたしなんかに結婚を申し込むというのです？」

「ひとり選べ。そうしたら、わたしがなんとかする」

「どうやって」

「わたしにひとつかふたつ借りのある男はイギリス中に掃いて棄てるほどいるからだ」

「ミスター・クレーヴン、そんなことをしていただく必要はありません……こんなばかげた……」

「おまえには選択の余地はない」デレクはぶっきらぼうに言った。

「ありますわ！　だれとも結婚しないで、生まれ故郷のグリーンウッド・コーナーズに帰るという選択をすることができます」デレクがリストを押しつけようとしたので、サラはあとずさりした。「わたしは名前なんか見ませんから。この人たちの中で知っている人はひとりもいません。体裁を保つために、見知らぬ人と結婚するなんていやです。わたしにとって、評判なんてさして重要なものではないの……たぶん、だれにとっても」

「こういうたぐいの話は村にも伝わる。どんな噂をされるか、わかるだろう？」

「人が何と言おうと気にしません。わたしは真実を知っているし、それがわたしを支えてくれます」

「おまえの大切なキングズウッドに、堕落した女と見下されてもいいのか？」

サラは顔をしかめた。ペリーとあの母親に、敬虔なクリスチャン面をされて蔑み憐れまれるのはさすがにいやだった……しかし、サラは決然とうなずいた。「わたしは主がお与えになる重荷を受け入れます。あなたが思っているよりわたしは強いのよ、ミスター・クレーヴン」

「強くなる必要はない。だれかを選べ。そして、その男に防護壁になってもらうんだ。このリストに書かれている男は全部、おまえや両親に贅沢な暮らしをさせてやれる財力を持っている」

「贅沢には興味がありません。わたしは自分の主義を貫きます。ただ名誉を守るためだけに、わたしを望んでもいない人に自分を売り渡すのはいやです」

「一生主義を貫きとおせる人間などいない」

デレクがじれていくにつれ、サラはますます冷静になっていった。「わたしはできます。愛していない人とはぜったいに結婚しません」

デレクは歯をぎしぎしとすり合わせた。「みんなそうしているんだぞ！」

「わたしはみんなと違うんです」

きつい言葉を返しそうになるのをこらえて、デレクは自制しようと努めた。「とりあえず、見るだけでいいから」歯の隙間から言った。

サラはデレクのほうに歩みより、リストをながめた。一番上に挙げられていたのは、タビシャム卿だった。「子爵のスペルが間違っているわ」とサラはぶつぶつ文句を言った。

デレクはいらついて顔をしかめた。「彼のことをどう思う？　昨夜、踊っていたじゃないか」

「嫌いではないけれど……でも、本当に、イギリスで一番花婿にふさわしい独身男性なのですか？　にわかに信じがたいわ」

「タビシャムは若くて、爵位を持ち、聡明で、温かい心の持ち主だ——しかも、その年収ときたら、わたしでも指がむずむずするほどだ。わたしが知る中で、最高の花婿候補だ」デレクは不自然なつくり笑いを顔に張りつかせた。「本も好きだったと思う。たしか、一度シェークスピアがどうのと話しているのを聞いたことがある。読書好きな男と結婚したいだろう？　それにハンサムだし、背も高い……目はブルーで……あばたもない」

「髪が薄いわ」

デレクはむっとしたらしく、なだめすかすようなつくり笑いが消えた。「ひたいが広いだけだ。高貴な血筋の証拠だ」

「そんなにすてきな人なら、あなたが彼と結婚すればいいのよ」サラは背中を向けて、窓のほうに歩いて行ってしまった。

懐柔作戦はあきらめて、デレクは紙をつかんであとを追った。「だれか選べ。でないとこの紙をのどに詰めるぞ！」

サラはデレクが怒り狂ってもへいちゃらだった。「ミスター・クレーヴン」言葉を選んで言う。「わたしのために、これほど心を砕いてくださって、とてもご親切だわ。でも、わたしはオールドミスのままでいたほうがいいんです。わたしが本を書くことをいやがらない夫をさがすことはできないでしょう。最初のうちは大目に見てくれても、やがて、わたしが妻の務めを怠って小説に熱中するのを不愉快に思うようになります——」

「そのうち慣れるさ」

「そうならなかったら？　もしも、書くことを永久に禁じられたら？　残念ながら、ミスター・クレーヴン、妻というのは、そういうことに関しては、夫の気まぐれに従うしかないのです。わたしに自分の人生と幸福を見知らぬ男に賭けろなんてよく言えますわね。妻への尊敬の念を持たない男かもしれないのですよ」

「おまえを女王のように扱うさ」デレクは苦虫を嚙みつぶした顔で言った。「でなけりゃ、わたしがおとしまえをつける」

サラは子どもをしかりつけるような目でデレクを見た。「わたしはそれほど世間知らずじゃありません、ミスター・クレーヴン。わたしがだれかの妻になってしまったら、あなたには手も足も出せないのですよ」

デレクは自分の顔が赤くなっていくのを感じた。「おまえを、くそいまいましい村に帰して、みんなの軽蔑を受けながら一生ひとりで暮らさせるよりは、どんなことでもましだ」

「どうやってわたしを止めるつもり？」サラは静かにきいた。

「わたしは……」デレクは言葉に詰まった。口を開けたまま、頭の中で考えをめぐらせる。暴力、脅迫、金銭的な苦境に陥れる……脅しの常套手段がこの場合はまったく役に立たない。賭博の借金もないし、後ろ暗い過去もない。それに金で釣ろうとしても無駄だ。いらいらといろいろな可能性を考えた。「おまえの本を出している出版社をつぶす」とついに言った。

サラがにっこり笑ったので、デレクはかっとなった。「ミスター・クレーヴン、わたしは出版するために本を書いているのではありません。言葉を紙に書き記すことが好きだから書いているの。小説を売ってお金を稼げないというのなら、村で雑用をやらせてもらって、自分の楽しみのためだけに書きますわ」デレクが不機嫌に黙り込んだのを見て、してやったりと喜んだのもつかの間、その喜びはすぐに消えた。サラはデレクの明るいグリーンの瞳をのぞき込み、彼の不機嫌の理由を理解した。別の男にサラを嫁がせる決心をしたものの、自分のものにしたいという欲求を抑えることができないのだ。「お心遣いには感謝しますけれど、心配してくださらなくてもいいの。わたしに対して責任を感じることはありません。これはあなたのせいではないのですから」

デレクは、礼を言われたのではなく、横面をはたかれたかのように青ざめた。ひたいが汗でじっとり濡れている。「昨夜のことはわたしのせいなんだ」としわがれた声で言った。「わたしは以前に、レディ・アシュビーと関係を持っていた。グランヴィルは彼女にたきつけられておまえを襲った。彼女はわたしに仕返しがしたかったんだ」

サラはぽかんとした顔になった。返事ができるようになるまで、三〇秒ほどかかった。「そうだったんですか」とつぶやく。「それで……レディ・アシュビーについて聞いていたことがすべて本当だったとわかりました。あのような女性とおつきあいするなどという浅はかなことをすべきでなかったとはいえ、あれはあなたのせいではありません。責めは彼女にあります」サラは肩をすくめて、かすかに笑った。「それに、あなたは間一髪のところでグランヴィル卿を止めてくださった。それには一生感謝します」

デレクは、サラがすぐにやさしく許してしまうことに腹が立った。目を閉じてひたいをなでた。「ちくしょう、おまえはわたしに何を望んでいるんだ?」

「昨夜言いました」

デレクのひたいに浮かんだ汗は大きな粒になり、心臓がばくばく鳴っている。こんなことになろうとは思いもしなかった。もういっぺん歩み去ってしまったらどうだ? いや、また彼女の元に舞い戻るだけだろう。

サラはデレクを見つめたまま、永遠にも思える長い時間、彼の言葉を待った。話すのが怖かった。全身が期待でこわばっている。いきなりデレクは大股で近づいてきて、サラを抱きしめ、彼女の顔を高鳴る胸に押しつけた。耳のすぐ上で話す彼の声は低く、落ち着いていた。

「結婚してくれ、サラ」

「本気ですか?」サラはささやいた。「あとで撤回したりしませんか?」

不思議なことに、いったんその言葉を言ってしまうと、デレクは大きな安堵を覚えた。いままで失われていた体の一部が、あるべき場所におさまったという感じだった。「そうしたいとおまえが言ったんだ」とデレクは言った。「わたしの一番醜い部分を知っているのに。これはおまえの責任だからな」

サラはデレクの温かい首に鼻をすりつけてささやいた。「ええ、ミスター・クレーヴン、あなたと結婚します」

10

婚約のことを知ると、リリーは飛び上がらんばかりに喜んで、いろいろと計画を立てはじめた。「ねえ、アレックスとわたしで結婚式の手配をするわ、いいでしょう、サラ。レイフォード・パークの教会で、こぢんまりとエレガントな式をしましょうよ。それとも、うちのロンドンの屋敷のほうがいいかしら――」

「ありがとうございます」サラは申しわけなさそうに言った。「でも、わたしたち村で式を挙げようと考えているのです」ちらりとデレクの反応をうかがう。

表情からは何もわからなかったが、デレクは即座に答えた。「おまえの好きなように」こうなった以上、ささいなことはどうでもよかった。場所も方法も、時期すらいつでもかまわない。大切なのはサラが自分のものになったということだ……彼女をつなぎとめておくためならどんな代償も払うつもりだった。

興奮冷めやらず、リリーはつづけた。「じゃあ、披露宴を開くわ。あなたに紹介したいすてきなお友だちがたくさんいるの。貴族もいるし、そうでない人も。とりあえず、うちの馬車であなたを家までお送りするわ、サラ。そしてデレクはここにとどまって、レイフォード卿と話し合って――」

「悪いが」デレクはリリーをさえぎった。「サラとわたしは一時間以内にここを発つ。わたしの馬車で」

「いっしょに？」リリーは目を丸くし、頭を左右に振った。「だめだめ。ふたりともいなくなったことが知られたら、何を言われるか」

「これ以上何を言われるっていうんだ？」デレクは独占するかのようにサラの肩に手をまわした。

小柄なリリーは背筋を精一杯伸ばして威厳をつくり、年長の婦人らしいきびきびした口調で言った。「どこへ行くつもりなのです？」

デレクはにやりと笑った。「きみには関係ないね」リリーがうるさく反論するのを無視して、からかうように眉を吊り上げてフィアンセを見下ろした。

きらきら輝くグリーンの瞳を見て、ロンドンに連れて行ってわたしと一夜をすごすつもりなのだとサラは気づいた。急に落ち着かない気分になって、「そういうのはどうかしら――」とやんわり反対しようとしたが、デレクにさえぎられてしまった。

「荷物を詰めろ」

まあ、なんたる傲慢。でもサラは、彼のそんなところに心を射抜かれてしまったのだ。自分の欲しい物はがむしゃらに手に入れようとするその決意の固さに。どん底から這い上がるには、人を蹴落として前に進もうとする頑固さがなければならなかったのだ。結婚が手に届くところまできたいま、デレクは彼女の体を自分のものにすることで、それを確実にしようと考えているのだ。今夜が終わったら、もう引き返すことはできない。サラは、肩にかかる腕の重みを意識しながら、広い胸を見つめた。デレクは親指と人差し指でやさしく首筋をなでている。たしかに……非難されてもしかたがない行動だけれど、わたしも同じことを求めているんだわ。

「デレク」リリーは容赦のない声で言った。「このかわいそうなお嬢さんにはまだ心の準備ができていないわ。そんな目に遭わせるわけには――」

「子どもじゃないんだ」首の後ろに触れているデレクの指がこわばる。「どうしたいかリリーに言ってやれ、サラ」

サラはしかたなく顔を上げて、リリーを見た。顔は深紅に染まっている。「わたし……わたし、ミスター・クレーヴンといっしょに出発します」サラはデレクの顔を見ることができなかった。満足してほほえんでいるのはわかっていた。

リリーはふっとため息をついた。「まったくもって不道徳きわまりないわ！」

「おてんばリリーから、不道徳だとしかられるとはな」とデレクはからかって、昔なじみの友人のひたいにキスをした。「説教はまたいつか聞く。人々が起き出す前に出発したいんだ」

ロンドンに向かう馬車の中で、デレクはペリーとのことを聞きたがったが、サラはなんとかごまかそうとした。かつてのフィアンセを陰で悪く言いたくなかったからだ。「もう過去のことです。ペリーの話はできればしたくないわ」

「どうして婚約解消に至ったかを知りたい。わたしは恋人どうしが喧嘩した隙に乗じているようなものだ——わだかまりがとけたら、おまえはあいつの元に戻っていくだろう」

「まさか本気で言っているんじゃないでしょう？」

「わたしは真面目だ」デレクの声は恐ろしいほど静かだった。

サラは眉をひそめてデレクを見つめた。とはいえ、心の中では少し面白がってもいた。向かいの座席に座っている、この男らしさをみなぎらせた大男が、嫉妬の炎を燃やして、会ったことのない恋敵をやっつけたがっているとは。「たいしてお話しすることはないんです」サラは冷静に答えた。「ペリーがプロポーズしてくれた直後から問題が起こりはじめました。そりゃあ、最初は幸せでしたけれど、ほどなく、わたしたちは合わないということにふたりとも気づいたんです。彼はわたしが変わったと言いました——たしかにそのとおりでした。だってそれまで、言い争ったことなどなかったんですから。でも、突然、意見がことごとく食い違うようになったんです。彼にたくさん不愉快な思いを味わわせてしまったわ」

「そうか、いろいろと口答えしたってわけだ」デレクは満足げに言った。どうやら機嫌が直ったらしく、手を伸ばしてきてサラのひざを打ち解けた感じでぽんぽんとたたいた。「わたしはかまわない。威勢のいいのが好みだ」

「でも、ペリーはそう思わないのです」サラはなれなれしいデレクの手を押しのけた。「ペリーは、自分を立ててくれる妻を求めています。小説を書くのをやめて、子どもをたくさん産んでほしいと言いました。一生、自分と自分の母親の面倒をかいがいしく見てもらいたいと思っていたのです」

「田舎者」とデレクはあっさり言った。とくに強い悪意があるわけではなく、ロンドンっ子特有の田舎の人間を見下した言い方だった。デレクはもがいていやがるサラをひざにのせた。「わたしのことは話したのか？」

「ミスター・クレーヴン」とサラは叫んで、腰にまわされた手を振りほどこうとした。

デレクは両腕で力強くサラを抱きしめた。鼻と鼻が触れ合うほど、ふたりの顔は近づいた。

「話したのか？」

「いいえ、話すわけがないじゃないですか。あなたのことはなるべく考えないようにしていました」サラは目を伏せて、日焼けした首の付け根のへこみを見つめた。首を締めつけられるのを嫌って、デレクは糊付けしたクラヴァットを取って、白いシャツの第一ボタンをはずしていた。「でも、夢には出てきました」とサラは告白した。

デレクはサラの栗色の髪をなで、頭を引き寄せた。「夢の中でわたしは何をしていた？」彼女の唇に向かって尋ねる。

「わたしを追いかけていました」サラは恥ずかしそうにささやき声で答えた。

デレクの口元に満足そうな笑みが浮かんだ。「おまえをつかまえたのか？」

答える前に、サラの唇はデレクの唇でふさがれた。彼はやさしく口をねじり、舌を差し入れて彼女を味わった。サラは目を閉じ、両手首をつかまれてデレクの肩にまわすよう導かれると素直に従った。デレクは片方の脚を伸ばして、座席にのせた。力強い腿にはさまれるかっこうになって、サラは彼の硬い体に身をあずけた。デレクはサラを抱きしめてキスをし、ゆっくりと時間をかけて彼女の神経から芳醇な喜びを引き出していった。ドレスの中に手を入れようとしたが、厚いウールの布地に邪魔されてうまくいかない。しかたなく胸に触れるのはあきらめて、首にかかっていた髪をどけて、のどに唇を這わせた。サラは体をこわばらせたが、喜びの声を抑えることはできなかった。馬車が突然がくっと揺れ、その拍子にふたりの体がぴたりと合わさった。

このままでは、欲望を抑えられないところまでいってしまうと気づいたデレクは、苦渋に満ちたうなり声をもらしてサラの豊満な体を離した。必死に心を鎮めて、緋色にくすぶる欲望の靄をかき消そうとする。「エンジェル」サラを向かいの座席にそっと押し戻しながら、かすれた声でデレクは言った。「そっちに……そっちに座っていたほうがいい」

サラは困惑して、危うくひっくり返りそうになりながらきいた。「でも、どうして？」

デレクはうつむいて、黒い髪を指ですいた。うなじに手を触れられ、デレクはびくっとして、「触るな」と思わず乱暴に言ってしまう。デレクは顔を上げて、当惑しているサラの顔を見つめながら、唇をねじ曲げてにやりとした。「悪かった。だが、そのままひざにのっていたら、おまえはここで処女を失うはめになる」

クレーヴンズに着くと、ふたりは目立たぬように建物側面の入口から中に入った。入口を見張っていたギルは「ミスター・クレーヴン、お帰りなさいませ」と主人を迎えたが、如才なく連れの女性客からは目をそらすようにしていた。しかし、客が身につけているグレーのマントにはなんとなく見覚えがあった。はっと思いあたって、ギルは嬉しそうに叫んだ。「ミス・フィールディング！　もう二度とお会いできないかと思っていました！　また小説の下調べですか？」

サラは頰を赤らめてほほえんだが、どう答えたらいいのかわからない。「こんにちは、ギル」

「あなたがおいでになったことを、ワーシーに伝えてもよろしいでしょうか？　きっと、ぜひお会いしたいと――」

デレクは嚙みつくような声でさえぎった。「支配人に用事があるときは、ベルを鳴らす。いまはだれにも邪魔されたくない」もしも従業員にサラが来たことを知らせたら、あっという間に彼女はみんなに取り囲まれてしまう。従業員たちは浮かれ騒ぐだろうが、デレクはそんな気分ではなかった。サラをここに連れてきたのはふたりきりになるためだ。

「はい、かしこまりました、ミスター・クレーヴン」状況を読み取って、ギルは目を大きく見開いた。用心深く口をつぐんで、また入口の警備にあたった。

デレクはサラの背中のウエストのあたりに手をあてて階段を上り、クラブの上の階にある自分のアパートメントへ連れて行った。部屋に足を踏み入れると、サラは立ち止まってあたりを不思議そうに見まわし、「前と違うわ」とつぶやいた。実際、以前よりはるかに趣味がよくなっていた。深紫色のカーテンは、涼やかなパウダーブルーのものに変わっていた。金箔を張って型押しした革の壁は、艶やかな象牙色のペンキ塗りになっている。複雑な模様のオリエンタル風敷物の代わりに、英国調のエレガントな花模様の絨毯が敷かれていた。

「おまえがいなくなってから、少し模様替えしたんだ」デレクはそっけなく言ったが、自分が部屋をめちゃくちゃにしたせいで家具やカーテンを交換せざるをえなかったのだと心の中で考えた。サラが恋しくてたまらず、つらさをまぎらすためには、酒に溺れ、目に入るものすべてを破壊するしかなかった。ところがいま、彼女は目の前にいる。そして自分を愛していると言うのだ。急にこの状況が信じがたいものに思われてきた。もしかしたらアルコールのせいで夢を見ているのではないか。そしてぼんやりと目覚めると、彼女が消えているのではないか。

サラはアパートメントの中を、あらここも変わったわ、まあここも、などと言いながら、次々に見てまわった。デレクはゆっくりとあとをついていく。寝室に着くと重たい沈黙が訪れ、デレクはうろたえた。経験豊富な相手をからかって女心をくすぐったり、誘いかけるようなほほえみを浮かべるのには慣れていた。これまでつきあってきたのは、恥じらいとか慎みには無縁な女ばかりだった。サラは黙ったまま、ぎこちない足取りでブロンズのサイドテーブルにのっている花瓶に近づいた。突然、デレクはいままで感じたことがなかった良心の呵責にさいなまれた。衝動的にここに連れてきたのは利己的だった。両親の元に帰すべきだったのだ。おれは女に飢えたならず者のように、彼女に選択の余地を与えなかった——。

「いつもこんなふうに気まずいものなのですか?」とサラがひそめた声できいた。

デレクはサラのほうを向き、彼女が手にしている温室栽培の白い薔薇に視線を落とした。花瓶に生けられていた花の一本だ。そわそわと繊細な花びらを指先でいじくっている。

恥ずかしさを隠すようにサラは白い花のにおいをかいでから、それをまた大きな花瓶に戻そうとした。「一月に薔薇が飾られているなんてすてき」とつぶやく。「世界に薔薇ほどすばらしい香りの花はないわ」

結い上げた髪からほつれ出た巻き毛がサラの顔にかかり、とても清らかで美しく見えた。デレクの全身の筋肉に緊張が走った。このまま絵画にしてしまいたい。テーブルの横に立ち、白い薔薇を手にして、こちらを見ている彼女を。「それを持ってきてくれ」

サラは素直に近づいてきて薔薇をデレクに手渡した。デレクはふっくらとした花をつかむと、そっと茎を引っ張って、花びらだけをむしりとった。茎は脇に投げ捨て、ベッドの上に手をかざして、握っていた手を開いた。甘い香りを振りまきながら、花びらがはらはらと舞い落ちた。サラは息を止めて、魅せられたようにデレクを見つめた。

デレクは手を伸ばして、両手でサラの顔を包んだ。唇が重ねられ、薔薇の香りの残る手のひらが、頬に温かく感じられた。デレクは軽く彼女を味わい、からかうように唇を動かしながら口を開かせて舌を滑り込ませた。頬を包んでいた手は顔を離れ、背中とわき腹へと下りていき、ぶ厚いドレスに包まれた体の曲線をなぞった。サラはデレクに寄り添い、腕を肩にかけた。髪をまとめていたリボンが引かれ、朽葉色の波うつ髪が背中に流れ落ちた。デレクは嬉しそうにうなるような声をもらしながら、指を髪に通したり、からみつけたりしてから、一房つかんで顔に近づけた。

ウールのドレスのボタンがはずされていくにしたがい、サラの心臓は早鐘のように打ちだした。慣れた手つきで脱がされたドレスが床に落ちた。くしゃくしゃの下着ときれいにつくろった綿の靴下だけの姿になっても、サラはじっと動かずにいた。ゆっくりとデレクはひざまずき、サラの体を抱き寄せて顔をシュミーズにつけ、息を吸い込んだ。サラは火傷したかのようにびくっとして、小さな手を彼の肩に置いた。

デレクはシュミーズの裾から手を入れて、ドロワーズの腰紐をゆるめて足首まで落とし、それから靴下を下ろした。手を足首からひざの裏側へ、そして腿から尻へと滑らせていく。サラは恥ずかしくてたまらなかったがその愛撫を許した……やがて彼の口が腿の内側に這い上がってくるのを感じた。舌が焦げつくような軌跡を肌に残していく。びっくりして、意味をなさない言葉をつぶやきながら彼から離れ、あとずさりすると腰がベッドの縁にぶつかった。サラはまん丸く見開いた目でデレクを見上げた。

一瞬、デレクもサラと同じくらいうろたえた。彼女を怯えさせてしまった。ちくしょう……紳士のように女を抱くにはどうしたらいいんだ、と生まれて初めて思った。なんとか気持ちを抑えようと努力しているデレクに、サラはわびるような視線を送った。サラは背中に流れていた髪を前にもってきて、下着だけしかつけていない体を少しでも隠そうとした。もしかするとサラは逃げ出すかもしれないと思いながら、デレクはシャツのボタンをはずしはじめた。サラは巨大なベッドに寄りかかった。支えがあってよかった。白いシャツを脱ぎ捨てる彼の姿を見ていると頭の中がぐるぐるまわってパニックを起こしそうだ。視線を床に移したが、その前にちらりと恐ろしいほど大きい彼の体を見てしまった。上半身には筋肉がたっぷりつき、胸は黒い毛で覆われていた。皮膚のあちこちに銀色の傷痕があり、貧民街での悲惨な暮らしがうかがわれた。彼は非常に経験豊富だ。自分にとってははじめての、そして恐ろしくさえ思えるこうしたすべてのことは、彼にとってはごくあたりまえなのだ。彼と同じくらいこうした行為に慣れている数知れない女性とかかわってきたのだろう。きっとわたしに失望するに決まっている。「あなたはこれまで、たくさんこういうことをなさってきたんですよね？」サラはきゅっと目を閉じてつぶやいた。

ズボンが床に落ちる音が聞こえた。「ああ。だが……」デレクは途中で言葉を止めて、咳払いをした。「おまえのような女とは寝たことがない」裸足で近づいてくる音が聞こえる。デレクは両手でサラのウエストをつかんで、自分の裸の体に引き寄せた。サラは彼の腕の中で身をすくませた。薄いシュミーズの布地を通して彼の肌の熱がしみ入ってくる。彼の体は目覚め、猛々しく突き立っていた。「目を開けて」とデレクが言った。「怖がることは何もない」

サラは意を決して目を開き、目の前にあったデレクの胸を見つめた。胸から飛び出してしまうのではないかと思うほど心臓が暴れている。

心を読んだかのように、デレクは顔を下げてサラの髪に口づけをし、きゅっと抱きしめた。

「サラ……やさしくするから心配しなくていい。手荒なことはしないし、おまえがいやがることを強要したりしない」それからゆっくりと息を吸い込んで、しぶしぶつけ加えた。「もしいまここでやめてほしいなら言ってくれ。たぶん、不機嫌になるだろうが、わたしは待てる」

その言葉を言うのにどれほどの努力が必要だったか、サラにはとうていわからないだろう。欲しくて欲しくてたまらないものを我慢するというのは、彼の性格にはまったくあわなかった。子どものころ、あまりにもわずかなものしか与えられていなかったために、デレクは心底利己的な人間になっていた。しかしいまのデレクにとって、サラの気持ちを思いやることがとても重要に思われた。彼女の愛情はあまりにも大切で、それを失う危険はぜったいに冒したくなかった。

サラは顔を上げて、彼が本気なのだということを表情から読み取った。しだいに体の緊張がほどけていった。「どうやったらあなたを喜ばせることができるか教えてください」サラは静かに言った。「わ、わたし、何も知らないんです……あなたは知りすぎているくらい何でもご存じだけど」

黒いまつげが、グリーンの炎のような目にかぶさった。唇の端をかすかにねじって笑う。「それでは、中間点をさがすとしよう」とデレクは約束してキスをした。

サラは素直に腕を下げて、デレクがシュミーズを脱がせやすいようにした。デレクはシュミーズを床に落とすと彼女を抱え上げてベッドの上に横たわらせた。薔薇の香りがふわりと漂った。サラは足の先から頭のてっぺんまで真っ赤になって、ベッドカバーで体を隠そうとした。デレクは声を抑えて笑いながら、サラを仰向けにして見事な体に手を滑らせた。「わたしの前では恥ずかしがるな」透き通るような肩の肌や、ふっくらとした胸の膨らみに口づけし、みずみずしく柔らかな体を存分に味わった。頭を上げてサラの瞳をのぞき込む。「サラ、信じてほしい……わたしはこれほどだれかを求めたことはない」そう言ったものの、その言葉のあまりの陳腐さに先をつづけるのをためらった。それでも、恋にのぼせ上がった愚か者のように、先をつづけないわけにはいかなかった。なんとか気持ちを伝えたかった。「おまえだけだ。その……ええい、くそっ」

デレクが言葉に詰まってじれていると、サラは小さな手で彼の顔に触れ、顎をやさしくなでた。デレクの言おうとしていることはわかっていた。「言わなくてもいいの」とささやく。「わかっているから」

デレクが手のひらにキスをすると、サラはそのキスを逃がすまいとするかのように手を握った。「わたしの所有するものは全部おまえのものだ」とデレクはかすれた声で言う。「全部だ」

「わたしはあなたしか要りません」サラは首に腕をまわして彼を引き寄せた。

彼のやさしさは驚きだった。サラは、あの舞踏会の晩のような激しい情熱をぶつけてくるものだと思っていた。ところが今夜のデレクは、略奪を求める海賊ではなかった。こっそりと忍び込む盗人のように、辛抱強く体をさぐり、神経に火をつけていく。恥じらいや抑制や思考は奪い取られ、くすぶりながら燃える感覚だけが残った。

丸くふくよかな乳房を軽くつかんで、乳首を口に含む。ゆっくりと硬くなりつつある蕾を舌でなぞると、柔らかな肉がきゅっと締まった。反対の乳房に口を移し、吸ったり軽く歯を立てたりするうちに、サラは身悶えしはじめた。デレクはかぐわしい薔薇の花びらをひとつかみすくいとってサラの体にふりかけ、遊ぶようにそっと彼女の肌にすりつけた。サラは弓なりに体をそらして、我を忘れてデレクのやさしい情熱に応えた。ちぎれた繊細な花びらの破片がいくひらか、秘密の場所の巻き毛にひっかかった。デレクがそのふんわりした茂みに手を伸ばそうとすると、サラはびっくりして体をこわばらせ、その手を押しのけようとした。

「だめです」デレクが脚でひざを開かせようとするとサラは抵抗した。

デレクはやすやすとサラを押さえつけ、のどに向かってほほえんだ。「どうして?」耳たぶを軽くかじり、それから舌先で耳の縁をたどって、貝殻のような耳の内側を熱い舌でなめた。聞こえないくらいの小声でそっとささやく。「おまえの体はどこもかしこもわたしのものだ……外も内も。おまえはわたしのものだ。もちろんここも」巻き毛に手をかぶせてさするうちに、手のひらがしっとりと濡れはじめた。彼の指が茂みを押し分けてその奥をそっとさぐりはじめると、かすかな抵抗は消えてしまった。指先の動きに反応して、そこは滑らかに潤い、敏感になっていった。さすり、刺激を与えつづけながら、慎重にぬめりの中へ指を差し入れると、サラはあえぎながら爪をデレクの肩に食いこませた。

デレクは欲望に体を震わせながらサラに体をかぶせ、濃厚なキスをした。サラもそれに応えて、筋肉質の背中に手をまわして重い体を引き寄せた。デレクは我慢しきれなくなり、サラのひざを割って脚を大きく開かせた。体の位置を定め、慎重に、まだ固く閉じている彼女の体に押し入った。深い一突きで処女の門を破られたサラは、あっと声をあげた。

デレクはサラの腰をしっかりと押さえて、さらに奥に進み、体の熱に身を浸した。いまにも恍惚に達しそうだった。しかし彼は、痛みでサラが身悶えるのを感じながらなんとか自分を抑えた。「すまない」デレクは目を閉じてささやきかけた。「すまない……ああ、頼むから、動かないでくれ」サラの体が静かになった。肩にか弱い息がかかる。

デレクはようやく落ち着きを取り戻し、しわの寄ったサラのひたいに唇を押しつけた。「こうしたほうがいいか?」体重をずらしながらきく。

サラは違う圧力を体の内部に感じて身を震わせた。「わ、わかりません」

デレクはふたたび、長くやさしく自身を滑らせて、深く中に入ってきた。「これは、どうだ……?」としわがれた声できく。

ゆるやかなリズムで彼が動きだしたので、サラは答えることができず、口を半開きにしたまま黙った。突かれるたびにぴりっと痛みが走ったが、体の芯に眠る本能が、体を上に押し上げさせる。そして内部の筋肉は彼をつかんでさらに奥へ引き込もうとする。デレクは黒い頭をサラの胸に落とし、からかうように乳首をやさしく吸った。積み重なっていく感覚の潮に我を忘れ、突かれるたびにもっと自分が濡れていくのがわかった。その動きは徐々に、解けた氷の上を滑るように滑らかになっていった。「お願い……もうやめて」サラはあえいだ。

内なる筋肉が彼を締めつける。「もう耐えられません」

エメラルドの瞳が勝ち誇ったように輝いた。「いや、まだだ」デレクは悶える彼女の体をさらに深く突き、容赦なくリズムを刻む。すすり泣くような声をあげて、サラは彼の下で動かなくなった。歓喜の大波が彼女の体を駆け抜けた。こんな経験は初めてだった。デレクは両腕で彼女の体を包み、その極上の痙攣をもっと長引かせようと、さらに強く突き上げた。サラがすべての快感を搾り出してから、デレクはおもむろに恍惚に昇りつめ、体を震わせながら激しく自らを解き放った。

ふたりは長いこと、しわくちゃのシーツにゆったりと包まれて、結び合っていた。デレクはサラを抱いたまま体を横に倒し、ひたいや滑らかな生え際の皮膚に唇を漂わせた。サラは夢心地でほほえみ、ちぎれた薔薇の花びらの香りとデレクの肌のにおいを吸い込んだ。

「思っていたとおりだったか？」デレクはなだらかなサラの尻の曲線をたどりながらきいた。

サラは真っ赤になって、顔を彼の胸に押しつけた。「いいえ、もっとよかったわ」

「わたしもだ。まったく違った、これまで――」デレクは途中でやめた。過去の経験を話すのはためらわれた。

「これまで寝た人たちとは？」サラはあっさり言った。「教えて、どう違ったの？」

デレクは頭を振った。「言葉を操るのはおまえにまかせる。わたしにはうまく説明できない」

「いいから、言ってみて」とサラはせがんで、カールしている硬い胸毛を引っ張った。「あなたの言葉で」

デレクは胸毛をむしろうとする手を自分の手で押さえて、ぺたりと胸につけさせた。「とにかく、ずっとよかった。何もかもが。とくにこの部分がいい」デレクはサラを抱き寄せた。「終わったあとにこんな安らかな気持ちになったことはない」

「そして、幸せを感じた?」サラは希望をこめてきいた。

「幸せってのがどんな感じなのか、わたしにはわからない」彼女の唇を求めて、短く熱いキスをすると、声がベルベットのように柔らかく低くなった。「しかし、永久におまえの中にいたいと思ったことはたしかだ」


夕闇が訪れたころ、サラは設備のゆきとどいたタイル張りの浴室にいた。ハウスメイドがあらわれ、お風呂の準備をさせていただきますと言うので、サラは困ってしまった。メイドはタオルを温め、バスタブに湯を入れて湯加減をたしかめ、石鹸や香水のトレイを用意した。貴族のレディはメイドに手伝わせて風呂に入ると聞いていたが、自分には不必要に思われた。「ありがとう、もうこれで十分です」と面食らいながらほほえんで、湯の中に入った。ところがメイドは、サラが入浴を終えるまで待っていて、湯から上がると温めたタオルを広げた。別のタオルで背中や腕を拭いてくれる。自分でできることを人にやってもらうなんて、ひどく退廃的な感じがしたが、どうやらそうするしかないようだった。香水の小瓶を差し出されたので、好奇心からひとつずつつまみあげてにおいをかいでみた。薔薇にジャスミン、ヒアシンス、スミレの香りのようだったが、どれも断わった。メイドが厚地の模様織りの絹できた大きなガウンを着せてくれた。小声で礼を言うと、ようやくメイドから解放された。長すぎる袖をまくりあげて、ガウンの裾を床に引きずりながらデレクの寝室に戻った。

デレクは似たようなガウンを羽織って暖炉の前に立ち、火かき棒で燃えている薪をつついていた。振り向いてかすかにほほえむと、黒い髪と浅黒い顔が赤い光に照り映えた。「気分はどうだ?」

「ちょっとお腹がすきました」とサラは答えてから、はにかみながら言った「じつは、ぺこぺこです」

デレクが近づいてきて、大きな手を肩に置いた。ほほえんで鼻のてっぺんに軽くキスする。

「それならなんとかできる」サラの体をまわして、トレイや銀の蓋がかぶさった皿が並んでいるテーブルのほうに向けた。「ムッシュー・ラバージがおまえのために腕を振るった」

「まあ、なんてすばらしい、でも……」サラの頬が赤く染まっていく。「みんな、わたしたちがしていることを知っているのでしょうね」

「だれもかれも。つまり、わたしと結婚しなければならないということだな、ミス・フィールディング」

「あなたの評判を落とさないために?」

デレクはにやりと笑って、ガウンの襟からのぞいている白い首筋にキスをした。「だれかがわたしを尊敬できる男に持ち上げてくれなければならない」デレクはサラをテーブルに導き、腰掛けさせた。「ふたりきりで食べよう。給仕は下がらせた」

「まあ、よかった」サラはほっとした。刺繍のついたナプキンをひざに掛け、小さな型に入ったパテやプディングに手を伸ばした。「いつも召使がそばにいたら、うんざりするでしょうね」

デレクは野菜スープやワインやチョコレート菓子などをとりわけた。「そのうち慣れる」

「もし慣れなかったら?」

「では、何人かクビにしよう」

サラは顔をしかめた。ロンドンで働き口を見つけるのは容易でないのを知っていたからだ。小説のために話を聞かせてもらった娼婦の多くは、もとは貴族の家でメイドとして働いていたのだが、暇を出されて路頭に迷い、身を売るしか生活の糧が見つからなくなったのだ。「召使に何でもしてもらうことにわたしがなじめないからという理由でだれかを解雇するのは困ります」

デレクはサラの葛藤を面白がった。「では、召使はそのまま雇っておくことにしよう」安心させるようにほほえんで、ワイングラスを差し出した。「そうすれば、もっと書き物に時間を使えるぞ」

「そうですね」その考えにサラの心は明るくなった。

ふたりはゆったりしたペースで食事をとった。ボトルのワインは徐々に減っていき、暖炉の火は真っ赤に燃え上がった。サラは、こんなにおいしいものを食べたことがなかった。パイ詰めの汁気たっぷりのロブスターとウズラ肉。鶏の胸肉をロール巻きにして衣をつけ、バター焼きにして、マデイラソースをかけたもの。デレクはいろいろなごちそうを試してみろとさかんに勧めた。サワークリームを塗ったポテトスフレを一口、舌の上でとろける洋酒風味のゼリーを一匙、そしてハーブで味付けしたサーモンを少しといった具合に。ついにお腹がいっぱいになり、サラは椅子の背にもたれて、デレクが火に薪をくべに行く姿を見守った。

「いつもこんな食事をしているの?」すっかり満足して、ほのかにアーモンドの香りがするカスタードクリームを匙ですくいながらサラはきいた。「どうして太らないのか不思議。王様のような太鼓腹になっていてもいいはずなのに」

デレクは笑いながらテーブルに戻ってきて、サラをひざにのせた。「そうならなくて助かるよ……でないとおまえをこんなふうに抱けないから」

サラはデレクの硬い胸にもたれ、口元にあてがわれたグラスからワインを少し飲んだ。

「どうやって、こんなに腕のいいシェフを見つけたのです?」

「ラバージの評判は聞いていた。自分のクラブに最高のシェフを置きたいと思っていたので、フランスまで出向いて雇ったんだ」

「フランスからイギリスに移るのをしぶったりしませんでしたの?」

デレクは思い出し笑いをした。「しぶったなんてものじゃない。ラバージの家は代々フランスの伯爵家に仕えてきたのだ。だからラバージ本人も、祖父や父にならって、その伝統を受け継ぎたいと思っていた。だが、金で動かぬやつはいない。年に二〇〇〇ポンドと言ったら、ついにうなずいた。厨房スタッフもほとんどいっしょに雇い入れるという条件も飲んだ」

「二〇〇〇？」サラはあっけにとられて繰り返した。「そんな高額なお給料をもらっているシェフなんて聞いたことがないわ」

「ラバージにはその価値がないと？」

「そりゃあ、彼のお料理はとてもおいしいですけど」とサラは正直に言った。「わたしは田舎者ですから、フランス料理のよしあしなんてわかりません」

デレクはサラの素朴な答えに笑った。「田舎の人はどんなものを食べる？」

「根菜とか、シチューとか、マトンとか……わたしの得意料理はペッパーポットなの」

デレクは無造作に流れるサラの髪をゆっくりとなでた。「いつかつくってくれ」

「ムッシュー・ラバージが許してくれないわ。自分の厨房をとても大事にしているから」

デレクは髪をいじりつづけていた。「シュロップシャーに家を持っているから、そこへ行こう」デレクの顔にほほえみが浮かんだ。「エプロンをつけて、わたしのために料理してくれ。だれかに飯をつくってもらったことがないんだ」

「すてきね」と夢見がちにつぶやき、サラは彼の肩に頭をもたせかけた。しかし、家の話が出たのが気にかかった。しばらくして、問いかけるようにデレクを見上げた。

「なんだ？」

サラは慎重に言葉を選んでいるようだった。「ミスター・ワーシーが以前に、あなたはたくさん財産を持っていると話してくれました。それにみんなが、あなたはクラブで大もうけしたと言っているわ。イギリスでも屈指の金持ちだと人が噂しているのも聞きました。それで、考えていたんですけど……」サラは言いよどんだ。ペリーに、女は金銭面について質問してはならないと叱られたときのことを思い出す。「やっぱり、いいです」

「何が知りたいんだ？　わたしがどれくらいの財産を持っているか、か？」デレクはサラのきまり悪そうな表情から答を読み取り、皮肉な笑いを浮かべた。「単純には答えられない。まずわたしの個人的な資産としては、田舎に広大な地所が何カ所か、いくつかの屋敷、それからクレーヴンズでの賭博のつけを支払うために譲渡された土地もかなりある。それからヨットが一艘、宝石類、美術品……そうだ、サラブレッドも何頭か。でも、そうしたものは厳密にはわたしのものとはいえない。クラブはあなたのものでしょう」

「でも、クラブはあなたのものでしょう」

「そのとおり」

サラはもっときかずにはいられなかった。「総額でどれくらいになるんですか？」

デレクはちょっと困ったような顔をした。「屋敷が四つ……ロンドンのテラスハウス……ロアール渓谷のシャトー――」

「シャトー？　フランスは嫌いなのだと思ってました！」

「すばらしいブドウ畑がついているんだ」と弁解がましく言ってから、デレクは先をつづけた。「バースに城館――」

「城館？」サラは呆然として繰り返した。

デレクはたいしたものではないというしぐさをした。「廃墟のようなものだ。だが、鹿の棲む森に覆われた丘があり、魚がたくさん泳ぐ川がある――」

「絵のように美しい場所なのでしょうね」サラはのどを絞められたような声で言った。「これ以上聞かなくてけっこうです」

デレクは目を細めてサラを見つめた。「なんでそんな顔をするんだ？」

サラは笑いたいのか、狼狽しているのかよくわからず、息を詰まらせた。「いまようやく、あなたがどれだけお金持ちなのか実感しはじめたのです。怖くなってきました」

「そのうち慣れる」

サラは首を左右に振った。「無理だわ」

デレクの声はからかうように軽かったが、その目は妙にらんらんと輝いていた。「もうおまえの純潔は奪われてしまったんだ。あと戻りはできない」

サラは頭を振りながら、デレクのひざから立ち上がった。「処女を失ったって、ひとりで生きていけるわ。わたしの服はどこかしら？」サラは、デレクの顔に突然走った緊張に気づかず、軽い冗談のつもりでそう言った。

「何があっても、わたしの元を離れないと言ったじゃないか」

「あのときはね」と言いながら、暖炉のほうに歩いていく。「だって、シャトーや城館がいっしょにくっついてくるとは知らなかったんですもの」サラは困惑して頭を振った。「いくらなんでも途方もなさすぎるわ。グリーンウッド・コーナーズに帰ったほうがいいのかも」サラはすぐ後ろにデレクが来ていることに、体をまわされるまで気づいていなかった。デレクは自分のほうにサラの体を向けて、あざができるほど強く二の腕をつかんだ。サラはびっくりして、いかめしいデレクの顔を見上げた。

「いったい、どうしたの？」とあえぎながら言う。

「ぜったいに行かせないからな」声は落ち着いていたが、大きな体には緊張がみなぎり、腕を握る手は痛いほどだった。

驚いてサラは目をぱちくりさせた。「わたしだって、どこへも行きたくないわ。ただからかっただけなのに！」食い入るように自分を見つめるデレクを見て、サラは彼にも弱い部分があったのだと初めて知った。凍結した川の氷にも薄くなっている場所があるように。不注意な言葉でその薄い氷を砕いてしまい、これまでデレクが上手に隠してきた暗い心の底をあらわにしてしまったのだ。デレクはじっとサラを凝視したまま押し黙っている。サラは彼をなだめようと努めた。「もう二度と冗談は言いません。ちょっとびっくりしちゃったの。ねえ……そんなに強くつかんだら痛いわ」

デレクは手の力をゆるめ、荒く呼吸しはじめた。その夜の心地よくゆったりとした雰囲気は消えていた。いきなり、ふたりは見知らぬ者どうしになってしまったのだった。「どんなことがあっても、わたしはあなたから離れません」サラは言った。「まだわたしのことが信じられないのね？」

「嘘つき女をあまりにもたくさん知っているからな」デレクは自分の行動に苦い驚きを感じていた。おれはふたりが本来結ばれるべきではないことを証明してみせてしまったのだ。信頼は、彼女に与えることのできない多くのもののひとつだった。

「信じようとしてくれるだけでいいの」とサラはデレクに寄りかかった。かすかに彼が押し戻そうとする動きを感じたけれど、サラは激しく打っている心臓の上に耳を押しあてた。誠実、貞節、信頼……この人はそういうことの意味をほとんど知らないのだ。学ぶには時間がかかる。「あなたは世間を知りすぎているから」サラはささやいた。「目に見えたり、手に触れることができるもの以外、信じたくないのね。あなたが悪いわけじゃない。そうならざるをえなかった理由がわたしにはわかるもの。でも、わたしを信じようとしてみてちょうだい。お願い」

「自分が変われるかどうかわからない」

「もうすでに変わったわ」最初に会ったときのことを思い出してサラはほほえんだ。

デレクは長いあいだ黙っていたが、しばらくして「そうだな」と自分でも少し驚いたように言った。

サラはシルクのガウンの上から彼の胸にキスをした。「変に聞こえるかもしれないけれど、わたし、貧乏は怖くないの。ずっとそういうふうに暮らしてきたから。でも、お金持ちになるのはなんだか少し恐ろしいわ。大邸宅で暮らすなんて想像できない」

デレクは両腕でサラを包んだ。「子どものころは貧民街をうろつきまわっていたものだが、泥棒の家の台所をのぞいたり、物乞いに目をやる代わりに、黄金の宮殿やそこで働く召使のことを想像した。たくさんのろうそくで照らされた部屋や、食べ物がどっさりのっているテーブルのことを」

「そして、それをすべて実現させたんだわ」

「運がよかった」

「運じゃない」サラはデレクをさらに強く抱きしめた。「あなたが自分で成し遂げたのよ。あなたは並はずれた人だわ」

デレクは我慢できないとでもいうように、サラに触れた。「おまえが欲しい」きつく抱きしめるそのしぐさで十分なのに、デレクは言葉に出してそう言った。手のひらを腰やウエストや胸の豊かな曲線に這わせる。乱暴にシルクのガウンを引っ張って前を開いた。露出した肌に暖炉の光が反射して、磁器のような白さを金色に輝かせた。

サラはおずおずとベッドに向かおうとしたが、デレクは彼女を引き戻して自分の前に立たせた。ガウンを肩からはずして、床に落とす。両手で乳房を抱え、親指で乳首のまわりを軽くなぞる。彼女を燃え上がらせるすべをすでに知っているデレクの手の動きは狡猾な確信に満ちていた。サラを床に押し倒して、脱ぎ捨てたふたりのガウンの上に仰向けに寝かせた。

サラはうながされるままに体を伸ばした。デレクの体がかぶさってきて、暖炉からの熱がさえぎられた。乳房の下側を舐められ、エロティックな舌の感触にサラはぶるっと体を震わせる。彼の口が体を這い、その濡れたキスは肌に快感の小波を広げていった。歯を立てられると、体がぴくっと反応した。

デレクは自分の体でしっかりとサラを囲い込んだ。筋肉質の脚を彼女の脚にからませ、体重をかけて絨毯敷きの床に彼女を押さえ込む。硬い高まりと熱く滑らかな肌がこすりつけられ、サラは静かなうめき声をもらさずにはいられなくなった……甘い拷問から解き放たれることを約束する、じらすようなリズミカルな動き。サラは体をそり返らせて、彼に所有されることを願った。しかし、デレクは悪魔のようにグリーンの目を輝かせて体を退いた。

「お願い」とサラはささやいた。

デレクはサラの下半身のほうに移動して、臍の小さなくぼみに舌を差し入れた。まわりをそっと舌で丸くなぞり、その湿った円にふっとやさしく息を吹きかけた。深くくびれたウエストを両手でつかんでから、丸い尻へとなでおろし、その膨らみをもみほぐした。羽根のように軽い巻き毛が頬に触れるとむくむくと激しい欲望が湧き起こってきた。サラがさっと体を退いて恥じらうのも無視して、口を魅力的な三角地帯に寄せた。飢えたようにその匂いをかぐ。甘い女の香りがデレクの神経を痺れさせた。

思いがけない行為に驚いて、サラは必死に逃れようとしたが、デレクは腕をしっかりと彼女の腿にかけて動けないようにし、開かせた脚のあいだに頭を沈めた。ふさふさの巻き毛に顔をこすりつけ、からかうように舌でつつく。サラがだめとうめいても、デレクはかまわず柔らかな谷間の奥に進んでいき、とろけるような彼女の体を存分に味わった。

指をやさしく動かしながら茂みの中に差し入れて谷間を割ると、敏感な蕾が見つかった。

舌でその蕾をからかうように愛撫し、さらに柔らかな谷間の奥へと侵入する。快感と恥じらいで高みに突き上げられたサラは動かなくなった。

彼女の味は狂おしいほどエロティックだった。デレクはその魅力的な突起を口に含み、強く吸った。そうしながら、指を滑らかに潤った道へと挿入し、口とは逆のリズムで突く。サラは突然叫び声をあげた。渦巻く感覚の嵐の中に飲み込まれ、絶頂に達した。

サラの体から最後の震えが退いてから、デレクは体をかぶせて、彼女の中に押し入った。大きな手で彼女の腰をしっかりと押さえ、歓喜のうなりを発しながら、安定したリズムで突きはじめた。ふたりの体はこれ以上は無理というほど密着していた。デレクがクライマックスに達して自身を震わせながら果てるのを子宮で感じて、サラは彼に腕をまわした。輝く黒髪に頬ずりをする。「あなたを心から愛しています」と耳元でささやきかけた。「けっしてあなたのそばを離れないわ」


サラたちがグリーンウッド・コーナーズの中心部を通り抜けたのは、午前中の半ばごろだった。華麗な馬車に乗っているところを村人たちに見られたら、どんな噂が立つかわかっていたので、サラは用心深く窓から離れて座っていた。道を歩いていた物売りや、腕に大きな籠をさげた村の女たちが足を止めて、馬車が通りすぎるのをながめた。店の売り子たちは外に出てラッカー塗りの馬車とふたりの乗馬従者、お仕着せを身につけた従僕を指さした。こんな豪奢な一行は、グリーンウッド・コーナーズのような田舎ではめったに見られない。行き先をたしかめるためにしばらくあとをつける者もいて、走って戻って、あの馬車はフィールディングの家に向かっているらしいとみんなに報告した。

サラの両親の家に到着すると、デレクは彼女を馬車から助け下ろした。従僕に一声かけてから、家の玄関につづく小道をサラとともに歩きだした。

「あの夜がずっとつづいてほしかったわ」サラはデレクの腕にしっかりつかまってそう言った。

「わたしたちにはこれからたくさんの夜が待っている」

「でもしばらくはおあずけでしょう」

デレクは鋭い目つきでサラを見つめた。「なるべく早く式を挙げられるように手配しろ。必要ならリリーの助けも借りるんだ」

「はい、わかりました」サラは彼の命令口調にほほえんだ。「まるであなたもわたしと結婚したくてたまらないみたいね」

「一秒も待てない気分だ」

サラはデレクが急にいらつきだしたことが嬉しかった。サラとしばらく離れるのが不愉快なのだ。この二日間がただの夢だったのではないかと、少し心配になる。「迎えに来てくださらなければ、わたしがロンドンに乗り込んでいきますからね」と脅してみる。「それとも、父に頼んで、マスケット銃をつきつけてあなたをここに連れて来てもらおうかしら」

デレクは顔をしかめた。「気が確かな人物なら、自分の娘の婿にわたしを選ぶとはとても思えないが」

「あら、父はとても頭のいい、やさしい人よ。ぜったいに気が合うわ。でも、大きな声でしゃべるようにしてね。耳が遠いの」ふたりは玄関の前で立ち止まり、サラがノブをまわして扉を開けた。「お母さん？」と呼びかける。

ケイティーは嬉しそうに顔を輝かせて戸口にあらわれ、娘を抱きしめた。「サラ、舞踏会はどうだったの。全部聞かせて――」サラの隣に男が立っているのに気づき、ケイティーは途中で言葉を切った。肩幅の広い体で戸口がほとんどふさがれていた。

「お母さん、こちらはミスター・クレーヴンよ」サラはやさしい声で言った。

ケイティーは一歩下がって、大きく見開いた目でふたりを見つめた。「アイザック」いつもより甲高い声で叫んだ。「サラがお客様を連れてきたわ。男の方よ」

「そうかい？　どれどれ、いったいどんな男かな」

気づいたときには、デレクの目の前にふたりの小柄な白髪の夫婦が立っていた。じっくり彼をながめまわしたあと、彼らはこぢんまりした温かい家の中に招き入れた。部屋の中にはドライフラワーやハーブ、彩色した陶器の壺やら山積みの本があちこちに散らばっていた。デレクは部屋に入るとき、梁にひたいをぶつけないよう頭を下げなければならなかった。サラがデレクを父に紹介すると、男たちは握手を交わした。老人の顔にはユーモアと人柄を映し出すしわが刻まれ、青い瞳には人なつっこい光がきらめいていた。

「お父さん」サラはしゃべりはじめた。「以前にミスター・クレーヴンのことを話したことがあったでしょう。社交クラブのオーナーなの」サラは母親をキッチンへ追い立てた。「お母さん、男の人たちにはいろいろ話すことがあるでしょうから、お茶を用意しましょう」

母娘はキッチンに入ってドアを閉めた。ケイティーはぼんやりと紅茶の壺を取り出し、サラはポンプを押して水をくみはじめた。「息が止まるかと思ったよ」ケイティーはスプーンをさがしながら言った。

「ミスター・クレーヴンもこの週末にレイフォード・パークに来ていたの」サラの顔は興奮で真っ赤になっていた。「いろいろこみいった事情があってね、とにかく、こういうことなの……わたしは彼を愛していて、彼はわたしにプロポーズしてくれて、わたしはイエスと言ったの！」

ケイティーはあんぐり口を開けた。椅子に座り込むと、心臓を鎮めようとするかのように両手を胸にあてた。「ミスター・クレーヴンがプロポーズした」ケイティーはあっけにとられてつぶやいた。

「彼は世界で一番すばらしい人なの。お母さんもお父さんも、わたしと同じくらい彼のことを愛するようになるわ」

「サラ……いくらなんでも、いきなりすぎないかい？　あなたとペリーが何年もおつきあいしてきたことを思うと――」

「ミスター・クレーヴンは、ペリーの一〇〇〇倍もわたしを幸せにしてくれるの。ねえ、心配そうな顔をしないで、お母さん。わたしが分別のある人間だって知っているでしょう？」

サラは自信たっぷりにほほえんだ。「わたしの選択は正しいわ。いまにわかるから」ケイティーが何か言おうとしたが、男たちの会話がもれ聞こえてきたので、サラはしぐさで母を制し、ドアに耳を押しあてた。

「……申し込むのが少々遅かったようです、ミスター・クレーヴン。サラにはすでにフィアンセがおりますので。キングズウッド家の息子でしてね」

サラは口を出さずにはいられなくなった。頭を出せるくらいドアを開けて、「彼はもうわたしのフィアンセじゃないのよ、お父さん。ペリーとわたしは、週末に出発する前に婚約を解消したの」と言った。

アイザックは困惑の表情を浮かべた。「そうなのか？　どうしてまた」

「あとで説明するわ」サラはデレクに大丈夫だからと目で合図して、顔をひっこめた。

ケイティーは困った子だという顔で娘を見ていた。「甲羅から頭を出したりひっこめたりする亀の真似をしなくてもいいでしょう。ミスター・クレーヴンは、あなたの助けを借りなくても十分お父さんと話ができるお方と見たわ」

サラはまたドアに耳をつけた。「しーっ」

「……ギャンブラーとの結婚には賛成しかねる」とアイザックの声。

「わたしは賭け事はしません。わたしの所有するクラブで、ほかの人々が賭博をするだけです」

「細かい違いはどうでもいいのだよ、お若い方。そういう商売そのものが気に食わんのです。

とはいえ……大酒飲みは許せんが、だからといって村の居酒屋の主人を嫌っているわけではない。社交クラブについてもう少し話をうかがおうじゃないですか。そこでは、いかがわしい商売の女たちも働いているんでしょうな。サラはそういう哀れな堕落した女たちと会ったんでしょうか」

「彼女の目に触れさせないわけにはいきません」デレクはそっけなく言った。

「うちのサラは心のやさしい子だ。不運な人に引きつけられる癖がある。ああいう子には大都会は危険なのですよ」

サラはまたドアを開けた。「ロンドンで危険な目に遭ったことはいっぺんもないわ、お父さん！」

デレクはアイザックが答える前に言った。「サラ、お茶といっしょに食べるパンはないのか？」

「ありますけど」少し怪訝な顔でサラは答えた。「トーストはいかがかしら？」

「たくさん欲しい。すごく薄く切ったものを」デレクは親指と人差し指で薄さを示した。

サラは顔をしかめて彼を見た。話の邪魔をさせないようにしているんだわ。「わかりました」ぶすっと答えて、キッチンに戻る。

アイザックは向かいに座っている男を見直し、顔をしわくちゃにしてほほえんだ。「あなたはあの子に辛抱強く接しておられる」と満足そうに言った。「それはとても好ましいことです。あれはとても強情な子だ。自分の意見というものを持っておる」デレクは皮肉なことを言ってみたくなったが口をつぐんで、心地よい椅子に座って毛糸編みのひざ掛けに節くれだった手を置いている老人の姿を見つめた。やさしい表情がアイザックの顔にあらわれ、まるで自分自身に語りかけているかのようにつづけた。「あの子は、ケイティーとわたしにとって奇跡のようなものだったのです。もう年齢的にも妊娠することはないとすっかりあきらめたころにできた子でしてね。あの子を授けてくださった神様に、毎日感謝しています。あの子を傷つけるような男にはぜったいに渡せない。キングズウッドの息子はわがままだが……少なくとも穏やかな性格だ」アイザックは青い誠実な目で、まっすぐデレクを見つめた。「ミスター・クレーヴン、わたしは娘を自分でものを考えられる人間に育てました。もしもわたしが二〇歳若ければ、そんな自由は許さなかったでしょう。しかしあの子の母親もわたしも年寄りだ。当然お迎えも早く来ますからね、いつまでも守ってやれるわけではない。そこで、サラに自分の判断を信じることを教えるのが最善と考えたわけです。もしもサラがあなたと結婚したいと言うなら、わたしが賛成しようとしまいと、あの子はそうするでしょう」

デレクはまばたきもせずに、アイザックの視線を受け止めた。「あなたの賛成は必要ではないかもしれませんが、それでも、わたしはあなたに賛成していただきたいと思います」

かすかな笑みがアイザックの顔に浮かんだ。「わたしが欲しいのは、あなたが娘をやさしく扱ってくださるという保証だけです」

デレクはこれほど真摯に人と話をしたことがなかった。駆け引きも小賢しさもなく、あるのはつつましやかな正直さだけだった。「わたしはサラにやさしくする以上のことをしてやりたいと思っています。安全と幸福、それから彼女を喜ばせるものならどんなものでも与えたい。わたしが彼女にふさわしい男だというふりをするつもりはありません。生まれも卑しいし、教育も受けていません。悪魔ですら、わたしのような男よりもましだと思っていることでしょう。唯一のとりえは、わたしはばかではないということです。彼女の執筆を邪魔するつもりはないし、彼女がやりたいと思うことに反対したりはしません。ご両親からサラを取り上げるつもりもありません。彼女をとても大切に思っているので、そんなことはできません。彼女を変えたくないんです」

アイザックはその言葉に安心したようだったが、まだその表情から完全に疑いは拭い去れていなかった。「あなたの誠実さを信じましょう。だが、結婚、そして妻や子ということになると……たいへんな責任を負うことになりますぞ。あなたがこれまで経験したこともなかったような」

「心の準備ができていなかったならば、今日、ここにうかがってはおりません」

ふたりの会話は、玄関の扉を激しくたたく音で中断された。アイザックはいぶかるように灰色の眉を寄せて腰を上げた。

デレクも立ち上がり、長めの金髪のほっそりとした若者が部屋に入ってくるのをじっと見つめた。色白のひたいには、不安といらだちのせいでしわが寄っていた。「立派な馬車が村を通ったと聞きました」一息を切らせながら彼は言った。「サラだったのですか？　もし帰ってきたのならすぐに彼女と話がしたいのですが」

だれか客が来たのを聞きつけて、サラがキッチンからあらわれた。その後ろに母親がつづいた。サラは驚いて立ち止まり、「ペリー」と弱々しくつぶやいた。

なぜかサラは、このふたりが同じ部屋に居合わす場面を想像したことがなかった。重い沈黙が降りた。サラはこの静けさを破るうまい言葉を考えながら、その一方で、ふたりのあまりの違いに内心驚いていた。

ペリーは詩に出てくるようなハンサムだ。おとぎ話の王子のように、肌は白く、髪は黄金に輝いている。頬骨から鼻梁にかけてピンクに染まっていた。輝く瞳は明るいブルー。対照的に、デレクは髪も肌も暗い色合いで、不機嫌な雰囲気を漂わせていた。すねた猫のようだ。サラがデレクのほうを見ても、ちらりとも視線を返さず、じっと新しい客を見つめている。

心を奮い立たせて、サラは一歩前に進み出た。「ペリー……こちらミスター・クレーヴン。ええと、ロンドンからのお客様なの」

ペリーは浅黒い肌の見知らぬ客をちらっと見てから、またサラに視線を戻した。「なぜ彼がここに？」いらだったように眉間にしわを寄せて尋ねた。

「彼とわたしは……つまり、わたしたち……」サラは咳払いをひとつし、思い切って言った。「彼はわたしのフィアンセなの」

「ばかばかしい」ペリーはぴしゃりと言った。「フィアンセはぼくだ。きみは意見の食い違いを正す前に出かけてしまったのだ」

「それについてはもう決着がついたのよ」サラは少しデレクに近づいた。「それでわたしは気づいたの。ミスター・クレーヴンのほうがずっとわたしには似合っているって」

「ひょっとして、あのデレク・クレーヴンか？」ペリーは激怒して叫んだ。「なんてことだ、正真正銘の悪党だぞ！　まともな社会に属する者ならだれでも知っている。きみのお父上がこんなやつを家に入れたなんて信じられん」

デレクをかばう気持ちが働いて、サラはかっとなった。「あなたを家に入れたことのほうがよっぽどどうかしているわ」

「こういう輩とつきあっているというなら、きみがひどく変わったのも当然だ」ペリーはあざ笑った。「ああ、これで納得がいったぞ。きみがその飽くなき色欲を満足させるためにぼくに迫った理由が。ぼくはこの週末、きみのみだらな行為をなんとか許そうと努力していたの——」

デレクはうなりながらペリーに近づいていった。「この鼻持ちならない、すかした野郎め——」

ひっと叫んで、ペリーはさっと外に飛びだし、母のいる安全なわが家をめざして、一目散に逃げていった。

すぐに追いかけるのはやめて、デレクはサラに顔を向けた。「あいつの言っていた〝飽くなき色欲〟ってのは何だ」

サラはあわてて説明した。「つまり、〝飽くなき〟というのは、とめどがないというか」

「意味はわかっている」デレクは嚙みつくように言った。「なぜあいつがおまえにそんなことを言うんだ？」

サラは目をくるりとまわして天井を仰ぎ見、肩をすくめた。「たいしたことじゃないの。一度、あなたがしてくれたみたいに、彼にキスしてみたことがあったのよ。でも、彼……」サラは両親があっけにとられて黙ってふたりを見つめていることに気づき、途中でやめた。

アイザックが口の端をひねって笑いながら、沈黙を破った。「もう十分ですよ、ミスター・クレーヴン。あなたと娘がすでに、その飽くなき色欲について話し合っているというなら、ふたりを祝福したほうがよさそうだ……そしてなるべく早く結婚してくれることを願いましょう」

サラとデレクは村の教会で、ささやかに簡素な式を挙げた。リリーは壮大な計画を申し出たが、サラは教会をふんだんな生花と青々とした葉で飾ること以外はすべて辞退した。サラは家族と友人に囲まれて、予想していたのとはまったく違うタイプの男性と結婚の誓約を交わした。ペリーと結婚したら将来は見えていた。でも、デレクと結婚したいま、これから先の月日はさまざまな可能性に満ち満ちていた。ペリー・キングズウッドを振ってよく知りもしない男と結婚するという意外な展開に、サラの友人たちは驚きあきれているようだった。

サラはデレクを偶像視することも、過小に評価することもなく、ありのままに彼を見ていた。そして、彼が変わることはけっしてないのかもしれないとも感じていた。でも、彼がわたしを愛してくれさえすれば十分だった。いろいろ欠点はあるけれど、彼は命の火が燃え尽きる日まで、わたしを守り、わたしの面倒を見てくれるだろう。ふたりにはそれぞれ異なる長所がある。ふたりがいっしょになれば完璧なのだ。

11

夜も更けて、サラはくつろいだ気分でデレクの硬い胸にもたれ、階下から聞こえてくるクラブのざわめきに耳を傾けていた。静かに息をひそめていると、皿が触れ合う音、客や従業員の話し声、クリベッジボードのペグがボウルの中でからから鳴る音、さらには娼婦が部屋の戸口で客を迎える色気たっぷりの声まで聞き分けることができた。クラブは生き物だとも思えた。営みの鼓動がやむことがない華麗な怪物だ。「クラブの上の階で暮らすのは好きだわ」とサラはつぶやいた。「下ではみんなが忙しくしているのに、ここは静かな隠れ家みたい」

「楽しめるあいだはせいぜい楽しむことだな」とデレクが言った。

サラは驚いて頭を上げた。「なんですって？　どうしてそんなことを言うの？」

「おまえの父親に、クラブには住まないと約束した」

「でもわたし、ここの暮らしが気に入っているの。どうしてお父さんは反対するのかしら」

デレクは皮肉っぽく笑った。「なぜだか、娼婦やギャンブラーと同じ屋根の下に娘が暮らすのはよくないと思っているようだ」

サラはひじをついて上半身を起こした。心配そうに眉のあいだに小さなしわを寄せている。「でも、困るでしょう？　クラブのことすべてに目を光らせておくために、あなたはずっとここで暮らしてきたのに」疑うように声を低めた。「まさか、所有している屋敷のどこかにわたしを押し込めて、すっぱり忘れてしまうつもりじゃないでしょうね」

デレクは笑って彼女の体を返して仰向けにし、肩幅の広い上半身を覆いかぶせてきた。「ここを出たほうがずっといいんだ」デレクはあっさり言った。「わたしはおまえを手の届くところにおくために結婚した」彼女の体に手を這わせ、のんびりと愛撫しはじめた。「なるべく近くに」

サラはデレクの胸を押しやって、いやがるふりをした。「どうしてあなたはいつも、大事な話をしようとするとこれをはじめたがるのかしら」

デレクはサラの脚を開かせた。「わたしが愛し合おうとすると、おまえがいつも話をはじめるんじゃないか」と言い返し、妻ののどに口をつけた。

サラは体をよじって彼の下から抜け出し、ベッドの反対側に這っていった。「先に話をつけましょう」譲らずに、体にシーツを巻きつける。「わたしのために、あなたがクラブから引っ越すのは反対だわ」

「おまえのためだけじゃない。娼婦や酔っぱらい貴族やこそ泥どもに年中囲まれていない暮らしを試してみたくなった。警察の手入れを気にすることなく、夜ぐっすり眠るのも悪くない」

「でも、クラブのことは?」

「これまでどおり経営はつづけるし、わたしが不在のときは、ワーシーにここを監督させる」デレクはサラの体に巻きついたシーツを引っ張った。「シーツをよこせ」

「どこに住む計画なの?」サラは用心深く尋ねた。

デレクは軽く肩をすくめた。「いま所有している場所を順番にまわってみたらいいんじゃないか。どれもおまえのお気に召さないようなら、買ったらいい。新しく建ててもいいし」

そこでいきなりデレクはサラの足首をつかんで、自分のほうに引き寄せはじめた。「おいで……妻の務めを果たさないと」

サラはマットレスの端をつかんで抵抗した。「まだ話は終わっていません!」

「わたしのほうは終わりだ。もういいだろう」デレクはサラの脚をやさしく引いた。

サラはうつ伏せになったが、デレクが這いのぼってきたので、息を切らせながら笑いだした。デレクは体重をかけてサラを押さえつけた。男らしい背の高い体、その荒っぽさと熱、そして筋肉が、彼女の肩から足先にまでのしかかった。突然サラはくすくす笑いはじめた。

「これじゃあ何もできないわよ」サラはほくそえんだ。「ぜったいに仰向けになってあげないから」

デレクは妻の無知にほほえんだ。長い髪を脇にどけて、柔らかなうなじにキスをした。

「仰向けにならなくていいんだ」とささやく。上体を少し上げてサラの肩に手をあて、軽く上手にもみほぐしはじめた。

サラはうっとりとため息をもらした。「いい気持ち。ああ……やめちゃだめ」

デレクは背中も癒すようにマッサージし、親指で両わき腹の敏感な場所を見つけた。サラは顔を横に向けて、深く呼吸している。デレクは力強い両手を尻の丸みにあてたまま、上半身をふたたびかがめて、口をサラの耳元に近づけた。舌先で耳の縁をなぞってから、耳の穴の入口にそっと舌を差し込んだ。一瞬、すべての音が遮断され、サラは奇妙な感覚に震え上がった。湿った耳から舌が引き抜かれると、熱い息や低い声の響きがいままでより鮮明に感じられるようになった。「気に入ったか?」とデレクがささやく。

「わ、わからないわ」

デレクは静かに笑って、もう一度同じことをした。体がうずきだし、サラは仰向けになってもかまわないと思った。けれど、デレクはサラの顔を伏せさせたまま、手をそっと腰の下に差し入れた。濡れた三角地帯をさぐりあて巧みに指を使いだすと、サラははっと息を飲んだ。体を返そうとするサラのうなじにデレクは歯をあて、じっと押さえつける。「このままにしていろ。こうしている姿が気に入っているんだ」

「やめて」サラはからかわれているのだろうと思ってつぶやいた。

デレクの声には欲望がみなぎっていた。「丸くて、かわいらしくて、張りがある……こんなにきれいな後ろ姿は見たことがない」

サラはその言葉を笑い飛ばそうとしたが、腰を使って上から重みをかけられ、彼の手があの部分に押しつけられると、笑いはうめきに変わった。サラは手を頭上に伸ばし、マットレスをわしづかみにした。デレクは誘いかける悪魔のように、彼女の上に乗ったまま耳元で甘い言葉をささやきながら、ゆったりしたリズムで刺激をつづけた。彼の体と意地悪な指にはさまれ、徐々に緊張が蓄積していき、ついにサラののどから、すすり泣くようなせつない声がもれはじめた。デレクは彼女の体を仰向けにせずに、後ろからまたがった。腿を彼の腿ではさまれ、サラは驚いて悶えた。「これでいいんだ」とデレクは素早く言うと、サラの腰を高く上げさせた。「わたしにまかせて……かわいいサラ……大丈夫だから」デレクはずぶりと重い突きで入ってきた。ショックと興奮でサラは背骨をそらし、彼を迎え入れやすくした。デレクはやさしく馬乗りになって、力強い筋肉で彼女を包み、両手で胸や滑らかな腹を愛撫した。デレクはやさしく馬乗りになって、力強い筋肉で彼女を包み、両手で胸や滑らかな腹を愛撫した。サラは頭を下げ、マットレスに向かってくぐもった叫びをあげた。数回の突きでサラは絶頂に達した。小波のように体をつたう痙攣が彼女の力をすべて搾り取っていく。デレクもそれにつづいて両手でぐっと彼女の腰をつかむと、思考を超えた歓喜の淵へと突き進んでいった。

ほどなく、ふたりの結婚生活は風変わりな様相を呈しはじめた。家庭生活というものを経験したことがないデレクは、夫として——少なくともごく一般的なタイプの夫として——どうふるまったらいいのかわからず戸惑っているらしかった。サラの目には、デレクは半分だけ飼いならされた野生動物のように見えた。定時に寝て、定時に食事をするという概念がまるでないのだ。生活の枠組みらしきものは、サラが決めたことだけだった。でもサラは急激な変化はなるべく避けるようにしていた。いっぺんにいろいろなことを押しつけたくなかったからだ。

ある晩デレクを待つうちに午前二時がすぎた。どうして彼はいつまでも下にいるのだろう。なんだか気になって、サラは簡素なドレスを着てアパートメントを抜け出した。クラブは興奮に満ちていた。がやがやと人々が話す声が聞こえ、その合間にはやし立てる声や叫び声が混ざる。気づかれないように戸口の端に立ち、ハザードテーブルのまわりにぎっしり集まっている人々を見つめた。すべての人が、象牙のサイコロが転がるのを、自分の命がかかっているかのように真剣に見つめている。デレクの背の高い黒っぽい姿を群衆の中に見つけた。緊張を和らげようとだれかが言った冗談に、静かに笑っている。

「ミセス・クレーヴン」横でワーシーの声がしたので、サラはほほえみながらそちらを向いた。サラもデレクと同様、支配人のワーシーには深い信頼を寄せるようになっていた。ワーシーはだれよりもふたりの結婚を喜んでいた。

サラとワーシーは、結婚式のあとレイフォード卿夫妻が開いてくれた披露宴で数分ほど話す機会があり、そのとき彼はいつもの静かな調子で、正しい選択をなさいましたよ、と言った。ふたりは、デレクが年老いたサラの母親をなだめすかしてダンスに誘いだそうとしているようすを見守っていた。「わたしはあの方が、あなたに対するようにだれかを思っているのを見たことがありません。あなたが村へお帰りになったあとは、人間が内部から崩れていくのを見ているようでした。ミスター・クレーヴンがあの週末レイフォード・パークに出かけたのは、あまりにひどく酔っぱらっていて、ギルとわたしが無理やり馬車に乗せても抵抗できなかったからなのです」

「まあ、かわいそうに」サラは同情と面白がる気持ちとが混ざったほほえみを浮かべた。「かなりお酒を飲んでいたんですか？」

「浴びるほど」ワーシーはきっぱり言った。「ですが、レイフォード家から戻って以来、つまりあなたが自分の妻になるとわかってからは……そうですね、別人になったと申しましょうか。あなたはあの方の一番いいところを引き出してくださったのです。ミスター・クレーヴンはよい夫になる決心を固めています。こうと決めたら、ぜったいにしくじることはありませんよ」

ちょうどそのとき、デレクはケイティーをとうとう説き伏せて静かなワルツに誘いだした。ふたりは舞踏室の隅のほうで、威厳たっぷりに輪を描きながら踊っていた。その姿を見つめ、目を輝かせて笑いながら、サラはワーシーに「わかっていますわ」と答えた。

結婚後、ワーシーは、サラがクラブで気持ちよく暮らせるように、何くれとなく気を配った。サラが自分自身の時間を持てるように、そしてデレクとふたりきりになれる時間がつくれるように手を尽くしてくれた。召使たちは申し分のないほど善意に満ち、てきぱきと働いてくれたし、必要なものは頼む前に用意されていた。サラがクラブの客に近づくときには、客から変なちょっかいを出されないように、ワーシーかギルが監視していた。

もう一度サイコロが投げられると、ハザードテーブルのまわりの群衆から興奮のざわめきが起こったので、サラは支配人のほうに体を傾けて尋ねた。「いったい何が起こっているの？」

「アルヴァンリー卿がハザードで大きな賭けをしているのです。あの方には大金をかけて全部すってしまうという癖がおありでしてね。当然のこと、ミスター・クレーヴンのお得意様というわけです」

「当然のこと、ね」サラはしかめっ面で繰り返した。どうりでデレクがゲームを見守っているはずだ。デレクがその場にいるとプレーヤーは大きな賭けに出る傾向があった。まるで、財産を放り出すことで、クレーヴンに一目置かれたいと思っているかのようだった。

「何かご用がおありなのですか、ミセス・クレーヴン？」

サラは軽く肩をすくめてデレクを見つめた。「ただちょっと……ねえ、ゲームは長くつづきそうかしら」

ワーシーはサラの視線の先を追った。「わたしが行って、きいてまいりましょう。ここでお待ちになっていてください、ミセス・クレーヴン」

「でも、邪魔をしないほうが……」サラはそう言いかけたが、ワーシーはすでに彼女の元を離れていた。

支配人がハザードテーブルに向かっているあいだに、サラのまわりにタビサを含む数人の娼婦が集まってきた。サラとタビサのあいだには、タビサがグリーンウッド・コーナーズのサラの実家を訪ねたことは秘密にしておくという暗黙の了解ができあがっていた。しかしタビサは、サラの幸運に自分も少しは貢献したのだと思っているようすだった。サラがミセス・クレーヴンになったあとも娼婦たちに高飛車な態度に出ることがまったくないので、タビサはとても感謝していた。「あんたは、本当に立派なレディだわ」とタビサはサラに言った。「あたしの目に狂いはなかった」

やってきたのは、スパンコールを縫いつけたきらびやかなドレスを着た三人の娼婦だった。サラは感じよくあいさつした。

「今夜はお客が少ないんだ」タビサはそう言うと、くっと突き出した腰骨に手をあてて、兵隊やら貴族やら外交官の群れを見つめた。「賭けが大きくなるといっつもそうさ。でも、勝負が終われば、手近な娼婦に飛びついて、ときには料金をいつもの倍はずんでくれることもある」

「ゲームが終わったら、隠れなきゃだめだよ」バイオレットが分別臭くサラに言った。「ほかの男があんたに手を出そうとしたら、ミスター・クレーヴンは何をするかわからないからね」

「わたし、ミスター・ワーシーが戻るのを待っているだけなの——」サラは言いかけたが、タビサがあっはっはと威勢よく笑って割り込んだ。

「ねえ、ミセス・クレーウン、あんたのだんなをちょっとみんなの前でからかってやろうよ。そしてね、夜は奥さんとベッドにいなくちゃなんないってことを教えてやるのさ」

サラはわけがわからず首を振った。「タビサ、何を企んでいるのかさっぱりわからないけど、ミスター・クレーヴンをひっかけるようないたずらに加担したくないわ。とりわけ、あの人の友人たちの前で……だめよ……本当に……」

娼婦たちはすっかり夢中になって、にぎやかに笑いながらサラをハザードテーブルのほうに引っ張っていった。娼婦たちはサラを取り囲んで、見えないように隠した。「ミスター・クレーヴン」タビサが気安く声をかけた。「あなたにちょっと試してもらおうと思って、新しい子を連れてきたんだ。この子、ずっとあなたを待ってたんだよ」

テーブルのまわりの男たちは眉を吊り上げ、いぶかしげに視線を交わし合った。なぜなら、ふつう娼婦たちはゲームの邪魔はしないものだからだ。

デレクは怪訝な顔で眉を寄せ、タビサをにらみつけた。そして「娼婦には用がないと、彼女に言っておけ」そっけなく拒絶して向こうを向いてしまった。

タビサは上機嫌でしつこく迫った。「でもさ、とっても感じのいいみずみずしい子なんだよ。一目だけでも見てやっておくれよ」娼婦たちはくすくす笑いながら、サラを前に押し出した。サラは真っ赤になって、娼婦たちが耳の後ろに挿したスパンコールをちりばめた羽根飾りを取ろうとした。

デレクは急に笑いだし、表情がぱっと明るくなった。サラを片腕で抱きかかえる。「この女ならもらうことにする」とつぶやくと、頭を下げてサラのひたいにキスをした。

アルヴァンリー卿はゲームの途中で手を止めて、あれはいったいだれだねと尋ねた。クレーヴンの新妻だと聞くと、ハザードテーブルを離れてサラに近づいてきた。群衆は面白がってなりゆきを見守っている。「心からお祝いを申し上げますぞ、ミセス・クレーヴン」アルヴァンリーは彼女の手をとってお辞儀をしてから、ものうげにデレクに言った。「きみにはどうやら知性が欠けているようだな、クレーヴン。こんなにかわいい人を上で待たせておいて、われわれの野暮なゲームにつきあっているとは」

デレクはにやりとして、頭を下げた。「閣下のご助言をいただきましたので、妻の願いを聞き入れ、今夜は部屋に引きあげさせていただきます」デレクはサラを群衆の外に連れ出し、彼女とともに歩み去った。

男たちの笑い声ときわどい冗談が背後から聞こえてきた。「おう、なんと行儀のよろしい男だ!」……「わたしも一度ご相伴にあずからせてくれよ、クレーヴン!」

廊下に出ると、サラは赤カブのように顔を真っ赤にして必死に謝った。「ごめんなさい! あなたを連れ出すつもりはなかったの。ミスター・ワーシーは、このゲームは重要だと言っていたわ……どうか、戻ってちょうだい」

デレクの唇にほほえみが宿った。「もう遅い。大勝負からわたしを引き離したからには、覚悟はできているんだろうな」アパートメントにつづく階段の横にサラを引っ張っていき、デレクは濃厚なキスをした。「哀れな妻よ」とつぶやきながら、両手でサラの尻をつかみ、自分の体にぴたりと押しつけた。「わたしの努力が足りなかったらしい。でなければ、欲求不満を抱えて、わざわざさがしに来るわけがない」デレクは耳の下の敏感な場所に軽く歯を立てた。「おまえの欲望を満足させるためには、もっともっと励まなければならないようだ」

「デレク」サラは、違うのよ、と言おうとしたが、ふたたびキスされて、なんとなく夫の肩に手をかけてしまった。心臓がどきどき鳴りはじめ、喜びのうめきが口からもれるのを抑えられなくなった。「わ、わたし、ただあなたが睡眠不足になるんじゃないかと心配で」

デレクは首のまわりにぐるりとキスを浴びせて言った。「たしかに、睡眠不足になるな。だが、おまえも眠らせない」

「もうぜったい、ゲームの途中で邪魔はしないわ」謝らなくてはならない気がして、サラは言った。「あなたの夜を台無しにするつもりはなかったのよ――」

「邪魔してくれてよかった」とデレクはつぶやいた。妻のやさしいブルーの瞳をのぞきこみながらほほえむ。「ミセス・クレーヴン、わたしが欲しくなったら……いつでもうけたまわりますぞ」デレクは妻の腰に腕をまわし、そっと押して階段を上っていった。


男性とこれほど親密に暮らすことに、サラは当初面食らわずにいられなかった。自分はつつましく分別のある生活習慣の中で育てられてきたのに、デレクには抑制というものがまるでなかったからだ。彼が裸で部屋を歩きまわっていると、その力強くしなやかな肉体にほれぼれとするものの、自分は裸身をそんなふうに平然とさらすことはできそうもなかった。彼は精力旺盛で大胆だった。ある晩はとてもやさしく、何時間もかけて彼女の体を愛撫し、行為のあとは大切な子どもを扱うように抱きしめてくれた。ところが次の晩には、傲慢で好色な男に変貌し、サラには想像もできないような愛の技巧を教えるのだった。ムードの移り変わりの幅は非常に大きく、ほとんど予測不可能だった。彼のユーモアは、みだらで下品なこともあれば、逆に非常に洗練されていることもあった。静かに心を読んでしまうかと思えば、茶化してみたり。これほど自制心のある人には会ったことがなかったが、ときおり、心の奥底に隠されている感情が垣間見えることがあった。そして、新しい生活に圧倒されて、どうしていいかわからなくなったときには、彼の腕の中ほど安心できる場所はなかった。

夜には眠くて目が開けていられなくなるまで、延々とベッドで語り合った。ときには、意見がまっこうから対立することもあったが、デレクはおまえの目を通して世界を見るのは面白いと言った。とはいえ、理想を追いすぎるとからかわれはしたが。おそらく、デレクが自覚している以上にサラは彼に影響を与えていたのだろう。彼の辛辣さは徐々に薄れていくようだった。そしてときおり、彼の中に、子どもっぽさの片鱗を見ることがあった。ばかげたことを言って彼女をからかったり、怒らせてみたり、あるいはこれまで見せたことのない開放的でゆったりした笑みを浮かべることもあったのだ。

「ミスター・クレーウンは、最近、絶好調って感じじゃない」とタビサたち娼婦は口をそろえたが、サラもそのとおりだと思った。これまでデレク・クレーヴンを彼たらしめてきた、バイタリティあふれるカリスマ的な魅力にさらに磨きがかかったようだった。どこへ行っても、彼は女たちにもの欲しそうな目で見つめられる。そのたびにサラは嫉妬のうずきを感じずにはいられなかったが、夫の献身的な態度に、いつもほっとするのだった。たしかにデレクがそばにいると、女たちはつくり笑いを浮かべたり色目を使ったりするが、デレクは無関心な礼儀正しさで接するだけだった。デレクが自らの秘密を明かし、やさしさを示し、本当に欲しいと思ったのはサラひとりだった。彼の人生でそのような女性はほかにはだれもいなかったのだ。

クレーヴン夫妻はあまり人づき合いを好まないという評判が当然のように立ったが、意図してそうしていたわけではなかった。あわただしい新婚一カ月目は、とにかく忙しくて社交界の行事に出向く時間がなかったのだ。目覚めてから寝るまで、目がまわるほど忙しかった。サラは一日数時間を執筆にあて、その他の時間は新しく住む家のことで神経をすり減らした。夫妻はデレクが所有しているロンドンの屋敷に住むことにした。美しい三階建ての、高い壁に囲われた庭がついた屋敷だった。人をもてなすために設計されており、広い列柱を備えた中央の広間は巨大な応接室やダイニングルームへとつながっている。風通しがよく落ち着いた趣きの家で、花輪やリボンをかたどった精巧な漆喰細工がほどこされ、壁はひんやりとしたグリーンや藤色やブルーに塗られていた。

デレクは、わたしの趣味ときたらひどいものだと朗らかに言って、室内装飾をすべてサラにまかせた。まあ、たしかにそのとおりではあった。彼の考えるエレガンスとは、どこにもかしこにも金箔を張り、あらゆる空間に彫刻をほどこすことなのだ。しかしサラは、自分の趣味も五十歩百歩なのではないかしらと心配になった。そこで、リリー・レイフォードや、最近親しくなった若い貴婦人たちに助言を仰いだ。サラは注意深く、シンプルなデザインの家具を選んだ。椅子に張る布は薄い色合いの重厚な刺繍のブロケードにした。ベッドの掛け布や窓のカーテンは、明るい色のダマスク織りかチンツに決めた。いくつかの部屋に掛けるため、見事な縁のついた姿見を注文し、リリーの提案に従って、客がながめられるように本や新聞などを置く小さなライティングデスクもいくつかそろえた。自分自身の書き物机は、光沢のある紫檀製で、仕切りや引出しがたくさんついていた。

こうした仕事の合間に、デレクといっしょに夜の外出をすることもあり、芝居や、レイフォード家が催す音楽会、外国からやって来た王族の歓迎会などに出席した。こうした社交の場ではじろじろ見られるのがつねで、サラは適切なドレスをあつらえなければならないことを痛感した。ドレスメーカーでドレスを注文すればものすごく高くつくことがわかっていたので躊躇した。長いあいだ倹約生活をつづけてきたため、多額の金を使うことを考えると、なんだか落ち着かない気分になった。屋敷の家具を買うのは必要だからしかたがない。しかし、自分のためにお金を使うのはなんとなく気が引けた。驚いたことに、デレクがマダム・ラフルールの店についていくと言いだした。

モニクは盛大に出迎えた。丸顔に黒い瞳がほほえんでいる。「ロンドン一の噂のカップルのご来店ですわね」自ら店の入口に立って迎え入れ、マダムはこう叫んだ。「まあ、おふたりとも、お顔の艶のおよろしいこと！　みなさん、なぜあなたがたが隠遁なさっているのか、不思議がっていらっしゃるわ。でも、わたくしは申しましたのよ、もちろん《ビアン・スユル》、最初はふたりきりでいたいでしょうともって。それが新婚の特権ってものでございましょう？」マダムはデレクを興味深そうに見つめた。「ムッシュー・クレーヴンもいっしょに来てくださいましたのね。奥様のことをこれほど気にかけていらっしゃるなんて、なんておやさしいご主人でしょう」

デレクは魅力的にマダムに笑いかけた。「わたしがついてきたのは、家内には困った問題があるからだ。家内はけっして認めないと思うが」

「え？」モニクはすぐに、サラのお腹に視線を移した。

デレクはにやりとしたが、わき腹にサラのひじ鉄を受けて顔をしかめた。ドレスメーカーのほうに体をかがめて、秘密めいた口調で言う。「問題というのは、家内がわたしの金をつかうのをいやがることなのだ」

「なるほど」モニクの目に一瞬失望の色が浮かんだ。どうやら、最新のおいしいゴシップをロンドン中にばらまきたいと思っていたらしい。しかしデレクが話をつづけると、すぐに明るい表情に戻った。

「なるべく安い生地で、飾りもないドレスをつくってくれとあなたに交渉して、貴重な午後の時間をつぶすような真似を妻にさせたくない。わたしは彼女に最高のものを着せたいのだ。そして、イギリスで一番エレガントな女性に見せたい。金などいくらかかってもかまわない」

最後の言葉に、ドレスメーカーの脈拍は急激に速まった。「おお、ムッシュー……」有頂天になって彼にキスしてしまいそうだった。「奥様は、とても愛らしい方ですわ」

「たしかに、愛らしい」とデレクは同意して、温かい目で妻を見下ろした。何気なく、ほっれて肩に落ちていた巻き毛をつまみあげ、指にからめた。「ただしひとつ条件がある。肌を見せるのは、必要最小限にしてもらいたい。残りの部分はわたし個人の観賞用にしておきたい」

「わかりますわ」モニクはこくんと大きくうなずいた。「殿方は美しい胸に弱いものです。すぐに理性を失ってしまって……」モニクはあきれたように肩をすくめた。

「そのとおり」

モニクは詮索がましくデレクの腕に触れた。「何着くらいご注文なさるおつもりですか、ムッシュー？」

ふたりが自分をまったく無視して話を進めるので、サラはだんだん腹が立ってきた。「日中用のドレスを四着」と口をはさむ。「夜会用のものを二着。全部で六着です。それから、薄地の綿のナイトドレスも——」

「二五着だ」とデレクはドレスメーカーに言った。「それに手袋、上靴、下着類。とにかく妻が必要とするもの一切合切だ」サラが反対しようと口を開きかけたので、デレクはその口をそっと手でふさいだ。サラの頭越しに、いたずらっぽいグリーンの目で、ドレスメーカーにウィンクして言った。「ナイトドレスは必要ない」

モニクはふふと笑って、真っ赤に染まったサラの顔をちらりと見た。「マダム、どうやらご主人には、フランス人の血も流れているようでございますね！」

何週間にもわたるドレスメーカーとの相談や仮縫いがつづいたあと、とうとうサラは想像したこともないほど美しいドレスをごっそり所有することになった。鮮やかな色彩のシルクやベルベットやブロケードなどの生地を使い、きゅっと締めたウエストには細いベルトをあしらって、ぱりぱりした感触のペチコートの上にふわりとスカートがかかるデザインだった。深くえぐれた胸元にはふんだんにレース飾りがついていた。ドレスの下には透けて見えるほど薄地のひざ丈のドロワーズをはき、シュミーズはあまりに薄くて、結婚指輪を通ってしまうほどだった。帽子屋では、目のあたりまでの短いベールのついたちょっとセクシーな帽子や、シルクで裏打ちしたボンネットなどを購入したが、デレクはターバン型の帽子をぼろくそにけなした。

「髪が全部見えなくなってしまうじゃないか」ベッドに寝そべって、サラがかぶるのを見ていたデレクは文句を言った。「しかも、ずんぐりして見える」

サラは姿見の前に立ち、はみ出してくる髪を帽子に押しこもうとする。「髪の毛が多すぎるのがいけないんだわ。帽子商が言うには、前髪を切って、毛先を一〇センチばかり短くすれば、このターバンもすっきりかぶれるそうよ」

デレクはきっぱりと頭を振った。「ぜったいに髪は切ってはならない」

栗色の髪がターバンから飛び出てきて肩にかかったので、サラは不満そうにため息をついた。「髪が短ければ、新しいどの帽子も、もっと似合うようになるのに。マダム・ラフルールが、髪をすっきり短くすれば、わたしは頭の形がいいから帽子が似合うでしょうって言っていたわ」

デレクの顔が本当に青ざめた。「髪を短く切ったりしたら、鞭でおしおきしてやる」がばっとベッドから起き上がって、サラが避ける隙を与えず、そのうっとうしいターバンをひったくった。

「まあ、なんてことを」髪をぼさぼさにされて、サラは叫んだ。「もう少しというところだったのに。さあ、ターバンを返して」デレクは小さな布のかたまりをつかんだまま、首を横に振ってあとずさりした。サラは辛抱強く抑えた声で言った。「お願い、返してちょうだい」

「髪を切らないと約束するか?」

夫がこんなばかげた真似をするとは信じられなかった。「たとえ切ってもまた伸びてくるわ」サラはデレクに近づいてさっと帽子をつかもうとした。デレクは腕を高く上げて、ターバンをサラの手の届かないところに掲げた。

「約束しろ」

「そのターバンがいくらか知っていたら、そんなにぞんざいに扱わないでしょうに!」

「約束すれば、それの一〇〇倍払ってやる」

いぶかるような笑みがサラの口元をかすめた。「どうして?」ウェーブの強い乱れ髪を手櫛ですきながら尋ねた。「あなたにとって、わたしの外見がそんなに大事?」

「そうじゃない。ただ……」デレクはターバンを床に落として、サラのまわりをゆっくりと歩きはじめた。「おまえが髪を編むのを見るのが好きなんだ……そして、髪を結い上げたあと、首筋に、幾筋かほつれ毛が残るのが……夜、おまえがブラシをかけているとき、そうやって長い髪を背中に流している姿を見ることができるのはわたしだけなのだと考える。その部分を所有できるのはわたしだけなのだ、と」それからデレクはにやりと笑ってつけ足した。「ま、ほかの部分もだが」

サラは、デレクが素直に話してくれたことに心打たれ、しばらく夫をじっと見つめた。彼ははっきり愛しているとは言わないが、もっとさりげないやり方で愛情を示してくれている……やさしさ、寛大さ。そしていつもわたしを褒めてくれる。「ほかの部分って？」サラは後ろに下がって、ベッドに寝そべった。

それ以上の誘いは必要なかった。デレクはサラの横に這いのぼり、身頃のボタンをはずしながら答えた。「おまえの肌……とくにここ。月の光のように白く清らかだ」張りのある胸の斜面に指をそっと滑らせていく。「それからここ……美しい……ダイヤモンドとキスで覆ってしまいたい」

「キスだけで十分よ」サラはあわてて言った。

デレクはスカートをめくりあげた。サラは腰を上げて、ドロワーズを下ろしやすいようにした。デレクはそっと手を脚のあいだにあてがった。「そしてこの部分も……わたしだけのものだ」濃いまつげを下ろして、荒々しい息をサラののどに吹きかけ、手をズボンの前開きに伸ばす。「ときどき」と彼はささやいた。「おまえの中に深く沈んでいるときに、おまえの子宮が感じられる……それでもまだ足りない。すべての呼吸を共有したい……心臓の鼓動までも」

デレクの体が突然動きだすのを感じてサラは震えた。一突きで入ってきて、極上の硬さで体を押し広げる。両手でサラの顔を包み、熱い口を首筋につけた。「ときどき、少し罰してやりたくなる」

「なぜ?」何度も突き上げられ、サラは頭をのけぞらせて枕につけた。デレクは肩に手をあてて押さえつけ、さらに彼女の体の中心へと進んでいく。

「痛みを感じるほど、おまえが欲しくてたまらなくなるからだ。夜中に目覚めて、ただおまえの寝顔を見ていたいと思わせるからだ」上から見下ろすデレクの顔は、真剣で、情熱に満ちていた。グリーンの瞳が明るくぎらぎらと輝いている。「いっしょにいると、もっともっとおまえが欲しくなる。けっして治ることがない熱病にかかったように。ひとりでいるときは、おまえはどこにいるのだろう、いつまたおまえを抱けるのかと考えずにはいられない……」野蛮で、同時にやさしいキスに、サラは激しく彼を求めて口を開いた。

これほど強引な彼は初めてだった。重く硬く確かな突きで彼女の体を攻め立てた。サラは腰を上に向けて揺り動かし、彼を受け入れた。彼の性急なペースに体をこわばらせ、強烈な欲求に息を荒らげ、すすり泣くような声をもらした。血液が荒れ狂いながら体をかけめぐり、極みを求めて、どんどん感覚が研ぎ澄まされていく。デレクのリズムに何度も何度も応えるうちに筋肉が痛み、痙攣しはじめた。デレクはサラの体の下に手を入れてきつく尻を抱え込み、ぐっと自分に引き寄せてさらに奥深くへと突き進んだ。ふたりの肌は激しい行為による汗でぬめり、その滑らかで力強い摩擦の刺激で、感覚は耐えがたいほどの急勾配を上りつめていった。いきなり、猛烈な歓喜の衝撃に体を貫かれ、サラは彼の肩に口をつけたまま絶叫した。衝撃は内なる筋肉の小波となってデレクをきつく締めつけ、情熱のすべてを神々しいほどの快感とともに吐き出させた。行為のあと、デレクはサラをしっかり抱きしめて、背中を両手でさすりつづけた。心の中にせき止められた言葉をデレクはなんとか押し出そうとした。サラはどうやらそれを感じ取ったらしく、頭を彼の胸にもたせかけてため息をついた。

「いいの」とささやく。「ただこうして抱きしめていてくれれば」

「まあ、こんなにきれいなあなたを見たことがないわ」サラが家に入ってくるなり、ケイティーは驚嘆の声をあげた。ケイティーは娘のハイネックの外套を脱がせ、新しいドレスの縞模様の長袖に触れた。「なんて美しい布だろう。真珠のようにきらめいているわ！」

サラはほほえんで体を回転させ、うね織りシルクのスカートの裾をふわりと広げた。「気に入った？　お母さんにもそっくりなのを仕立てさせるわ」

ケイティーは、そのゼラニウムのような鮮やかな赤をいぶかるような目でじっと見つめた。

「グリーンウッド・コーナーズにはちょっとエレガントすぎるんじゃないかしら」

「そんなことないわ。日曜に教会へ行くのにぴったりよ」サラは茶目っ気たっぷりに笑った。

「そしてね、ミセス・キングズウッドの一列か二列前に座るの。そしたらミセス・キングズウッドはお母さんも娘と同じくすっかり堕落したとみんなにひそひそ言うに違いないわ」

ケイティーは困惑しきった顔で白髪頭を振った。「ドレスくらいでは村人たちもわたしが堕落したとは信じないかもしれないけれど、新しい家ならぜったい信じるわね！」

サラはそれを聞いてほほえんだ。先日、デレクはお昼から夕方までかけて、新しい家を受け取るよう両親を説得したのだった。人の心を惹きつける魅力と、ぜったいあとには引かない頑固さをもって、ついにデレクは両親を陥落させた。「選択はおふたりにおまかせします」とデレクは愛想よくアイザックとケイティーに言った。「ここにするか、ロンドンにするかはお気持ちしだいです」その翌日の午後、両親はデレクのお気に入りの建築士、グレアム・グラノウと相談することになってしまった。グラノウは老夫婦のために手ごろな大きさの美しいジョージア風の家を設計した。村の中心近くの土地に建設がはじまったため、グリーンウッド・コーナーズではフィールディング家の新しい家の噂でもちきりになっていた。ケイティーは眉をひそめてサラに言った。どうやらデレクはわざとキングズウッド邸よりも大きい家を建てようとしている気がする、と。サラはそんなことはないわ、とは言わなかった。デレクならやりそうなことだとわかっていたからだ。

「デレクはお母さんたちのために、料理女中《クックメイド》と庭師も雇うつもりなの」サラは母についてキッチンに行った。「デレクには、お母さんは村の知り合いを雇いたがるんじゃないかしらと言ったのよ。そうでないなら、ロンドンから連れてくるわ」

「まあ驚いた」ケイティーは叫んだ。「ミスター・クレーヴンに言っておくれ。わたしたちには使用人は必要ないと――

「でも、使用人がいたほうがいいわ」サラは譲らない。「お父さんの関節がひどく痛んで、庭仕事ができないときはどうするの？　それに、わたしはもう家事の手伝いができないから、手助けをしてくれたり、午後にはお茶を出してくれたりする人が必要だわ。どう？」

「サラ、村中の人たちは、わたしたち夫婦がお高くとまるようになると思っているわ。ミセス・ホッジズは、わたしたちが新しい家に住むことを思うたびに頭がくらくらすると言っているの。ここに四〇年暮らし、引っ越そうなんて考えたこともなかったのよ」

サラはほほえんだ。「お母さんやお父さんがお高くとまるようになるなんて、だれも思ってやしないわ。それにミセス・ホッジズも、村のほかの人たちも、お母さんたちが新しい家に住むことにすぐ慣れてしまうわよ。この家は狭くて古すぎる。雨の日には、あちこち雨もりがするし。それからもうひとつ驚かすことがあるの。昨日デレクに、お母さんとお父さんをロンドンに招待したいと話したのよ。デレクはお母さんたちに馬車と馬と御者を用意すると言っているから、これからはどこへでも好きなところに行けるわ」

「まあ、なんてことでしょう」ケイティーはキッチンのテーブルに手をついて体を支えた。

「かわいそうな老馬のエピーが、エレガントな栗毛馬の隣につながれるところを想像してごらん！」

「上流の馬と知り合いになるのは、エピーにとってもいいことよ、きっと」

ふたりはいっしょに大笑いしたが、そのあと急にケイティーの表情が変わった。声も突然、母親らしい心づかいに満ちたものになった。「サラ、あなたは大丈夫なの？　ときどきむしように心配になるのよ。あなたが、あの人と……ああいう場所で暮らしていることを思うと」

「ああいう場所って、賭博クラブのことね」とサラは冷静に言った。「わたしはとても快適に暮らしているわ。でも、お母さんの心配を和らげるために言っておくけど、屋敷の準備がもうじき整うの。そしたら、きちんとした家で暮らすようになるわ」

母娘は話をしながらお茶の支度をはじめた。手を動かしているほうが、話がしやすいものだ。「ミスター・クレーヴンはどうなの？」ケイティーがきいた。「どんな旦那さまなのかしら」

サラはおどけた表情をつくった。「一風変わった旦那さまというのが、一番ぴったりかしら」茶葉をスプーンできちんと量って、欠けた黄色いティーポットに入れた。「デレクはとても複雑な人なの。何ごとも恐れない……自分の気持ちと向き合うこと以外は。わたしをはっきり愛しているとは言わないけれど、ときどき表情からそれを読み取ることができるし、言葉が口からあふれだしそうな感じにも見えるわ」

ケイティーは心配そうな顔になった。「あなたたちに似たところはあるの、サラ？　何か共通するところが？」

「ええ、でも説明するのは難しいわ」サラは考えこみながらほほえんだ。「わたしたち、それぞれ風変わりなところがあるけど、なぜかぴったり合っているみたいなの。どちらにとっても、ありきたりな結婚はうまくいかなかったでしょう。いっしょに楽しくやれることも多いけど、それぞれが異なることに興味を持っている。わたしには読書と執筆、デレクにはクラブや多彩な計画――」

「計画？」

「ええ、まったく驚かされっぱなしよ。昼夜かまわず、いろいろな人が彼を訪ねてくるの。あるときは、浮浪児の救済策や、ごろつきを街から一掃する計画の話し合いをしているかと思えば、フランスの大使と面談したり！」

ケイティーは目を丸くして頭を振った。「あなたが、複雑と言っていた意味がわかってきたわ」

サラはちょっと迷ってから、スプーンと茶葉の壺をテーブルに置いた。「お母さんに話しておきたいことがあるの。でも、ぜったいに口外しちゃだめよ。でないとデレクに殺されちゃうわ。このあいだ、たまたま彼の机の引出しに、寄付の領収書と記録が入っているのを見つけたの。そこに書かれている数字を見て、目を疑ったわ。デレクは学校や孤児院や病院に莫大なお金を寄付していたの。政治に使っているお金以外にね」

「そのことを、ミスター・クレーヴンにきいてみたのかい？」

「もちろんよ！　どうして秘密にしているのか、そしてわざと世間には、自分の利益以外にはまったく興味がないように見せかけているのか、問いただしたわ。まるで、人に悪い印象を与えようとしているみたい。彼がどのくらい善い行いをしているかをみんなが知りさえすれば……」

ケイティーは興味をそそられて身を乗りだした。「彼は何て？」

「笑ってこう言ったわ。もし自分が寄付をしていることを人々が知ったら、それがどんなに多額であれ、少額であれ、クレーヴンは自分の評判を高めるためにやっているのだと断言するに決まっている。それに、たしかにそういう目的で――人によく思われたくて――孤児院に金を寄付したこともあったのだ、と。でも、これまでさんざん人に媚びへつらって生きてきたし、いまでは、人の思惑なんか気にせずに好きなことができるだけのお金も持っている。だから、他人に個人の秘密を明かさないでおく権利は十分にあるのだと言うの。そして、妻であるわたしにも、だれにも言ってはならないと」サラは眉を吊り上げた。「ねえ、どう思う？」

ケイティーは眉をひそめた。「きかれたから答えるけど、とっても変わった人だねえ」陽気な笑いがお腹の底から湧いてきた。「どうやら、貴族の方々も、デレクとわたしのことを奇妙なカップルだと思っているらしいの」

「この村の人たちもよ」ケイティーが遠慮なく言ったので、サラはもう一度笑った。

もしもクレーヴン夫妻が貴族に気に入られようとしたなら、貴族たちは彼らを見下したことだろう。ふたりには一滴も高貴な血は流れていない。秀でた家柄でもなかったし、自慢できるような経歴もない……あるのは、ギャンブル好きの金持ちから巻き上げた金で築いた途方もなく巨額の財産だけだった。だが、クレーヴン夫妻は、貴族たちが彼らを喜んで仲間に入れようとしなくても、まったく気にかけなかった。そして、デレクが露骨に指摘したように――そして、まさにその通りなのだが――金は上流社会に受け入れられるための、すぐれた潤滑剤になるのだった。

しかし、貴族たちが不承不承にクレーヴン夫妻を上流の仲間として受け入れたその一方で、一般大衆は彼らを熱狂的にもてはやした。この現象は、夫妻自身を含め、みんなを驚かせた。「ついに、摩訶不思議な事態が起こった」とロンドンタイムズ紙は辛辣に書きたてた。「平民と田舎娘のカップルが、ロンドン中の話題をかっさらってしまったのだ」

デレクは最初戸惑っていたが、そのうちに、どこへ出かけても小さな騒ぎが起こるのをうんざりしながらあきらめて我慢するようになった。「来月になれば、ほかに興味は移る」とデレクはサラを安心させた。「一時的に注目の的になっているだけだ」

デレクが予想していなかったのは、自分たちと同じ庶民が王族のような暮らしをしていることに大衆が魅了されたという事実だった。「新風を巻き起こした」カップルとも、「成り上がり者」のカップルとも呼ばれた。風刺漫画家のジョージ・クルックシャンクは、彼らを上流のマナーを猿真似しようとしている安っぽいにわか貴族というふうに描いた。庶民にとって、クレーヴン夫妻は上流社会をのぞき見る鏡だった。彼らを通して、自分たちがもしそうなれたらどんなだろうと空想するのだ。

サラが、それまで表に出てこようとしなかった『マチルダ』の作者であることが知れわたると、人々の興味はさらにかきたてられた。ロンドン中のコーヒーハウスやパブでは、ミセス・クレーヴンはマチルダの仮の姿なのかという噂でもちきりだった。ドルリーレーン劇場に芝居を見に出かけると、観客の到着を見物していた群衆からマチルダの名前が聞こえてくることがあった。「見ろ、マチルダが来たぞ！」サラが馬車から降りると、男が叫んだ。「顔を見せてくれ！」サラが困って男のほうに顔を向けると、人々のあいだから歓声があがった。「マチルダ！　いやあ、ほれぼれするぜえ！」

「『顔を見せてくれ』か」デレクはサラを劇場正面の階段へ導きながらつぶやいた。「そのうちおまえは公共財産になってしまうな」

サラは笑いだした。「マチルダが実在すると信じたいだけだわ」

ボックスシートに向かう前に、ふたりは分かれて、まわりに群がってきた大勢の知り合いにあいさつをした。自分の妻のベッドに忍び込まれる心配がなくなった夫たちは、油断なく朗らかさを装ってデレクに接しはじめていた。サラと知り合う機会がまだなかった人々は、とくになれなれしく彼女に近づいてきた。サラの手にはしゃれ男や甘い口調の外国人からキスの雨が降り、髪型やドレスを褒められ、なんてお美しい方だなどとお世辞を浴びせられてサラは面食らった。ほとんどの人が礼儀正しかった……ただひとりの無礼な輩を除いて。その声には聞き覚えがあった。

「よう、べっぴんさん。マチルダじゃねえか！」

サラは用心しながら振り向き、ずうずうしくにたりと笑っているアイヴォウ・ジェナーと対面した。「ミスター・ジェナー」と軽く会釈をする。

ジェナーはずる賢そうな目でサラをながめまわした。「つくづくいい女だねえ、あんた。クレーウンは運のいい野郎だぜ。毎晩あんたをベッドに引っ張り込めるんだからな。あいつにゃ、おまえさんはもったいねえ」

「ミスター・クレーヴンはとても立派な夫ですわ」とサラはつぶやきながら、少しずつジェナーから離れようとした。

「あんたの亭主は、着飾って紳士のふりをしてるだけさ」ジェナーはデレクを愚弄した。「あいつに伝えといてくれ。おまえなんざ、貴族のごきげんをとる、街のごろつきにすぎねえって――」

「あっちへ行ってください」とサラはジェナーをさえぎった。「でないと、主人にそれを直接言うことになりますよ」

サラの視線の先を追ったジェナーは、デレクが人ごみを肩でかきわけてこちらに向かってくるのを見て、ばかにしたように笑った。デレクがやってくる前に、ジェナーは姿を消した。

デレクはサラの腕をつかんだ。「あいつに何か言われたのか？」

乱暴な口調に驚いて、サラは目をぱちくりさせた。「別にたいしたことは何も」

「言うんだ」

「本当に何でもないのよ」サラは痛みに顔をしかめ、腕をねじってデレクの手をはずした。

「デレク……お願いだから、みっともない真似はしないで」

デレクにはサラの声が聞こえていないようだった。視線は遠ざかっていくジェナーに釘づけになっている。「わたしの所有物に汚らしい指を触れたらどうなるか、あの貧相な野郎に教えてやらなければならない」とデレクはうなった。

サラはむっとして口を引き結んだ。これじゃあまるで、骨を取り合う野良犬と同じじゃないの。なぜデレクがジェナーにすぐ腹を立てるのか、その理由はわかっていた。ジェナーのいやらしいほどの傲慢さが、デレクに自分の過去を思い出させるからだ。「わたしはあなたの所有物ではありません」

サラの声はいつものようにやさしかったが冷たさを帯びていて、デレクをいらだたせた。彼は妻を鋭い目つきで見た。サラがそんな口調で自分に話しかけたことはこれまでいっぺんもなかったからだ。いやな感じだった。「ふん、そうかな」と不機嫌に言って、言い返してくるのを待った。

しかしサラは目をそらしたままだ。「座席に行きたいわ」

その夜ずっと、デレクはサラのそっけない態度に憤慨しつづけた。ほとんど彼を無視して、芝居にだけ神経を集中させている。怒らせてしまったらしい。言い争うより、よそよそしくされるほうがよっぽどこたえた。デレクも頑固に、同じく冷たい態度をとりつづけた。わびの言葉をおれから引きだそうとしているなら、天地がひっくり返っても言わないから覚悟しておけよ。それに、おまえはおれのものだ――アイヴォウ・ジェナーのような人間のクズから、妻を守って何が悪い。

家に帰って床についても、ふたりはベッドの端と端に離れて横たわった。結婚して以来、愛を交わさずに寝たのはその夜が初めてだった。デレクは妻の柔らかな体がすぐそばにあるのを、みじめなほど意識していた。彼女を抱きたくてたまらなかった。そして、さらに悪いことには、彼女の愛情がどうしても必要だった。翌朝、サラが昨夜のことはすっかり忘れたように、ふだんどおり機嫌よく目覚めたので、デレクは心からほっとした。

デレクがバスタブにのんびり浸かっているあいだ、サラは近くの椅子にちょこんと腰掛け、新聞を読んで聞かせた。ロンドンタイムズには、サラのアイヴォリーのドレスと、指にはめていた五カラットのダイヤモンドについてこと細かく描写され、クレーヴン夫妻が語ったとされる芝居の感想が掲載されていた。さらに、デレク・クレーヴンは「本当に放蕩から足を洗ったのか」という推測記事まであった。「真実はひとつも書かれていない。例外はおまえがまばゆいほど輝いていたというくだりだけだ」

「ありがとうございます、おやさしい旦那さま」サラは新聞を置いて、磁器のバスタブの縁からはみ出している、石鹸でぬるぬるする夫の足に手を伸ばし、大きな親指をくすぐった。

「『放蕩から足を洗った』という部分は？」

「足を洗ってはいない。昔やっていたことはいまでもつづけている……ただし、相手はおまえひとりだけになったが」

「そうねえ、しかもとってもお上手」すました調子でサラは言った。

デレクがその答えに満足しているのがわかった。グリーンの瞳を輝かせ、彼は足を湯の中に引き込んだ。「湯はまだ温かいぞ」と言って誘うように手で渦をつくった。

サラはほほえみながら頭を振った。「だめ」

デレクは体を湯の中に深く浸けて、サラをじっと見つめた。「助けてくれ。石鹸に手が届かない」

「どこ？」

「こっちへ来い。そしたら教える」

デレクのいたずらっ子のような魅力はあらがいがたく、サラの心をほじくた。

サラは椅子から立ち上がり、ガウンとナイトドレスを濡れたタイルに落とした。デレクの熱い視線にさらされて真っ赤になる。用心深くバスタブの中に足を入れると、デレクが手を伸ばしてきて、やさしく湯の中に導いた。石鹸でぬるぬる滑る力強い夫の体に触れると、サラはぶるっと体を震わせた。筋肉質の腕と脚が彼女を包み込んだ。黒い髪は濡れたアザラシの毛皮のように艶やかに輝いている。

「石鹸はどこ？」サラはデレクの顎についた泡を拭い取ってきいた。

「湯の中に落としてしまった」と残念そうに答えて、サラの手を白く濁った湯に引き込んだ。

サラはくすくす笑って、デレクにお湯をかけた。ぱしゃぱしゃふざけあっているうちに、タイルの床に湯が飛び散った。湯がしたたる腕をデレクの首にまわし、サラはデレクの口に濡れた唇を押しあて、「残念ながら、見つけられないみたい」とささやいた。サラの体がデレクの上をふわりと漂っている。

「よくさがしてみろ」デレクはしわがれた声で言うと、ふたたび彼女の唇を求めた。

ひとりになると、デレクはかつてリリーが結婚について語ったことは真実だったとあらためて思うのだった。便利なことこのうえない。妻はいつでも手近なところにいるし、彼女の小さな姿があるだけで家が華やいだ。人前に出るときには自分の腕に彼女の手がかかっており、いっしょにいないときでも彼女の残り香が甘くとりついて離れない。彼女に飽きることなどありえない。なぜなら、呼吸する空気がなければ生きていけないのと同じく、彼女なしでは生きていけないからだ。それでも、夫らしくひたいにキスをするたびに、自分がいかさま師であるような気がしてならなかった。上等な服をもらったが、着てみるとどことなくしっくりこないという感じだ。じっくりサラを観察し、自分が間違いを犯していないか、いつも兆しを見つけようとしていた。自分が世間一般の夫のようにふるまっていると思うほどばかではなかった。しかし、サラがさりげなく貴重な道しるべを与えてくれたので、デレクは険しい未踏の小道をやみくもに歩いて行くことになった。

ひどく居心地が悪い気分になることがよくあった。目に見えない借りがどんどんかさんでいく気がした。またときには、自分の喜びや癒しや平和の源がすべて彼女であることに気づき、かすかな憤りを覚えることもあった。サラは、自分が必要とした初めての人間だった。まったく意外な展開で自分は自由を失ってしまったのだ。長い長い鉄の鎖につながれるよりももっとしっかりと、彼女の愛によって縛りつけられてしまったのだ。

ベッドにデレクがいないのに気づき、サラはこっそり階段を下りていった。まだ早朝だった。デレクは中央のゲームルームにひとりでいた。いつものように客や従業員がひしめきあっていないと部屋は不気味なほど静かで、洞穴のようにがらんとしていた。デレクはワーシーのコーナーデスクに向かって座っていた。数組のトランプがその光沢ある天板の上にきちんと並べて置かれている。デレクはサラの存在に気づいて、「ん？」とあたりさわりのない声を出して肩越しに振り向いた。

「何をしているの？」サラは近くの椅子に座り、あくび混じりにきいた。

「うちのディーラーの中にいかさまをしているやつがいるらしいとワーシーが疑っている。で、そいつが今夜使うトランプを調べているんだ。念のために」デレクは不愉快そうに唇をねじ曲げて、薄いトランプの山のひとつを指差した。「どうやら、これには印がつけられているようだ」

サラは狐につままれたような顔をした。これまでにゲームをはじめるときの手順を何度も見てきた。いつも儀式のように、真新しいトランプの箱を開ける。「でも、どうやって印をつけるの？　ディーラーにはそんな時間もチャンスもないわ……そうでしょう？」

デレクは新しい一組を手にとってシャッフルした。あまりにも見事な手さばきで、カードが連なって見える。彼は裏向きのままカードをサラに配った。「どれがクイーンかあててごらん」

サラはじっと目をこらしてカードの背を見つめた。「わからないわ。どれも同じに見えるもの」

「ところが違うんだ。わたしはクイーンに印をつけた」デレクはカードを一枚つまみあげて、自分がカードの縁に親指の爪でつけた小さな目立たないへこみを見せた。「ほかにもいくつかやり方がある。たとえば指先にインクをつけてしみをつける方法とか、一枚だけほんのちょっとそらすとか、袖に仕掛け鏡をしこむとか」

「鏡？」

デレクはうなずいてカードをいじりつづけた。「もしも一組のトランプにプロの手で印がつけられていたら、リッフルしてカードの裏を見ていればわかる。線や何かで印がつけられていればそこだけが目立つのだ」デレクがふたたびシャッフルすると、カードは彼の手で生命を吹き込まれたかのように見えた。「こうやってトランプを積み上げるんだが……動きはスムーズでないといけない。鏡の前で練習するんだ」カードは彼の手から手へ水のようにスムーズに流れていく。デレクはカードをそっと手に持ち、長い指で器用に操って橋や滝や扇の形をつくってみせた。

サラは感動して見ほれた。クラブのディーラーたちの手さばきも実に見事だが、デレクほどやすやすとカードを扱う者を見たことがなかった。これだけうまくカードをさばくことができ、数字にもめっぽう強いのだから、トランプの勝負をやらせたらだれも太刀打ちできないだろう。「どうして自分ではプレーしないの？　レイフォード卿やそのほかのお友だちと、あなたが気軽にゲームをしている姿を見たことがないわ。いつも必ず勝ってしまうからなの？」

デレクは肩をすくめた。「まあ、それも理由のひとつだ」うぬぼれからではなく事実としてそう言った。「もうひとつの理由は、少しも楽しめないからだ」

「楽しめない？」

「一度も面白いと思ったことがない」

「でも、こんなに得意なのに、楽しめないなんて」

「そこが問題なんだ」デレクは軽く笑いながらカードを脇に置いた。サラをハザードテーブルに導き、腰を持ち上げてテーブルの縁に掛けさせた。ひざを割らせて脚のあいだに自分の体を入れ、上体を倒して、温かくやさしいキスをした。「おまえの書き物とは違うんだよ。おまえが机に向かっているときは、全身全霊を注ぎ、それが満足感につながっている。しかし、トランプは単にパターンの集まりにすぎないのさ。パターンさえ学んでしまえば、あとは機械的にやるだけだ。心を傾けなくてもできることなんか、楽しくもなんともない」

サラは夫の黒い髪をなでた。「あなたはわたしに少しは心を傾けてくださっているのかしら」言ってしまってからすぐにサラは後悔した。彼を困らすようなことはすまいと自分に誓っていたのに。彼のほうに準備ができていないことを要求するのはやめようと思っていた。

まばたきせずにじっと見つめてくるデレクの瞳は陰っていた。デレクは背をかがめて唇を求めてきた。サラの体の芯にぽっと小さな火が灯り、それはすぐに燃え上がって明るい炎と化した。デレクがスカートを腰までたくしあげたので、サラは体をぶるっと震わせた。彼はさらにひざの奥へと押し入ってきた。ふたりは激しいキスを交わしながら、服に覆われた体をまさぐり合った。ボタンをはずそうとするがあせるせいでかえってうまくいかない。

彼の熱いものが体を突き上げてくるのを感じて、サラはあえいだ。「ここではだめ……だれかに見られて……」

「みんな休んでいる」彼は軽くサラの首筋をかんだ。

「でも、だめ……」

「いいから」デレクは譲らない。サラの頭を肩にもたれさせ、ハザードテーブルに座らせたまま彼女を奪った。サラはなすすべもなく、ただ快楽に身を震わせた。

サラはクラブの上の個人用アパートメントにひとりでいて、寝室に掛かっている背の高い鏡に自分の姿を映していた。今夜はレイフォード卿の一七歳になる弟ヘンリーの誕生日を祝う晩餐に出席することになっていた。このような内輪の会では、レイフォード夫妻は気の置けない知人のみを招待する。しゃれた会話と笑いに満ちた楽しい晩になるだろう。アレックスからヘンリーへのプレゼントを運ぶ手伝いをするためにデレクは先に出かけていた。ヘンリーがイートン校から帰ってくる前に、毛並みも艶やかなサラブレッドをスワンズ・コートに運び込む手はずになっていた。

サラはグリーンのベルベットのスカートのしわを伸ばした。ネックラインが深くくれた、とてもシンプルなドレスで、前が開いたスカートを留める六個の金色の金具以外は何の飾りもついていなかった。胸元には、デレクが結婚一カ月の記念にくれた豪華なネックレスが下がっていた。ダイヤモンドにエメラルドをあしらった手の込んだデザインのネックレスだった。鏡の中の、きらきら輝くネックレスに満足してサラはほほえみ、別の角度から見ようと体を回転させた。

突然、心臓が止まった。

背後に自分以外の人物が映っていた。

くるりと振り返り、サラは目を見開いて金髪の女を見つめた。その女の手にはピストルが握られ、銃口がこちらに向けられていた。

12

ジョイスの表情は張りつめていた。狂気と憎しみで目がらんらんと輝いている。

最初に声を出したのはサラだった。意外にも自分の声が落ち着いているので内心驚く。

「隠し通路から入ったのですね」

「おまえが彼に出会うずっと前から知っていたのよ」ジョイスはせせら笑って、巨大な金色の柱がついたベッドに鋭い視線を走らせた。「あのベッドで数えきれないくらい彼と寝たわ。わたしたちの愛し合い方はすごかったわよ。だれも試したことがないような技巧を編み出したものだった。動かないで」銃を握る手はまったく震えていない。

サラはすっと浅く息を吸い込んだ。「何がお望み?」

「彼が妻にした女の顔を見たかったのよ」ジョイスはばかにしたように笑った。「ベルベットと宝石で飾りたてて……それで高貴なレディに見せかけられるとでも思っているの?」

「たとえば、あなたのような?」

ジョイスはあてこすりを無視して、サラの白い肌に映えて輝くネックレスにじっと見とれる。「そのエメラルドの色は、まさに彼の瞳の色だわ。そんな目をしている人は彼しかいない」ジョイスはかっとなってサラをにらみつけた。「動くなと言ったでしょ！」

呼び鈴の紐に少しずつ近づいていたサラは、はっと凍りついた。

「満足に浸っていることでしょうね」とジョイスが言った。「上等のドレスを身につけた自分を鏡に映して悦に入り、彼からもらった指輪を指にはめて。わたしが一番切望しているものを手に入れたと思っているのね。あの男を所有していると。でも、この結婚には何の意味もないのよ。彼はわたしのものなのだから。わたしは彼に刻印を押したのだから」

「夫はあなたを求めてはいません」ジョイスの悪意に満ちた顔に視線を据えたまま、サラは小さな声で言った。

「ばかな田舎娘！　本気で彼を所有していると思っているの？　おまえなんか何十人もの彼の愛人といっしょなの。わたしもおまえと同じく彼のことはすべて知っているわ。胸毛の巻き方や肌のにおいまで全部よ。体中の傷に手で触れ、背中の筋肉の動きを感じたわ。わたしの中におさまった彼の感触を知っているし……その動き……ゆっくりと深く……それから一気に解き放つ、あの感触を」ジョイスはまぶたを半分閉じた。「最高の愛人だわ、おまえのならず者の夫は。彼ほど女の体を知り尽くしている男はいない。大きくて官能的な野獣。良心もためらいもない男。彼はわたしの完璧なパートナーなのよ——彼だってそれはわかっている」

サラはさっと走って、呼び鈴の紐を激しく引いた。銃声が聞こえるのを覚悟したが、ジョイスは撃たなかった。顔を蒼白にしてがたがた震えながら、サラはジョイスを見た。「召使が上がって来ます。どうかお引き取りください、レディ・アシュビー」

ジョイスは蔑みの目でサラをにらみつけた。「なんてばかなの」と言うと、手を伸ばしてドレッサーの上にあった火の灯ったオイルランプを落とした。

ランプが割れてオイルに火がついたのを見て、サラは恐怖の悲鳴をあげた。たちまち火は広がり、絨毯や家具やカーテンに燃え移った。「まあ、どうしましょう!」

激しく燃える不吉な炎を反射して、ジョイスの顔は赤金色に輝いた。「火と煙に巻かれて死ぬか」彼女は濁った声で言った。「あるいは銃弾に貫かれて死ぬか、それとも……わたしの言うとおりにするか」


デレクとアレックスが何かたいへんなことが起こっていると気づいたとき、彼らはセントジェームズ通りから何本か道を隔てた場所にいた。半鐘が鳴っている。馬車や馬や通行人が付近に群がり、地平のどこからか立ち昇る炎で空は赤黒く光っていた。「火事らしいな」アレックスが馬車の窓から外をのぞいてそっけなく言った。

「どこだ?」いやな予感がして、デレクはきいた。騎馬従者たちが人ごみをかきわけてなんとか道をつくり、馬車はのろのろと進んでいく。デレクの第六感が——それはいつもよく当たるのだが——大惨事が起こっていることを知らせていた。「クラブだ」とデレクはつぶやいた。

「正確なところはわからない」不安な気持ちを押し隠して、アレックスは落ち着いた声で言った。しかし、窓のカーテンを強く握りすぎて、縫い目が引きちぎれそうになっていた。

デレクは口の中で呪いの言葉を吐き、馬車の扉を開けて外に飛び出した。こんなに進みののろい馬車よりも歩いたほうがよほど速い。火事見物に集まった人々の群れを肩で押しのけて進んでいく。アレックスも少し遅れてデレクのあとを追った。「クレーヴン！」アレックスの叫ぶ声が背後から聞こえたが、デレクは立ち止まろうとしなかった。火事を知らせる執拗な半鐘の音で耳ががんがんした。おれのクラブであってたまるか。汗水たらして働き、人からものを盗み、苦しみもがきながら、人生のすべてをかけてやっと手に入れたものだ。汗と血と魂を注いでつくりあげたクラブだ。そのすべてが煙と灰に変わるのをこの目で見なければならないとは……。

デレクは角を曲がって、言葉にならない声をあげた。賭博の宮殿はごうごうと音を立てて燃えていた。炎のうなりがあらゆる場所から聞こえた。空からも、空気からも。地面までもが振動しているように思われた。デレクはよろめきながら現場に近づき、自分の夢が邪悪な炎に包まれて焼かれていくのを見つめた。ただ黙って、息をはずませながら唾を飲みこみ、事態を正確に把握しようとした。しばらくすると、呆然とした群衆の中に見知った顔があるのに気づいた。ムッシュー・ラバージは歩道の端に座り込んでいた。厨房から持ち出したと思われる銅鍋を抱えたままだ。気が動転して鍋を置くことも忘れているのだろう。ギルは、泣きわめいている娼婦たちのそばに立っていた。

ワーシーもそばにいた。眼鏡に炎が反射し、汗が頬を伝って流れていった。振り向いてデレクを見たワーシーは、顔をひきつらせてよろよろと近づいてきた。その声は別人のようだ。

「ミスター・クレーヴン……あっという間に火がまわって。どうすることもできませんでした。すべて燃えてしまいました」

「どうして出火したのだ？」デレクはしわがれた声できいた。

ワーシーは眼鏡をはずして、ハンカチでごしごし顔を拭いた。かなり間をおいてから、息を詰まらせながら話しはじめた。「最上階から火が出たのです。あなたのアパートメントから」

デレクはぽかんとした顔でワーシーを見た。

ふたりの警官が横を駆け抜けていき、その会話の断片が耳に入った。

「……隣の建物を打ち壊せ……延焼を防がねば……」

「サラ」デレクは自分の声を聞いた。

ワーシーは頭をたれて、震えだした。

デレクはワーシーに近寄り、シャツの胸元をつかんだ。「彼女はどこだ。妻は？」

「従業員に尋ねました」ワーシーはしゃべるのも苦しそうにあえぎながら言った。「何人かに確認したのですが……奥様はクラブの中にいたと」

「いまどこにいる？」

「ミスター・クレーヴン……」ワーシーは頭を振って、嗚咽をもらした。

デレクはシャツを放すと、よろめきながら数歩下がり、うつろな目で支配人を見つめた。

「さがしださなければ」

「あっという間の出来事だったのです」ワーシーは涙をこらえて言った。「火が出たときには奥様はアパートメントにおられました。逃げ遅れておしまいになったのです」

頭が混乱してくらくらした。デレクは方向感覚を失ってよろよろと半円を描くように歩いた。気分が悪かった。全身に鳥肌が立っている。「いや……違う。彼女はどこかにいる……さがさなくては」

「ミスター・クレーヴン?」デレクが道に向かって歩きだしたので、ワーシーはあとを追った。「中に入ってはなりません。ミスター・クレーヴン、お待ちください!」ワーシーはデレクの腕をつかんだ。

デレクは邪険にその手を振り払い、決然と歩きだした。

狼狽した支配人はデレクに飛びつき、全体重をかけてなけなしの力を振り絞り、懸命に引きとめようとした。「だれか手を貸して、ミスター・クレーヴンを止めてくれ!」ワーシーは叫んだ。「火の中に入って行こうとしている」

デレクはうなってワーシーを突き飛ばそうとした。しかし、いくつもの手がデレクにつかみかかり、彼を地面に押し倒した。デレクは悪態をつきながら起き上がろうともがいたが、大勢の男たちに組み伏せられてしまった。デレクは激昂して、狂犬のように暴れだし、うなり声をあげて男たちの手を振り払おうとした。遠くでアレックスの声がした。「デレク……困ったやつだ、まったく……」

「サラ！　サラ――」

だれかが梶棒で激しく彼の頭を殴りつけた。あまりの激痛にデレクは動物の咆哮のような声をあげた。「おれの……妻が」頭に火がついたように感じられ、思考はばらばらに砕けた。静かにうーんとうなって、デレクは暗闇の中へとまっ逆さまに落ちていった。

ジョイスは銃をつきつけてサラを地下のワイン蔵へと導いた。ふたりは隠し扉からクラブの外に出た。警察の手入れの際に、客をすみやかに逃がすためにつくられていた扉だった。ワイン蔵を出て、新鮮な外の空気に触れると、驚いたことに辻馬車が待っていた。「乗りなさい」とジョイスは銃口でサラの背中をつついて言った。「御者に助けを求めようとしても無駄よ。たっぷり金を渡してあるから、ぜったいにこのことは口外しないわ」

馬車に乗りこむと、ふたりは向かい合って座った。ジョイスは銃をサラに向けたまま、この女を生かすも殺すも自分しだいなのだという思いに酔いしれた。馬車が動きだした。

サラはひざの上で震える手を組み合わせた。「どこへ行くのですか？」

「田舎にあるアシュビー家の領地よ。古い中世の屋敷があるの」すべて計画どおりことが運んでいるので、ジョイスは饒舌になっていた。「何世紀も経てほとんど廃墟と化しているけれど、中央の建物と塔はまだ残っているわ。だれも訪れる人はいないけど」

「どのくらい遠いのです？」

「一時間半くらいかしら。二時間かかるかもしれない」ジョイスはからかうようにほほえんだ。「どうしてわたしがおまえをそこに連れて行くか知りたいでしょうね？　でも、教えてあげない。着いてからのお楽しみよ」

火はクラブ全体にまわったのだろうかとサラは考えた。奇跡的に従業員が火を消し止めたということはないだろうか。じきにデレクはアレックスとの用事をすませて戻ってくるはずだ。クラブが炎上しているのを見て彼がどんなに驚くかと考えると胸が痛んだ。そしてわたしがいなくなっていることに気づいたら……わたしをさがそうとして怪我をするかもしれない。デレクのことが心配でいてもたってもいられなかった。危険な目に遭っていないだろうか、わたしが死んだと誤解したりしないだろうか……心が乱れて、いらいらと首にかかっている重たいネックレスに手をやった。指先で滑らかなエメラルドの表面をしきりに触る。

「わたしによこしなさい」それを見てジョイスが鋭く命じた。

「ネックレスですか？」

「そうよ、はずしなさい」ジョイスはサラが輝く宝石を首からはずすのを見つめた。「女王様にこそ似合うネックレス。田舎娘にはもったいないわ」とジョイスは鼻を鳴らした。「おまえはそれをつけるにふさわしい優雅さも物腰も身につけていないもの。さあ、こちらによこすのよ」ジョイスはネックレスをひったくるように奪い取って、自分の座席の横に置いた。複雑にからみ合うエメラルドとダイヤモンドのネックレスをいとおしそうにいじる。「彼はわたしに贈り物をくれた……ブレスレット、ネックレス、髪に飾る宝石のついた櫛……でもこれほど見事なものはなかったわ」ジョイスは嘲笑をサラに向けた。「その櫛をくれたとき、彼は言ったの。金色の髪に挿したその櫛以外何も身につけていないわたしと愛を交わすところを思い描いていた、と。彼は栗色の髪なんかより、金髪のほうがずっと好きなのよ、知っていた？」

サラは無表情を保とうとした。ジョイスの言葉のひとつひとつが心に突き刺さっているのを気取られたくなかった。ジョイスはサラにあざけりの言葉を延々と浴びせ、デレクがどんなにベッドですばらしかったかを自慢した。サラの心は怒りと嫉妬でぐつぐつと煮えたぎっていった。

女の声でやさしく起こされ、デレクは暗闇の底から現実に引き戻された。何かが変だ……なんだか妙に寒い。体の外側も内側も。不吉な影にすっぽりと体全体が包まれているみたいだ。なんとか楽になりたくて、ずっしり重い体を動かしてみる。「サラ……」

「わたしよ、デレク」リリーの声だ。低くて奇妙に響く。

デレクは頭を振って目を覚ました。ひどい頭痛を感じてうなり声をあげる。「くそっ」上体を起こし、薄く目を開けてまわりを見た。レイフォード家の馬車の中だった。馬車はスワンズ・コートの前で停車していた。隣に座っていたアレックスが、デレクの肩に手をかけた。デレクは胸に痛みを感じた。だれかに殴られたかのようだった。「何があったんだ」とぶつぶつぶやきながら目をこすった。

リリーが馬車の扉の前に立っていた。涙に濡れた頬がサイドランプの光を受けて光り、目が腫れあがっている。「家に入りましょう、デレク。気をつけて――アレックスが手を貸すわ」

デレクは何も考えずに従った。馬車から降りると足元がふらついた。塗装された馬車の滑らかな横面に手をかけて体を支え、頭をすっきりさせようとする。アレックスとリリーが両側に立っていた。ふたりとも奇妙な目つきで自分を見つめている。徐々に記憶が戻ってきた……火事、クラブ……サラ。

「彼女はどこだ?」レイフォード夫妻が黙って目配せしあったので、デレクは激怒した。「ちくしょう、答えろ!」

アレックスは灰色の瞳に同情をこめて、静かな声で答えた。「さがしたが見つからなかった。火につかまってしまったんだ。逃げ出せたとはとても思えない」

デレクは激しくわめいて、ふたりから遠ざかった。またしても悪夢に襲われ、体が震えはじめた。

「デレク」リリーが目を潤ませて、やさしく言った。「あなたにはわたしたちがついているわ。いっしょに乗り越えましょう。さあ、家に入って。いらっしゃい、お酒でも飲みましょう」

デレクは表情のない顔でリリーを見つめた。

「デレク――」リリーの言葉を聞こうともせず、デレクはいきなり走りだして夜の闇に消えた。

リリーはびっくりしてデレクの名を叫び、それからアレックスのほうを振り向いた。「あとを追って」あせって夫に言った。「アレックス、連れ戻してきて!」

アレックスは妻の肩に手をまわした。「それでどうする? また殴りつけて意識不明にする以外、彼を引き止めておく方法はない」妻の顎に指をかけて上を向かせ、アレックスはリリーの目をのぞき込んだ。「彼は戻ってくるさ」とやさしく安心させる。「ほかに行くところがないんだから」

心は乱れ、考えごとに疲れ果てていたサラは、馬車の速度がゆるんで、やがて停車したことに、ぼんやりと驚いた。容赦なく時間がすぎていくあいだ、車輪は止まることなくまわりつづけ、どんどんロンドンから離れていくように思われた。行程の半ばあたりからジョイスは黙り込み、銃をかまえたままやりにくそうにエメラルドのネックレスを自分の首にかけた。

サラは静かにジョイスを見つめながら、彼女のデレクに対する妄執について考えた。彼女はおかしくなっている。少なくとも心のバランスを失っていた。体は大人だが、その中身は残酷で利己的な子どものようだ。自分以外の人間の命など無に等しいと思っており、自分の行動を悔いているようすはまったくなかった。何をしても責めを受けることはないと高をくくっているのだろう。

どうして彼女は、好き勝手をして人に危害を加えても黙認されるようになったのか? アシュビー卿が妻の行動に気づいていないはずがない。いったい彼はどのような人物なのだろう、そしてなぜ、もっと前に彼女を抑えつけておかなかったのだろう、とサラは考えた。

御者は、馬車の扉を開けて中をのぞき込んだ。若いのか年寄りなのか、外見からは判断できない年齢不詳の男だった。頬髯の生えた細長い顔はネズミに似ていた。どんよりとした目で神経質にピストルとジョイスの顔を交互に見ている。「奥様？」と彼は問いかけた。

「ここで降りるわ」ジョイスは言った。「わたしが戻るまで、ここで待ちなさい」

「かしこまりました」

サラは御者に鋭い視線を投げて、急いで話しかけた。「こんなことをしてはだめです。ばかな真似はやめて。ここでわたしに何かあったら、あなたは法律で罰せられます。たとえ法の目を逃れても、わたしの夫が許さないわ！」

御者はたじろいだが、サラを無視して扉から離れた。

「降りなさい」ジョイスがあざ笑い、ピストルを振って命じた。

サラは馬車から地上に降り立った。長く揺られていたせいで脚がつりそうだった。御者のほうを見ると、馬のいる馬車の前方に行ってしまっていた。良心に訴えてもらちが明かないことは明らかだったので、脅してみることにした。「わたしの夫は、デレク・クレーヴンよ。彼がこれを知ったら、あなたをどんな目に遭わせるかわから――」

「あの男はおまえを助けようとはしないわ」ジョイスはサラをピストルで突いた。「さあ、歩くのよ」

ジョイスは手に持っている馬車のランタンで道を照らした。ふたりは中世の建物に近づいた。建物というよりも、壊れかけた石の枠組みといったほうがいいくらいだった。その要塞のような建物の窓や扉はなくなっていて、歯が欠けた顎のようにも見えた。ゆっくりと中央の広間に入ると、侵入者を警戒して、ネズミなどの害獣が四方八方に逃げ散った。のろのろとしたサラの足取りにいらだって、ジョイスはピストルを振りまわし、サラを小突いて崩れかけた石段へ向かわせた。「上るのよ」彼女はぞんざいに命じた。

サラはゆっくりと最初の石段を踏みしめた。恐怖で口がからからに乾いている。全身の毛穴から冷や汗が噴き出した。「なぜ上るんです？」

「塔の上に、かんぬきをかけて扉を閉じておける部屋がある。おまえをそこに監禁するのよ。わたしの虜になるの。ときどきようすを見に来て、おまえの夫のことを逐一教えてあげるわ。妻を失った悲しみなど、彼はあっという間に忘れるでしょう。そして、じきにわたしのベッドに戻ってくる」ジョイスはいったん言葉を切り、自己満足してつけ足した。「そうねえ、わたしをどうすれば喜ばせることができるか、おまえに教えてやるのもいいかも。おまえも、あの男がおまえのどこに惹かれたのか見せるのよ」

「なんて人なの」サラは激昂した。

「せいぜい吠えなさい。二、三日もすれば、食べ物と水をくださいと懇願して、どんな命令にも従うようになるから」

むらむら反抗心が湧いてきて、サラは体を緊張させた。何か行動を起こさなければならない。この常軌を逸した女の情けにすがって生き延びるくらいなら、いますぐ死んだほうがまし。

しだ。部屋に足を踏み入れる前になんとかしなければならない。数段上ってから、サラはわざとよろめいたふりをして素早く体を回転させ、ジョイスの腕をつかんだ。

ジョイスはひっと怒りの声を発し、ピストルを奪い取られまいと抵抗した。ランタンを下に落として、サラの顔を爪でひっかこうとする。サラは首に長い爪が突き刺さったのを感じ、悲鳴をあげながら銃をもぎ取ろうとした。もみ合って階段を転げ落ち、サラは石の階段に頭と背中を激しくぶつけて気を失いかけたが、相手の腕だけはしっかりつかんで放さなかった。その腕がもがいているふたりの体のあいだに滑り込んできた。

突然、耳をつんざくような銃声が鳴り響いた。

撃たれた、とサラは最初思った。胸に何かががつんとぶつかったような衝撃を感じたのだが、それはピストルの発射の反動だったことがしだいにわかってきた。そろりそろりと体を動かして起き上がり、ずきずき痛むこめかみに手をあてた。

ジョイスが半メートルほど離れた場所でうめきながら横たわっていた。肩に深紅の血のしみが広がっていく。「助けて」と彼女はあえぎながら言った。

「助けるって?」サラはその言葉を繰り返し、よろめきながら立ち上がった。動転する心をなんとか鎮める。落ちたランタンは割れずに石段の上で転がっており、小さな炎がゆるやかな回転に合わせてぶすぶすと小さな音を立てて燃えつづけていた。サラはランタンを拾い上げ、肩の傷を手で押さえているジョイスに近づいた。置いて逃げるべきだわ、とサラは思った。その言葉にジョイスが答えてはじめて、自分が実際に声に出して言ったのだとサラは気づいた。

「だめよ、わたし死んでしまうわ！」

「死にはしないわ」嫌悪と恐怖を感じながら、サラは自分のペチコートを脱いで丸め、傷口にぎゅっと押しあてて止血した。ジョイスは怒り狂った猫さながらに叫んで、悪魔のように目を細めた。その鋭い悲鳴にサラの耳はがんがん鳴りだした。

「静かにして、まったくもう！」サラは厳しい声で言った。「二度と悲鳴をあげないで！」

突然、全身に怒りのエネルギーが満ちてきた。素手で石垣を突き崩せるのではと思うほど力がみなぎってきた。崩れかけた屋敷の入口まで行くと、あの御者がまだ待っていて、何ごとが起きたのかと首を伸ばしているのが見えた。

「ちょっと！」とサラは叫んだ。「ぐずぐずしないで、こっちへ来なさい。でないと、彼女があなたに約束した代金はびた一文もらえないわよ！」それからジョイスを振り返り、青い目を怒りに燃やして言った。「それからあなたは……わたしのネックレスを返しなさい」


アレックスが予言したとおり、デレクはスワンズ・コートに戻ってきた。服装は乱れ、汚れきって、燃えた木のにおいをぷんぷんさせていた。冷えきった顔に涙はなく、先ほどの乱闘のせいであちこちにすり傷ができていた。リリーは何杯もお茶を飲みながら、ずっとデレクの帰りを待っていた。義弟のヘンリーは若者らしく上機嫌で、無軌道な冒険を求めて友人たちとロンドンにくりだしていた。アレックスは家に留まり、いらいらしながら部屋から部屋へとゆっくり歩きまわっていた。

執事がデレクを家に招き入れると、リリーは玄関広間へ走っていき、彼の腕をとった。客間へと導きながら、心配そうに質問を重ねた。「デレク、どこに行っていたの？　大丈夫？　何か食べる？　飲み物は？」

「ブランデーをくれ」デレクはそっけなく言って、客間のソファーに座り込んだ。

リリーはメイドを呼び、急いで湯とタオルとブランデーを持ってくるよう言いつけた。瞬時にすべてが用意された。リリーが濡れタオルで汚れた傷を軽くたたくように拭くのを、デレクはいやがりもせず、他人事のようにされるままになっていた。グラスを握っているが、飲もうとしない。「飲むのよ、デレク」リリーは、母親が有無を言わさず子どもに命じるときのような厳しい調子で言った。デレクはブランデーを一口で飲み干し、グラスを置いた。リリーがかいがいしく動きまわってもまったく無関心だ。「疲れたの？」とリリーがきいた。

「横になる？」

デレクは下顎をさすっている。グリーンの瞳はぼんやりとして生気がなかった。リリーの声が聞こえていないようだった。

リリーはそっとデレクの髪を手でなでつけた。「わたしがついているわ。何かしてほしいことがあったら言って」彼女は戸口でこちらのようすを見ていたアレックスのところへ行った。夫と目を合わせてリリーは言った。「乗り越えてくれるといいんだけど。こんな彼を見たのは初めてよ……クラブも……サラも……」

妻のまなざしに不安を読み取ったアレックスは、やさしく引き寄せた。結婚以来、夫婦は思いやりと情熱と比類なき喜びに満ちた生活を送ってきた。しかし、このような場面に遭遇すると、幸福をあたりまえのものと考えてはならないのだといまさらながら思い知る。アレックスは妻を守るように抱きしめた。「大丈夫だ」と彼は言った。「いままでもそうしてきたように、彼は生き延びる。しかし、以前とは違う人間になってしまうかもしれないな」

リリーは夫の腕の中で体をまわし、動かないデレクの姿をみじめな気持ちで見つめた。

だれかが正面玄関の真鍮のノッカーをたたく音がした。その鋭い音は玄関広間にこだました。アレックスとリリーは無言で顔を見合わせ、執事が扉を開けに行くのを見守った。ロンドン訛りの強い客の声と、礼儀正しい執事の応対が聞こえてきた。「クレーウンの野郎が来ているなら、おれはあいつに会わなきゃなんねえんだ！」

アレックスにとっては聞き覚えのない声だったが、リリーにはすぐにわかった。「アイヴォウ・ジェナーよ！　いったいどうして彼が？　もしかして……」彼女の黒い目が大きく見開かれた。「アレックス、クレーヴンズの厨房で去年、小火が出たでしょう。あれは彼のしわざなの。あのときはちょっとした悪ふざけ程度ですんだけれど……でも今回は、悪ふざけではすまなくなってしまったのかも！　ねえ――」さっと何かがリリーの鼻先を通りすぎた。それは豹のようにしなやかな身のこなしで玄関広間に向かうデレクだった。

アレックスは反射的にあとを追ったが、すでにデレクはジェナーを大理石の床に組み伏せ、首を両手で絞めていた。汚い言葉をわめきながら、ジェナーは拳闘家の重いこぶしで、デレクの横っ腹を殴りつけた。デレクをジェナーから引き離すには、アレックスと執事とリリーの三人がかりでやらなければならなかった。玄関広間に叫び声が響きわたった。デレクだけは声を出さず、一心不乱にジェナーの首を絞めつけている。

「やめて！」リリーが悲鳴をあげた。

アレックスはデレクの首を片腕で絞め上げた。「くそっ、やめるんだ、クレーヴン――」

「おれじゃねえんだ！」ジェナーが大声で弁解した。「だからここへ来たんだ。おれがやったんじゃないと言うためによ！」

のどを強く絞めつけられて息ができなくなり、ついにデレクはおとなしくなった。「殺してやる」とあえぎながら言い、ジェナーを血走った目でにらみつけた。

「このどあほうめが！」ジェナーはそう叫ぶと立ち上がって、ぶるっと体を震わせた。上着の襟をぴっと引いて服の乱れを正す。

「汚い言葉は許さないわよ！」リリーは熱くなって言った。「それに、わたしの家で無実のふりをしても、そうは問屋が卸さないわ。あなたが黒幕だってことはお見とおしよ！」

「おれはやってねえ！」ジェナーは激して叫んだ。

「だって、去年の小火はあなたが仕掛けたんじゃないの！」リリーは攻撃の手をゆるめない。

「ああ、たしかにあれはおれがやった。だがよ、今日の火事は違うぜ。おれはな、わざわざクレーヴンのためにここまで来てやったんだ」

「おれのためだと？」デレクは低いどすのきいた声で言った。アレックスはふたたびデレクを押さえている手に力をこめなければならなかった。

ジェナーは姿勢を正して、赤い髪をなでつけ、咳払いをした。「おれの宣誓供述書作成人が、今夜うちのクラブに来たんだ。そいつはちょうどクレーウンズから火の手が上がったときに通りかかり、女がふたり、クラブから出てくるところを目撃したと言うんだ。なんだか妙だと思ったらしい。というのは、その女たちは娼婦じゃなくて、立派なドレスを着た貴婦人だったからだ。ひとりは金髪で、もうひとりは栗色の髪で首にグリーンのネックレスをつけていた。女たちはそこから辻馬車に乗った……と、そのとき、クラブが地獄の業火にのまれたように炎上したそうだ」ジェナーは肩をすくめ、少々戸惑いを見せて言った。「おれは……その栗色の髪のほうが、ミセス・クレーウンじゃねえかと思うんだ」

「で、ジャックと豆の木のように、明日になったら、庭に太い豆の茎が生えているってわけ？」リリーは厭味たっぷりに言った。「この悪魔。わざわざこんなところまでやってきて、そんなつくり話を聞かせてデレクを苦しめようっていうの？」

「本当のことなんだ」ジェナーはぷりぷり怒って言った。「ちくしょう、おれは、彼女をさがし出してもらいてえのさ。ロンドン中の噂になっちまってんだ。うちのクラブでさえも。おれが火をつけて、マチルダを殺したってな！　沽券にかかわるぜ、まったく。商売にも差し支える。それに……おれはあの娘っこがちょっと気に入ってるのさ」ジェナーはデレクを蔑むように見た。「この腹黒いならず者にはもったいねえ女さ、あの娘はよ」

「言うだけのことを言ったら」アレックスはぶつぶつ言った。「さっさと帰ってくれ。彼を押さえつけているのも楽じゃないのだ」アレックスはジェナーが無事に玄関を出て扉が閉まるまで、デレクを離そうとしなかった。デレクはアレックスの腕を振り払って立ち上がると、数歩下がって、険悪な目でにらみつけた。

リリーはふっと大きなため息をついた。「まったくジェナーときたら！　なんて人騒がせな間抜けなのかしら。あいつの言ったことなんて何ひとつ信じられないわ」

デレクは閉まった扉を凝視していた。痩せた大きな体はぴくりとも動かない。レイフォード夫妻は、デレクが話しだすのを待った。やがて口を開いたデレクの声は低くてほとんど聞き取れないくらいだった。「サラはグリーンのネックレスを持っている。今夜つけるつもりだったんだ」

アレックスは怪訝な顔でデレクを見た。「クレーヴン……サラが今夜、何らかの理由でクラブを離れたということがあるだろうか？」

「金髪の女と？」リリーは胡散臭そうにきいた。「わたしの妹のペネロープ以外、サラの友人に金髪の女性はいないわ。ペネロープがクラブに行くはずはないし――」デレクがはっとしたように気づき、リリーは言葉を止めた。「デレク、どうしたの？」

「ジョイスだ」とデレクは言った。「ジョイスだったんだ」

「レディ・アシュビー？」リリーは唇を嚙んで、静かにきいた。「デレク、あなた、サラが生きていると思いたいがために、ありえないことを信じ込もうとしてるんじゃないの？」

デレクは黙って、自分の考えに集中した。

アレックスは顔をしかめて自分なりにその可能性を考えてみた。「アシュビー家の屋敷を訪ねてみるべきかもしれない。そうしたからといって害になることはない。しかしクレーヴン、何かわかるかもしれないなどという希望を抱くな——」と言いながら振り返ると、驚いたことにすでにデレクは玄関を飛び出していた。アレックスは黄褐色の眉を吊り上げてリリーを見た。

「わたしは家で待っているわ」リリーはデレクのあとを追うように夫をうながした。「行って、ばかな真似をしないように守ってやって」

サラと御者はジョイスを馬車に運び込み、ロンドンへの長い道のりを引き返しはじめた。ジョイスはみじめに体を縮こまらせて、馬車が深いわだちにはまってがくんと揺れるたびにうめいたり悪態をついたりした。いつまでもジョイスの文句がつづくので、とうとうサラの堪忍袋の緒が切れた。「まったく、いい加減にしてちょうだい」といらだって言った。

「わたしは死ぬの」ジョイスはうめいた。

「残念ながら、そうではないみたいよ。弾は肩を貫通したし、出血は止まっている。少しくらい痛くたって、これまでのあなたの行状を考えれば当然だわ」怒りがつのってくる。「わたしがデレクに初めて会った晩、彼はあなたの差し金で顔を切られたのよ。そのあともずっと、わたしたちを苦しめ、いやがらせをつづけてきた。自業自得よ!」

「わたしが苦しんでいるのを見て、喜んでいるのね」ジョイスはぐずるように言った。

「ちょっと前にわたしを殺そうとした相手に、同情する気持ちにはなれないわ！　しかも、無慈悲にデレクのクラブを破壊し……」

「あの人は一生わたしを憎むわね」ジョイスは満足そうにつぶやいた。「少なくとも、その部分だけ、わたしは彼を所有できるんだわ」

「いいえ」サラはきっぱりと言った。「わたしは彼の人生を、人を憎む余地のないほど幸福で満たしてあげるわ。あなたのことをほんのわずかでも考えることはないでしょう。彼にとってあなたは何の意味もないの」

「ありえないわ」とジョイスは歯のあいだから声を出した。

それからロンドンに着くまで、ふつふつと煮えたぎるような沈黙がつづいた。やがて馬車はアシュビー邸の前に停車した。濃い琥珀色の化粧漆喰で前面を装飾した壮麗な屋敷だった。サラは御者に手伝わせて、ジョイスを屋敷へ運んだ。数段の短い階段を上らなければならず、ジョイスは痛がってめそめそ泣きだした。サラにぐったりと寄りかかって、復讐するかのように肩や腕に長い爪を食いこませた。サラは顔をしかめて、階段に投げ落としてやりたくなるのをぐっとこらえた。玄関に到着すると、執事が啞然とした顔で出迎えた。サラは執事にきびきびとした口調で言った。「御者に約束の代金を――いくらかは知りませんけど――払ってください。それからアシュビー卿にお会いしたいわ。いますぐに」

執事は狼狽して、レディ・アシュビーの血まみれのドレスを見つめた。「ぐずぐずしないで」とサラにせっつかれ、執事は命じられたとおりに行動した。御者は代金を手にすると、一目散に馬車に駆け戻り、またたく間にいなくなった。

「夫に何を言うつもり？」ジョイスがきいた。

サラは冷静な青い目でジョイスを見つめた。「真実ですわ、奥様」

ジョイスは短く甲高い声で笑った。金色の髪の獰猛な魔女のような顔だ。「あの人はわたしを罰したりしないわ。好きなことをやらせてくれるのよ」

「今回はそうはいかないわ。自分がしでかしたことの責任をとってもらいますからね」

「やってみなさいよ」とジョイスは挑むように言って、また高笑いした。

執事は近くの応接室へ案内した。赤と黒に統一された豪華な部屋だった。サラが支えるのをやめてしまっていたので、ジョイスは執事の腕にしがみついており、部屋に入ったころには顔は青ざめ、ぼんやりしていた。「医者を呼びなさい」ジョイスはか細い声で命じ、肩を手で押さえて腰掛けた。「いますぐ診察が必要だと言いなさい」

執事が出て行くと、部屋の隅から低いどら声が聞こえてきた。「帰りを待ちかねていたぞ。どうやら、おまえは今夜いたずらをしてきたようだな」

ジョイスはさっと夫のほうを見たが、何も言わなかった。サラは慎重な足取りでアシュビー卿に近づいた。彼は暖炉の近くの椅子に、ゆったりとひざを広げて座っていた。首の太いずんぐりとした体型で、顎の下の肉はたるみ、飛び出た目は潤んでいた。傲慢なカエルのような風貌だ。サラは、運悪くその巨大なカエルのそばに飛んでいくハエになったような気がした。上等の服を着た、生まれながらの貴族でありながら、何もかも呑み込んでしまいそうな卑しい雰囲気を漂わせていて、サラを落ち着かない気分にさせた。

「これはどういうことだ、説明しなさい」彼はサラを見つめて言った。大きな手をじれったそうに動かして、さっさと話せとうながしている。

サラはひるまずに目を合わせて、歯切れのいい話し方をするように努めた。「レディ・アシュビーの行動は、ただのいたずらとは申せません。今夜、奥様は、わたしの夫のクラブに火をつけ、殺すと脅してわたしを誘拐し、あなたが所有されている荒れ果てた屋敷に虜として閉じ込めようとしたのです！　奥様を殺人未遂の罪で訴えたいくらいですわ」

ジョイスはいきり立って弁解をはじめた。「この女の言っていることは大嘘ですわ、あなた！　この……この田舎娘が、いきなり襲いかかってきて——」

「黙れ！」アシュビー卿が怒鳴りつけた。爬虫類のような視線がふたたびサラに移った。「ミセス・クレーヴン、あなたは妻を警察に突き出すつもりはないようだ。でなければあれをわたしのところに連れてきたりはしないだろう。あなたもわたしも、この不愉快な出来事の詳細を法廷で明らかにしたいとは思っておらん。とどのつまり、あなたの夫も、わたしの妻と似たり寄ったりの輩だ」

「それには同意しかね——」

「そうかね？　では、あなたはここで何をしているのかな。過去の過ちのつけから、夫を守ろうとしているのでないとすれば。ミセス・クレーヴン、反論したい気持ちはあるだろうが、あなたも心の中ではわかっているはずだ。クレーヴンがジョイスをベッドに誘ったことはわたしに対する冒瀆であるという事実ひとつをとっても、自分の夫は間違っていたと、な。しかし……妻にはあらがいがたい魅力があったのだろう」

サラは血にまみれた凶暴な女を、軽蔑をこめて一瞥した。「夫がかつてどのような好みを持っていたにせよ、いまはわたし以外には目もくれません」

アシュビー卿の顔にうっすらとほほえみが浮かんだ。「ミセス・クレーヴン、それに関しては、まったく異論がない。もしあなたが、わたしが適切と思うやり方で妻を罰することを許してくれるのなら、わたしはあなたに恩義を感じますぞ。ただし、あなたに、だ。あなたの夫にではない」

ふたりの女は口を開いた。

「あなた？」ジョイスが鋭くきき返した。

「どのような罰を？」サラがきいた。

「スコットランドの遠い土地に幽閉するつもりだ」アシュビー卿はサラに答えた。「ロンドンの社交界から隔絶された場所だ。妻がかかわりのある人間に危害をおよぼすことは明らかだからな。精神病院に監禁するのではなく、居心地のよい環境で蟄居《ちっきょ》生活を送らせるつもりだ。病院に入れたら残酷な治療をほどこされるやもしれんし、また、わが家の恥にもなる」

「いやああ！」ジョイスは人の声とは思えない叫びをあげた。「幽閉などされるもんですか！　動物のように檻に入れられるなんていやよ！」

サラはアシュビー卿を見つめたままで言った。「なぜいままで放っておかれたのか、それが不思議です」

「妻はこれまでずっと、わたしの楽しみの源だったのだよ、ミセス・クレーヴン。これまでは、だれにも深刻な被害を与えたことはなかった」

「でも、夫の顔は――」あの切り傷のことを考えながら、サラは熱くなって言いはじめた。

「身から出た錆だ」アシュビー卿はきっぱりと言い放った。「クレーヴンはこれまで、たくさんの有力な男たちの妻を寝取ってきた。あの男は運がよかったのだ。これまでだれもあいつを罰してやろうと考えた者はいなかった」

認めるのはつらいけれど、たしかに一理ある。「あなたの『楽しみの源』のせいで、わたしは危うく命を落としかけたのです」サラは小声で言った。

アシュビー卿はいらだって顔をしかめた。「ミセス・クレーヴン、わたしは同じ話を蒸し返すつもりはない。先ほど述べたようなやり方で問題に対処すると約束する。レディ・アシュビーは二度とイングランドに足を踏み入れることはない。それでよしとするのだ」

「わかりました。もちろん、あなたのお言葉を信じます」サラは敬意を表して視線を落とした。「失礼してよろしいでしょうか。夫をさがしに行かなければなりません」

「クレーヴンはレイフォード卿と先ほどここへやってきた」とアシュビー卿は言った。

サラはそれを聞いてびっくりした。「ここへ？　まあ、どうして――」

「あなたの失踪にジョイスが関係しているのではないかと疑っていたようだ。彼らには、妻がどこにいるのかまったく知らんと言った。彼らが帰ってから一〇分も経たないうちに、あなたがやってきたのだ」

「どこへ行ったかご存じでしょうか？」

「尋ねなかった。わたしには関係のないことだ」

サラはデレクが怪我をしていないことを知ってほっとした。しかし、わたしが行方不明になっているため、きっと取り乱して、いや、狂乱状態にすらなっているかもしれない。サラは不安になって唇を嚙んだ。「では、少なくともわたしが無事であるかもしれないと一縷の望みは持っているのですね」

「あまり希望は抱いていないようだった」アシュビー卿はそっけなく言った。「言っておくが、あなたの夫はこの状況に、かなり無関心なようすだった」

心臓が心配のあまりどきんと鳴った。それは無関心なんかじゃない、感情が高ぶりすぎてデレクには対処できなくなっているのだ。感情をすべて内部に押し込め、悲しみや恐怖をだれにも――自分自身にすら――見せることを拒否しているのだ。彼をさがさなくては。まずはクラブへ行こう。夜明けが近づいているから、人々は日の光で崩れ落ちた建物を調べ、廃墟を捜索しようと考えるだろう。「お願いがあります」サラは切迫した声で言った。「馬車でセントジェームズ通りまで送っていただけないでしょうか」

アシュビー卿はうなずいた。「もちろん、かまわんよ」

サラが部屋を出ようとすると、ジョイスが背後で金切り声をあげるのが聞こえた。「永久に幽閉されるつもりはないわ……いつか戻ってくる！　覚えてらっしゃい！」

クラブを一目見て、サラは息を詰まらせた。クラブというより、かつてクラブがあった場所と言ったほうがいいだろう。盗人や物乞いが、何か金目の物が残っていないかと焼け跡をさぐっていた。サラはゆっくりとアシュビー家の馬車から降り、道の脇に立ってあたりをながめた。「まあ、なんてこと」と小声でつぶやいた。涙で目がちくちく痛む。

デレクの夢のすべてが、彼の野心の結晶が……見る影もなく倒壊していた。大理石の柱と階段だけが、誇り高き野獣の骨のように地面から突き立っていた。石のファサードのかけらが巨大なうろこさながらに地面に散らばっている。破壊の程度を把握するのは難しかった。何年にもわたり、クラブはデレクの人生の中心だった。彼がこの喪失をどのように受け止めているのか、サラには計り知ることはできなかった。

ラベンダー色の曙光がやさしくあたりを照らしはじめた。サラはカタツムリのようなのろのろとした足取りで、焼け焦げた廃墟を歩いて行った。心は千々に乱れている。原稿も焼けてしまったのだわと悲しく考える。もうすぐ完成だったのに。美術品も焼失してしまった。ワーシーは無事だろうか。火事で亡くなった人は？　地面には熱い燃えさしが残っていて、あちこちでまだ小さな火が燃えていた。妙な角度に倒れている黒焦げの材木から煙がもくもくと上がっていた。広間のドーム天井に吊り下げられていた大きなシャンデリアは、いまは溶けたガラスの塊と化していた。

中央の大階段があった場所にたどり着いた。もはや天井はなく、空を仰ぎ見るばかりだ。

サラは立ち止まって、袖口で顔を拭いた。つらくて嘆息がもれた。「ああ、デレク。あなたにどんな言葉をかけたらいいのかしら」

一陣の風が、スカートのまわりから灰を吹き上げてサラを咳き込ませた。

サラははっとした。見えない手が背中に触れたような衝撃を感じた。両手で腕をさすりながら振り返る。そこにデレクがいるのがなぜかわかっていた。

やはり彼はいた。地面からにょっきり生えている焦げた大理石の柱よりも蒼白な顔で彼女を見つめていた。唇を動かして彼女の名を呼んだが、声にはならなかった。ふたりのあいだを風が吹き抜け、焼け跡から立ち昇っていた煙を消し去った。サラは夫のやつれ果てた姿に驚いた。苦悩が彼を別人に変えていた。抑えきれない激しい怒りに満ちた目は殺気立っていた……しかし、突然、その深いグリーンの瞳から感情があふれ出て、サラを驚かせた。それは怒りではなかった……魂の底にある恐怖だった。彼は微動だにせず、まばたきすらしないでいた。彼女が消えてしまうのではと恐れて。

「デレク?」サラは戸惑いながら声をかけた。

彼ののどが激しく震えた。「おれを置いていくな」とかすかな声。

サラはスカートをつまみあげ、つまずきそうになりながら急いで駆け寄った。「わたしは大丈夫。ねえ、そんなふうに見ないで!」デレクに腕をまわして、力いっぱい抱きつく。

「すべて片がついたのよ」

デレクの体がぶるぶると激しく震えだした。いきなりサラの体を抱えると、あばら骨が痛くなるほどきつく抱きしめた。荒い息がサラの耳にかかり、両手がせわしなく全身をまさぐる。「ぜったいにわたしから離れないと言ったじゃないか」油断したらサラをもぎ取られてしまうのではないかと恐れるように彼女を抱きしめている。

「わたしはここにいるわ」とサラはなだめた。「ここにいるでしょ」

「ああ……サラ……おまえを見つけられなかった……」

サラは冷たく濡れた夫の頬を両手でなでた。デレクはバランスを失って、ふらつきながら体の重みをサラにかけてきた。「飲んでいたの？」サラは体を退いて、夫の顔を見た。彼は頭を振って、彼女が幽霊ではないことをたしかめるかのように見つめた。どうしたら、この取り乱した目つきを治してやれるのか。「ねえ、どこか座れる場所をさがしましょう」大理石の階段のほうに歩きだそうとすると、彼女を抱えている腕の力が強まった。「デレク」とサラはうながした。彼は夢遊病者のように彼女のあとについていった。ふたりは石段に腰を下ろした。デレクは両腕をサラにまわし、背中を丸めて彼女を抱きかかえるようにしている。

「愛している」とめどなく頰に流れ落ちる涙を拭いながら、デレクは言った。「以前には言うことができなかった。できなかったんだ——」歯を食いしばって顎の震えを抑え、熱い涙の流れを止めようとする。だが、よけいにひどくなるばかりだった。彼はあきらめて顔をサラの髪に埋めた。「くそっ」

サラはこれほど動転した彼を見たことがなかったし、こんなことがありうると思ったこともなかった。黒い髪をなでながら、静かにとりとめのない言葉をかけて、彼の心を落ち着かせようとした。

「愛している」デレクはかすれた声で繰り返し、彼女にすり寄った。「もう一日おまえとすごせるなら、命を差し出してもかまわない。本当だ」

通りの向こうから夫婦の再会を見守っていたアレックスは、心からほっとして嘆息をもらした。「ふう、よかった」とつぶやいて、馬車に乗り込む。早くリリーに知らせてやりたかった。というより、二度とリリーを自分の目の届かないところにやりたくないと思った。疲れた目をこすり、御者に声をかける。「クレーヴンには二度目のチャンスが訪れたわけだ。さてとわたしは……妻の待つ家に帰るとするか。元気に出発だ」

「それでよろしいんでございますね、旦那様?」と御者が厚かましくきいたので、アレックスは苦笑いをした。

「さあ、出せ」

静かに語りかけながら、サラは夫の乱れた髪や首筋にキスをした。手足の震えが徐々におさまるまでデレクは長いこと妻を抱きしめていた。

「ワーシーは無事でしたの?」とサラがきいた。「怪我人は?」

「全員無事だ」

「デレク、クラブを建て直しましょう。きっと、できますわ――」

「だめだ」あまりに激しい口調だったので、サラは数分間黙り込んで、彼の髪をなでつづけた。デレクは顔を上げ、血走った目でサラを見た。「建て直しても、かつての姿を復活させることはできない。模造品をつくるよりも、あの場所のことは記憶の中にとどめておくほうがいい。わたしが……わたしがいま求めているのは違うものだ」

「どんなものです？」サラは彼の心をおもんぱかって眉をひそめて尋ねた。

「まだ具体的にはわからない」デレクはふっと笑って、彼女をふたたび引き寄せた。「男に質問はするな……そいつが死ぬほど怯えているときに」人目を気にせず、デレクは両手でサラの頭を抱えてキスをした。彼の罰するような激しいキスに唇が痛んだ。サラは顔をしかめ、やさしく言葉をかけて彼をなだめた。いつの間にか、彼はいつもの彼に戻っていた。急に皮膚に温かみが戻り、唇に重なる彼の口もやさしくなじみのあるものに変わった。

しばらくしてからデレクはキスを終わらせて、深く呼吸しながら頬をサラの頬につけた。指で彼女の顔の湿った曲線と、耳から顎へかけての敏感な部分をたどった。「おまえが死んだと聞かされたとき……」ふたたび震えに襲われてデレクは言葉を止めたが、なんとか先をつづけた。「わたしは過去に罰せられているのだと思った。おまえを自分のものにすべきではないとわかっていたのに、自分を制することはできなかった。これまでの人生で、わたしが本当に欲しいと思ったのはおまえだけだ。ずっと、この手からおまえを取り上げられるのではないかと恐れていた」

サラは身動きもせず、声も出さなかったが、心の中では驚いていた。彼が恐れていたと告白するとは……こんな告白を彼から引き出せるものがこの世にあるとは思ってもみなかった。

「だから、わたしはずっと自分を守ろうとしてきた」デレクはかすれた声でつづけた。「おまえには、わたしの最後のひとかけらをやるまいと思っていた。やってしまったらもう取り返すことができないからだ。だが、おまえはいなくなってしまった……そして気づいたんだ。それはすでにおまえのものだったのだと。初めて会ったときからだ。ただ、おまえにはそう言っていなかっただけだ。それが悔やまれて、頭がおかしくなりそうだった。おまえがけっして知ることがなかったのだと思うと」

「でもわたしはいなくなっていない。ここにいるの。そして、わたしたちはこれからもいっしょに生きていけるんだわ」

デレクはサラの頬にキスをした。無精髭が柔らかな肌をこすった。「おまえを失うことは耐えられない」そのとき、突然、彼の声にほほえみが混ざった。「だが、失うことを恐れるのはやめる。持てるものすべてをかけて、わたしはおまえを愛す。心も、体も……とりあえず一切合財、全部まとめて捧げる」

サラは笑った。「あなたったら、本気でわたしを追い払えると思ったの？　わたしは永久にあなたの一部なのよ、ミスター・クレーヴン……昔の愛人をおおぜいけしかけて、わたしを追い払おうとしても無理よ」

デレクはその冗談には笑わなかった。「何があったか、聞かせてくれ」

サラが事件の一部始終を話すと、デレクはしだいにぴりぴりと緊張しはじめた。顔は怒りで赤らみ、両手をきつく握りしめた。アシュビー卿を訪ねたくだりを話し終えると、デレクはひざにのせていた妻を地面に下ろし、罵詈雑言《ばりぞうごん》を吐きながら立ち上がった。

「どうしたの?」サラも立ち上がり、夫の汚い言葉に腹を立ててきいた。

「あのデブ親父と女狐を絞め殺してやる――」

「だめ、やめて」サラは頑固に言った。「アシュビー卿は、レディ・アシュビーをこれ以上の悪行ができない場所に幽閉すると約束してくださったのよ。それでいいことにしましょうよ、デレク。逆上して乗り込んでいき、仕返しをして鬱憤を晴らす、ただそれだけのために、さらにスキャンダルをまき散らすなんてばかばかしいわ。それに……」サラは自分の言葉にほとんど効果がないことを見て取って途中でやめた。女の知恵で、彼を思いとどまらすには道はひとつしかないことに気づいた。「それに」今度はもっとやさしい声で言う。「この一日、いろんなことがありすぎて、疲れてしまいました。何時間か静かに休まないと」これは、実際、本当のことだった。疲労で節々が痛んだ。「アシュビー夫妻のことはしばらく忘れて、家に連れて行ってくださらない?」

ふっとデレクの心がほぐれ、妻への心づかいで怒りが鎮まった。デレクは両腕を妻にまわした。「家へ連れて行く」と彼は繰り返した。家というのが、まだ一晩もすごしたことがない新居であることはわかっていた。「だが、まだ完成していないのだろう?」

サラはデレクにもたれかかり、胸に顔をすり寄せた。「ベッドのひとつくらい見つかると思うわ。見つからなかったら、床の上で十分」

デレクは気持ちを和らげて、サラをひしと抱きしめた。「よかろう」と髪に向かって言う。

「家に行こう。そしてどこか眠れる場所をさがすとしよう」

「わたしの隣にいてくださるのでしょう？」

「どんなときも」とデレクはささやき、もう一度キスをした。

エピローグ

お腹をすかせた赤ん坊の泣き声が屋敷中に響きわたった。ナースメイドは赤ん坊を抱き、一所懸命あやして泣きやませようとしている。騒ぎに気づいたデレクは、数段抜かしで階段を上り、子ども部屋へ急いだ。ナースメイドは、主人がいきなりあらわれたのでびくっとした。おそらく赤ん坊の機嫌を悪くさせたことで責められると思ったのだろう。主人の浅黒い顔からは表情が読めない。「怒ってやしない」とデレクはメイドを安心させ、娘を抱き取った。

メイドはおずおずと壁際に下がり、小山になっていた赤ん坊の衣服をたたみはじめた。

「旦那様、リディア様はお腹をすかせていらっしゃるのです。講演に行かれた奥様のお帰りが遅れているようです」

デレクは娘を肩にもたれさせて抱き、赤ちゃん語とロンドン訛りが混じった、リディアだけにしかわからない言葉で話しかけた。やがて赤ん坊はおとなしくなり、父の低い声に熱心に耳を傾けているようだった。えくぼのある小さな手がデレクの顎に伸び、ざらざらの肌をなでた。デレクはちっちゃな指にキスをして、リディアの真面目くさった目にほほえみかけた。「うるさいお嬢さんだな、おまえは」とつぶやく。

メイドは畏怖と好奇心の入り混じった目で主人を見つめた。裕福な男性が子ども部屋に足を踏み入れるという話は聞いたことがないし、ましてや泣いている子どもをあやすなどありえないことだった。「リディア様にはみんなが手こずっております」とメイドは言った。「旦那様はお嬢様をあやすコツをご存じでいらっしゃるのですね」

思いがけず、サラの笑い声が戸口から聞こえてきた。「この人はどんな女性でも言いくるめてしまうのよ」部屋に入ってきてデレクを見上げ、キスを受けてから赤ん坊を受け取った。メイドを下がらせたあと座り心地のよい椅子に腰掛けて、ドレスの前ボタンをはずす。長い髪が乳を吸う赤ん坊を半分隠した。デレクも近くに座り、妻と娘の姿をながめた。

母親になったことで、サラに新たな輝きが加わり、執筆する作品にも成熟と自信が加味された。昨年、新作の『ならず者』を完成させ、『マチルダ』と同様の成功をおさめるだろうという評判だった。野心家の若者が正直なやり方で金をもうけようとするが、世間の冷たさに負けて悪事に手を染めるという物語は、大衆の感性に訴えた。政治改革や社会問題に関するサロン討論会で、サラは頻繁に講演を頼まれるようになっていた。そのような知識階級の人々に話ができるほど自分は教養も豊かではないし、カリスマ性も持ち合わせていないと感じていたが、とにかく、そうした集まりに引っ張りだこだったのだ。

「講演はどうだった？」娘の黒いふわふわの巻き毛を指でそっとなでながらデレクはきいた。

「いくつか常識的なことを話しただけよ。貧しい人々がただ従順に自分の置かれている状況を受け入れることを期待するのではなく、わたしたちは彼らに、自分で何かをする機会を与えるべきです……でないと、彼らは不法な手段に走るようになり、もっと犯罪が増えることになるでしょう、とまあこんな調子」

「同意は得られたか？」

サラはほほえんで、肩をすくめた。「急進派だと思われたみたい」

デレクは笑った。「政治ってやつは」ユーモアと軽蔑が混ざった口調。彼の視線は乳首にしゃぶりつく乳児に向けられ、それから胸の曲線の上を漂った。

「病院の件は？」サラがきいた。「とうとう建設がはじまったの？」

デレクは平静を装っていたが、心の中ではとても喜んでいることがうかがわれた。「ああ、着工した」

この数カ月のあいだに、クラブの焼け跡はきれいに片づけられた。デレクはその土地をどうするかずっと決めかねていた。もちろん、クレーヴンズの再建を求める声はあった。多くの著名な顧客たち――ウェリントン公爵、アルヴァンリー卿、さらには国王までも――がクラブの焼失を嘆いた。しかしデレクは賭博クラブ再建を願う人々の声を聞き入れず、別の計画に着手した。ロンドン北部に大きくて近代的な病院を建設する予定で、寄付をつのっていた。集まった寄贈品は自分の金で買い取って資金にした。また、ウェストエンドの土地を開発して、通り沿いにずらりとタウンハウスを建設し、それを海外からの旅行者や独身者、社交シーズンにロンドンに出てくる家族などに貸す予定だった。

ふたりで建築家の描いた病院の図面を見ながら、サラは夫をからかった。それは、中庭を囲む、簡素だが美しい建物だった。何年も、デレクは英国でもっとも偉大なならず者として知られてきた。ところがいま彼は、立派に更生したことで、国民から賞賛を浴びている。

「慈善事業の後援者として認識されるようになってきたわねえ」とサラは嬉しそうに言った。「あなたがそれを喜んでいるかどうかは別として」

「くだらん」デレクは不愉快そうに言った。「退屈しのぎにしているだけだ」

サラは笑って夫にキスをした。彼はけっして人を思いやる心を持つことを認めようとしないだろう。

リディアが乳を飲み終えると、ナースメイドがやってきて、赤ん坊を抱きとった。サラは柔らかな布で胸に残った乳のしずくを拭き取った。ドレスのボタンをかけ、デレクがじっと見つめているので軽く頬を赤らめる。グリーンの瞳と視線が合った。「かわいい子だ」デレクが言った。「日に日におまえに似てくる」

デレクには驚かされることばかりで、いまだにそれはつづいているのだが、中でも一番の驚きは娘への深い愛情だった。やさしい父にはなるだろうが、進んで子どもを抱き上げるような父親になるとは予想していなかった。彼は親子の関係を経験したことがなかった。だから、赤ん坊と自分のあいだに慎重な距離をおこうとするだろうとサラは思っていた。ところが彼は自分の娘を心から愛し、人目などまったく気にせずかわいがった。ときにはひじに娘を抱えて客の前にあらわれ、まるでこの世ではめったに見られない奇跡を見せびらかすように練り歩いた。赤ん坊が自分の指を握ったり、足をばたばたさせたり、かわいらしい声を発したりといった乳児特有のしぐさ――デレクは同じしぐさでもうちの子のやり方は他の子よりも数段上だと信じていた――をするたびに、自分の娘は並はずれて賢いと思うのだった。「あと何人か産んだほうがいいわ」リリーはさらりと助言した。「そうすれば、デレクの関心が他の子にも向くでしょうからね。でないとこの子を甘やかしすぎてだめにしてしまうわ」

サラは、夫がこうした行動をとる理由を、完全に理解していたわけではなかった。それがわかったのは、ついこのあいだのことだ。ある日の午後、デレクといっしょに揺りかごで眠る娘を見つめていた。デレクはサラの手をとり、唇に近づけてキスをした。「おまえはわたしの心だ」と彼はつぶやいた。「おまえはわたしに、分不相応なほどの幸福を与えてくれた。しかし、この子は……」考えをまとめようとするかのようにデレクは娘を見下ろした。「わたし自身の肉であり血なのだ」

サラはその言葉に心を揺すぶられ、あらためて彼がどれほど孤独であったかを思い知らされた。親も、きょうだいも、ひとりの親戚すらいなかったデレク。サラは彼の手を握りしめて寄り添い、「家族ができたのよ」とそっとささやいた。

回想から現実に戻って、サラはデレクの先ほどの言葉に返答した。「リディアは黒髪で、グリーンの瞳よ。それに口も顎の先もあなたにそっくりだわ。それなのにわたし、に似てるですって？」

「鼻はおまえの鼻だ」とデレクは指摘した。「それに気性はおまえの気性そのままだ」

サラは笑って立ち上がり、軽い毛布を四角くたたんだ。「真夜中に泣き叫んで家中を起こすところなどは、まさにわたしの気性なのかしら？」

デレクが思いがけず近づいてきて、サラを壁際に追いつめた。「いまは、そうではないが」と彼はつぶやいた。「かつては、屋根を突き抜けるような叫び声をあげたこともあっただろう」

ふたりの視線が、火花を散らすようにぶつかり合った。狼狽して、サラは真っ赤になった。もしかしてナースメイドに聞かれたかもしれないと思うと、そちらを見るのもはばかられた。デレクをしかるようににらんでから、頭を下げて腕をくぐり、彼から逃れた。自分の寝室に走りこむと、デレクがあとからついてきた。

ふたりは赤ん坊が生まれるかなり前から、ベッドをともにしていなかった。デレクは辛抱強くじっと我慢してきた。彼の旺盛な精力を考えれば、それは並大抵の努力ではない。医師には、産後の傷は完全に癒えており、夫婦の営みを再開しても大丈夫と言われていた。しかしサラは、やんわりと夫を遠ざけてきた。とはいえ、最近のデレクの目つきから、ひとりで寝るのをこれ以上つづけるのは難しいとわかっていた。サラは自分の寝室の戸口で立ち止まった。

「デレク」懇願するようにほほえんで言った。「もう少し、待って――」

「いつまでだ？」

「わからないわ」彼を部屋に入れずに扉を閉めようとする。

デレクは頑固に肩を割り込ませ、部屋に入って扉を閉めた。サラに手を伸ばしかけたが、彼女がびくんと身をこわばらせたのでためらった。デレクの顔が険しくなった。「どういうことなんだ？　体の問題か？　わたしが何かしたのか、それとも――」

「違うの」サラはあわててさえぎった。「そういうことじゃないの」

「では何だ？」

サラは自分の袖の布地を穴が開くほどじっと見つめた。拒む理由をどう説明したらいいかわからなかった。いろいろなことがありすぎて――いまでは母親となったのだ――彼と愛を交わすことが以前とは変わってしまっているのではないかと恐れていた。知るのが怖かった。彼を、そして自分自身を落胆させるのが怖かった。だから、それに直面するより先送りにするほうが楽だったのだ。ぎこちなく肩をすくめる。「以前とは違ってしまっているような気がして怖いの」

デレクは何も言わず、その言葉の意味を考えているようだった。手を妻のうなじにあてる。わたしを慰めようとしてくれているんだ、とサラは思った。ところが彼は首筋をつかんで自分に引き寄せ、サラの口に唇を強く押しつけてきた。彼女の手をとって、自分自身へと導こうとしたので、サラは驚き、身をよじってのがれようとした。それは鉄のように硬くなっていて、彼女の手が触れるとどくどくと脈打ちはじめた。

「わかるか」デレクはサラの手をさらに強く押しつけた。「感じるだろう？　おまえはわたしの妻だ。そしてあれから何カ月も経っていて、わたしはおまえが欲しくて欲しくてたまらない。以前と違ったってかまうものか。いま、わたしとベッドに入らないなら、何をするかわからないからな」

そしてどうやらこの件に関しては、彼はそれ以上何も言うつもりはないらしかった。サラの軽い抵抗も無視して、自分とサラの衣服をはぎ取った。小さな妻の体をしっかりと抱きしめて、愛と喜びとじれったさに満ちたうなり声を発した。「サラ、おまえが恋しかった……こんなふうに抱きたくてたまらなかった……」あがめるように彼女の体を両手でなでて、以前より丸みが増した乳房や、さらにふくよかになった尻の曲線を愛でた。

最初はためらいがちに、サラは彼の下に横たわり、柔軟な彼の背中に手をあてがった。キスはやさしく貪欲で、舌を深く差し入れて彼女を存分に味わった。サラは新たに湧いてきた欲望のせいでぶるっと体を震わせ、デレクにしがみついた。ところが胸から乳が数滴漏れだし、急に恥ずかしくてたまらなくなった。わびるようにあえいで、体を離し、彼に背中を向けようとした。デレクはサラの肩を押さえつけ、胸に顔を近づけた。こちらを見上げるデレクの荒い息が胸にかかる。湿った乳首は以前より赤黒く、まわりには静脈の網が浮いていた。母となった妻のなまめかしい姿をまのあたりにして、デレクの体に痛いほどの興奮が走った。舌先で胸の先端に触れ、からかうように円を描き、それから硬くなった乳首を口に含んでやさしく吸った。

「まあ、だめよ」サラはぴりぴりするような感触にあえいだ。「そんなお行儀の悪いこと

「……」

「わたしは行儀の悪いことが好きなんだ」

彼に乳を吸われ、サラは息も絶え絶えにうめいた。体の芯で強い要求が脈打ちはじめた。デレクは乳房の丸みを手のひらにのせて乳首を吸い、それからもう片方の胸に移った。サラはついにこらえきれなくなって、彼の髪に指をからめて顔を引き寄せ、唇を求めた。ふたりは抱き合って、一回、二回とベッドの上を転がり、手でお互いをまさぐり合い、脚をからめ合った。

ようやくデレクがサラの体の深くに滑り込んだときには、ふたりともはあはあと荒く息をしていた。この一体感をいつまでもとどめておこうとでもいうように彼らは動かなくなった。サラは彼の肩にかけていた手をゆっくり腿まで滑らせていき、力強く丈の長い体を味わった。デレクは喜びに体を震わせて動きはじめた。サラがものうげに体をそらせると、ふたりはゆるやかなリズムを刻みだし、温かな流れに身をまかせた。

「おまえの言うとおりだ」とデレクはささやき、妻の体を手で慈しみ、熱くとろけるようなキスを肌に残した。「以前とはたしかに違う……もっと、よくなった。ああ、ただ……これが永遠につづいてくれれば」抑制がきかなくなってデレクはさらに強く突き上げてきた。サラは手を握りしめて彼の背中にあて、彼を甘く強く締めつけた。デレクはサラの瞳をのぞきこみ、歓喜を抑え込もうと歯を食いしばった。サラは脚を彼の腰に巻きつけて、もっと彼を引き入れようとする。デレクはサラを傷つけるのを恐れて突きをゆるめようとしたが、逆にサラのほうが激しく求めてきた。デレクは激情の嵐に呑み込まれた。彼の押し殺した叫びにつづいて、サラも声をあげ、ともに渦巻く絶頂へとのぼりつめていった。完全な調和によって体も心も結ばれて。

行為のあと、ふたりは夢見心地で横たわっていた。あたかも時間が静止してしまったかのように、いつまでもその至福の時の中にたゆたっていた。サラは夫の胸にもたれて、指先で彼の顔の線をなぞっていた。ふと思いついて、体を起こし、期待をこめてデレクを見つめた。

デレクは妻の髪と背中をなでながら、見つめ返した。「なんだい、エンジェル?」

「以前に、幸せというのがどういう感じなのかわからないと言ったわね」

「そうだったな」

「いまは?」

デレクは長いあいだじっとサラを見つめてから、両腕をまわして彼女をひしと抱きしめた。

「これだ」と少しかすれた声で言った。「いま、ここにあるものだ」

サラは満足して彼の胸に顔をつけ、心臓の鼓動を肌で感じた。

訳者あとがき

ある晩、ロンドンのうらぶれた街角にひとりの女が立っていた。彼女の名前はサラ・フィールディング。一見すると田舎の村に住む地味なオールドミスだが、実は扇情的なベストセラー小説を書いている人気作家なのだった。小説の題材について調べるために訪れた裏町で、彼女はひとりの男が暴漢に襲われる場面に遭遇する。男を救おうと威嚇のために撃った弾丸で、図らずも暴漢のひとりが絶命してしまう。サラが助けた男は、ロンドン一の金持ちと噂される賭博クラブのオーナー、デレク・クレーヴンだった。デレクは助けてもらった恩も感じず無礼な態度をとりつづけるが、見学のためにクラブに出入りさせてほしいというサラの願いをしぶしぶ聞き入れる。心やさしい上品な淑女と、暗い過去を持つ謎めいた無頼漢――接点などあるはずのなかったふたりは、こうして運命の出会いを果たした。

ロンドンの裏町の下水溝に産み落とされたという伝説の男は、極貧から自力で這い上がり、売れるものはすべて――心も、体も、そして良心すらも――売って子どものころからの夢だった賭博の宮殿を築き上げた。しかし、あらゆるものを貪欲に求め、金も力も女も手に入れたいま、あるのは空虚な心だけだった。目標をなくした男の目に映った世間知らずで無垢なオールドミスの姿はあまりに鮮烈だった。いままで接したことのない高潔さと勇気、そして清らかな美を前にして、とうの昔に失ったと思っていた感情が呼び覚まされた。この世のすべてに替えても欲しい女。しかし、彼女を抱くにはこの手は汚れすぎている。

一方、質素で平凡な生活を送ってきた女にとって、心の奥に隠し持ってきた冒険心のはけ口は「書く」という行為しかなかった。ところが、デレク・クレーヴンというあらがいがたい魅力を秘めた不可解な男に出会い、自分のこれまでの生き方に疑問を持つようになる。このまま平凡に生きていくのはいやだ。せめて一晩だけでも、別の女になりたい——。

さて、つづきは本書を読んでいただくとして、今回、このリサ・クレイパスの初期の傑作『あなたを夢みて』を日本のファンのみなさまにお届けできることを心から嬉しく思っています。ホームページで著者本人が明らかにしているように、クレイパスにとっても一番と言っていいほど大好きな作品であるようです。それはひとえにヒーローのデレク・クレーヴンの魅力によるものでしょう。デレクが登場する作品を書く以前、クレイパスはもう少し軽いコメディタッチの作品を書こうとしていましたが、編集者のアドバイスで、もっと独創的なヒーロー像をつくることにしたのだそうです。そして出来上がったのがヒストリカルロマンスとしては異色のアンチヒーロー、デレク・クレーヴンでした。なにしろかなりの（というか、ものすごい）ワルです。しかも我儘で、自己中心的。でも、その強烈な個性とカリスマ性、そして傷を負った心が、小説に出てくる女性たちのみならず、読者であるわたしたちの心をもがっちりつかんでしまうのです。

ところで、以前からクレイパス作品を読んでいたファンの方々はお気づきかと思いますが、この作品では、『冬空に舞う堕天使と』に登場したアイヴォウ・ジェナーの若き日の姿に会うことができます。『冬空に舞う堕天使と』にはデレクの名前こそ出てきませんが、ある貴族によって「賭博クラブの中をあんなふうに歩く男は彼のほかには、たったひとりしか知らない。魅力的な肉食獣が、自分の狩場を歩くようにな」とデレクを思わせる人物が描写されています。クレイパスのデレクへの思い入れの強さが感じられますね。

ついデレクのことを熱心に書きすぎてしまいましたが、サラもとても魅力的な女性です。婚約者のペリーとその母親との問題は、なんだか日本のテレビドラマの題材にもなりそうなほど身近に感じられますし、手練手管を使わないでまっすぐに愛する人に気持ちをぶつける潔さにも拍手を送りたくなります。古風なやさしさや女らしさをそなえていながら、勇気と大胆さもあわせ持つサラ。デレクが惹かれるのも無理はないと思います。ふたりのすてきなロマンスをどうぞたっぷりとお楽しみください。

二〇〇八年三月

ライムブックス

あなたを 夢みて

著　者　リサ・クレイパス
訳　者　古川奈々子《ふるかわななこ》

2008年4月20日　初版第一刷発行

発行人　成瀬雅人
発行所　株式会社原書房
〒160-0022東京都新宿区新宿1-25-13
電話・代表03-3354-0685　http://www.harashobo.co.jp
振替・00150-6-151594
ブックデザイン　川島進（スタジオ・ギブ）
印刷所　中央精版印刷株式会社

落丁・乱丁本はお取り替えいたします。
定価は、カバーに表示してあります。
 ISBN978-4-562-04338-5　Printed in Japan

リサ・クレイパス　絶賛既刊

壁の花 シリーズ　全4作

ひそやかな初夏の夜の　平林　祥訳　940円
上流貴族との結婚を願っていたアナベル。しかし貴族でもない人とのキスが忘れられずに…。

恋の香りは秋風にのって　古川奈々子訳　940円
リリアンは「秘密の香水」をつけて名門伯爵家のパーティーに出席。その香水のききめは?

冬空に舞う堕天使と　古川奈々子訳　920円
エヴィーは貧窮する貴公子に取引を持ちかけ強引に結婚する。愛のない生活だったはずが…。

春の雨にぬれても　古川奈々子訳　920円
運命の男性との出会いを願っていたデイジー。ついに現れたその人には、ある秘密があった。

ボウ・ストリート シリーズ　全3作

想いあふれて　平林 祥訳　920円
グラントは保護した瀕死の女性を知っていた。記憶を失い性格も変貌した彼女に惹かれるが…。

憎しみも なにもかも　平林 祥訳　920円
堅物のロスが職場に採用した孤独で美しいソフィア。彼女にはロスに近づくある目的があった。

悲しいほど ときめいて　古川奈々子訳　860円
強引な結婚から逃れるため、危険な男と取引をしたシャーロット。その代償は? RITA賞受賞作!

珠玉のヒストリカル 既刊

ふいにあなたが舞い降りて　古川奈々子訳　840円
男娼を雇った女流作家。現れた彼と短く甘い時間を過ごす。後日再会した彼の正体は!?

もう一度あなたを　平林 祥訳　920円
令嬢との禁断の恋が伯爵に知られ屋敷を追われた馬丁マッケナ。12年後、再会した2人は…。

とまどい　平林 祥訳　930円
未亡人ラーラに夫の生存の報せが。再会した夫は別人のように優しい人に変わっていた…。

価格は税込